半缘君

董兴梅 著

北京燕山出版社
BEIJING YANSHAN PRESS

图书在版编目（ＣＩＰ）数据

半缘君 / 董兴梅著. -- 北京 ：北京燕山出版社，
2017.3

ISBN 978-7-5402-4416-3

Ⅰ．①半… Ⅱ．①董… Ⅲ．①长篇小说—中国—当代

Ⅳ．①I247.5

中国版本图书馆 CIP 数据核字(2017)第 030154 号

半缘君

著　　者　董兴梅
责任编辑　王　迪
封面设计　李传和
出版发行　北京燕山出版社有限公司
地　　址　北京市西城区陶然亭路 53 号
电　　话　010-65240430
邮　　编　100054
印　　刷　潍坊新天地印务有限公司
开　　本　710mm × 1000mm　1/16
字　　数　310 千字
插　　图　32
印　　张　24.5
版　　次　2017 年 3 月第 1 版
印　　次　2022 年 8 月第 3 次印刷
定　　价　58.00 元

繁花飘零犹重开

（前 言）

现在是清明后的春天，我开始写书。窗外丁香花开，娇弱的白色小花在风中颤抖，院子里弥漫着浓浓的花香，飘到书桌前，却是浅浅的了。写一本书，让我美丽的母亲在屏幕上复活，是我的终极梦想。姥姥家的院子东侧，有一棵丁香、一棵木槿、一棵海棠、一丛月季、几株芍药，围成一个方寸小花园，花园里有石桌、石凳。童年时的我，经常坐在树下，一边看满树花开，一边想象妈妈的模样，像三姨吗？三姨最美。

童年时，我跟三姨最亲，像一个小尾巴跟在后面。故事的女主人公自然就是三姨了。我一直认为，我漂亮的姨姨们都是花仙子变的。这个故事的时间段就定义为20世纪40—80年代吧。根据我的喜好，我给每个女主人公都认了一种花。

第一女主：慕容月鸾

木槿花是她的宿命花。木槿花也叫无穷花。

木槿花语：温柔的坚持；坚韧，永恒美丽。

木槿花朝开暮落，每一次凋谢都是为了明天更好的开放。就像太阳不断地落下又升起，就像春去秋来四季轮转，生生不息。像极了三姨的性格：红火，念旧，重情义。

唐代李商隐有诗曰：

> 风露凄凄秋景繁，
> 可怜荣落在朝昏。
> 未央宫里三千女，
> 但保红颜莫保恩。

第二女主：慕容月璃

海棠花是她的宿命花，古人叫断肠花。

海棠花语：游子思乡，离愁别绪，温和、美丽、快乐；秋海棠：苦涩的恋情。

宋代苏轼有诗曰：

> 江城地瘴蕃草木，
> 只有名花苦幽独。
> 嫣然一笑竹篱间，
> 桃李漫山总粗俗。
> 也知造物有深意，
> 故遣佳人在空谷。
> 雨中有泪亦凄怆，
> 月下无人更清淑。

女配角：慕容月姝

月季花是她的宿命花，古人称之为"惑之花"。

月季花语：等待有希望的希望，幸福，光荣，美艳长新。

古人有诗曰：

> 一枝才谢一枝殷，自是春工不与闲。
> 只道花无十日红，此花无日不春风。
> 风流天下真难似，惜赂篱边砌下栽。
> 不拟折来轻落去，坐看颜色总尘埃。

女小主：梁月美

丁香花，天国之花，爱情之花是她的宿命花。

丁香花语：忧愁思念，淡雅光洁。

寓意着爱情和暗结同心的希望。初恋的刺痛，初恋的感激，初恋的她——那个丁香树下的姑娘。

唐代韦庄有诗曰：

> 凤去鸾归不可寻，十洲仙路彩云深。
> 若无少女花应老，为有姮娥月易沈。

竹叶岂能消积恨,丁香空解结同心。

湘江水阔苍梧远,何处相思弄舜琴?

女小主:李呦呦

芍药花是她的宿命花。古人叫将离草。

芍药花语:美丽动人,依依不舍,难舍难分,真诚不变,蕴含着害羞,寓意着思念,是富贵和美丽的象征。

宋代洪炎诗曰:

山丹丽质冠年华,复有余容殿百花。

看取三春如转影,折来一笑是生涯。

绮罗不妒倾城色,蜂蝶难窥上相家。

京国十年昏病眼,可怜风雨落朝霞。

在我的书里,只写了5个仙女的青春、欢笑和眼泪、爱情和婚事,等她们都离开了姥姥家小院,或嫁,或亡,或远走他乡,我的第一本书就结束了。

窗外,繁花满树,海棠谢了,丁香正盛,晚樱花才红。只有木槿刚刚冒出嫩叶儿,我在等花开。木槿花开了,我的愿望就能实现。希望第一朵粉色木槿花绽放的时候,这本书会写成初稿,送给我的朋友们审阅。

2016年4月14日星期四

目　录

第一回　探时局慕容柏登陈府
##　　　借粮食姝小姐回娘家

　　1948年,大年初二,今年慕容府的客人不多。内战已打了两个年头了,市面上已没有人安心做生意了,慕容柏老爷一大早忧心忡忡。

　　吃过早饭,慕容柏老爷吩咐管家梁银丰收拾礼盒,他要去北大街陈先生家,也就是潍县城里著名的陈大花翎家拜年。昨日已去过芙蓉街的滕先生家。慕容家是潍县华丰厂的老股东,抗战时随滕先生远避香港,前几年一起回来,重新购置设备,恢复生产。华丰厂刚刚开始盈利,风闻潍县城又要开打了。

　　慕容柏老爷是想去陈府探探风声。陈府以读书科考起家,兴盛明清两朝了。如今国共两党里都有人,左右都吃得开,对于时局,应是了然于胸的。

　　慕容柏老爷与陈老爷都是棋界中人,闲暇时常常以棋会友,切磋上几盘。前几年陈家新添了公子,慕容柏老爷一时兴奋,夸下海口:

　　"陈老爷若能连赢我三盘,我就将小女许配给公子!"

　　说来也是巧合,那日陈老爷果真连赢三盘,就追着慕容柏老爷兑现诺言。

　　慕容府的慕容月璃生得粉面青黛,明眸皓齿,且才艺双全,比陈家小公子大不了几岁,但早已许配了人家。慕容柏老爷只不过随口说说,但一向率性的陈大花翎却认了真:

　　"苏太太是潍县城里有名的标致人才,南国水乡的灵气浸润到了骨子里,生出来的女孩才会透着水灵精致。慕容兄!慕容家的哪个女儿都行,定下一个给我陈家做媳妇吧!"

　　月璃的未婚夫一家抗战时失去了联系,至今没有音信。陈老爷也不好明说。

　　"下一个吧!若太太再添女儿,一定给陈府留着!"

　　"一言为定!"从此以后两人就以亲家称谓,两府也走动得更勤谨了些。

　　陈府今年的客人也不多。陈老爷把慕容柏老爷让到上座,慕容柏老爷开门见山地开始询问：

"陈兄,您对时局有何见解?还请赐教一二!"

"岂敢岂敢!不过慕容兄亲自来拜年,老朽少不得啰唆两句!"

"以老朽多年的经验,我建议慕容家瓷器可以存着,粮食还是早早处理为妙。换些个金条,以做应急事宜。那些个粮食既遭人惦记,又怕战火波及。慕容家还是早做打算吧!"

慕容柏老爷傍晚才回家。掌灯时分,家里来了两个不速之客:一个是多年未见的德国人乔治先生,他是慕容柏老爷在德国留学时的同窗好友;另一个是大哥的女儿慕容月姝,大哥是著名的火炮专家,在德国生活多年,"二战"时辗转去了美国。

慕容月姝离家时仅十五六岁,现在已是快20岁的大姑娘了!穿着一身紫色旗袍,上绣凤穿牡丹,雍容华贵,身形丰腴高挑,发型是时尚的齐肩卷发,用两颗水钻发卡别在脑后。她与乔治俨然一对时髦夫妻。乔治西装革履,大背头梳得铮亮,挽着慕容月姝径直进了后院堂屋。

慕容柏老爷先认出了乔治先生,寒暄片刻,让座上茶倒水完毕,慕容月姝才向前盈盈一拜:

"二叔在上,侄女给您行礼了!"

慕容柏老爷一愣,端详了半天,才认出是侄女慕容月姝,相貌上是有大哥的影子。大哥剑眉星目,潇洒英气,仪表不凡,慕容柏老爷还记得大哥最疼他。于是不由得心酸,问起大哥的现状。

慕容月姝毫不客气地打断了慕容柏老爷的询问:"二叔,我今天是带着任务来的!"慕容柏老爷这才惊醒,再仔细看那慕容月姝,竟看出了些许媚惑、些许杀气。慕容柏老爷不由得一激灵:

"月姝,你有什么任务,只要二叔能帮的,尽管道来,二叔一定全力以赴!"

"那我就直说了!我是那边的人,开春我们就要攻打县城了!现在派我进城向你借粮食!你若不借也可,恐怕炮弹不长眼睛,被大火烧了,那边也不会认账的,倒不如现在送个人情,也给自己留条后路!"

慕容柏老爷惊得目瞪口呆:多年未见,大哥的女儿真真出息了!伶牙俐齿不说,竟是话不饶人,滴水不漏!

慕容柏老爷连连点头:

"借！借！侄女提出来，哪有不借的道理！那你们怎么运走？"

"你让管家领人运到坊子车站乔治先生家院子里就行！现在就起运，运完为止。"

"有多少吨粮食，我给您打下欠条！等全国解放了还您！"

于是慕容柏老爷喊过管家梁银丰，核实了粮仓存粮的数目，并安排马上起运。

原来院子外面早有装卸工和马车在等着。

慕容月姝和乔治在家里住了一周，临走时，送给慕容柏老爷一套钥匙，并吩咐道："为了安全起见，你们明天就开始搬家吧，把你的宝贝古董、瓷器、紫砂都搬到乔治家的地窖里吧。地窖在后院的月季花丛里，那些月季花都是盆栽的，悄悄挖开土，掀开地板就是地窖，里边储备的粮食，也够一家人吃个一年半载的。"

"那乔治先生？"慕容柏老爷很疑惑乔治的身份和去向。

乔治说："慕容，我是姝小姐的朋友，帮帮而已。那套房子是另一个朋友的，在坊子车站工作，是工程师，已经回德国了。房子可以卖给你，五个小黄鱼。我明天就要回上海了，时局动荡，你可以考虑先去上海避避！"

慕容柏老爷给了乔治五个小黄鱼，买下了坊子车站的房子，搬过一部分紫砂、瓷器、家具等，以备不时之需，就随乔治阖家去了上海。

1948 年 4 月 27 日，潍县城解放了！

第二回　风云突变乔治送船票
犹豫不决慕容收黄鱼

　　消息很快传到了上海。上海人心惶惶,物价飞涨。街面上到处在谈论,解放军一路向南,摧枯拉朽,国民党节节败退,也许两年之内就能攻打上海,天天都是打仗的消息。

　　乔治在德国领事馆工作,最近不常来。慕容柏老爷按捺不住了,去领事馆里找他。

　　乔治确实很忙,在忙着收拾文件、捆绑行李,使馆里,很多行李已经打好了包。慕容柏老爷大吃一惊,看样子他们准备撤了。

　　乔治说:"慕容,你来得刚刚好,我正要去找你告别!"

　　慕容柏老爷惶恐地问道:"国民党顶不住了吗?"

　　"顶什么?国民党里有门路的高层早把家眷送走了!有去美国的,大部分去台湾了!但慕容是不用着急的!"

　　慕容柏惊问:"此话怎讲?"

　　"你家姝小姐已经随军进了潍县城,搬进了慕容府。她结婚了!听说嫁给了一个共产党的专员,一起进的慕容府。"

　　慕容柏眼前飘过慕容月姝凌厉的眼神,心想潍县城是回不去了。于是拜托乔治给购买去美国的机票,或者去台湾的船票。

　　乔治说机票是没有了,多少个小黄鱼也买不到,去台湾的船票可以试试,但已经涨到了16个小黄鱼,还必须是"中央银行"发行的十足金。

　　慕容柏老爷赶紧回家如数取回,再三拜托了乔治。

　　乔治也很守信,半个月后,送来了太平轮的船票,还是永久有效的。又送给慕容柏老爷5个小黄鱼,说是姝小姐给他的。当日离开潍县城与姝小姐告别时,姝小姐塞给他一包东西,并嘱托说:"假如二叔一家要撤退去台湾,这包东西就给他,一来添做路费,二来也算我买下慕容府的钱吧!"

慕容柏老爷心里打翻了五味瓶,酸涩不已。

慕容家来上海住在静安寺旁边的花园洋房里,这是当年慕容柏为了生意上方便,托铁画轩主人戴先生给买下的。两层 300 平方米带有一个小花园,一大家子人住起来也是十分方便的。房子后边是一条弄堂,开着很多小门店,卖什么的都有。还有洋泾浜的乡下人一大早来卖新鲜蔬菜的。

慕容柏老爷虽说经常来上海,但看不惯上海人买菜,买油菜都是一次买一棵,小气。每次碰到乡下人挑着蔬菜担挑上有他喜欢的蔬菜,慕容柏都是吩咐梁银丰:"给钱,全部买下,让他挑家里去。"

近段时间早上出去溜达,再也顾不得看蔬菜担挑了。那天一收到乔治送来的船票,马上就吩咐人收拾行李。乔治说了,船小人多,东西不要多带,该送人的送人,为防变化,还是早早离开为妙。

连着收拾了几天东西,天气又闷热,许是累着了,苏太太晕倒了,醒来就呕吐不止。上船的计划一拖再拖,苏太太的呕吐越来越严重,身体浮肿,看样子短时间内是走不了啦。

慕容柏老爷去教会请了一个医生,到家里给苏太太瞧病。那个洋大夫也会把脉,又抽了一管血,对慕容柏老爷笑嘻嘻地说:"恭喜慕容,你们家要添一个美丽的小姐了!苏太太有喜了!大概有 2 个月了呢!"

慕容柏老爷哭笑不得,他对苏太太说:"但愿洋大夫把错了脉,送子娘娘也不好好算算!什么时候了!还送孩子出来投胎!"

洋大夫两天后送来化验结果:苏太太果然是怀了 2 个月身孕!

街坊太太知道了,一边来道喜,一边给出主意:"以阿拉的主意呢,老爷们先走,去台湾买好房子,开张生意。等这边太太生了,出了满月,大人孩子平平安安的,再好好养个月儿半载的,小娃儿白白胖胖,苏太太身体也养好了,过去也好适应。"

苏太太也赞同邻居的话。眼看风声越来越紧,这么一大家子人,有船票也不一定能坐上船,还是分开走的好。她是不能走了,船在海上摇摇晃晃的,就怕把肚子里的宝宝也摇出来。

慕容柏老爷百般不舍,苏太太一直劝他先走,街坊太太也一遍遍劝他:"阿拉接生过娃娃的,这条街上花园里住的太太,有来不及上医院的都找我。我会帮

忙照顾好太太的！"慕容柏知街坊太太也是个稳妥人，善良细心，苏太太自打来上海后就一直在帮衬她家，估计也不会出什么差池。又加弟弟慕容枫一家眼巴巴地看着他拿主意，于是咬咬牙下定了决心："那就分头走吧！"

慕容桦和慕容月璃听说母亲不走，就要留下陪母亲，管家梁银丰也要求留下照顾太太。他说："太太要生产，两个孩子也不过10多岁，自己不能照顾自己，还得让太太分心。我留下照顾少爷小姐吧！"

慕容柏老爷没想到梁管家这么讲义气，有良心，感动得热泪盈眶，再三嘱托，一步三回头，坐上黄包车，去了码头。

梁银丰跟着去码头送别。码头上，乌压压的全是人，有那不自觉的达官贵人还带着阿狗阿猫的。军警用枪托子砸人开路。普通人哭的叫的挤挤碰碰。幸亏梁银丰跟了来，用他壮如牛的身躯，生生地挤出一条道来，把慕容家送上了中兴公司自上海去台湾的最后一班船——太平轮。

看着太平轮驶离码头，梁银丰才往静安寺走，到家已是深夜，回禀了苏太太。苏太太免不得唏嘘了一会儿，等她平静下来，大家才各自安歇。

第三回 误船期苏太太忧早产
休行程老管家义护主

苏太太夜里不知怎的，眼皮子直跳，心慌慌的，闭上眼就听见慕容柏老爷喊她，旁边还有哭叫声，到天亮了才合上眼眯了一会儿，快到中午，苏太太头重脚轻的，坚持着吃过早饭，继续做衣服。

衣料是从潍县城带出的青毛呢。苏太太给慕容桦、月璃各做了一件，袖口处绣有三朵青色连枝海棠，锁扣处空白，系上同色玻璃扣子，似海棠的花蕊。左襟口袋处，苏太太给桦少爷绣了一个圆圆的和尚头，给月璃小姐绣了一朵海棠花。

街坊太太过来送蟹黄包，苏太太定的，每天这时送来做点心。一是照顾街坊太太的生意，二是苏太太和孩子们都喜欢。中午时分点心店客人少，街面上只有不识愁滋味的一帮小子在玩耍。

街坊太太看到苏太太又在做衣服，一边赞叹手艺好，一边劝说："肚子眼见着越来越大，身子也沉了，还是多歇息的好！别累着了！你家老爷不在身边，自己要好好疼自己！"苏太太勉强起身接过点心，连忙道谢："蒙您挂念，又劳烦您每日多跑一趟，真是多谢了。我思量着再给肚子里的孩子做一套，日后生下来，怕没有空闲做了。您坐会，喝杯茶。"

街坊太太也不客气，坐下环顾一圈："小罗汉又出去疯玩了？我说太太，您得管束管束他，不能由着他日日跑得不见影儿。如今兵荒马乱的，万一哪天让叫花子领了去，您可哭都来不及哪！"

苏太太苦笑道："这孩子跑野了性子，劳您操心了！"

街坊太太没有孩子，自己租了个门脸儿，就在慕容家住的房子后面不远，点心店就开在里弄口。她与慕容桦少爷有缘，第一次来府就喜欢上他，看他圆圆的脑袋，直叫他小罗汉。有次来了帮小叫花子，和街面上的孩子打架，慕容桦少爷吃了亏。街坊太太看见了，竟然冲上去做帮手，把小叫花子们打得落荒而逃。当然,她把慕容桦少爷送回家的时候,桦少爷的形象也跟叫花子差不了多少。

当时慕容柏老爷还说呢:"街坊太太热心是好,就恐把桦儿带得性子更野了。"两人正聊着家常,慕容桦少爷叫喊着跑进来:"不好了!太平轮沉船了!"苏太太大惊,一下子坐到了地上。

慕容家顿时乱成了一团。月璃只知道哭泣,街坊太太也不知如何是好,只一迭声地劝着苏太太:"莫慌!莫慌!小心肚子里的孩子!"

苏太太倒是很快镇静下来,对慕容桦说:"赶快去铁画轩找梁管家!城隍庙九狮亭那家新店!他去取画好的紫砂壶了。告诉他货先放在那儿,不要回家了!直接去码头打探消息!你就跟着去吧,有消息马上回来禀报一声!"

慕容桦应声跑了出去,街坊太太要回去关店面,也告辞走了。苏太太心里七上八下的,站也不是坐也不是,在院子里直转圈。月璃一直在嘤嘤地哭,苏太太心里更加烦乱,只觉得肚子一阵阵抽疼,怕是要生了!

苏太太一直转到天黑,仍没有任何消息,肚子却一阵紧似一阵,疼得急迫,忙喊住月璃:"莫哭了!我快要生了。你去找街坊太太过来,让她多带些蟹黄包,再烧桶开水过来。就说我要生了,让她帮忙接生。"

月璃应承着,擦干眼泪也出去了。

苏太太赶紧找以前准备好的婴儿用品,肚子开始剧烈抽疼,头上的汗珠子不断滴落,苏太太轻声叨叨着:"孩儿啊,怎这么急着见天,是不是你预知道父亲出事了,要出来见他?"

"屋里有人吗?"

随着话音,一个高大男子走了进来,个子修长,头发卷曲,戴一副珐琅眼镜,一看就是慕容家的人。苏太太以为慕容老爷回来了,踉跄着扑上去,抱住腰就痛哭起来。

来的是慕容家大老爷慕容松,留学德国的那位火炮专家,月璃的大伯,慕容月姝的父亲。苏太太只在结婚时见过他,这几年因为战乱,大伯一直待在国外,偶尔透过乔治传过音信。

慕容松老爷先是一愣,待苏太太略略平静些,扶她坐下,急切地问:"二弟妹,出什么事了?家里怎么这么安静?其他人呢?二弟、三弟他们去哪儿了?"

苏太太这才明了是大老爷回来了,顾不得寒暄,顾不得擦干眼泪,忙把太平轮沉船的消息告诉了慕容松。

慕容松大惊失色,对苏太太说:"二弟妹,我看你好像快要临盆了,有人来帮忙吗,需不需要叫医生?"

苏太太连连摇头:"不需要的,月璃已经去喊街坊太太来接生了,你快想办法找找慕容柏和慕容枫他们吧!"

慕容松沉吟片刻,对苏太太说:"这样吧,我去码头看看,找到他们就不回来了,我要赶到北平去,北平的Z先生邀请我回来的。"

慕容松临出门又回头吩咐苏太太:"有时间你给月姝捎个口信,就说我回国了,直接去北平了。本来是坐火车从广州直达北平,中途是不让下火车的。今早火车出了故障,检修一天。我好说歹说,领队的才同意我下火车过来看看,只给了我半天的假。"

苏太太插问了一句:"你怎知道我们来上海了?还找得到住处?"

"我们一同回来的有七八个人,在香港耽搁了一段时间,前儿天才安排坐船取道广州,再转坐火车。在香港伊丽莎白港口等船的时候,遇见老朋友乔治先生了,是他告诉我你们来上海了,还有你们的详细住处。"

慕容松匆匆忙忙赶往码头。

第四回 赤神灵之精飞落凡间
鸾凤鸟之羽庇护天下

月璃和街坊太太赶回来时,苏太太已疼得躺到床上蜷缩起来,没了声息,近乎昏厥了。街坊太太赶忙近前看了看,血水早已流出来,床上床下全是。原来苏太太羊水已破,所幸的是顺产,已看见娃儿的湿软头发。

街坊太太吩咐月璃把水倒在搪瓷盆里,掺上凉水,要不凉不热的,多准备几盆。随即摇醒苏太太,洗了手,告诉苏太太:"快用力,娃儿快出来了!是顺位生,再用点子力气,仰着躺平,把腿张开,配合我,一会儿就会好的!"

苏太太咬着牙翻身仰躺,努力配合。街坊太太说:"别咬牙,疼就大声叫喊,不怕丢人的。咬牙会使牙齿以后酸疼,有人就因此早早掉了牙,又丑又不方便。苏太太皮肤好,又白嫩又细致,真看不出生过3个娃娃。头发又天生的自来卷,浓密有光泽。少见的黑棕色发质,配上月白色旗袍,又洋气又养眼。比上海的太太还迷人。阿拉上海的小开们一直向我打听你呢!"

街坊太太果然是个有经验的接生婆。她嘴里虽然絮絮叨叨,手却一直没有停下来。苏太太被叨叨得也似乎感觉不到疼了,心情放松下来。随着街坊太太的"快快用力",苏太太忽然觉得肚子一阵紧缩,然后又哗的一下,一大坨东西被冲了出去。

"生了!生了!"是街坊太太欣喜的声音。随即,又听得"啪!啪!啪!"月璃看见,街坊太太把刚出生的娃娃头朝下倒提起来,用巴掌拍了胖胖的小脚掌三下。婴儿哇哇地哭叫起来。

苏太太睡了过去。街坊太太长舒一口气,把婴儿包裹好,放在床脚上,喊月璃过来看看妹妹。

月璃一直躲在门边,看见母亲流了那么多血,又疼得扭曲喊叫,有些害怕。街坊太太让她拿什么就赶快送过什么,完了马上退到门边去。现在看母亲安静地睡了,也放下心来,慢慢挪过来。

街坊太太俯身端详一下妹妹,再回头看看月璃,笑嘻嘻地说:"你们姐俩眉眼儿都好看,随苏太太,一色的美人坯子。只是你的眼睛要弯一些,妹妹的眼睛圆一些。你的鼻子玲珑小巧,妹妹的鼻子像根橡胶棒,又直又挺,像个小男生,有股子英气。嘴巴都是粒红樱桃,好看好看!"

月璃却在想:"给妹妹起个什么名字好呢?"她自己现在就想变成一只大鸟,飞到海里找到父亲,把他救上来。可又担心自己变成的鸟儿还是个胆小鬼,怕风怕雨怕黑怕毛毛虫,不仅救不起父亲,说不定还会被海浪卷走,被鲨鱼吞噬。街坊太太忽然惊叫起来:"天啊,这娃娃鼻子上长了颗珍珠痣啊,长在右边,男左女右,是凤凰命格啊!月璃,你们家要出娘娘了!"

月璃脑海中忽然冒出两本古书,两句古语来,一是《说文》中的一句话:"鸾,赤神灵之精也!"一是《山海经·西山经》里的一句话:"其状如翟而五彩文,见则天下安宁!"

月璃也看见了妹妹眉眼里的英武之气,她想,等母亲醒来,就告诉她,让妹妹叫慕容月鸾吧!希望妹妹真是一只神鸟下凡,给慕容家带来祥瑞,父亲能回来团圆,天下再没有战争。

第五回　巡逻船三兄弟暂聚首
太平轮绝春梦忙逃身

　　慕容家大老爷慕容松到了码头，很多人围在那儿哭叫，各种小道消息满天飞，场面乱作一团。他找到了梁银丰和慕容桦。他俩听到的消息是：因为国共战事紧张，淞沪警备司令部这几天刚发布了一条水上宵禁令，每日下午18时至翌日上午6时之间禁航。为了在18时之前驶出吴淞口，太平轮开足马力，加大航速。冬日天暗得早，大船出港本应点灯，但是时局紧张，大船都不鸣笛，也不点灯，过了戒严区与迎面从台湾基隆开来的建元轮相撞。建元轮小，先沉没了。起初以为太平轮没事。不久太平轮也沉没了。当时大部分人在睡觉，还没反应过来就命丧海底，生还者很少。

　　慕容松让他俩回家去照顾太太，等候消息，他再去中联公司打听。太平轮是中联公司的，他以前乘坐过。

　　中联公司这会子更乱，许多妇女儿童在哭，还有很多人在叫骂，要求赔偿损失。公司发言人声嘶力竭地叫喊着："大家静一静，中联公司一定会承担责任，进行赔偿的，现在死亡名单还没确定，有艘澳大利亚军舰救了不少人！请大家回去等候消息！"

　　"别信他！大家别走！死的不是他爹娘，他当然能平静下来！一群祸国殃民之徒，为了多抢走黄金不顾惜百姓性命！我们现在就要说法！不给说法就拼了！"有人开始砸东西，有人开始打中联公司的人。

　　慕容松看到那个发言人偷偷溜到卫生间，就跟了上去。关上卫生间门，双手卡住那人的脖子，厉声说："给我船上活着的人员名单，快点！"

　　那人看看慕容松魁梧的身材，好汉不吃眼前亏，乖乖把名单交了出来。慕容松仔细看了三遍，没有慕容柏等人的名字，一个也没有！

　　慕容松把名单甩给他，再问："还有什么消息？"

"听说一部分人抓住木桶、木板等在海上漂浮,因为海浪作用,被冲到舟山群岛方向去了!"

"能搞到船吗?"

"能!可是宵禁你出不去!"

"你别管!我把你带出去,你给我找条小船,我这儿有 30 个小黄鱼,放老实点,我身上是带枪的!"

那人看慕容松没有伤害他的意思,还能把他带出去,又能挣金子,就爽快地答应了。

慕容松像领个孩子一般,把那人带了出去,用金子换了一艘小艇,悄悄出了渡口,往舟山群岛而去。

3 小时后,慕容松终于看到了前方有七八个人像鱼串一样互相牵拉着,靠着一个橡木桶的浮力,在海上漂浮。

他在海上打着圈,一个个拉上小艇,皇天不负有心人,竟然两个兄弟都在其中!

慕容家松、柏、枫三兄弟竟然在这种情况下兀然相见!兄弟们唏嘘片刻,返航回吴淞口。

出去时海面静悄悄,虽说宵禁,并未遇阻拦和盘问,慕容松大着胆子往回开,但并未敢开灯。小艇刚进吴淞口,迎面过来一艘小船,黑暗中大声喊:"干什么的?"

慕容松让大家速速换上救生衣,告诫大家遇见紧急情况赶紧跳船逃生。大家刚从鬼门关回来,惊吓过度,身体疲惫,神经也高度紧张。听此一说竟有人马上往水里跳。慕容松一边继续往前行,一边回答查询船的喊话:"我们是救命船!船上是太平轮的落难者!"

巡逻船听见扑通扑通的跳水声,大概没听清喊什么,以为非常可疑,呼呼啪啪开起枪来,慕容松、慕容柏和其他人应声倒下,慕容枫被两个哥哥压在身底,昏死过去。巡逻船赶过来,看看无一生还,悄悄开走了。

天大亮了,宵禁结束,吴淞口船只出出进进又多起来,慕容枫被嘈杂声吵醒过来,试图翻个身爬起来,一艘渔船发现了在小艇上蠕动的慕容枫,将他救了起来。

慕容枫回到家里,抱着苏太太大哭,一头倒在床上昏睡了半月,才慢慢清醒。

不久,上海解放了。

苏太太想起乔治说过慕容月姝住进了慕容府,就想着回潍县去,那才是家。台湾是不能去了,上海也是客居之地。梁银丰也极力撺掇苏太太回去,说:"太太,回山东吧!潍县毕竟是故土,那儿有家,月姝大小姐如今又得了势,怎么着也会眷顾咱们的!"

慕容枫不想回去,他的太太孩子都魂散吴淞口外,尸首如今还无影无踪,他要在这儿等待,也许哪一天奇迹会再次出现!就像上次大哥那样,突然出现在他的面前,去拯救他。

他不相信大哥就这么死了,一个辗转万里回来报效国家的火炮专家,就这么不明不白地死了,那条神秘的巡逻船是谁的,竟无从查找!有人说就是淞沪警备区的巡逻船,可事后去查验,那晚竟无人出警,也没有那个型号的那条船。还有人说游击队的侦察船,可也无人应承,竟成了无头公案。

苏太太带着孩子们要走了,慕容枫来送行,他与苏太太的一段对话颇令人寻味:"大哥曾让我捎话给月姝,说他回国了,直接去北京了。如今可怎说?"

"不好说就不要说了吧!就当大哥没回来过,给月姝也留个念想!一些事少知道好!对大家都好!"

第六回　小少爷走失倍感凄凉
苏太太忍悲含泪归乡

苏太太领着慕容桦、月璃，抱着月鸢，管家梁银丰找了个板车拉着行李，一家人挤挤嚷嚷，坐上了上海去东海市的火车。

苏太太生完月鸢后，一直没时间调养身体，虚弱得很，上车找到座位后，嘱咐了一番慕容桦照顾月璃，别乱跑，听管家的话等等，就抱着月鸢迷迷糊糊睡了。有几件行李太大，梁银丰把它们放在车箱连接处的通道上，吩咐少爷看好座位底下和行李架上的东西，自己就依靠在过道边的板壁上，照看着，间或也打个小盹儿。

月璃起了个大早帮母亲照看月鸢，饭也没怎么吃。现在坐下来了，肚子就有些饿了。车到南京站，前座有位客人下车买来了板鸭，有滋有味地吃着，香味直冲鼻子，月璃不自觉咽了下唾沫。哥哥慕容桦看见了，心疼月璃，而且自己也有些饿。就起身对月璃说：“你看着东西，我下车买吃的去。”说完就转身下车去了。

苏太太一向心细，这次出门因没了老爷照顾，更是加倍妥当准备。怕孩子们走散了不好找，每件衣服上都绣有图案，慕容桦还是小和尚头，月璃是海棠花。每个孩子口袋里都塞了一把金叶子，走散了好买东西吃，不至于饿着。并再三叮嘱路上万事小心，互相照看着，若有特殊情况走散了，就买票往东海市方向去。苏太太是被沉船事件吓怕了。

慕容桦一会儿工夫托着一只板鸭回来，兄妹俩一人一条腿分着吃，一会儿工夫吃得光剩下骨头架。“糟糕！”慕容桦拍拍脑袋，“应该给母亲再买一只！”说完就往外挤。月璃喊：“哥哥，快一点，快开车了！”慕容桦边挤边喊：“放心，来得及！这是个大站，还有十分钟呢！卖板鸭的就在车门边！”

月璃吃过东西也有些迷糊，就靠在车座上闭上眼睛休息。大约过了几个时辰，火车哐当一声急刹车，徐州站到了！月璃被惊醒了，转头一看母亲还在迷糊，哥哥没在座位上,就推醒母亲:"我去管家那儿找找哥哥,你看会子东西吧!"

管家说:"没看到慕容少爷过来啊,是不是到别的车厢玩去了。"

月璃没来由地心慌起来,她挨个车厢找,也找过餐车,慕容桦不见了。月璃哭哭啼啼找到车厢广播室,让他们帮忙广播找人。

苏太太和梁银丰同时听见了广播找人,大吃一惊。月璃回转来后,齐齐问她:"到底怎么回事?慕容桦呢?"

月璃抽抽噎噎,把南京车站的事情叙述了一遍。苏太太当即脸色蜡黄,昏厥过去。梁银丰赶紧掐人中,苏太太悠悠转转醒了过来,无声悲哭流涕。管家安慰道:"慕容少爷十几岁了,又识得字,手里还有金叶子,会设法回去的。可能在南京站没挤上车,但下一班车相差一两个小时,我们先到家收拾好,他下一班就到家了!"

苏太太心底悲凉,感觉要丢失这个儿子了,但也没有其他办法,只好听梁银丰的,先到家等着了。

火车到了坊子站,梁银丰把行李搬下车,雇了两个人力车帮忙。苏太太抱着月鸢,月璃拖着一个随身行李箱,母女二人一路上悲悲切切,无语呜咽。一行人走出车站,站在熟悉的站前广场上,母女更是百感交集:走时匆匆忙忙,犹如逃荒,但是浩浩荡荡有人依傍;回时跟跟跄跄,形影孤单。日后缺夫少子的日子顿感凄凉!

管家梁银丰催促着苏太太:"太太,天色不早了,赶紧回慕容府吧!"母女连心,此刻竟异口同声吩咐:"先在车站住下吧!等等桦儿(哥哥)!"

一行人到坊茨小镇那套小房子先放下行李,落下脚。苏太太、月璃天天轮番去车站等候,只要有南来的车次必去接站。其间也派管家去南京站询问,无果。

不知不觉竟有半年,慕容桦仍没有回家,也没有半点音信。苏太太知道这次儿子是真丢了,很可能是下车时被拍了花子。暗自懊恼不该给儿子穿那件青呢大外套,不该给他装扮得太招眼,更不该在小孩儿兜里装上金叶子。祈求老天保佑儿子平安无事,遇上那缺儿子的好人家好生养大,别被送去下了黑窑就好。月璃也懊恼,不该跟哥哥喊饿,不该嘴馋吃掉板鸭,不该让哥哥二次独自下车,恨自己没拉住哥哥。

自此苏太太和月璃都性格大变。苏太太没有了眼泪,月璃没有了欢笑。

第七回　艳阳高照大小姐来访
烟霞漫天吉普车串巷

"大小姐来了!"管家梁银丰欢叫着跑进来,苏太太听见了,忙放下手中的绣件迎出来。

刚才管家上街买菜,看到一个美式吉普车开进小镇,就猜想是大小姐来了。今日是初六,坊子大集。赶集的摊贩和人群从六马路开始,一直逶迤到车站。美式吉普开得很慢,管家就跟在后面,看看到谁家去。平心而论,如今最想见到月姝小姐的是管家梁银丰。

他已经打听清楚了,慕容月姝嫁给了路专员。路专员是东海特别市副市长,兼管工业的专员。慕容月姝任东海华丰厂军代表。工厂正在恢复生产。

管家也是在为苏太太母女考虑,尽快与慕容月姝联系,搬回慕容府。如今住在朋友的空房子里,坐吃山空,虽然苏太太已开始接一些衣服加工和绣件的活儿,终不是长久之计。况且他也有小算盘:慕容家华丰厂的股份有慕容柏老爷的,如今这一门只剩下妇孺,进入华丰厂参与管理自然首选他梁银丰了。

月姝小姐进屋,看看这幢德国朋友盖的房子:精致是精致了些,厨房卫生间都有,还有三间卧室。满屋里铺着橡木地板,泛着深咖啡光泽。但就是太小,客厅里摆放着一套橡木简易沙发,茶几紧贴着沙发放着,只容一人侧身过去。进卧室的通道在老式壁炉边。有个粉嘟嘟的婴儿躺在沙发上酣睡。

月姝近前看了看,婴儿高鼻樱唇,剑眉鬈发,一看就是慕容家的孩子。婴儿不到一岁,月姝有些疑惑:"二妈,这婴儿是?"苏太太眼圈红了:"你妹妹月鸢,你二叔的遗腹子!"

正在闺房看书的月璃听见月姝的声音,忙跑出来,搂住阿姐嘤嘤哭起来。

月姝抚摸着月璃的长发,眼泪也流了出来:"阿姐来晚了,莫哭了!快跟姐姐说说发生了什么事?"

于是月璃就一五一十跟阿姐说了在上海的事。苏太太一边听着,并不插话。

月璃不知慕容松阿伯回来的事情,月姝没问,苏太太也没说。

　　其实苏太太在回来一个月后,就已经安排送信到慕容府了。担心送信人不认识月姝误了事,在梁银丰从南京回来后,又安排他亲自去了趟慕容府找月姝送信。半年下来无音信,苏太太自是知道慕容府是回不去了。

　　月姝让月璃回屋收拾行李,月璃以为阿姐是来接她们全家的,虽没有喜形于色,心下自是欢喜,转身回屋收拾行李。

　　月姝正色对苏太太道:"我把月璃带回去读书吧,学校都复课了。"

　　苏太太没有言语,听月姝继续说下去:"不是我容不得阿婶,我知道您喜清静,如今府里来来往往全是新政府的人,大部分是路专员的战友,每日里开会议事,喝酒聚餐。哪像住家府邸,简直就是那京都六国饭店,没有一刻清闲!如今月鸾妹妹还小,您在这儿静心养育她吧,等需要上学时我自会过来,接她回府上学,也不会耽误了她。"

　　苏太太静静听着,只将目光看向月姝,一句话也没接。月姝自顾自说下去:"华丰厂的事你就不用操心了,月璃要上学读书,月鸾还小,你又不好抛头露面,我本就是组织上安排的驻厂代表,就一并代管了吧。"

　　月璃收拾完行李出来,苏太太目光转向月璃说:"跟月姝阿姐先回去吧,好好读书,听阿姐吩咐。周末有时间就回来帮我带带月鸾。"

　　月璃看看母亲,又看看月姝,有些犹疑。苏太太说:"快走吧!阿姐很忙,别磨磨蹭蹭误事!你知道阿妈不喜闹腾,有个小娃儿已经够闹了,人多了阿妈应付不了,快跟阿姐回去吧!"

　　月璃一步三回头,犹犹豫豫跟着月姝上了车!苏太太心里的五味瓶又倒翻了一遍:不知把月璃交给月姝是对还是错?

　　梁银丰心里也酸溜溜的:二房的股份,老爷不在了,梁家在慕容家服务了三代,他是家生子,与月姝一起长大。现在是府里唯一的男丁,为何月姝也独占了去?太太怎一声也不吭?

　　管家进屋来问太太:"您决定了?"

　　"决定了!"

　　"就这么算了?"

　　"就这么算了!"

　　"为何?"

　　"她是艳阳天,月璃是烟霞天,月鸾是朝雾天,我是薄暮天!你以为能如何?"

第八回　误撞机关地窖现粮库
助火佳酿烈火烹骷髅

春天到了,今年粮食价格出奇的高。苏太太想起当时慕容柏老爷说过的地窖,就让管家梁银丰到后花园去看看。

梁银丰按照苏太太的叙述,先把月季花旁边的土挖开一些,果然露出了瓦盆,把瓦盆一个个搬开,露出来一个洋灰平台。用撬棍把平台撬到一边去,现出了一个带把手的木板。

梁银丰看了看苏太太说:"这应该是了,掀开看看?"苏太太点点头。木板下果然是洞口。洞口能容两人出入,看起来幽深难测。有石砌台阶一直通下去。

梁银丰要马上下去,苏太太说:"晾一下吧,让里面的浊气散散。"

约莫过了两个时辰,梁银丰扶着苏太太,提着马灯,一步步走了下去。

地窖十几道台阶,大概有两层楼房的深度,台阶呈螺旋状盘旋而下。到了窖底,豁然开朗:竟是一个设施齐全的地下小公寓,足有五十平米大小,一半的空间垒有石炕,墙壁上均匀地分布着灯窝。石炕边有锅台炉灶,炊具茶具。石炕上铺有蒲草竹席,半圆形灯窝里放着煤油灯,灯里竟还有半盏的洋油。

梁银丰是不抽烟的,但一向洋火不离身,以前跟慕容柏老爷出去,随时给其他老爷点烟的。"嚓"的一声,梁银丰擦亮洋火,将灯窝里的油灯一一点亮,地窖里顿时亮堂起来,但没有粮食的踪迹。苏太太和梁银丰仔细找了找,慕容柏老爷说的储备粮食原来在炕洞里,梁银丰拖出了十几个麻袋,多半是小米,也有小麦。

苏太太看到石炕上有幅画,似乎是郑板桥的竹子。苏太太上炕近前端详一下,看看是不是真迹。这幅画的旁边那个灯窝有些特别,周边的都是半圆,它竟是圆形。苏太太想:这应该是这间屋子的中心吧?于是转过身来环视一圈,果然是中心的位置。

梁银丰说:"太太,快下来吧!竹席很滑,滑倒闪着腰就不好了!"

苏太太笑道："乌鸦嘴！呸呸呸！"一边说一边跺了跺脚。忽觉脚下真的一滑，退后了两步，奇迹出现了：原来踩着的地方竟吱呀呀裂开一道缝，露出一个木质圆形罗汉头。苏太太吃了一惊，旋即又好奇地捧着晃晃。

这次才是真的奇迹出现了：原来这竟是一个暗道开关！石炕后的墙壁嘎吱吱作响，挂着画的那块竟慢慢往下沉，露出一个圆形洞口，像小花园里的月亮门。苏太太和闻声凑过来的梁银丰面面相觑，被钉住了一般，惊奇得说不出话来。

过了好久，梁银丰扶着苏太太进了新的洞口：里面是一个很长的甬道，走了二里路时有一个岔口，苏太太和梁银丰停了停没进去，再往里走了约一华里，这次又出现一个约五十平米的空间，周边分别有三个洞口。

洞口是石砌的，两个没有装门，苏太太和梁银丰挨个仔细看：石洞很凉爽，每个洞都有三米宽五百米长，两个摆满了麻袋。梁银丰打开一个看了看，一个存的是高粱米，另一个存的是玉米。苏太太吸了口气："这么多粮食，足够潍县城的人吃一年了。"

还有一个装了铁门，推起来很重，中间似乎装了洋灰一样沉的东西，存的是酒缸，推开门就有酒香扑鼻而来。梁银丰估摸着每个容量都在三百斤左右，应该是密封好的缸头酒。

苏太太在这个地窖空旷的洞室里沿着墙壁仔细看，似乎想再找出什么机关。在存酒的石洞门口，她终于看到有一些字刻在门壁两侧，还是蝇头小隶，好像是酿酒秘诀，上面刻有几段内容。苏太太一一辨认，好像是："景芝古酿越千年，醉世神功代代传"；"隔壁三分醉，开瓶十里香"；"粮必精，水必甘，曲必陈，器必洁，工必细，储必久，管必严"；"五粮赋：大米精煮，玉米陈炖，小麦新炒，高粱高烧，糯米甜黏"。这些刻字有些许斑驳，苏太太只顾挪步扬头辨识，没留意脚下，不小心绊了一下，低头看看是什么东西。不看还好，一看，吓得怪叫一声，跟跄两下，脚踝崴了，疼得一屁股坐在地上。

梁银丰在洞里嗅着酒香，有些馋，正踌躇着是否开一缸酒尝尝。听到苏太太的怪叫，赶忙跑出来，俯身要扶起太太，看到苏太太身旁竟有一个骷髅头，也吓了一跳。原来刚才绊倒太太的竟是这么一个骇人的东西。他连忙把苏太太连拖带抱扶到另一边坐下关切地问："哪里崴到了？疼得紧吗？"

苏太太用手指指脚踝，疼得话都说不出来，脸色惨白，浸着汗珠。

梁银丰有些心疼，也不再问什么，先帮太太脱下鞋袜，看到脚踝已经肿胀，忙返身回到洞里，打开一缸酒，用手捧出来，含在嘴里一大口，其余的酒在太太脚上，用手揉搓起来。揉一会儿漱出一口酒洒在脚上再揉，如此再三，苏太太脚踝肿胀略退，但仍不敢行走。梁银丰要将苏太太背回去，苏太太执拗不肯，说休息一下就好。

梁银丰说："你在这儿等会，我去去就来。"并随之将那个骷髅头抬脚踢了一下，骷髅头咕噜噜转着，落在甬道上。

梁银丰跑回第一个洞室，卷起一床蒲草和竹席用胳膊夹着，再用手拿了一个搪瓷缸两个茶杯，小跑着回到苏太太身边。苏太太疼得丝丝直吸冷气。梁银丰把蒲草竹席在地上铺好，扶太太过来依着墙壁坐下，用搪瓷缸舀了一缸酒，倒在茶碗里，端给苏太太喝："太太，洞里有些阴森，喝口酒暖暖身子，别着了凉。"

苏太太接过来喝了一茶碗，呛得咳起来，梁银丰连忙给她拍拍背，还细心地从苏太太衣兜里抽出手绢，帮苏太太擦擦嘴角。一会儿苏太太感觉身子暖起来，又要了一茶碗喝下去，脸色回暖，还带了些许红润。梁银丰这才放下心来，自己把剩下的酒喝了。

洞里确实太凉，家里还依靠自己干活，可不敢病了。梁银丰又回到洞里舀了一茶缸酒，咕嘟咕嘟喝下去，顿时觉得浑身热乎起来。随即把酒缸重新封好，回到洞里照看太太。他觉得眼皮子有些沉，也顺势坐在了竹席上。

苏太太已经微醺，细细地打起小鼾。丰腴的胸脯随着鼾声微微起伏，脸色绯红，细密的皱纹平添了几番韵味，发丝被汗水冲得有些凌乱，梁银丰看得有些呆住，心底下泛起一丝柔软，静悄悄挪到太太面前坐下，帮太太捋捋顺贴。也许是墙壁太凉，也许是梁银丰温暖的身体靠得太近，苏太太在睡梦中不自觉地搂住了梁银丰的脖子，梁银丰的头嗡的一下炸出了金星。

酒精助燃了干柴烈火，在幽深的洞穴里，一个古老的故事重新上演：久寡多年、丰润犹存的女主人；青春血旺、未曾婚配的家奴，就这样抱在了一起，焦渴的嘴唇互相寻找着吮吸，巫山云雨倾注而下，颠鸾倒凤的声音惊起了蛰伏已久的蝙蝠，伸展开黑翅膀寻着亮光飞出，在花园里的洞口边盘旋。

第九回　家奴戏主母惊悚月璃
幽灵闹暗室吓傻蝙蝠

　　月璃在潍县广文中学读书，明年就要考大学了，一个月才回坊茨小镇一次。平日都是礼拜天回去，上个月回去时月鸾有些感冒，吵嚷着不想上学，月鸾读的是坊子车站寄宿小学一年级，一周回去一次。今天是周六，月璃早早地请了假，去买了玫瑰花饼，准备回家去看母亲和妹妹，她想和妹妹多待一天。

　　月璃回到家，门虚掩着，母亲和管家不在，是不是去接月鸾了？月璃把东西放下，听到后院有奇怪的声音，连忙跑去后院。

　　月璃看到了一个洞口，她隐约知道这套房子有个地窖，全家南撤时父亲曾在这儿存了一部分粮食，父亲给她留的嫁妆也存在这儿，是古董瓷器和名贵紫砂。今年城里缺粮，听月姝说粮食很贵，已有很多同学家也一日两餐，晚上开始挨饿，母亲大概要动用这些粮食了。

　　既然洞口开了，母亲也许在下边。月璃决定下去看看。她找了盏马灯，举着照亮，慢慢下了地窖。地窖里没人，月璃看见了石炕边的月亮洞口，就穿过去沿着甬道往里走。走了约二里路，在那第一个岔路口停了停，她沿着那条窄一点也就是两米左右的甬道过去。

　　走了约三百米，她看见一个五十平米的洞室，里面也是三个洞口，没有门，她探头看了看，一个放着些精致的小箱子，估计是古董瓷器、紫砂之类的了。另外两个放着些粗木大箱子，里面不知装着什么。月璃正要近前看看，忽然脚下被绊了一下，低头一看竟是两个骷髅头，还有一些死去的黑蝙蝠。

　　月璃吓得哆嗦起来，忙转身往外走，走到洞口感觉有东西盯着自己后背，忙回头看看，竟看到洞壁上密密麻麻到处倒挂着黑蝙蝠。月璃这一惊非同小可，跌跌撞撞出了甬道，想出地窖，却迷了路，又循着那条宽些的甬道走了下去。

　　迷迷糊糊间，月璃听到低声的叹息，似乎熟悉。她左右看看，除了自己的影子，没有别人。硬着头皮走下去，又听到叹息声。张皇失措间，又被什么绊倒了，马灯也摔灭了火。

月璃定定神，竟又是一个骷髅头。但叹息声好似是从他嘴里发出的，骷髅头摇摆着，月璃似乎看到他的眼洞里有泪水流出来。

月璃趴在地上，吓得闭上眼睛。过了一会儿，月璃睁开眼睛，眼睛适应了黑暗，头脑也似乎清爽了些。她四周看看，前边似乎有亮光，她爬了两步向里探看，里面竟有两个赤条条的人搂抱在一起，熟悉的身影，起起伏伏的呻吟，彻底摧毁了她的神经。

她回转身爬了回去，爬到岔路口时忍不住回头看了看，那个骷髅头似乎跟着她往外爬，并幻化成父亲的模样，空洞的眼窝里流出的是墨绿色的泪水。

月璃一路爬出了地窖，回到天空下才恢复了神志，急急回到屋里，提起玫瑰饼出门离开。到车站候车时，顺手把玫瑰饼丢在了垃圾筐里。

月璃回到慕容府就病了，连续一个月高烧不退。月姝遍请名医，苏太太也来伺候，月璃始终迷迷糊糊，时醒时睡，即使醒了也不愿睁开眼睛，任凭月姝和苏太太怎么呼唤，始终未发一言半语。一个月后终于烧退了，月璃醒过来，却仍不愿见人，不愿开口说话，月姝只得给她办了休学手续。

苏太太衣不解带伺候了一个月，现在月璃烧退了，人也清醒安静了，想着月鸾和梁银丰在家也不知怎样了，就商量要接她回坊茨家休养，月璃只一个劲儿地摇头。月姝见状，只得让苏太太先回去，并许诺会好好照顾月璃。苏太太这才依依不舍地回了坊茨小镇的家。

月璃自此以后，每逢心情不顺或身体不好，或者雷雨之夜，都会梦到那个发出叹息声的骷髅头，梦的结束，就是那个骷髅头幻化成父亲的模样，空旷的眼洞里，流出绿色的泪水。她经常在半夜里哭醒，瑟瑟发抖到天亮。

这个梦，无人排解，看到的事，无从诉说。惊吓和着恼怒，泪水和着委屈，就这样变成了忧郁的血液，浸润了月璃的骨髓，终其一生，被它所害。

第十回　管家念旧情救济三姑
珍珠痣旺夫三姑预言

月亮湾来人了。胡三姑到坊茨小镇来了。她来找梁银丰借粮食。

胡三姑进门的时候,看到一个七八岁的小姑娘正在院里跳皮筋。见胡三姑进来,忙收了皮筋,欢天喜地地迎上去,小脸上露出两排酒窝:"阿姨,您找谁?"

胡三姑看到这小姑娘粉嘟嘟的圆脸,水汪汪的大眼睛,灵动的柳叶眉,心生欢喜,忙拉起小姑娘的手套近乎说:"别叫我阿姨,叫我三姑吧。咱们是亲戚,我是咱老家梁家湾的人,差一点成了你爹爹的媳妇。要不是姥姥嫌弃你爹爹穷,我就是你的娘了!"

梁银丰从屋里走出来:"你怎么就改不了这贫嘴!快别胡咧咧了,这是三小姐!"

胡三姑不服气地嘟囔:"我说老梁,这天下可没有不透风的墙,老家的人谁不知道你睡了东家太太!这闺女还不早晚得叫你爹!"

梁银丰气得哭笑不得:"他三姑,你不是来耍贫嘴的吧?别让太太听见了不待见你!"

胡三姑得意地笑起来:"放心吧,我有数!我早上就来了,亲眼看到你家太太坐上公交车去了潍县老城,才敢进来!"

梁银丰哈哈大笑起来:"我说怎这么放肆,啥时变成侦察员了?跟你家志愿军干部学的?"

胡三姑瞬间脸能拧出水来:"快别提那窝囊废!退伍前还是连指导员呢!从朝鲜回来人家都安排了工作,成了吃国家粮的人,三餐不愁。他倒好,非要回乡过什么三亩地两头牛,老婆孩子热炕头的生活!家里去年发大水,遭了灾,地瓜玉米等秋庄稼颗粒无收,要吃没的粮,要烧没的柴,冷锅凉灶大炕冰冷,这不,又犯老毛病了,炕都爬不下来了!"

"别作践自家掌柜的,哪有你说的那么邪乎？三两年给你添了俩闺女,能爬到你身上,爬不到炕下来！"

胡三姑眼圈红了："你还别不信,真不是埋汰他！腰里的子弹作怪,啥时能自动爬到我身上去？别人不信,你也不信？青莲是你的,呦呦是他姐姐看我可怜抱给我的！"胡三姑一边说着一边抱住梁银丰哭起来。

梁银丰虽生了恻隐之心,手却不知怎么放好了。他如今跟苏太太走在了一起,虽没有完婚,也是早晚的事,他不想横生枝节让太太不高兴。平心而论,他是真心喜欢太太,这么多年,他终于有了机会,能和太太真正成为一家人,休戚与共。

想到这儿,梁银丰推开胡三姑："我和太太是有难同当,有福同享！可再不敢和你这么不清不楚的！孩子的事你还是保密的好,否则闹得大家都不痛快！"

"当初你也和我说过有难同当,有福同享的！"胡三姑抽抽噎噎,不依不饶。

"好了好了！说那些没用的干啥！当初是你娘说我上无片瓦、下无立锥之地,父母双亡,无根无苗,跟着穷受罪！现在怪得了谁？"

"当初你也是尝了鲜,又恋上了太太,巴不得我娘不同意！你根本就没再去争取过！"胡三姑恨得咬牙切齿,"不长好心眼,你小心一辈子没儿子！"

"你起五更来坊茨镇,不是来跟我算旧账的吧？别忘了正事！说吧,这次想要什么？"

"给我五十斤粮食,再给我五块钱,我给家里那死不了的主抓几副药！总不能眼见着他在炕上疼死！"

梁银丰对胡三姑还是念旧的。拿出早给她准备好的钱粮："回吧,吃完我设法送过去,有我吃的,不会让你们娘几个饿死的！"

胡三姑把钱装在贴身的内衣兜里,换了一口气,一本正经地说："回家盖房的事筹备得怎样了？地基的事我跟村长说好了,就在我家前面,你相中好的那六间地皮。你得抓紧了！过了黑山可没有炭,很多人惦记着呢！这个地皮风水好,后面是湾,有水；前面是路,有财；西出一个胡同是果园,不缺吃的；穿过果园就是大路,一生顺溜！"

"太太还没应呢,我再商量商量！"

梁银丰提着面粉把胡三姑送出门,又顺手从厨房里捎出一袋小米,帮胡三姑刹好独轮车。"走吧,到梁家湾还有五六十里地哪,到家就天黑了！"

月鸾一直在院子里玩,这时也出来送她:"三姑再见!""再见,这孩子真懂事,长大了是个娘娘命!嫁个当官的,有吃有喝!"

月鸾不想听,继续回去跳她的皮筋。胡三姑神秘兮兮地告诉梁银丰:"这三小姐鼻子上长的那东西叫珍珠痣,是旺夫相,主一生富贵,她嫁的人都会当官发财。若这个三小姐长大了不信命,不安分,要嫁三次!你要嘱咐她守好那个痣,那是她的命,痣没了小命就丢了!"

梁银丰不想再听她叨叨,太太要回来了,他要收拾一下帮着做饭。这女人结了婚,嫁得不好就变得神神叨叨的。梁银丰也是个不敬鬼神、不信命的主。

苏太太傍晚才回来,梁银丰已服侍月鸾吃过饭,洗洗睡了。梁银丰就把胡三姑说的话当笑话讲给太太听,苏太太一笑置之。

第十一回 紫砂海棠壶备留嫁妆
花生摆全席可办家宴

今夜月色正好，窗外的月季花飘来一股清香，梁银丰陪着苏太太做针线，苏太太坐在大床边，梁银丰给端上一个小炕桌。他在厨房里烧好茶水，也端到床边坐下。摆上老爷常用的那套紫砂壶倒好茶，剥着小花生，月弯和苏太太都喜欢吃。

这是梁银丰闲时回老家在潍河的沙滩地上种的，收回来晒干。把长得饱满实成的拣出来，一部分换花生油吃，一部分调剂生活。梁银丰厨艺不错，小小花生米能做出很多花样：花生糕、花生糖、花生酱、花生酥饼、盐花生、炸花生米。

长得瘪一些的就晒干了储存起来，给苏太太和月弯做零嘴吃。小花生比葵花子大不了多少，又香甜又养胃，梁银丰劝苏太太多吃点。

主仆二人在月色中说着闲话。梁银丰问苏太太："地窖里的那些粮食和酒，要不要告诉大小姐一声？"

苏太太想了想说："那些东西也不知主家是谁。到时自会有人寻找的，就别给大小姐添乱了。"

梁银丰说："也是！看那洞子那么大，估计是用坊子煤矿废弃的矿井修建的，说不定有别的通道和出口。就不知东西是哪方留的？可能别的洞子里还有东西！赶明儿我下去仔细看看。"

苏太太说："赶明儿下去，就不要到处乱转了！把古董瓷器、紫砂等物带出来，那些是老爷的东西。我认得那些紫砂，上海铁画轩的老物件，那些海棠壶是戴家为老爷特意定制的，图样是老爷自己画的，说好了给月璃作嫁妆。你明天干脆直接送到慕容府去，放在这小地方终究不妥当。"

苏太太看了看梁银丰："你回屋吧，早些安歇！今日赶路急，有些乏，我要早睡了！"

梁银丰退了出去。自那次地窖里酒后温存，事后梁银丰起初有些担心，怕苏太太怪罪他，甚至干脆辞了他。但苏太太既没说什么，也不再提起，事情就这么淡下去了。

但梁银丰感觉还是有变化的。他认为太太对自己更加信任，甚至依赖。苏太太说话本就轻声细语，从不起高腔，如今更加温柔和善。有几件小事足以证明太太早已不把自己当作下人了。

一是去哪个亲戚家串门也和自己说明，二是从不在外面过夜了，三是三小姐的事完全交给了自己，让三小姐月鸾喊自己叔叔，选幼稚园选小学让自己做主，孩子感冒发烧该用什么药也和自己商量，让他有一家之主的感受，很是受用。他希望日子就这样安稳过下去，能和太太结婚是他的奢望，但他不敢先提起，怕打破了这份和谐安稳。

第十二回　巧舌如簧家奴骗主母
珠胎暗结太太嫁奴才

这一日苏太太从外面回来,想着月鸾好久没吃煎蛋了,就准备煎两份。没想到刚把豆油烧热,胃里就难受起来,胸闷想吐。苏太太一向不喜吃豆油,但煎炸东西还是豆油好吃好看,外表焦黄,内里酥嫩,于是忍着煎完两份。

月鸾放学回家,嚷嚷着肚子饿了,看到苏太太做好的煎蛋,三下五除二,一会儿就光盘了。苏太太收拾好碗碟,拿去水池里冲洗。平日里碗碟都是泡在化开的碱面里,午饭时一起冲洗,这次梁银丰没在家,只有两个小盘,苏太太赶紧拿过去用热水冲一下。一层黄油花浮在水池里很碍眼,苏太太伸手拿开水池底的胶垫,手触摸上油花,忽然无来由地恶心,胃里有东西搅和得难受。苏太太忙进了卫生间,刚蹲下,胃里的东西就冲了出来,溅了一裤脚。

苏太太一向爱干净,冲洗好了才出来,刚坐下,胃里又一阵难受,只得再进了卫生间。如是三番,黄胆水都吐了出来,折腾得晚饭也没吃。月鸾已经懂事了,看到妈妈难受,赶忙帮着洗碗刷筷的。收拾完了,就劝妈妈早早休息了。

第二天送走月鸾,苏太太去了小镇的诊所,请熟悉的中医把把脉。老中医打手一摸,又看了看舌苔,问月事几个月没来了,然后把苏太太请进内室,郑重地说:"苏太太,您一向谨慎,怎会做出这等糊涂事!"

苏太太心里咯噔一声:"天啊,难道这么巧?"求证似的看着老中医:"难不成有事了?"老中医点点头:"唉!都3个月了。月份太大,打胎有危险,我介绍你到城里去住院引产吧?"

苏太太回到家收拾东西,梁银丰跟了进来,看到苏太太脸色蜡黄,手里挽着个包裹,人坐在床边发愣。急问:"太太!怎么了? 这是要去哪里? "

苏太太说:"没什么! 这几天你在家好生照顾月鸾,我身子不适要去住几天院。"

梁银丰听月鸾说过昨晚苏太太吐了,本没在意,以为什么东西没吃好,或是受了凉。看今日这情形,忽然心里一激灵,脱口而问:"是不是有了?"并用手指指苏太太肚子。

苏太太低下头。梁银丰明白了,扑通就跪下了:"太太,你就当可怜我,把孩子生下来吧!我都三十几岁了,还没个一儿半女的!"

他上前趋近两步,拉住苏太太的手说:"我会对你们娘几个好的,你看看月鸾就知道,我拿她比亲闺女还亲!"

"我会一辈子供着你们,绝不会让你们受委屈!我甘愿一辈子给你们娘几个当牛作马!"

苏太太没了主意,去医院流吧,有生命危险,苏太太倒不是怕死,但月鸾才这么小,月璃也没成人;但生下来怎么办呢?总得有个说法吧,不然以后让孩子怎么做人?苏太太看看梁银丰,难不成要跟他成家过一辈子?月璃怎么想?有朝一日慕容桦回家来怎么办?

苏太太思前想后,左右为难。梁银丰看着太太心眼有些活泛的意思,放胆站起来拥住太太:"你才四十几岁,老爷已经去了多年,孩子们长大了都会离开的!你还有半辈子的路要走,我不会让你孤独终生的!咱们结婚吧!给孩子一个名分!大不了咱们回乡下去过活!"

苏太太终是女人,心软耳朵也软,最终被梁银丰说服了,不久两人就去坊茨小镇民政所登了记,悄悄结婚了。

第十三回 随夫改姓路月姝遭贬
小人得志梁银丰如愿

梁银丰和苏太太商量进城一趟，找找月姝。一是说说结合的事，二是想去华丰厂找份工作，新中国成立都七八年了，现在不能再叫管家了，家里也没甚大事，一个大男人总窝在家里面上也不好看，街坊四邻早就指指戳戳的了。

梁银丰去厂办公室找月姝，起初月姝见他来了还比较热情，让进屋坐下还递了杯茶水，及至梁银丰拿出和苏太太的结婚证，月姝变了脸色："你终于把婶婶哄骗到手了！"

梁银丰说："我也是看你婶婶孤儿寡母可怜，才下决心娶她。这几年还不是我照顾？你占了慕容府不说，几曾管过她和月鸾的死活！"

月姝骇异地看着梁银丰，这个一向唯唯诺诺的管家，一旦得逞竟立马嘚瑟起来！可恨婶婶瞎了眼睛，被他虚情假意蒙骗。于是狠狠地说："你们结婚我也管不了，但以后没事就不要来了，我也没你这门亲戚，眼不见心不烦！这事也不要告诉月璃了，她今年要考大学，就别让她分心了！"

梁银丰竟也恼了："你以为我是高攀你们啊！现在解放了，工农当家做主，你们一帮臭资本家太太小姐，高兴不了几天！以后谁沾谁的光还不一定呢！我是好心救太太一家，老家人介绍了几个大姑娘，上赶着要嫁给我，我都没应承！"

月姝被梁银丰气得浑身哆嗦："贱奴！你终于露出了狐狸尾巴！快给我滚出去！我再也不想见到你！"

梁银丰被月姝骂疯了，竟恬不知耻地要挟起月姝："要我滚可以，给我安排工作，我原来就是华丰厂的人，锅炉烧了十年，前两年才进府当了管家。但不能让我烧一辈子锅炉。我下礼拜就来上班，我要到供应科去！你想侵吞慕容府财产谁不知道，还想侵吞月璃的嫁妆！小心我给你说出去，我看你这个军代表的脸往哪儿搁！"

其时梁银丰尚不知道,慕容月姝已经接到调令,调任人华纺织厂的书记,正窝着一肚子无名火呢。华丰厂的书记先由路专员兼着,任命书也下来了。

月姝是担心一旦被调出去,再回来可就难了。月姝想不通:组织上怎么会如此安排?慕容府是华丰的老股东,她从小在华丰长大,华丰厂的老人与她有感情有信任,论群众基础谁能比得过她?

她十八岁读大学时就参加了青岛地下党,算来也有十年党龄了,工作一向兢兢业业,从未出过差错,政治上是可靠的。

月姝在大学里学的就是机械设计,专业对口,华丰厂研发生产出第一批195柴油机,完全打破了国外反华势力的封锁,她立了汗马功劳。

全国柴油机厂家评选研制坦克柴油机,华丰厂设计试制的柴油机体积小,重量轻,马力大,性能好,质量优,一举夺标。她得到了省长的高度赞扬。曾当着她的面对市长说:"这个女同志专业好,有能力,肯钻研,很多男同志都比不上她!好好培养,堪当大任!"

这次坦克柴油机批量生产,时间紧,任务重,多么艰巨又光荣的任务,她已做好了宣传动员工作,全厂上下铆足了劲要大干一场。

在这节骨眼上,为什么突然把她调走?月姝百思不得其解,心下思忖改天去找市长问个究竟。

在这时候梁银丰突然跑来闹腾,月姝虽心烦但也不敢得罪他。月姝深知梁银丰这种人虽说是根正苗红,但容易小人得志,惹不得。

月姝当晚回家说了梁银丰的事,路专员——路书记倒有不同意见:"梁银丰根正苗红,又是有技术的老工人,愿意回来工作是好事,求之不得,赶紧找回来!"

周一路书记就安排梁银丰进了华丰厂供应科,负责采购油料。

关于调任的问题,路书记开门见山地对月姝说了组织的想法:"市长找我谈过,组织上对你还是信任的,大华纺织厂也是重要单位,缺一个懂机械设备的领导,碰巧他们的主要设备都是华丰厂生产的,你过去工作方便。"

"不过有一件事组织正在调查,必要时你亲自去说清楚。组织调阅了你的档案,发现有一条记录对你不利,就是你父亲的问题。

"档案上写着:'其父慕容松解放前夕回国,在上海私自下火车脱离组织,自此下落不明,怀疑随船去了台。'"

　　月姝明白了自己忽然被调任的原因，就决定服从安排，不再去找市长了。她坚信自己和父亲都是清白的，组织很快就会调查清楚。

　　月璃如愿考上了山东大学。暑假开始了，月姝打发月璃去上海看三叔慕容枫，一直待到开学。

　　开学后，月姝给月璃收拾好东西，让上海的慕容枫直接送月璃去济南报到，建议她长期住校，完成学业再回来，一切生活用度按时送到。月璃一切听月姝安排，没提任何不同意见。

第十四回　回府无望梁家起新屋
庆生贺喜帽大好遮风

眼看着苏太太肚子越来越大,梁银丰就鼓动苏太太拿出积蓄,回梁家湾盖房。他对苏太太说:"咱们现在住的这房子是德国人盖的,好是好,就怕住不长哪!你想啊,虽说老爷从乔治手里买了下来,但没过房契,谁能证明?德国人早就跑了,有几套成了无主房,不就被政府收了去吗?"

"咱们住的这套,说不定哪一天也会被政府收走的。慕容府被月姝占着,回不去的!这万一有个风吹草动的,咱们住哪儿?还是回老家置办套房子心里踏实。"

苏太太磨不过,想想也有道理,就拿出珍藏的一个小金元宝,让梁银丰去银行兑换了,回家盖房子去。

梁银丰按照慕容府的格局,盖了一个小一号的四合院,还模仿慕容府的后园,种了一棵海棠、一棵丁香、一棵木槿、几丛月季、几株芍药,俨然一个小花园。

梁家湾的人都说:"这梁银丰诓骗了主家太太,起的新屋比从前的老地主家的还气派。"

胡三姑跑前跑后,对这次梁家起新屋可真出了力。

房子盖好了,苏太太回乡下坐的月子。

住上新房,又得了个粉雕玉琢的女儿,梁银丰欢喜得热泪盈眶:"老天开眼!我梁银丰也有老婆有孩子了!"

胡三姑尽心尽力给伺候了月子,每日里烙七饼(七分熟的饼,再切成面片煮熟,农村人用来做产妇的主食),做鸡蛋面,变着花样给苏太太改善伙食,增加营养,一边做还一边嘟囔:"我这是咋的了?情敌生孩子应该难过是不是?我蹀躞个啥劲?"

嘟囔归嘟囔,看到粉嘟嘟的婴儿,胡三姑还是禁不住眉开眼笑,她是打心眼里为梁银丰高兴。她对苏太太说："太太，远亲不如近邻，我住在你后面，咱们开了墙就是一家人，我看到你就觉得亲。以后梁家湾就是你的家了，这里有花有草的，喘气比城里香甜，还是住下别走了吧！"

苏太太笑笑，未置可否，私下里对梁银丰说："后院胡三姑虽说咋咋呼呼的，为人却不错，心细善良，你替我好好谢谢她！"

梁银丰很感激，大方地打点了胡三姑。

苏太太坐月子已满七日，在乡下叫小满月，娘家人是要来送米看望的。在乡下，女人生孩子犹如过鬼门关，是一脚踏在了棺材里，大鬼拉，小鬼拽，阎罗王也时不时来探探。只有满了七日，大鬼小鬼退去了，阎罗王才准许这孩子正式见家人，母子性命终算无忧了。娘家人带着鸡蛋、小米、老酒、红糖来慰问产妇，婆家人就摆酒招待，讲究一点的人家，还邀请上四邻八舍和乡里的头面人物，把孩子抱出来让家族里长辈们瞧瞧，再让族长给起个大名，正式上族谱，报户口。

苏太太娘家人已经四散，远房有几个亲戚虽留在了潍县城，如今都被划定了高成分，属于夹着尾巴做人，老老实实接受劳动改造的那类人，无暇他顾。苏太太虽有思想准备，想到此也不免唏嘘。

"来来来，瞧瞧大侄女长啥样！"苏太太正胡思乱想着，听见院里嘈杂起来。一会儿梁银丰进来，满眼喜色："太太，村长、支书都带着媳妇子来贺喜，四邻八舍都听说了，也跟着来瞧热闹了。院子里光鸡蛋就收了一大摞呢，我把闺女抱出去让他们瞧瞧！"

苏太太连忙给婴儿换上一套鲜艳的大红绸夹袄，又用水给孩子抹了把脸，小心地把褓裸递给梁银丰，嘱咐道："用帽子遮好头，小心呛了风。"梁银丰小心翼翼接过闺女，笑嘻嘻地说："放心吧，今日外面天好着呢，无风无火的！"

村长媳妇接过孩子抱着，一堆婶子大娘都围过来看，七嘴八舌地议论起来。这个说："这孩子眉眼儿像她爹，长得可真俊巴！"

那个道："鼻子嘴的随她娘，秀气！"乔二嫂说："你看这皮色，又白又细，粉扑扑的，像城里人！"有人压低了嗓子说："听说前窝里的那几个小姐，个顶个的水灵，美得紧，都赛过仙女呢！这闺女不知能不能长得赛过那几个姐姐！"

"听说这苏太太娘家也是大户人家，今天怎么一个人也没见着！""你傻啊！这年头躲还来不及呢！谁还敢请他们上门？"

村长清了清喉咙，对着屋里喊："银丰家的，你好生养着，多吃多喝，鸡蛋不够呢,让你嫂子再给你凑!奶水足足的,好好养育咱们贫下中农的后代!咱们的后代啊,一定比那些少爷小姐长得结实,长大了有出息!"

村长用眼角扫了扫院子里的一堆娘儿们,又略略提了提嗓门:"银丰家的,你给梁家湾的人做了媳妇,又生了娃儿!今后梁家湾就是你的家了!出了月子就回城去收拾收拾,搬回梁家湾来住!那城里有啥贪恋的?喘口气都吃一嘴煤灰末子!听说穿件月白衫子,赶趟集都成黑的了,回家抖擞抖擞,都能烧开一壶茶!"

满院子的人哄笑起来,叽叽喳喳凑热闹:"是啊是啊!搬回来住得了。听说住在车站附近,那火车整日里哐起哐起地过往,哪能睡个安稳囫囵觉?"

支书是个老实人,坐在那里吧嗒吧嗒抽烟,一声也没吭。梁银丰赔着笑脸站在那儿点烟。支书媳妇乔二嫂任何事上都不想落了村长下风,也高声对屋里喊:"银丰家的,听村长说了吧?放心搬回来住吧!你给咱贫下中农生了这么俊的一个娃儿,梁家湾出了金凤凰,大功一件啊!今后谁敢对你指指点点,说三道四,就是和村支部过不去!谁给了你委屈就和我说,我给你撑腰!"

胡三姑这时候赔着笑脸凑过来:"乔二嫂,各位婶子大娘,饭做好了,他们男人去西屋喝酒去,咱们去东屋里喝鸡汤吃饼卷蛋去!银丰他爹娘去得早,也没个兄弟姐妹,各位多照应多担待了!这几日我一个人忙不过来,油炸果子也没做。下午哪个婶子有空,搭把手,多做点,明日里包上十张饼、十个红皮鸡蛋,再加上十根油炸果子,一家家回礼去!"

乔二嫂说:"他三姑,今日你伺候她娘儿们受累了!明日你可别给人家做酸汤吃。要紧是管好你的嘴,后日里过来西北风,你自己吃撑了,再倒灌给人家吃,我知道了是不依的!"

一堆媳妇们你看我,我看你,心领神会地大笑起来!胡三姑抹搭抹搭眼皮,红着脸,一一让进东屋里,伺候着,吃了起来。

第十五回　环境突变姝鸾改祖姓
落英缤纷何处可吹箫

苏太太和梁银丰生的女儿取名叫梁月美。月美三个月了,苏太太身体也已完全康复。月鸾也要开学,苏太太就领着一个抱着一个回了坊茨小镇,生活就这样一天天过了下去,这时的梁银丰对苏太太还是极好的。

有一天月鸾放学回来,哭得稀里哗啦,小脸儿都变成了鬼画符,左一道右一块,黑不溜秋的,苏太太忙问:"月鸾,跟妈妈说说,怎么回事?跟同学吵架了?"

听见妈妈询问,月鸾哭得更加伤心,呜呜地说不出话来。梁银丰这天调休,就早早去等候了,把情况看了个一清二楚,因为在校园里发生争吵打闹,梁银丰使不上劲,眼瞅着月鸾受了欺负,气不打一处来:"是一帮臭小子欺负她,骂她资本家狗崽子,拽她的小辫子,还往她身上吐唾沫,扔石子!月鸾起初还还手,后来那帮臭小子人太多了,我怕月鸾吃亏伤着,就赶紧喊她出来了!"

苏太太抱着月鸾好生安抚:"以后离那帮人远一点,有事去告诉老师!"月鸾搂着妈妈的脖子,哭得都喘不上气来,边哭边说:"老师向着他们,撤了我的班长,说咱们家成分不好,不能当班长管同学!"苏太太沉默无语。

月美看妈妈抱着姐姐,就爬过来用胖胖的小手掰开姐姐的手指,小小婴孩竟懂得争怀了。苏太太赶紧让梁银丰把月美抱了出去。

待孩子们睡下了,梁银丰悄悄跟苏太太说:外面现在开始注重"成分"了,做什么事都先讲"成分"。慕容家被划分的社会成分是"资本家",以后孩子们恐怕当兵上学提干都会受影响。

苏太太着急起来:"孩子们还这么小,不能就这么着毁了一辈子的前程啊!"

梁银丰说:"我有办法,让月鸾改姓吧,随我姓梁,我是'贫农'成分,属于无产阶级,考学当兵提干都优先考虑。"

苏太太说:"月鸾懂事了,明天问问她的意见吧!"

　　第二天问过月鸾，月鸾非常高兴："月姝大姐姐改姓'路'了，我愿意随梁叔叔的姓。"梁银丰说："以后，随了我的姓，就不能再喊叔叔了，改口叫爹爹吧！这样人家更相信了。"

　　月鸾与亲生父亲慕容柏没见过面，自小由梁银丰养大，自是亲近，欢欢喜喜叫了声爹爹，高高兴兴出门上学去了。

　　临出门还回头嘱咐母亲："给月璃姐姐写封信，让她也改姓梁吧！大学里也选班长的。"

　　苏太太给月璃写了封建议改姓的信，如石沉大海。苏太太知道月璃自是不愿意的了。

　　又一个毕业季到了，月璃坐在宿舍里发呆。是回东海工作？还是留校任教？她已考虑了许久，还是摇摆不定。阿姐月姝已经来过信件，大意是欢迎她回家乡工作。可选大华纺织厂，姐妹一起创造共同发展的佳话。信里说只有加入到火热的工人队伍里去，才能实现自己人生的最高价值。

　　姐夫路书记也有附笔：华丰厂急需文化艺术人才，建议她首选父辈创建的华丰厂，虽说已经公私合营，但她仍旧是华丰的女儿，欢迎回娘家工作。看到"娘家"这两个字，她不由得心生惆怅：

　　"娘家"是慕容府吗？阿姐一家住着，只能算是姐姐家。那么是坊茨小镇吗？月鸾已经会写信，暑假也来过省城，她知道母亲最终还是改嫁了管家梁银丰。那儿留给她的是恐惧和委屈，没有娘家温暖的感觉。

　　月璃三年前已经在山大机械系毕业，男朋友潍县同乡陈生，建筑系毕业，又考取了艺术学院研究生，笛子专业。她不愿意回家，因此也留了下来，考取了艺术学院油画专业的研究生，主修油画，兼修洞箫。陈生是潍县城大户陈大花翎家的小公子，人称小花翎。

　　两人经常在黄昏后的校园里合奏，他们常合奏的曲子基本是两首：一首是《凤凰台上忆吹箫》，一首是《玉箫声和》。两人也不黏在一起，小花翎坐在湖畔垂柳的树杈上，月璃半倚半靠在树林边的樱花树下，春季里落英缤纷，落在月璃的发间，落在阴丹士林衫裙上，飘到了小花翎的鬈发里，两人也不拂去，吹得如醉如痴，飘飘欲仙。惹得路过的师生或注目行礼，或伫足围观。

　　小花翎个高面白，人却生得弯眉星目，有种阴柔的俊俏。月璃婀娜蜂腰如扶风杨柳，娇羞粉面似三月桃花。他们闪挪处，香气氤氲，经久不散。常惹得一班男生心旌摇荡:"这天造地设的一双人儿,怎么就偏偏相遇相知又相爱! 天理不公啊! 分一半给我做媳妇儿,安能管她是谁的?"

路过的女生听到这婉转悠扬、委婉缠绵的洞箫玉笛声,恨不得自己变成其中的一个他或她,也与那美妙的人儿吹惆怅,吹箫引凤,乘龙而去,白日升天,做一对神仙眷侣。

月璃的导师劝她别回去。导师说:"留在校园里教书吧。我不否认你才华横溢,但外面不适合你,你的桃花源在校园里! 外面是炽热的盛夏,你这朵娇嫩的海棠花会被烤焦的!"

月璃内心的天平本也落在了校园,但初恋使人盲目,热恋使人发烧,深情使人彻底糊涂! 小花翎的麻杆细腿儿,一日十次往月璃的宿舍跑,一送花,二送点心,三送香茶片,四送热咖啡,五送酸奶酪,六送冰激凌,七送红手帕,八送绿罗纱,九送雨花石,十送银丝镯,送来送去,软磨硬泡,终于说动了月璃一同跟他回家。

第十六回 失怙月璃初尝家温馨
华丰工艺设计现才华

月璃和小花翎到了东海市，暂时分开了，月璃听了姐夫路书记的建议，留在了华丰厂办公室工作。小花翎去了大华纺织厂办公室工作。

月璃的文字组织能力很强，专业优势明显，很快就进入了工作状态。将各种型号发动机分别申报了国家发明专利。一年里竟组织整理了从 15 马力柴油机到 50 马力柴油机的全套技术资料，申报了 200 多个专利，获得了很多奖项。路书记在厂里直夸她是小工作狂，给厂里争了光，给家里争了荣誉。

月姝工作忙又离家远，大华纺织厂在城南廿里堡，每次回家都很晚，回到家就疲惫不堪，话也懒得说。为了不给别人以腐化分子的印象，影响政治生命，家里已经辞掉了保姆。实际上月姝也不会做饭，月璃更不懂人间烟火，所以早饭晚饭就变成姐夫做了。

路书记常笑谈，我出了门是市委副书记，华丰机械厂第一党委书记；回到家就成了两位大小姐的保姆厨师，兼捉老鼠保镖。老房子老鼠多，两个大小姐看到老鼠就尖叫，路书记常常顾了楼下顾不得楼上。本来月璃自己住楼上，后来月姝提议干脆都搬到楼上住吧，楼下作客房接待用。

月璃常感动得眼泪汪汪，姐夫让她尝到了家的温暖，品到了兄长爱护的滋味，感受到了父亲般宽厚的关怀。除了早饭，月姝几乎一天都不在家吃。姐夫常常问月璃想吃什么。吃饭时像对孩子一样，时不时给她夹菜夹肉，叮嘱她荤素搭配，合理膳食。

月璃对鲅鱼过敏，路家从月璃回来后干脆不买无鳞鱼吃。有次有个老战友回青岛探亲，特意给路书记捎回一条 20 斤重的鲅鱼，送到门上说："路书记，我给你捎来个稀罕物儿，这么大的鲅鱼如今不多见了，我帮你把肉削下来包饺子吃吧！"

路书记连忙摆手："赶快拿走，别让月璃看到，影响她心情。"

老战友不解："咋的啦？看到都不行啊！"路书记点头称是："我们家啊，鲅鱼的表兄弟、叔伯兄弟们都不允许进门，你还是赶紧拿回去，自己慢慢享用吧！"老战友伸出大拇指："老路啊！你可真是天下第一好姐夫啊！"

月璃春风得意，工作热情更加高涨，华丰机械厂的黑板报办在了车间门口。各车间组织了技术研发小组、文学兴趣小组、读书小组、新闻报道小组、版画学习小组、功课辅导小组。各小组的优秀稿件版画经月璃修改润色，纷纷在国家级、省级、市级各家报纸刊物上登载发表。厂办四开的消息报、各车间门口的版面上每天都有好消息传播，工人子弟的孩子享受着免费的功课辅导。职工群众凝聚力更高，一派天天向上的大好局面。

市长见到路书记忍不住艳羡："老路啊，这分管就不如兼任出成绩快啊！你看华丰机械厂每日里报纸上有名，刊物上有画。有声有色，有图有真相，充满了积极向上的劲头。群众积极性高，这生产干劲也足，你可真是生产生活两不误，物质与文化双丰收啊！看看我分管的大华纺织厂！唉，提不起了！回家做做弟妹的工作，工作别带情绪，纺织厂都干不好，给她个机械厂，也好不到哪儿去！"

月姝这几天焦头烂额，大华纺织厂送审的迎国庆床单设计大赛初稿接连被退回，省纺织厅已下了"最后通牒"："再给半个月时间，一定把有创新的初稿送上来！过期不候！明年不再下达生产计划！大华纺织厂自己看着办！"

消息传回市里，市长把路月姝叫到办公室训斥了一遍，一点都不留情面："别以为你是老革命，就可以躺在功劳簿上不思进取！比比你家老路，你差得可不是一截!我知道调离华丰机械厂你有情绪，可以理解。但不能拿着工作开玩笑！"

月姝百口莫辩，羞愧不已，眼里冒出泪花。市长放缓口气，语重心长地说："我是珍惜你的才华，顶着政治风险重用的你！老路跟你说过吧，你家里有说不清的历史问题！别关键时候瞪不起眼来！掉了链子，你的政治生命可就完结了！你回去好好想想，干得了就干，干不了就上来去找个部门待着吧！"

月姝回到厂办公室，关起门来大哭一场。其时职工已经下班，小花翎本来也已经离开，但忘记了取玉笛，才折返回来。看到办公室黑着灯，以为没人，径直走进来，听见呜呜的女人哭声，倒把他吓了一跳。静下心来仔细听听，好像是月姝的声音。再听听也没有别人，就拿着暖瓶，倒了半脸盆热水，放上干毛巾，端进里间办公室。

"阿姐,擦把脸,莫哭了,快回家吧！"

月姝闻声吃了一惊,刚才伤心过度没听到有人进来,看看是小花翎,放松下来,仍旧止不住抽抽噎噎。

小花翎第一次看到月姝这么哭,心想总是女人,平日里风风火火、杀伐决断的一个人物,私底下竟然也会这么软软地哭鼻子！心中不由得升起一股男子汉的豪情,再加上月璃的关系,小花翎就进一步觉得阿姐哭得好可怜！于是赶紧把毛巾拧成半干状,递给月姝。月姝见到小花翎的热毛巾,仿佛又增加了新的委屈,呜呜地又加大了哭声。

小花翎没辙了,转身想走,可又不忍把阿姐一个人丢在这里,于是过去熊抱起月姝:"走吧！大姐,快回家吧！"

年轻男士的怀抱温暖柔软,心脏咚咚有力。月姝有些迷醉,不由自主地抱紧了些。小花翎年龄实际上比月姝小不了几岁,加之男人的责任感被激发,就安抚性地捋着月姝的头发,由着她哭个够。

待月姝平静下来,小花翎腾出一只手来,弯腰捡起毛巾。还好,尚热乎乎的！仔细地帮月姝擦拭脸颊:"阿姐,看你,也不怕别人看见笑话,都哭成花猫脸了！"擦完脸习惯性地捏捏月姝的翘鼻子,他把她当成月璃了。

月姝感觉到小花翎凉凉的细指尖划过脸颊,又轻触了下鼻翼！恍惚间,有羽毛掠过的激灵,竟浑身颤抖起来,不由自主地抱紧了小花翎。

一股温情的暧昧在办公室弥漫开来。

许久,小花翎轻声说:"阿姐,我送你回家吧！"

月姝一向严格要求自己,平日里都是坐公交车上下班,碰到开会晚了点误了班车,就骑厂里的公共自行车回去。今日太晚了,传达室前的自行车棚里已没有车子了。

小花翎拍拍他的自行车后座:"上来吧,我带你！"月姝坐上自行车,回城的路有些颠簸。这条路还是新中国成立前修的,新中国成立后还没翻修,听说已列进了明年的城市建设计划。刚拐上大道,车轮压上了一颗石子,车子歪歪扭扭地前行,差点把月姝摔下来。月姝自然地搂紧小花翎的腰。

回到家已经快 10 点了,月璃还在等他们。约好今晚一起合奏一曲的,现在才来,月璃本在阴着脸儿生气。看着随后进来的月姝脸儿红红,眼圈儿也红红肿肿似哭过，忙迎上去："阿姐，出什么事了？你吃饭了吗？姐夫给你留着小米粥和玫瑰饼呢！快趁热吃些吧！姐夫回房休息了。"

小花翎道："这么关心你阿姐就快去盛饭吧！问来问去惹人烦！"

月璃的泪水马上涌了出来："我问问难不成还有错了？还惹人烦了？你什么意思。"

"没什么意思，你若真关心阿姐呢，一是快把饭端上来，二是由我来告诉你怎么做！"

月璃心疼阿姐，顾不得和小花翎斗嘴，只得连忙把饭端了出来，月姝吃了两口，就上楼睡去了。

小花翎在路上大致听明白了月姝的困境，就让月璃帮她。月璃说："我是很想帮助阿姐，就不知行不行！试试看吧！"

第二天开始，月璃到办公室请好假，连着两天去了大华纺织厂。到技术科问了一些情况，又到档案室翻阅了部分档案，再要回前些时退回来的所有设计稿，看了问了查了也琢磨了，心里就有数了。

这一天回家对月姝说："你们的设计都是清一色的四菜一汤：四角小团花，中间一个大团花，要么就是对角花。款式、图案、配色确实老套了些。我给你设计一条散花、一条边花、一条长条花三个款式。给我三天时间，我设计出这三款床单图案，你拿到省里试试吧！"

又三天后，月璃拿出了设计成品，分别铺在家里的床上，月姝回来一一看过，心下喜悦，却又有一丝酸楚："这老天也太不公平了，既给了她美丽的容颜，干吗再给她这诸多的才情，琴棋书画集于一身。姐妹们平均分分该有多好！起码也每人给我们一分才情！"

月璃的三款设计里，一款是走的高贵典雅风，在赭黄的丝质床单上，用油画的笔法画上一枝连枝海棠，用的是边花设计，丝质的高贵和海棠的明艳相互映衬，相得益彰，适合有身份的人使用。

第二款是散花设计，淡粉色的纯棉布，无规则散落着紫粉色海棠花，版画手法，欢乐明快，有一股田园风扑面而来，适合小清新人群使用。

第三款是在大红色的贡缎上，横放着六朵长条的大朵桃红海棠花，金色花蕾朝上，双色双瓣，喜庆吉祥，寓意着新人双栖双飞的美好生活。

月璃的设计交到省里，得到一致好评，代表省里去纺织部比赛，拿到了第一。由此,大华厂进入全国重点行业行列,承担起国家的纺织品出口任务。

东海工业界沸腾了!市长提议,国庆期间,由华丰机械厂和大华纺织厂牵头,在华丰礼堂举行了工业界隆重的联欢庆典。

这次活动,市长亲自点名,由华丰厂的慕容月璃和大华纺织厂的小花翎组织。

这天下午六点,晚会正式开始。领导讲话后,报幕员报出节目名单:"洞箫曲《神州气象》,洞箫演奏慕容月璃,笛子伴奏小花翎,曲目改编慕容月璃。"

只见月璃穿着大学时的阴丹士林衫裙,吹着洞箫款款而出。曲声时而典雅辉煌,时而苍凉悠远,时而婉转悠扬,观众仿佛跟着她走出京城,进入蒙古草原,大漠腹地;又似乎走过川陕西北高原,走在白山黑水之中,松涛阵阵,狮虎怒吼。这时,穿青布长衫、长身玉立的小花翎吹着笛子缓步走出,清脆的笛音,犹如高山流水,犹如小溪淙淙,犹如猿猴啼鸣,犹如竹排顺流而下,溅起阵阵水花。

一人演奏时,另一人转到幕后吹着轻轻的和声。

尾声时两人都转到台前合奏,洞箫委婉,玉笛缠绵,诉说着对大好河山的无限眷恋,柔肠百转,对知遇之恩的感叹感怀,更叹息知音难求,不可再遇。

合奏结束后两人并排站立,鞠躬谢幕。台下鸦雀无声,前排的领导们眼里都含着泪花,许是想起了转战南北的峥嵘岁月,或是江南故乡的二妹子!他俩已转回幕后许久,观众席才响起雷鸣般的掌声,仿佛才回过神来。

市长是懂音乐的,联欢会结束后到后台接见演员,他握着月璃的手说:"姑娘,你太了不起了!竟把一支洞箫曲《妆台思》改编得如此荡气回肠,一扫小儿女的幽怨之气!"

他转身对跟来的路书记说:"人才啊!一定要好好扶持,重点培养!"

路书记点头称是,脸上露出了自豪的笑容。

第十七回　家宴酒过七分羽觞现
梦回儿时情景怨家姊

路府很久没这么热闹了。

今日月姝想开个小型庆功宴,路书记说今日还是家宴好,把几个孩子接过来吧。

路书记的小堂弟路黑子,已在华丰厂的铸造车间上班。路家原籍潍河西岸一个叫东南堤的小村子,老革命家庭。还乡团回来后被惨遭灭门。一门五服之内五百多口,仅剩这一个三叔的儿子。这路黑子少时不喜读书,也不爱劳动,时常在河里与一帮半大小子捞鱼摸虾。

还乡团才进了村,就有一个大胆的村干部溜出来报信,并领着这帮小子蛰伏在岸边的蒲草地里,在泥水里藏了两天两夜,饿了啃嫩蒲棒,渴了喝泥浆水,才躲过了一劫。

后来路书记胜利归来,村干部上门拜访,汇报了家中的屠门惨案,并把路黑子送了回来。路黑子又黑又粗,没多少文化,性格暴躁,不服管教,月姝不喜欢他住在家里,仍让村干部领回去养,每月送去十元生活费。如今成年,路书记就把他接回来,安排在华丰厂里工作。

路书记的意思,让他去机械车间学点技术,可他看好了和泥巴的工作。铸造车间用古老的造泥胚方式,制作发动机箱壳体,一身泥一身灰,是工厂里最累的地方,别人巴望着调出来,他却乐此不疲。下班路上,月姝看到他灰头灰脸,只露两颗白牙的样子,总忍不住又好气又好笑。

路黑子住集体宿舍,路书记早早吩咐铸造车间主任,让他通知路黑子下班后务必先洗澡换衣服,不用回宿舍了,今晚家里有事,回家去吃饭。

路书记早一天已通知梁银丰把月鸾送回来,月璃和月鸾很久没见面了,趁此机会姐妹们聚聚。

月姝下班时，把小花翎也带了回来，还带回一个会做饭的办公室主任。

一家人说说笑笑，一会儿饭菜摆上了桌子，大家围坐一起，很有其乐融融的家庭温馨，一向喜欢独处的月璃也感受到了热烈的气氛，主动坐到了桌子上。路书记开了一瓶香槟酒，喜洋洋地说："今天难得一家人聚齐了，我们好好庆祝一番，月姝的大华纺织厂争到了先进单位，月璃和小花翎贡献了聪明才智，展露了才华。大家共同举杯，为他们庆祝。"

"老路！怎么关起门来喝酒吃肉？也不通知大伙一声？不够意思！"

市长边说边领着大华纺织厂的几个副厂长走了进来。路书记和月姝忙起身让座，月璃领着路黑子和月鸾闪到西边小饭厅去了，路家日常也在那儿就餐。今日人多，才把餐桌开在了大客厅。

"月璃，别走！跟大家一起喝两杯吧！"市长叫住准备退出的月璃。

"别了，让她陪妹妹吧！月璃从不饮酒，人多了害羞吃不饱，让她们随意吧！"月姝还没反应过来，路书记已经帮月璃解了围。

"喝酒喝酒！"路书记招呼重开了一瓶景芝白干，一瓶红酒，月姝不要红酒，示意小花翎给倒了一杯 50 度景芝白干。

"市长大驾光临寒舍，蓬荜生辉，月姝感激不尽！请允许我先敬一杯，以答谢对我的厚爱！"说毕一饮而尽。

"好酒量！月姝不仅工作能力强，这酒量也不赖！大家每人喝一杯陪上！"

市长带头一饮而尽，众人皆纷纷效仿。小花翎呛得咳咳了几声，立马脸红得像鸡冠花，众人大笑，气氛一下子活跃起来。

这样你敬我，我敬你，不一会儿都有了七分酒意，市长再劝酒就有些费劲了，于是打趣起路书记来："我说老路啊！你这不是被我们倒灌了吗！怪不得关起门喝酒不叫我们，原来是胆小害怕啊！"

路书记被市长一激将，英雄气起来了，对月姝喊道："月姝，今天是给你庆祝，拿出你家祖传的醒酒器来！咱们喝他个一醉方休！"月姝一愣怔："老路，喝多了，说酒话吧？"

"我没醉！没说酒话！市长什么没见过，不会要你那个宝贝醒酒器的！别舍不得，快拿出来行酒令！"

市长也跟着凑热闹："我说月姝书记，什么宝贝藏着掖着不让我看啊？"

月姝略显尴尬："市长，别听老路胡说，是一个大酒杯，也不算什么宝贝！"

月姝到小客厅,对月璃说:"你把那个玉羽觞拿出来吧!你姐夫喝多了,要用它行酒令!"

月璃看了看月姝的表情,也没多想,回屋从嫁妆箱里拿出那个玉羽觞交给月姝。

月姝转身出去了。倒是小妹月鸾问了一句:"二姐,大姐怎知你的嫁妆盒里有那个东西的?"

月璃摇头:"我也不知,也许是母亲告诉她了吧!"

路黑子在给月鸾剥海蛎子吃,闻言抬起头来小声说:"什么宝贝啊!很值钱吗?"

月鸾点点头,她是隐约听母亲和梁银丰提起过:"听说是无价之宝,好像是谁拿到谁就能当上皇后的。"

路黑子一听眼睛放出亮光:"那就是国宝喽,可要保管好了!这么好的东西自然招人眼红,惹人眼热!"

月璃看看路黑子和月鸾:"大姐不是那样的人!你们俩不许乱说话!"

路黑子耸耸肩:"哼!她一定偷看了你的嫁妆箱子!你母亲没必要告诉她箱子里有什么东西,也不可能告诉她!"

月鸾不解地问:"她为什么偷看啊?"

路黑子压低嗓音:"要么好奇心作祟,要么私心作祟,总之二姐你以后注意点,小心看好你的东西!莫被人惦记了去!"

小花翎已喝到九分醉,舌头已经大了。看到月姝拿出玉羽觞兴奋起来:"我来行酒令!"

市长说:"什么酒器啊,这么神秘!"月姝赶紧把玉羽觞递给市长。

小花翎斜了一眼说:"是汉代玉雕羽觞杯!"

市长接过一看:此杯是用一块椭圆形青玉雕刻而成,浅腹,平底,两侧有半月形双耳。玉质细腻、湿润,羽觞整体受沁,深浅变化过渡自然有序,蜡质光泽熠熠生辉。

"果然是宝物!小花翎,看来你见过这东西,你来吧!怎么行酒令,你说了算!"

小花翎接过玉羽觞说:"这是汉代皇室宝物,是一对,后双双流落民间。这一支的血沁斑斑点点,如离人泪,一般传给嫡公子。还有一只在杯底有圆形血沁,似一颗相思心。相传是楚王给长公主的陪嫁,后被历代长公主珍藏,流落民间后传说谁拥有此杯,即拥有了皇后命格。"

"别转(音拽)文了!快说怎么行酒令吧!"路书记不耐烦地催促起来,小花翎说:"持有此杯得先自饮一杯!"说完把杯中酒一饮而尽。

"天地是万物的客舍,时间是古往今来的过客,而浮生若梦,为欢几何?——开琼庭以坐花,飞羽觞而醉月。——背诗不成,罚酒罚酒!"说完又自饮一杯!

小花翎彻底醉了,路书记喊过路黑子,把他背到三楼客房休息。

众人继续喝酒,尽兴方散。送走众人,月姝也支持不住,上楼休息了,头一挨枕头就醉过去了。

第二天月璃回校有事,路书记要到济南开会,就带上月鸾一起奔了省城。

月姝一直睡到日上三竿才起床。起来后口干舌燥,头昏脑涨,看到床头柜上有杯清水,咕嘟咕嘟喝了下去,这才感觉清爽一些。

家里鸦雀无声,看来大家都出去了,就穿着睡衣出了卧室洗刷。

三楼传来一丝声响,月姝以为月鸾在三楼客房睡觉,就上去看看,打算喊醒她,让梁银丰带回去。说实话,她对这个改姓的妹妹并不亲近,接过来住几天,也是为了安慰月璃。

想起月璃,又想起昨晚的事,想起另一只玉羽觞,眼前浮现苏太太平静的脸。月姝狠狠地咬牙:"姊姊,你不信我,总是防着我的!"

第十八回　月姝迷情水催生爱欲
小花翎中招月漫窗棂

月姝推开三楼客房的门,看到的不是月鸾,是裸露着上身的小花翎。

小花翎侧卧在床上,仍在酣睡。睡梦中双眼迷离,嘴唇血红,嘴里吧唧吧唧发着声响,脸上有满足的笑意,似乎是喝到了甘泉水,笑意中有淡淡的香甜。

月姝笑了,已经挪出去的腿又抽了回来。她看到床头柜上有杯清水,就径直走过去,扶起小花翎的头,让他美美地喝一杯真正的甘泉水。

月姝轻轻放下小花翎的头,拉起被单给他盖好,正准备出去,头晕了一下,转身附倒在小花翎身上。小花翎蒙蒙眬眬中伸手抱住她,嘴里喃喃道:"月璃!别走! ——别走!"

月姝的头轰的一声,浑身燥热,脑中一闪:"怕是喝了催情水吧!"

接下来就身不由己,她疯狂地脱掉衣衫,赤条条爬上床去,急切地寻找那枚鲜红的嘴唇,如蚂蟥吸血般拼命吸吮。

两颗年轻的躯体,战栗着,扭曲着咬着,似乎等待了五千年,寻找了五千年,爱了五千年,恨了五千年! 彼此恨不得穿透彼此! 彼此又恨不得撕碎彼此! 空气中弥漫着情欲的味道,床似乎不甘受挤压,发出呜呜的怪叫,一直穿透三层楼板!

这场两个人的战争,一直持续到中午!

直到两个人都精疲力竭,虚脱到清醒,才慢慢坐了起来,困窘地看着彼此,似乎不明白发生了什么,又似乎期待了好久。月姝的嘴唇肿胀着,头发一缕缕垂着,床单上还有带血丝的一小缕。脖子上、双乳间,满是紫红的唇印,雪白的大腿上,青一块紫一块布满瘀痕。小花翎也惨不忍睹:嘴唇肿胀着,嘴角滴着血丝,身体上密密麻麻布满紫红色齿痕、指甲抓痕。月姝忽然号啕大哭起来! 小花翎彻底清醒过来,赶紧穿上衣服,手足无措地站到月姝旁边,手里拿着月姝的衣衫:"对不起,你怎么罚我都行! 我会负责的!先穿上衣服再说好吗?"月姝穿好衣衫,平静下来,静静地坐着,如雕像般一言不发。小花翎俯身站着,似做错了事的小学生,等着聆听严厉的训导。

两人就这样僵持到月色漫上窗棂。

月姝首先打破了沉默:"我饿了,咱们下楼去吧! 你弄些东西吃吧!"两人相携下楼,小花翎扶月姝在西洋沙发上坐下,进厨房做了两份糖水煮荷包蛋。两人慢慢吃完。小花翎战战兢兢,一直站在月姝旁边,等着被审判的时刻到来。

月姝看到小花翎畏畏缩缩的样子,竟气笑了,她拍拍身边的沙发:"坐下吧! 敢做不敢当的东西! 刚才的疯狂劲从哪儿借的? 怎么又变回蔫猫了?"小花翎战战兢兢坐到月姝旁边,月姝让他把头枕在她腿上,一边抚摸着他的长鬈发,一边给他讲了个故事:"路书记还是路政委时,在乡下有个大他三岁的老婆,因不生养给休了。后来在延安又娶过一个女学生,结婚五年一直未有孕事,心有憾矣! 有次战后负伤,正好有个加拿大医生巡诊,悄悄做了检查,才知是自己的事。女学生后来另嫁他人。路政委主动请缨来到山东前线,到青岛做了地下党的路专员。为了便于开展工作,我们一直假扮夫妻。解放后,路专员来东海当了路书记,大家都知道我们曾经共同生活过几年,为了照顾影响,我们就顺理成章结了婚。"

小花翎听完这个故事,只问了一句话:"你们今天是故意设套吗?""不是,我不知情!"月姝委屈地哭起来,"以前,有没有孩子对我不重要,我还不至于如此不堪!"小花翎站了起来:"你既然不知情,这事就算过去了! 我会记得你的好!但不希望让月璃知道此事,她会受不了的! 我要带她到青岛去,远离此是非之地!"

小花翎转身要走,月姝从后面一下子抱住他的腰:"别走得这么绝情好吗?他们去省城要一个月才回来!既然阴差阳错,你给了我一丝希望,请不要把希望马上带走! 陪我一个月吧! 给我一个月的快乐时光,我死也无憾了!假如上帝可怜我,再给我一个女儿,我就是世界上最幸福的女人了! 我不会拖住你的。一个月后,你带着月璃远走高飞,我不会拉你后腿的,月璃一定是世界上最美的新娘!你们做你们的神仙眷侣,我会安心在家里把女儿抚养长大,等你们累了倦了再回来,这儿永远是你们的家!"小花翎回转身来,抱住月姝,两人彼此感动得相拥而泣。

那夜,小花翎留了下来。

那一个月，月姝尝到了你侬我侬的另一种幸福，不想放手的甜蜜和幸福。

小花翎怀揣复杂的心绪，陪了月姝一个月。比起月璃的孤傲疏离，热情似火的月姝让人销魂。加之月姝似盛开的月季，艳丽妖娆，浑身散发着成熟女人的韵味，诱使黄花少年郎小花翎，彻底抛弃了童真，成为潇洒男人。但夜半梦回，也会闪现月璃的泪眼和低咽，常常忽然惊醒坐起，窗前依稀飘过风摆杨柳的袅娜。

第十九回　孽欲情根月姝喜初孕
惊吓早夭螟蛉识宿命

　　月姝从老路知道自己怀孕那刻起,就背上了沉重的精神枷锁。愧疚和恶心,贯穿了月姝的全部生活。老路似乎什么也不知道,比以前更加温柔体贴,细致周到。看到月姝不喜油腻,变着花样地做着营养素餐:高汤娃娃菜,鸡汤煮豆皮,五香鸡蛋饼,虾米炒鸡蛋等,每餐都端上。

　　热气氤氲中,月姝感觉有一双森冷的眼睛注视着自己,摇摇头再仔细看,却什么也没有,只有老路忙碌的身影。待月姝转身上楼,又感觉背后有股寒意穿透脊背。每次月姝都是踉跄着开门进屋,躲到床上蒙上被子哆嗦半天。

　　小花翎知道月姝怀孕,如释重负。此时"自力更生,丰衣足食"的精神贯彻下来,各县纷纷创办钢铁厂、机械厂、纺织厂。市委从各大企业抽调人才,组织了技术指导工作队。小花翎报了名,被分到新划分的潍县工作队,老潍县城正式改为东海地委所在地。

　　新潍县城所辖为坊子和寒亭24个乡镇。其中有嫦娥飞天的望月台、大禹治水的禹王台、寒浞古国的寒浞冢、柳毅传书的柳毅山、渤海古道的卸货台、海鸥纷飞的潍河入海口,名胜美景数不胜数。小花翎既不想再见月姝,又无法面对月璃,只得寄情于山水之间。平日埋头工作,周末一个人骑上自行车,带上玉笛,独自在天地之间放浪形骸。

　　小花翎变了,变得玩世不恭,我行我素。长发及肩,衣衫不整,若不是平日专业技术精湛,很可能被人误认为疯子。

　　随着肚子越来越大,月姝的心理发生了微妙的变化,愧疚逐渐退去,恶心如影随形。最初是食物、气味,后来发展到声音、色彩。最后,听到老路的脚步声都觉得恶心。

　　她感觉周围的一切都是肮脏的,包括自己。她讨厌这样的自己,讨厌自己做的一切事情。

有时开会时还热情高涨,激情洋溢;会开完回到办公室,关起门来,无来由无征兆地呜呜大哭。怕人听见,用毛巾捂紧嘴巴。幸亏隔壁是会议室,走廊上路过的人以为是窗外的穿堂风声,没人会猜到是月姝的哭叫。但月姝以为,所有人都知道她的秘密,都在看她的笑话。

她开始讨厌所有人,所有的东西,看什么都不顺眼。有时把自己反锁在办公室里,将桌子上的文件撕成碎片,连自己最珍爱的英文版《随风而逝》,也被她撕得粉碎,扔在了纸篓里。

但讨人厌的日子依旧不紧不慢地往前走。月姝有时冷静下来,也会想想以后的生活,这孩子是留或不留,留下如何?不留下又如何?月姝始终解不开命题,下不了决心。

日子随风而逝,又一个火热的夏天来临了。

月璃研修归来,埋头工作,对家里的微妙变化没任何感觉,姐夫依旧关怀备至,尽心尽力伺候着她和姐姐,纵容她继续做着十指不沾阳春水的小姐。

小花翎参加工作组下县里援建项目,久久不归,她也认为是工作忙碌,分身乏术,她仍沉浸在自己美好的世界里。

转眼月姝怀孕已近八个月,俗话说七活八不活,月姝去了偏远些的市立二院做了产前检查。大夫告诉她胎位不正,需要用艾灸熏右脚大拇趾,睡觉时要采取趴卧式,团成一个青蛙的样子。

月姝坚持了半个月,疲惫不堪。

月姝一直坚持骑自行车上班,不管昨夜睡得如何,从不耽误工作。夜半趴卧至凌晨,泪水和汗水打湿褥垫。清早起床,冲一个热水澡,再用凉水洗洗脸,画一个精致的妆容,满面笑容,抖擞起精神,穿上宽松又大方的衣服出门去,没人看到她曾经整夜哭泣,也没人看出她身怀六甲。

这天早上刚下过小雨,月姝已将车子推出大门,感觉有些凉,反转回去加穿一件黑丝线披风。一来二去,时间有些紧张。今天在市纺织局有个会议,不能迟到。月姝加快了蹬车的力度,自行车飞奔起来。

前边是电力局了,过了电力局再骑行五分钟,路口右转南行一百米就是纺织局,月姝不由得松了口气,左手握着自行车手把,右手伸出,捋捋被风吹乱的头发,将发丝别在耳后。

上班的高峰期已过,路上自行车明显减少。对面一个小伙子骑车过来,远远地看到一个女人飞快地骑行,到了电力局却慢了下来,以为是在电力局上班的干部,就将自行车把一拧,往路南斜插过来,准备绕过月姝继续西行。

月姝实际上是继续东行,眼看着车子冲自己过来,慌忙中也将自行车把往南一打,啪嚓一声,两辆车子撞在了一起。月姝从车子上被撞了下来,坐在了地上。

电力局的门岗大爷赶忙跑出来,一边帮月姝支起车子,一边训斥那个小伙子:"以后骑车子长着点眼色,这么宽的马路,怎么往人家车子上撞!"

小伙子赶忙支起自己的车子,伸手来拉月姝:"大姐,没事吧?要不要去医院看看?我先帮你看看车子!"

月姝骑的是24型女式小飞鸽自行车,红色新车刚买了一年,质量非常好,没什么大碍,就是车把歪了,链条掉了下来。小伙子给一一修理好,看工作服的样式,似乎是华丰厂的。大概是新工人,不认识月姝,月姝却怕被认出来丢人,摆摆手让小伙子走人。

小伙子没看懂月姝的手势,站着没动。看门人说:"让你快走去上班呢!你还算运气好,这位女同志一看就是干部,觉悟高。如果是一般孕妇,你今天得折腾一天,怎么也得花上个三五百元,一年的工资没了!"

月姝想:"这看门老人的眼够毒的,我这般遮掩竟被他看穿!"

于是冲老人笑笑,转身对小伙子说:"你上班去吧,我真的没事!"

小伙子不好意思地说:"那我先去上班了,我是华丰厂金工车间开龙门刨的,您进厂一问就知道。这事我会负责的,您自个去查查,要有事就去找我!"

小伙子骑上车子走了,一会儿就没了踪影。看门人摇摇头:"年轻人,骑上车子跟野驴一样,一溜烟没了影儿,记吃不记打,不长记性!"嘟囔着转回了传达室。

月姝拍拍身上的灰尘,整理一下衣服,也骑上车子继续东行,到路口右转后骑行五六分钟,赶到纺织局大门。月姝看看手表,正好八点二十,通知上是八点半开会,爬上四楼还是来得及的。

会议开到了十二点,休会后月姝就近找了家小吃部,要了碗和乐面,热乎乎地吃下去。下午还要继续开会,月姝就早早来到会议室,坐着休息了一会儿。

会议在下午三点结束,月姝想下午就不去上班了,再去市立医院做最后一次产前检查,就准备坐月子了。

　　月姝终于想明白了:孩子是无辜的,她要生下这个孩子好好抚养,既然老路认他,就当这是上天赐给他们的礼物,以后和老路好好过日子。

　　人的一生想开了其实很简单,有家,有子女,夫妻和睦,日子就能过下去。风花雪月不过是人生路上的风景,爱情是人生路边的鲜花,山盟海誓是人生路上的标语,看过了,尝过了,人生也不算虚度。

　　市立医院的妇产科不算忙碌,月姝去时,门诊上只有一个女大夫,在给一个农村女青年做流产手术,手术台就在门诊室的内间。女医生伸出头来:"来了,还做孕检? 没什么不舒服吧? 要不你坐会儿,我先给她刮宫?"

　　月姝忙摆摆手:"您先忙,我做正常孕检,等会就行。"

　　刮宫术很疼,特别是流产时的生刮,为了保护子宫,以后能正常怀孕生产,医生往往不给用麻药。

　　内间里不时传出女青年压抑的痛苦呻吟,约莫有十几分钟,女青年忽然尖叫起来,接着传出女医生的训斥声:"叫什么叫! 忍着点!与你男朋友风流快活时,没想想后果吧? 现在后悔吧?! 以后注意点!"

　　月姝感觉自己的肚子也隐隐作疼,不由得将手敷上隆起的肚子,轻轻抚摸。心下轻嘲自己:"我这人怎么了,有些神经过敏呢!"

　　女医生做完小手术,洗过手,出来问了月姝一些情况,用尺子量了一下月姝的胸围、腰围,又量了下体重。告诉月殊一切正常,记清楚日子,下月就要生了。并建议月殊提前两天来办理住院手续待产。"9个月零10天,不是今日是明日! 早做好准备,免得到时慌张,有阵痛感觉就住进来! 你又不是那农村妇女,计较那两天的住院费!"

　　月姝点头称是,询问大夫:"胎位转正了吗? 要是站生就麻烦了!"

　　女大夫说:"上里间手术台我给你摸摸,顺便推推,正正胎位,现在婴儿在你肚子里就好比躺在洗澡盆里,是随时在转动的。"

　　一边回头对里间喊:"收拾好了没有? 快出来! 磨蹭什么!"外面有个男青年探头探脑,大概是里间那位的男朋友。一会儿挤挤挨挨地挪进来:"大夫,她是俺媳妇,我进去背出来吧?"

　　"你媳妇? 拿结婚证来!"

　　那位男青年立马涨红了脸:"这不还没拿吗,俺娘找人算着是女孩,说进门肚里带着个女孩晦气,让先流了再准许俺登记!"

"封建愚昧!你上床前怎么不找人算算,把人家肚子弄大了再算有啥用!进去背出来吧,快点!还等着用手术台呢!"

男青年果然进去把人背了出来,女青年伏在男朋友背上嘤嘤哭泣。女大夫不耐烦地一边开药方一边往外轰:"快走!快走!哭什么哭!以后长点心眼儿,别人家叫干啥就干啥!凡事多过过脑子,叫你去死你还真跳河啊!"

那个男青年走到门口,女大夫把开好的单子塞给他:"想生儿子啊?照方抓全,杀两只老母鸡炖了,让她吃肉喝汤,10天内别沾凉水,别吃生冷食物,好好伺候着!"男青年鸡叨米似的点头,慌慌张张背着媳妇走了出去。

月姝跟着女大夫去了里间,看到手术台竟有些心慌。低头褪裤子时,又看到了垃圾桶里的带血棉球和纱布,仿佛看到那纱布里面包着一个小婴儿,肚子又不由自主地开始抽疼,小腿肚子也转起筋来。

月姝怕女大夫笑话自己,连忙快速揉揉小腿肚。这位女大夫刀子嘴豆腐心,月姝领教过她的犀利言语,心里是有些惧怕她的。按照女大夫的要求,又开腿躺在手术台。

女大夫将手伸进肚子摸了摸,满意地笑着说:"胎位基本转回来了,就是有些后位,不碍事。放心吧,到时一定顺利生产!"

月姝穿好衣服告别出去,走到走廊尽头时,腿肚子又转起筋来,月姝连忙在走廊边的木连椅上坐下,腿肚子转起筋来又酸又疼,月姝一直揉到手臂发麻,才勉强站立起来。

月姝小腹有下坠感,感觉有便意,于是想上个卫生间再走,市立医院到家还有一段路,路上没有公共厕所,甚是不便。

待月姝找到卫生间,小腹坠痛得更加厉害,便意越发明显,快要憋不住了!月姝想一定是中午那家和乐店的火腿片不太新鲜,吃坏了肚子。于是赶紧解开腰带蹲在厕位上。

月姝只感觉下体咕噜一声,有什么东西掉了下来,低头一看:自己满腿是血,蹲坑里水流冲击着一团血肉模糊的东西。月姝吓得大叫一声,就昏了过去。

月姝醒来,看见周边一片雪白,心想这是哪儿?怎么躺在这儿?仔细一看,原来是病房,对面床头上清晰地标着"产12床"的字样。

第二十回　月姝受挫迁上海修养
月璃巧遇睹阴谋揭穿

月姝把孩子生在了医院公厕坑里,待妇产科大夫闻讯赶到,顾不得肮脏,紧急救护。孩子仅活了三个小时,还是夭折了!清醒后的月姝闻讯后倒很平静,仿佛麻木了一般,只说了一句:"这样也好!"

月姝的心里,却是别样的感悟:"命里无有莫强求!不是自己的东西,终是留不住的!"

她经历了一次生死,对生命的意义也有了新的领悟:"人活一世,草木一秋。在生命的长河里,一天也是一世,百年也是一世!我终究也有过孩儿,孩儿也算活过一世。感谢孩儿,让我也做了回母亲。只是我福薄命浅,担不起孩儿那百年一世。他走了这一遭儿,便早早超脱了去,另投下一世了!"

月姝在医院里住了三天,就悄悄出院,收拾东西去了上海,跟月璃和老路说要去上海休养几个月。

老路却像丢了魂似的,恍恍惚惚,茶饭不思。外人以为他是疼老婆孩子,中年得子却又夭折,确实令人黯然神伤。

没人知道这个孩子带给他的复杂感受。他想用心底的屈辱来换取表面的荣光。

他不想让任何人知道他是无精症患者,没有生育能力,命中注定无儿无女!为此不惜违背良心,耍了手段,但老天终究还是戏谑了他,跟他开了这样一个闹心的玩笑!让他用血泪换来的希望,开成了美丽的昙花,在阳光出现的瞬间,枯萎败落。

希望化作了泡影,老路变得更加深不可测,不苟言笑。只有对月璃,还存有一点温情关怀。

这日下午月璃有些头疼,就早早请假回家,上楼静躺着休息。老路本来要去市里开会,走到半道改了主意,决定回家。今天的会议不太重要,是大力开展爱国卫生运动的议程。中途下起大雨,他临时起意,让司机待会,他在路上顺便买了一些肉食海鲜、新鲜蔬菜,准备回家好好做顿饭吃。

孩子的事情以后,家里基本没有开伙,大家各忙各的,通常是各自在外面吃了再回家,或是买些点心零食等东西回家吃。

月姝走后的这些日子,老路翻来覆去地也想开了:"人的命,天注定!还是珍惜眼前人,好好过生活吧!"

老路回家就钻进厨房里忙活起来。

小花翎今日调休,忍不住对月璃的思念,跑到华丰厂去看看。听说月姝去了上海,又打听到老路出去开会了,月璃病了。就揣摩着月璃可能回家了,于是买了一兜水果、一束鲜花,也赶到路家。见见月璃,给她一个解释,一个不伤害她的理由,做个了断,别误了月璃的终身。

老路听见门铃响,以为是月璃回来了,赶紧开门。没想到进来的是小花翎,自是气不打一处来,开口便骂:"混账东西!你还有脸来我家!你儿子死了,你是来吊孝吗?!"

小花翎先是一愣,继而明白过来,也不示弱,接口讥讽道:"你以为欺男霸女就能得到儿子?没门!自己没种,利用卑鄙手段取种,有用吗?没用!想做我儿子的爹?你不配!"

两人唇枪舌剑,你来我往,彼此揭短,肆意把对方羞辱得体无完肤,如禽兽般无情。

最后,两个男人竟动起手来,每人都想把对方置于死地,你一拳我一脚,口鼻流血,毛发拽乱,眼圈血红,双目瞪张,犹如困在笼子里的两头狮子,尽情撕咬。

月璃站在楼梯口,亲眼目睹了这一幕,竟被唬得呆住,直到那两头困兽打斗得精疲力竭,才忽然尖叫一声,冲上楼去,插上门,眼里闪着惊恐与呆痴,身体簌簌发抖,任凭外面怎样喊叫拍打,也不回应。

连续三天三夜,月璃不吃不喝,拒绝出门。直到第四天,老路听到房里没了动静,才破门而入,月璃早已昏死过去。

月璃被送进了医院。自此后,夜间的那个噩梦,那个会动的骷髅,会幻化成慕容柏老爷的骷髅,又钻进了月璃的脑海,占据了她的整个黑夜,直到哭醒。

第二十一回　月璃梦里寻温终须醒
苏太冰上取暖彻骨寒

　　月璃住进医院后，老路通知了苏太太。苏太太看到月璃憔悴的面容，心都碎了。

　　这次发病的起因，老路没说，苏太太也没问。几日下来，听说月姝出了远门，小花翎又不见踪影，苏太太大约猜到了几分。

　　上次路府家宴发生的事，小月鸾回家学说过，苏太太想起慕容柏老爷说过的话，心下哀鸣。

　　当年在上海，苏太太听说月姝在新政府里任职，又嫁了个专员。因此一心想投奔月姝，回潍县城的家，慕容柏老爷坚决反对，执意去台。他说："家，你还奢望回家？你记住，嫉妒是魔鬼！当年战乱，大哥不通音讯，大嫂被日本人飞机炸死，我们养大了月姝，待她犹如亲生，供她读完大学。她为何还要离家出走？与我们多年不通音信？

　　"是嫉妒！她嫉妒月璃！嫉妒月璃父母双全！嫉妒月璃的花容月貌！嫉妒月璃书比她读得好！嫉妒月璃许配了好人家！

　　"虽然府里把她和月璃同等看待，她是大小姐，月璃是二小姐，但她还是怨恨我们偏心！她怎么参加的革命？离家出走后走投无路才参加了革命。

　　"虽然现在出息了，当了干部，但江山易改，本性难移。她已成为人上人，你现在回去投靠她，想沾她的福荫受她庇护？她不对你落井下石就算不错了！

　　"她的心只有针鼻那么大，随大嫂！你小心被她伤得体无完肤！"

　　苏太太当时还反驳老爷："月姝走时年龄小，哪家小姑娘不耍耍性子？现在长大了，又在队伍上锻炼了这么多年，哪能还是你说的那样！别门缝里看人，把大小姐看扁啦！"

　　现在看来，还是老爷了解月姝啊！

经过近一个月的调整，月璃总算恢复过来，出院后上哪儿？月鸾想让二姐回坊子的家。月鸾懂事早，像个小大人一样，虽然名义上是三小姐，但慕容府早已变成路府，月鸾从小生活在低层，来路府只当是走亲戚游玩。

苏太太不喜抛头露面，又有月美缠着，梁银丰现在上班了没时间。自月鸾懂事起，家里买菜串门的事就由她包了。整日出没在市井集市之间，月鸾见多识广得很，心智比月璃还要成熟，苏太太常说月鸾的性格像个假小子，比那走失了的大哥慕容桦还要泼辣。

这几年苏太太夜半无人时，仿佛听见慕容桦的喊叫，常常被惊醒。醒后就不好睡了，辗转反侧，又担心月璃，彻夜难眠。睡眠不足就有些神经衰弱，身体状况已大不如前，一周待在医院里就有些疲累。周末就由月鸾代替苏太太来照顾二姐，她都是一个人背着书包，来回乘坐公交车。来到后先帮月璃洗头换新衣，再洗衣服换床单，给月璃讲外面的新鲜事，有时会逗得月璃展颜。

月璃睡下后再看书复习，把作业做了。护士站的护士有时就会问苏太太："你这两个女儿虽然都生得像花一样美，但大女儿看上去娇滴滴的弱不禁风，小女儿反倒脆生生的，干活麻利会照顾人，是不是亲姐俩啊？你也太偏心了！"

眼下听大夫说可以出院了，月鸾就开始劝说月璃："姐姐是住惯了慕容府的大房子，不习惯坊子的小房子吧？但慕容府早已改姓路了，姐姐还有什么可贪恋的？坊子房子虽小，但有妈妈，有爸爸，一家人欢欢喜喜在一起有多好？有妈的地方才叫家！"

看着月鸾翘着小鼻子，神色飞扬，鼻翼上的粉色痣子似乎都激动得变了颜色，月璃真真的羡慕妹妹："你生长在纯真年代，一切都是新鲜的，朝露晚霞，风和日丽，春雨彩虹，夏雨蜃楼。你看到的只有灿烂，感受到的只有温暖，我和你是不一样的！"

月璃苦笑道："我是一脚踏入新时代，一脚留在旧时代的人，生活的记忆里有战乱，有离别，有抛弃，有恐惧，有绝望。我看不到阳光，感受不到温暖！"

月鸾挥挥手像赶蚊子一样："嗨！二姐！如果我是你，就把一切忘掉！把一切烦恼丢开，从头来过！日子还长着呢，你才走了几步啊！别让过去把你绊住！"

"月鸾，又在给你二姐上政治课啊！四年级学生了，学问不小哪！"

送饭过来的老路打趣月鸾。月鸾昂着头，毫不畏惧的样子："我哪句说得不对了？！"

第二十一回　月璃梦里寻温终须醒　苏太冰上取暖彻骨寒

周末和周日的饭菜一直由老路做好送来,而且顿顿不重样,变着法儿为月璃增加营养。在月璃看来,老路对她是极好的,一母同胞的兄长也不过如此。

月姝和小花翎的背叛,月璃偏执地认为是小花翎见异思迁。而大姐的再次出走,又是小花翎始乱终弃造成的后果。

古人常说:爱之深,恨之切。月璃恼恨小花翎的无情,也恼恨小花翎泼向姐夫的"脏水"。她同情姐夫的遭遇,认为这一切都是小花翎一个人的过错。

坊子的家,月璃是不考虑的,一个管家咸鱼翻身后小人得志的嘴脸,月璃怎么看着都别扭。

最终,月璃还是跟着姐夫回了路府。毕竟这是她从小长大的地方,府里的一切都透着熟悉的气息。

起初的半个月,月璃过得还平静,待医院的药吃完后的三天,月璃再度被噩梦惊醒,她看到那个可怕的骷髅头,在房间的地板上滚动,间或发出幽怨的叹息。月璃吓得蒙上眼睛嘤嘤哭泣。

老路在隔壁睡得正香,忽然听到低低的哭泣声,起初不在意,以为是风声,睡了一觉还有哭声,披衣出来敲月璃的房门:"月璃,是你在哭吗?"

敲了半天只有哭声没有回声,老路就回屋找出钥匙,端着一杯水开门进去。

月璃哆哆嗦嗦地缩在床脚,双手捂着脸,团成了一个可怜的肉团,浑身像打摆子似的颤抖。老路坐过去,环拥住她:"别怕,姐夫在这儿!"

随后把水递到月璃嘴边:"喝点水吧!"

约莫半个小时,月璃才在姐夫怀里安静地睡着。

老路把自己用来解决失眠的安眠药,碾碎了两片放在水杯里。

怀里的月璃睡得跟婴儿一样,长长的眼睫毛似两只蝴蝶,轻轻战栗着,覆盖住大眼睛,眼角尚含着两滴泪珠。细密的汗丝浸润着绯红的脸颊,均匀的呼吸透出处子的芬芳。

月璃已经睡熟了,老路竟然舍不得放下,也不忍亵渎,只轻轻在月璃的额头上印上一个慈爱的吻。

两人就这样相拥着过了一夜。

天亮了,老路轻轻放下月璃,上班去了。

月璃睡到中午方醒。老路已经下班回来做好了饭菜。

这样的日子持续了两个月。有一天月璃仍是半夜哭醒,老路端过水来喂了,抱着睡下。这一次也许是太疲惫了,老路竟然先睡着了,扶着月璃头的手一歪,刚才喂进去的水吐出来大半,黎明时分,月璃醒了,看到自己睡在姐夫怀里,姐夫仍在沉睡,先愣怔了片刻,渐渐明白多日来睡梦里的温暖怀抱不是父亲的,也不是那个负心人的……

第二十二回　公安突查粮食囤积商
苏太蒙冤月鸾急救母

　　这一天梁银丰上班去了,公安局突然查抄了坊茨小镇德国建筑群。

　　公安突然发现了许多粮食,马上上纲上线了:"你们家竟然囤积了这么多的粮食,不是敌特就是典型的现行反革命!"

　　苏太太被"请"去公安局说清楚。

　　月鸾放学回家,邻居送回哇哇哭叫的月美,告诉她:"你妈妈被抓走了!"

　　月鸾是个不怕事的小姑娘,正巧梁银丰下班赶回来,就不容商量地吩咐他:"爹爹,你看好月美,我去趟大姐家!"

　　月鸾到路府时,正赶上开饭。月鸾连忙洗手进了厨房,帮着摆好碗筷口碟后问老路:"我姐在楼上吗?"

　　得到肯定的答复,月鸾上楼径直去了二姐房间。二姐捧着一本闲书在看,心不在焉,目光游离。月鸾顾不得心疼,把二姐身子扳正,正对着二姐的目光,一字一句地说:"姐姐!母亲有难了!被公安局请去了!只有你能救她!"

　　月璃的眼睛仍盯着书本,目光却不再游离。月鸾继续说下去:"公安局说我们家囤积粮食,搞投机倒把。你知道母亲没出过家门,怎么可能做这些事?我还小,家里的许多事不甚明了,但你一定知道其中缘由!"

　　月璃不由自主地点点头,听月鸾继续说下去:"你既然知道,就把事情的来龙去脉告诉大姐夫,他是市里的领导,自然有办法救出母亲!"

　　月璃抬了下眼皮:"你爹怎么不来求告?派你个小丫头来!"

　　月鸾眼睛里泛起泪花,她搂住月璃边摇晃边说道:"姐姐,你醒醒吧!是我们的母亲有难,你一定知道些什么!赶快下去说给大姐夫听听,让他帮忙想办法!"

　　月鸾边说边拉,把月璃拖下楼去。

老路看到月鸾眼睛里有泪光在闪耀,月璃欲言又止的样子,知道她们姐俩有事,就问道:"怎么回事? 谁能说清楚?"

月鸾用手指指月璃。老路和颜悦色地说:"月璃,你有事就问吧!"

月璃说了坊子车站地窖的事,当然省略去了若干枝节。老路听完,平静地说:"这事还真是只能求我!这样吧,今天很晚了,月鸾住下吧。明天我领你去公安局做证,把你母亲救回来!说起来,她还真是无辜的,就是嘴风太严,早说出来全家共同想办法,也不至于有此一劫。"

第二天,老路安顿好月璃,领月鸾去了坊子区公安局。他跟局长是战友,自然被让进了接待室,老路让月鸾去传达室等候消息。

老路给战友讲了一个故事:"四十年代初,抗日战争胶着的时候,一部分大户去了香港,但大部分大户还在老潍县坚持,这里边不乏民族工业者。地下党组织多次宣传动员,抗日前线伤病员增多,急需大量医用酒精。

"但医用酒精被日本人控制得极严,就有一部分人组织起来,在潍县城内外秘密收购粮食,藏在坊子老区的煤炭宿舍,请坊子酒厂的酿酒师秘密酿制高度酒,再通过特殊通道运到前线,代替酒精给伤病员消毒治病。

"煤炭宿舍紧挨矸子山,矸子山旁就是废弃的老矿井,日本人查得严时,他们转移到老矿井里,为了安全起见,他们把它相互打通,竟连接到了坊子车站。

"坊子车站有个德国侨民宿舍区,同情抗战的友好人士乔治就住在那里。乔治家本来有个小地窖,平日做酒窖用,后来成为地下党的秘密开会地点。

"抗战胜利后,经过地下党协调,这个地下酒厂的一条出口就连接在乔治家的地窖里,进口改在坊子煤矿东部,矸子山下的工具房里,另一条出口仍在煤矿宿舍的锅炉房里。

"这条生产运输线是老路和另一个同志建立的,解放战争时人员做了调整。老路去了解放区前线,由那个同志全面负责,乔治和慕容月姝做交通员。但潍县解放时那个同志奉命去了台湾,乔治回了德国,月姝被派往华丰厂工作。地下酒厂的工作也没进行交接,部分粮食和酒就被封存在那里。

"乔治是慕容家的老朋友,慕容柏当年也曾帮忙收购粮食。乔治出国时把房子卖给了苏太太,应该告诉了她小地窖的事。她可能无意中发现了大地窖。女人胆小,看到储存有大宗粮食物资,不敢声张这也在情理之中,也幸亏没有声张!不至于犯下大错。但私自动用就是她的不对了!

"好在损失不大,我想办法帮她补上,她是慕容月姝的婶婶,如今也是华丰厂职工梁银丰的家属,家里还有一个四五岁的女娃需要照顾,你就看在老战友的情分上,法外开恩,先放她回家,别关在拘留所里了。我做个保人,等你们把问题调查清楚了再做处理,到时绝不阻拦。"

公安局长听完老路的叙述,恍然大悟,忙不迭地说:"误会!误会!我们局里有同志说发现了一个敌特重要据点,囤积了大批粮食和酒类,伺机搞破坏!我还纳闷呢,囤积了这么多的粮食,要说搞破坏今年春天闹粮荒的时候,就应该有所行动,哄抬个物价啥的,怎没一点动静?不是奉命继续隐藏,筹谋更大的活动,就是敌特太笨!"

两人哈哈大笑起来。

公安局长请示道:"路副市长!虽然您分管工业又兼任华丰厂的书记,我不该叨扰您!但这件事既然您是知情人,您看怎么处理才完善?"

老路心说这家伙倒会踢球,当场就把球踢回来了!就慎重起来。他问:"苏太太那边怎么说,有没有扩散消息?我是说关于存有大批粮食的消息。"

公安局长回道:"苏太太确实谨慎,嘴风也严。她说这事家里只有她知道,梁银丰只知道小地窖的事。孩子们皆不知情,因此倒没有传到社会上去。她下地窖取粮食时都记着账,说是以后有能力时准备还的。"

老路想苏太太够聪明,先保护了孩子们不受牵连。不过看来对梁银丰也是动了真感情,都犯事进了拘留所了,还要设法保护他。表面上不动声色地问道:"那你们是怎样发现的线索呢?"

"梁银丰有个相好的叫胡三姑,是梁家湾的人。村里人都饿着肚皮吃瓜菜代粮,她家竟然有小米粥喝,有白面馍馍吃。她家没有壮劳力,合作社里的工分不高,近几年年底也没有分到多少粮食,怎会如此富裕?村里有些人家连瓜菜代粮都接济不上,这些人家就有些奇怪,当然也是妒忌,就报告了九龙公社公安派出所。

"派出所的同志起初以为是村里的救济粮分配有问题,接连两年春旱秋涝,梁家湾粮食几乎颗粒无收,家家户户靠救济粮度日。我们调查过了,梁家湾的村长书记家都在瓜菜代粮,只有她家日日吃得饱吃得好。而且群众不断写人民来信到局里来,因此公安派出所和局里同志决定跟踪侦查!

"前天也是巧了!派出所报告胡三姑又推着独轮车,往坊茨小镇方向来了。

局里的同志得到消息，就盯上了。来时是空车，到梁银丰家转了一圈，车上就装了一袋小米、一袋麦子。她走到小镇东大路口时，到路旁火烧铺借水喝，往常她常到那儿歇脚，我们的同志早有准备，乔装成火烧铺老板娘的亲戚跟她搭讪，很快就套出了她和梁银丰相好，经常到梁家借粮的情况。

"我们的同志套问她：'那苏太太不出门，梁银丰又上班去了，她家怎会储备这么多粮食，难道早知道你要来借？你不会是偷的吧？'

"那个胡三姑本是个好显摆的人，一听说她是偷的就急了，连忙解释：'她们家有的是粮食，都在后院的地窖里存着呢！有一回我来借粮苏太太没在家，梁银丰让我在前院等着，他进去拿给我。我等了半天，他拖拉着不出来，我以为他敷衍我，就进去找他理论！结果进屋没找到人，后墙有个门开着，我就进了后院，发现有个小花园，花园里有个洞口，我趴上看了看，竟然有梯子通下去，我喊了两声，没人应，难不成梁银丰钻进地道逃遁了？不管三七二十一就进去追了！哎呀妈呀！下边是个大地窖，有大炕有灯窝，都能住人！炕上放好些粮食袋子，够我吃一年的！旁边好像还有个洞口，我正要再继续钻过去看看呐，梁银丰从那个洞口钻了出来！他看到我进来吓了一跳，接着就训斥我，告诉我以后不准再进来，也不能再告诉别人，否则以后再不借给我粮食！我问他怎么那边还有个洞，他说是他挖的，有时进来尿急了好撒尿！这边存着粮食难不成还窝里吃窝里拉不成！想想也是。从那以后我再也没进去过！'

"我们的同志还问她：'知道这些粮食是怎么来的吗？'她说她问过，梁银丰回答说是太太存的，每年夏天都让买一些存在这儿。

"我们的同志觉得这些线索太可疑，苏太太以前的家庭成分又不好，也不知在鼓捣什么幺蛾子，就突击检查了她家，结果搜到了大地窖和大批粮食。"

公安局长看了看老路沉思的脸："我们不了解情况，委屈了苏太太，还请您谅解。不过我们本来也是打算今天先放她回家的，医生检查，她已怀了3个月身孕，而且十有八九是双胞胎，按规定孕妇也可以不收监，所以先放她回去监视居住，等事情彻底调查清楚，再做处理。"

老路听完情况介绍沉思了一会儿，对公安局长说："这样处理你看怎样？你起草个报告，我签个字证明情况属实，咱们共同去找市长汇报。"

公安局长忙问："报告怎么写？"

老路看了他一会儿说："你从以下这几个思路下笔：先写写地窖的发现过

程,再写写我能证明这是地下党当年储备的。关于粮食和酒的问题,我建议组织公安干警秘密拉到坊子酒厂去。酒厂刚刚进行区域内大小酒厂作坊合并,完成了公私合营,准备酿制山东名酒'景芝白干',正好无米下烧锅,这批粮食和原酒酒浆来得太是时候了! 我们市里国庆献礼的物资此次终于有了着落。

"至于苏太太的问题,就大事化小,小事化了吧! 把她迁到乡下去,警告她保守秘密,其他的就不追究了。她既然怀孕了,到乡下去也有利于生产。

"梁银丰是工人出身,他会明白利害关系,服从组织决定。我亲自找他谈谈,相信他会守口如瓶的,就不要再牵连无辜了!

"胡三姑那边,让梁银丰斟酌着去警告一番。我们去谈,会让她认为这事很大,不然说不定哪天又显摆自己,无意透露给其他人,反而坏事。

"关于坊茨小镇六马路那边乔治的房子,就由政府收回,充公吧! 粮食和酒拉完后,就把地窖和地下通道封了,档案销毁,这段历史就由我俩证明一下,让市长也签上字,了结了吧!"

公安局长点头赞同:"路副市长,我同意您的意见,这样办理是最佳方案。我正担心呢,突然冒出来这么多粮食,怎么向市委市政府交代? 怎么向广大人民群众交代?春天粮荒闹出了人命,本来是天灾人祸之故,群众情绪已经平息。地窖里存有大批粮食的事捅出去,舆论必然哗然,政府和老百姓都会迁怒于我们的!"

公安局长派人去拘留所接出苏太太,警告了一番,直接送回了家。事情办完后公安局长的报告也写了出来,老路看了看签上字,约好下午一起去找市长汇报。

老路告辞回家,局长送到了大门口。

月鸾看着姐夫从办公楼下来了,连忙从传达室跑出来,跟着上了军用吉普车。

车一驶出传达室,月鸾就迫不及待地问:"姐夫,你能救出我妈妈吗?什么时候救出来?"

老路拍拍月鸾被眼泪打湿的红脸蛋,笑眯眯地说:"别急! 别急! 小孩子家急也没用! 我已打了招呼,公安局长正在想办法,也许今天你妈妈就可以回家了! 你先回我家陪陪你姐姐,晚上我送你回去!"

也许老路不想让月鸾看到苏太太狼狈的样子;也许是真的心疼月璃,想让月鸾多陪陪她；也许另有打算，不想让月鸾知道苏太太已经回家。总之，他仍旧把月鸾带回了路府。

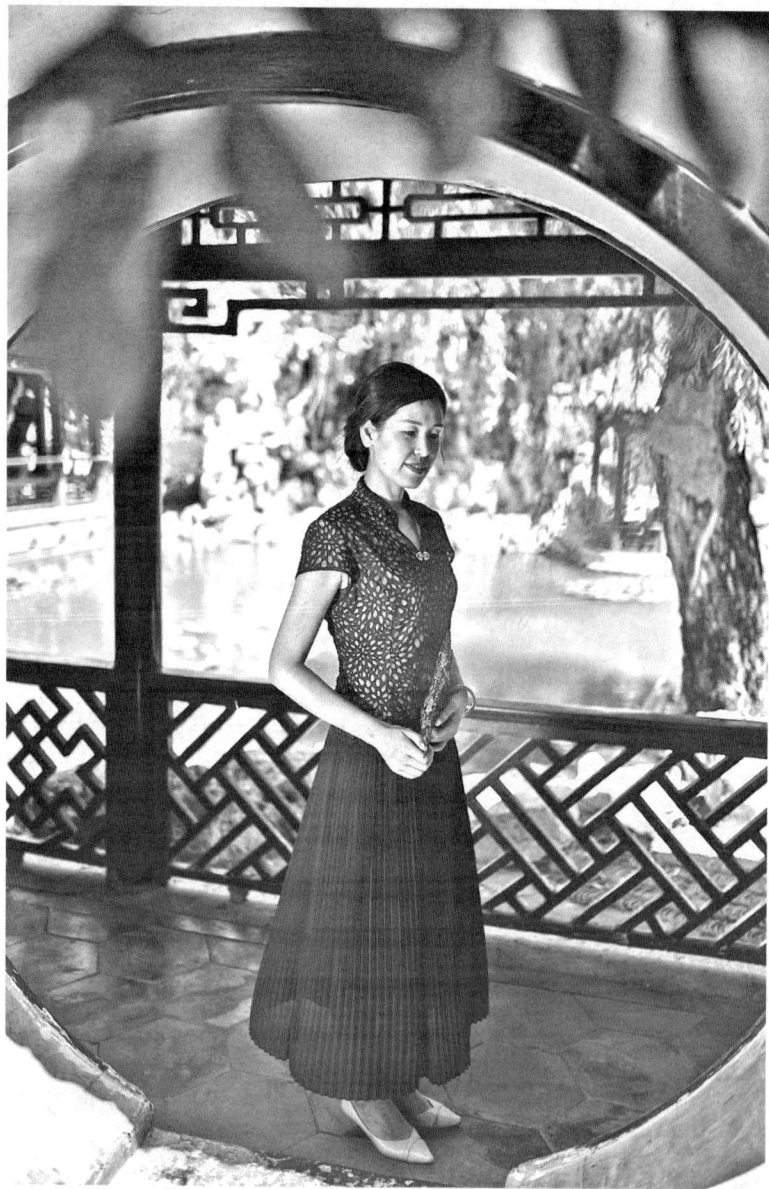

第二十三回 梁领训诚意会路书记
璃贪温暖迷恋姐夫怀

月鸾在路府陪姐姐，两人哭了一天，坚强的小月鸾到这时候也坚持不住了，顾不得姐姐有病，一天里絮絮叨叨说着担忧母亲的话，两姐妹一天没吃没喝。

老路到华丰厂办公室后，第一时间派人把梁银丰叫了过来。

梁银丰还是第一次到路书记办公室，当面与书记交谈。一进门就毕恭毕敬地问："路书记，您找我？"老路指指桌子前的椅子，温和地说："坐下吧，我找你有事商量。"

梁银丰每次去路家接送月鸾都是在门外等候。给他通知的是办公室人员，上次为工作的事找的也是月姝，从来没有这么高的待遇，被直接叫到书记办公室来议事，就有些受宠若惊："路书记有什么事直接吩咐下去，我照办就行！您这么客气，我倒觉得惶恐了！是不是孩子们惹了什么事，让您操心了？"

梁银丰是个聪明人，猜测一定是家里地窖的事，或许与苏太太进局子遭处置有关。就抓住时机不显山不露水地攀攀亲，提醒路书记他们是一家人，处理事情要手下留情。

老路自然看穿了他的小心思，也不点破，依旧不紧不慢地说下去："是这样！你呢是咱们华丰厂的职工，是光荣的工人阶级，自然和慕容家的人是有所区别的！"

梁银丰没敢坐下，依旧恭恭敬敬俯身听着："我听供应科的人反映，你工作干得不错，兢兢业业，不迟到早退，不欺上瞒下，不弄奸耍滑。这样就好，有可能为你洗脱一些罪名。"

梁银丰紧张得冷汗直流，他摸不清路书记的心思，不知下面他要说些什么。

老路端起水杯喝了几口水，梁银丰赶紧拿起旁边的暖瓶给他续上。老路盯着他看了一会儿，一直盯到梁银丰寒毛倒竖，才继续说下去："我们党的政策你是知道的,绝不冤枉一个好人,也绝不放过一个坏人!坊茨小镇地窖的事,苏太太说你不知道,组织暂且相信你是不知道的。

"你和胡三姑的事,苏太太不知道,组织知道!为了维护你的家庭稳定,也没必要告诉苏太太了。胡三姑是残废荣退军人家属,照顾荣退军人的生活也算尽职尽责,鉴于他们家庭的特殊性,她的小过错这次组织也不追究了。

"你破坏军婚,本来是应该严惩的,但鉴于你一直间接照顾残废荣退军人的生活,就将功抵罪,给你两下里折消了。

"你是聪明人,自然明白我说的意思。

"你和胡三姑做过的大事小事,既然组织不追究,你们也就别再向外人提起了,毕竟是不光彩又犯法的事,万一有人较真,倒霉的还是你们。

"我查过你的老家,是梁家湾,还盖了不错的新房,就带着苏太太回乡下去住吧。坊茨小镇这一段就此别过,你做做苏太太的工作,带着孩子安心回乡下过日子,别妄想再回来了。

"以前你们在坊茨小镇看到的、听到的、吃过的、做过的、知道的、不知道的,都带到乡下,丢到潍河里去,严禁再提起了!若再犯事,天王老子也救不了你们!

"对了,你还有一件喜事,忘了道声恭喜了!苏太太又怀了孩子,据说十有八九是双胞胎,送回乡下去安心养胎吧!告诉苏太太,过日子孩子最重要!这样做是对孩子们好!"

梁银丰一个劲儿地点头称是。待老路说完这些,他的衣裤已被冷汗打得精湿,浑身如筛糠一般。一直到老路说到恭喜,才如梦方醒,停住鸡啄米似的点头。

老路又追问了一声:"听明白我说的意思了吗?听明白你可以先回去了!做好准备,明天先把她们送回去!我会让办公室通知供应科,给你准假一天,送到家安顿好,明天速回来上班。我一会儿就把月鸾给你们送回去!"

说罢挥挥手:"你可以走了,直接回家吧!"

梁银丰转身退了出去,刚出门口,老路喊了一声:"等等!"他连忙转身停下,再次躬身面对老路。

老路似乎犹豫了一下,显露一丝苦笑说:"也没什么大事,就是把苏太太安顿好以后,过一段时间月璃也许跟回去。这事也瞒不住她,她知道了一定会吵着去看母亲。她如果想住下,希望你善待她!她不懂事,适应能力差,和月鸾不一样。月鸾是你一手带大的,受你影响较深,懂事、能干,又讨人喜欢,是真正的工人子弟的作风。月璃只会耍小姐性子，我作为姐夫既不能强留，也不好管得太多。"

梁银丰连忙表态："这事你放心，我是她的继父，虽然她不认我，还拿我当下人，摆小姐威风。但看在您的面子上，我也不会和她一般见识的！我会像待月鸯一样，真心待她，比亲生女儿还亲。"

看着梁银丰转身退出，老路若有所思，站起来慢慢踱步，在窗子边伫立良久。

老路下班回家，马上围上围裙，洗手做饭。白米饭、南瓜汤是路府的家常便饭，老路还特意为月鸯做了西红柿炒鸡蛋、排骨竹笋粉丝汤。月鸯听到姐夫回来，连忙擦干眼泪下楼帮忙。

月鸯看饭做好了，手脚麻利摆上碗筷，急急上楼把二姐拖下来吃饭。吃过饭快速收拾好卫生，像小保姆一样把家里家外收拾利落，又把姐夫换下来的衣服洗完晾好，才讨好似的看着姐夫："我妈妈回去了吗？"

老路笑笑："放心吧！你妈妈已经回家了。你是现在回去呢？还是再住一晚，明早回去？"

月鸯听说妈妈已经安全回家，激动得浑身发抖，满脸绯红，她竟不自觉地弯腰给姐夫鞠了一躬："谢谢姐夫搭救，待月鸯长大了再报答您。"

老路心生恻隐，忙伸手扶住月鸯："等不及要回家见妈妈了吧？看来是留不住你了，车子应该在外面等着了，你出去看看吧！"

月鸯应声跑了出去，不一会儿工夫又探进头来："姐姐再见！姐夫再见！"随即听见发动声响起，汽车开走的声音。

月璃吃了很少，先到沙发上去坐了，见老路送走月鸯也坐回沙发上，忽然冷冷地发问道："什么条件？把我母亲发配到哪里？"

老路一愣，看了看月璃红肿的双眼，知道她又哭了一天，心生不忍，过来抱住她安抚："你得理解我，我也无能为力！让她们先回乡下住一段吧，等风声平息了再设法让她们回来！"

月璃冷笑一声，挣脱了热烘烘的怀抱："发配到梁家湾了吧？馊主意也是你出的吧？她们这辈子应该是不让回来了吧？"

老路面露苦笑："月璃，你能不能别这么敏感，这么聪明！你应该向月鸯学习，朴实一些，凡事看开一些、忍让一些，适应新变化，跟上新时代！你会过得更洒脱，更快乐一些！"

月璃绝望地看向老路,有点歇斯底里,声调比平日略有提高,一扫往日的病态柔弱:"我知道大小姐的时代已经过去!我知道现在寄人篱下!我知道姐夫的怀抱很温暖!我知道只要乖乖听话会活得很好!我还知道姐夫会怜香惜玉,不会像对待母亲那样,为了政治把我抛弃!

"但月姝回来怎么办?我继续鸠占鹊巢?像你们霸占慕容府一样?

"或者你最希望的,是我偃旗息鼓,转入地下,伺机密会,偷偷摸摸做鸳鸯,如胡三姑和梁银丰!为了这点可怜的温暖,飞蛾扑火,焚身不悔!让你尽享齐人之福,左拥右抱?"

老路急得带了哭腔:"我的大小姐,我的小姑奶奶!你为何非要这么尖锐!这么大声!你存心要让全东海人都知道吗?"

月璃越说越伤心:"我已经是丧家之犬,哭都不敢大声了。"

老路轻声哄劝说:"你不要这么偏执好不好!这里是你的家,我们只是陪你住着,谁能霸占了去?谁又想霸占了去?你在这里,哪一个不哄着你大小姐!供着你大小姐!敬着你大小姐!你干什么非得往歪里想!把自己想象得那么可悲,那么不堪,有意思吗?"

月璃哭着上楼去了。

夜半,噩梦又回,那个可怕的骷髅游动了过来,转着圈地哀鸣!

各种可怕的镜头,一起挤进月璃的脑袋里,月璃闷声低咽,呜呜地抽泣着,身体像压了一个大磨盘,想要逃脱,却一步也挪不动,直到被自己吓得大叫一声,坐了起来,一身的冷汗,竟把睡衣浸湿!

老路听到一声撕裂般的尖叫,还是忍不住冲了进来。

他实际上一直站在门外,手里托着一杯水,像门神一样,在门外站立了一夜。

内心里,他也像月璃一样,在良知与情感之间苦苦挣扎。他喜欢月璃,是真心的怜惜,发自肺腑的疼爱。他不想失去她,就想这么守着她,护着她,看着她,却也不想毁了月璃的一生。

他知道自己已经给她造成了不可挽回的伤害。

他的良知和情感,人性和兽性,每天都在不停地打架。

在良知占上风的时候,他甚至想把小花翎请回来,跪在他的面前求他原谅,求他重新唤回月璃的爱情。他只要每天能看到月璃的欢颜,人生就圆满无憾了。

他痛恨这样的自己,左右摇摆不定的自己。

月璃最终还是喝了姐夫手里的那杯水，倒在了姐夫怀里，借用药力和屈辱，换来片刻的温暖与安眠。

在临昏睡之前，只喃喃了一句："看来也只有换个环境，换种活法了！"

老路自己也喝了安神的药水，也喃喃了两句："再多留几天吧，让我多留你几天，等到了非走不可的地步，再走也不迟。"

第二十四回　苏太再生千金遭嫌弃
月姝心生怜悯解重围

月姝去上海后，找到了三叔慕容枫。叔侄两人相见少不得抱头痛哭一番。待坐下来各自诉说别后情况，月姝才知道父亲慕容松确实来过上海，不过不是像档案里记载的那样，下落不明，去了台湾。而是落入海里，去了冥府。

慕容枫陪月姝到码头边祭奠了父亲，又央求三叔带她到父亲走过的地方转转，她想循着父亲的足迹，找回一些儿时的记忆，找回一些温馨的父爱镜头。

月姝对父亲的记忆只有七八年，她是二叔慕容柏养大的。她把父亲对她的疏离，无缘由地记到了二叔头上。她一直在想：为什么日本人的飞机仅炸死了她的母亲，而不是把所有的大人都炸死？那样她就成了孤儿，父亲一定会回国把她带走，她就不用寄人篱下了。

她也知道自己是不对的，但看到月璃靠在父亲身边求教，赖在母亲怀里撒娇，嫉妒的火苗就会窜入她的大脑，那一刹那她就希望日本人的飞机再飞回来，炸死二叔二婶，让月璃也尝尝当孤儿的滋味。

二叔和二婶出门总带着她和月璃，听到别人夸赞月璃才华横溢，夸赞月璃钟灵毓秀，有沉鱼落雁之貌，她的恶念会再度被刺激出来，不过被诅咒的还是二叔二婶，她固执地认为，只要月璃成了孤儿，绝不会有人再夸奖她。

三叔把她带到二叔慕容柏一家在上海住过的房子，如今已经物是人非，住进了两户南下干部。

新居民早已把月璃坐过的秋千拆散做了灶柴，把父亲走过的草坪改成了菜园。

听说后街的街坊太太见过父亲，还救过二婶和月鸾的命，月姝就带上从东海捎过来的床单布做礼物，让三叔带着去拜访。

街坊太太仍住在沿街的那间小房子里，日复一日做着蟹黄包。月姝和三叔来的时候,客人不多,街坊太太热情地把他们迎进来,端上蟹黄包让他们品尝。

月姝递上礼物说明来意,街坊太太恍然大悟说:"怪不得我看你面熟,就像在哪儿见过!原来是月璃的姐姐,你们俩长得可真像!"

月姝第一次听人说她和月璃相像,她一直认为自己是丑小鸭,和月璃没法比。

街坊太太说:"你们俩除了眼神不像,说话语气不像,身量啊相貌啊都像,连牙齿和头发都像,都长着两颗虎牙,头发有些黄有些卷。"

月姝笑了,经过此次小生命的变故,月姝眼神里已少了些凌厉,多了些平和,脑海里也少了些嫉妒和怨恨,多了些亲情和理解。她想这也许是命运对她的历练吧!

月姝在上海的一段时间,有事没事就往街坊太太那儿去,受苏太太的影响,她也喜欢吃蟹黄包。

有一天街坊太太神秘地对她说:"明天有个人要出院回家了,你带三叔过来看看吧!世上奇怪的事太多了,这个人长得特别像你家那些老爷们。

"我是从码头上把他领回来的,他脑子里有炮弹碎片,下雨阴天就疼得打滚。

"他什么都不记得了,我有时看他极像二老爷,在码头上流浪,饥一顿饱一顿的,吃完我送给他的蟹黄包就龇出白牙笑笑,头发长到一尺长也不知道理理,可怜见的!就领回家来做帮工!这几天找了个老大夫,在他家里做针灸理疗呢,所以你们没碰上他!"

月姝回到三叔家里,把街坊太太的话告诉了三叔。慕容枫笑笑:"世上竟然有这么巧的事?赶明儿过去看看!月鸢来信了,有你的一封,快打开看看吧!这小丫头真行,字写得不错,行文干净利索,把事情叙述得特别清楚,有你二叔的风范!"

月姝打开信认真地看了看,原来是月鸢写信给她,通报家里的情况,还抱怨说:长姐不在,没人保护我们!母亲被撵到乡下去了,我和月美也跟着回了乡下。母亲又生了一对双生姐妹花,起名叫月柔、月婧。

继父梁银丰相当不高兴,嫌弃生了一对丫头片子,甩脸子给母亲看,月鸢气不过,天天和他顶嘴吵架,把他气跑了。

梁银丰竟不回家送吃的了,急得母亲没有了奶水,两个孩子饿得哇哇直哭,她都没法上学了。

月璃姐姐又病了，晚上一直做噩梦吓得不敢睡觉，上不了班在家休养，她也没时间去探望二姐。她还得照顾月美，哪儿也去不了。

她希望长姐在上海办完事赶紧回家，家里都乱了套了，也没人去说说梁银丰，他现在已经无法无天了。

还说母亲也是这么希望，希望长姐快些回来给她们撑腰，主持公道。

月姝透过月鸾的信，她仿佛看见：懂事又酷似自己的月鸾妹妹眼巴巴地望着自己，能干又理性的二婶被孩子们哭得手足无措，也用求助的眼神看着自己！不知为什么，这一次月姝竟没有一丝报复的快感，却第一次感受到了被家人信赖的满足，感受到了家里的烟火气息，感受到了月璃的可怜可叹、月鸾的可亲可爱、苏太太的衰落无靠。

月姝看得泪流满面，赶紧回信说："再有十天半月就准备回家了！"

月姝给华丰厂办公室打了电话，想让老路管管梁银丰，却听到了另一个消息。办公室接电话的人告诉她："路书记调走了，不再兼任华丰厂的书记，现在已经升任市长，原来的市长当了书记，原来的书记调到省里当副省长去了。"

华丰厂的办公室主任已经听出了月姝的声音，喜滋滋地说："路市长这次立了大功，他主抓景芝酒厂的新产品研发，想办法通过老战友的关系，从东北调来了酿酒用的紧缺粮食，酿制出了一百吨优质'景芝白干'，不仅拿到了全国大奖，还作为国庆献礼礼物调运到北京去了呢！"

最后，办公室主任讨好似的说："慕容书记，听说你在上海养病，全东海人民都盼着你赶快好起来！现在华丰厂书记空缺，我们已经联名向市委市政府写信，请求把您调回来！您是最专业、最了解华丰厂的领导，华丰厂全体干部职工热切盼望您回来掌舵啊！"

月姝耐心听他说完，对方放下电话后，她马上摇到大华纺织厂办公室，找到办公室主任，吩咐他办两件事：一是设法买两袋粮食，大米小米面粉都行，五斤油，十斤鸡蛋，设法去华丰厂找到梁银丰，让他速速送回家去。二是买些水果糖块去她家里，代替她去看看月璃，她不放心。

大华纺织厂的办公室主任感动地说："您真善良！对家里人真好！自己养病还顾着别人！怪不得华丰厂的职工联名要您回去呢！您可千万别动心，我们大华厂的干部职工也翘首盼望，盼望您早日康复归来，带领我们大干一场！"

月姝放下电话，头脑乱哄哄的，自己养病这么长时间了，怪不得现在没人追问呢？原来老路同志又高升了，没时间问哪！其他人碍于面子，是不敢问喽！

月姝苦笑一声，摇摇头，把不好的思绪赶跑，她现在只关心：梁银丰接到东西，会不会送到家去。

"谅他也不敢不送！"月姝心想，"大华厂的人送东西给他，他一定猜得到是我的意思，会立马改善对二婶的态度的。"

想到月鸾吃饱饭欢喜雀跃的样子，月姝不由得心下释然："家里有人升官总是好事！天气阴晴不定，下雨天还是需要伞的，就让路同志继续做那把大伞吧！"

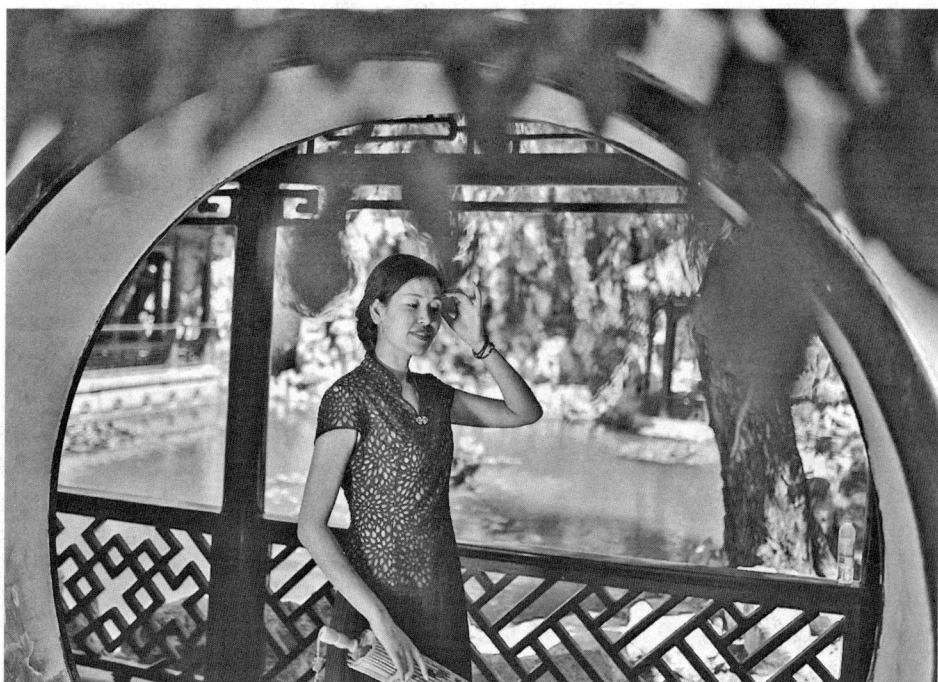

第二十五回　上海疗养幸运遇三叔
心结打开重返东海家

这一天是礼拜天,月姝一早就拉着三叔到豫园后的小弄堂里。街坊太太正在忙碌,看到他们进来,对月姝会心地一笑,连忙端出一碟蟹黄包、一碟茴香豆、两碗莲子粥,放在门口外的桌子上:"没吃早饭吧? 出去吃! 出去吃! 里边太吵,阿拉大叔采买面粉毛豆去了,也该回来了,你们在外面边吃边等吧!"说完马上回转身去招呼其他客人了。

月姝告诉三叔这家小店平日不忙,只有礼拜天才有生意,街坊太太人很善良,自己孤身一人仅够维持,再收留那个大叔就有些捉襟见肘了,但她从不抱怨,整日乐呵呵的,可亲可敬。

三叔笑笑:"我认识她比你早十几年呢! 二婶她们在上海时就喜欢吃蟹黄包,街坊太太每天都送过去!"

叔侄二人说说笑笑一会子吃完,帮街坊太太收拾了,早茶的高峰期也过去,街坊太太端过一壶茉莉花茶,三人坐在店外说着闲话。

一个身量高挑、胡子拉碴的中年男子出现在弄堂口,挑着两个箩筐,步履蹒跚地向他们走过来。

"回来了,快放下东西! 先吃早点,一会儿给你介绍俩朋友!"面向弄堂口的街坊太太起身迎上去,接下杂货挑子,拎起一只箩筐进屋去,那个大叔拎着另一只箩筐随着进去了。

不一会儿,大叔吃完东西,街坊太太把他领到叔侄面前:"快看看! 像不像你二叔?"

慕容枫惊得一下子跳了起来:"大哥!"

慕容月姝也站了起来:"二叔!"

大叔显然被搞蒙了,莫名其妙地看看街坊太太,看看慕容枫,再看看慕容月妹,略显呆傻地问街坊太太:"他们是谁家孩子?"

街坊太太说:"这是你弟弟!这是你侄女!想起来了吗?"大叔遗憾地摇摇头:"好像不是,我想不起来了!我是有个孩子,应该七八岁,他们太大了!"

街坊太太笑了:"逗你呢!快坐下喝杯茶吧!一大早串了几个弄堂,别窜上火了,你们俩也快坐下喝吧!"

慕容枫站着没动:"太像了,他太像大哥了!二哥还细腻文气一些,个头也有些矮。"

这位大哥的身量比二哥高一些,相貌也粗糙一些,活脱脱是大哥再生了!如果不是自己亲眼看到大哥沉入海底,他真的会上前抱住这位大哥失声大哭!

慕容月妹惊异得合不拢嘴:"这分明是二叔嘛!"在月妹的记忆里,父亲还是出国前的年轻形象:玉树临风,英俊倜傥。这中年沧桑的大叔更符合她对二叔的回忆加想象。

她忍不住上前抱住大叔痛哭流涕:"二叔!"哭声中有多日来的压抑委屈,有悔恨懊恼,有思念痛楚。

月妹直到今日方才明白:她对二叔的感情早已超越了父亲!她的怨恨是因为对二叔的爱和依赖,转化为极端方式做了另一种表现;她的内心里早已把二叔二婶当作了父母,对月璃的嫉妒也是争宠的表现。

如今悔之晚矣,二叔早已作古,幸得二婶还在,回去以后加倍报答吧。

大叔被哭得手足无措,只得像哄孩子似的轻轻拍着月妹的后背:"娃儿莫哭!娃儿莫哭!"

父爱般的抚摸惹得月妹哭声更甚,慕容枫也满脸泪流!他想到大哥二哥在的日子,自己一直是个被宠坏的花花公子,整日吟诗绘画呼朋唤友,哪里为生活犯过忧愁?

如今孤身一人身在异乡,形单影只,每日似黄牛一样辛苦工作,画那些自己不喜欢的机械图纸,生活单调乏味,了无兴趣。

街坊太太没想到,他叔侄二人触景生情竟伤心至此,自己也跟着眼圈红了,忙哄劝道:"莫哭!莫哭!都莫哭了,人死不能复生,好好孝敬活着的人吧!这大叔跟你们有缘,以后你想兄长了,她想父亲了,就走过来看看!解解那相思之苦!只是来的时候多买些水果糖块,大叔爱吃,我也跟着沾沾光!别忘了我这也算是媒人呢!赶明儿个你们俩啊,要准备份谢媒大礼,专门来谢谢阿拉婶婶!"

一席话说得叔侄二人破涕为笑，月姝松开大叔，不好意思地脸红道歉："太像了！失态了，请大叔原谅！"

慕容枫也连忙让座："大哥请坐。"一堆人围桌重新叙话，叔侄二人关心大叔从哪儿来，准备上哪儿去，他们想尽可能地提供帮助。

大叔却哪儿也记不起来，只记得现在常走的采买路线，还有走到码头的路。

街坊太太苦笑道："我都问了很多次了，他是彻底失忆了！"

街坊太太顿了顿，有些口吃，脸也红起来："他后臀上有两块明显的胎记，看起来像紫色月牙，一边一个！你们认识的人多，以后碰上寻亲的给上心问一下。"

月姝连忙点头："一定一定！不过我有一事还得拜托大婶。"

街坊太太忙接话说："有什么事尽管说，阿拉婶婶好情愿给人家帮忙。"

月姝促狭地笑了："我想拜托你领着大叔，赶紧跟街道上领结婚证去！这样我也做回大媒，把你那份认亲的谢媒礼抵消了吧！"

街坊太太作势要敲打月姝，月姝笑着拉着三叔跑走了！

月姝来上海疗伤已经近半年，如今心结解开，伤口痊愈，就跟三叔告别，要回东海市了。三叔送到火车站，依依不舍地挥手告别："月姝，常来看我啊！照顾好月璃和月鸢，有机会带来上海，大家一起见面多聚聚！"

月姝抹抹眼泪，爽快地回道："放心吧！有机会我会带她们来看你的！"

早上从上海坐上火车，第二天下午才赶到东海市，月姝换乘公交车回到家里，已是晚上九点了。到家后放下行李，到月璃房里坐坐，见月璃恹恹地准备休息，就回屋睡觉了。

路市长回家晚了一个时辰，快10点了，见月姝回来了，就进房淡淡地打了个招呼："回来了？一路辛苦了，好好休息吧！我现在睡觉打呼噜，可能影响你休息，我到楼下客房去吧！"

路市长转身下楼安歇了，月姝倒也不疑其他，心下暗自庆幸："这样倒好！免去了尴尬，以后就这样互不干扰，相安无事就好！"

经过一番世事沧桑，月姝对路市长也冷却了热情，只能做相敬如宾的夫妻了。

夜半，月黑风高，暗夜沉沉，老宅里只有虫鸣的声音，静得可怕。月璃再次被噩梦搅醒，那个会动的骷髅头，幻化成一双幽怨的、蓝汪汪的眼睛，在她的床边滚来滚去。

月璃吓得紧缩在床角的被子里,抖抖瑟瑟!窗外传来花猫叫春的声音。那声音像被鬼抓住,生剥皮毛的凄惨哀鸣,让人冒出一身鸡皮疙瘩。

月璃用被子捂住嘴低咽,声音透过厚厚的石墙,传到空寂的夜里,仅是似有若无的几声叹息,像华山下被压千年的三公主,撕心裂肺的求救哭泣,传到地面时,也不过只是微弱的一声叹息!

一阵北风吹过,微弱的叹息被打散在风中,飘到东方遥远的天际。

东方天际泛起了鱼肚白,天亮了,新的一天来到了!

第二十六回 璃体弱多病回转乡下
梁攀龙附凤送女进城

月姝吃过早饭,去大华纺织厂转了转。同事和工友看到她,纷纷打招呼:"慕容书记,您的身体好了?上海很繁华吧?"月姝一边热情地回话,一边询问车间和科室情况,很快进入了工作状态。

离开岗位半年,有些不太适应。于是自我调整作息时间,早出晚归,整日在厂里转悠,又分头开了几次各部门会议,忙忙碌碌半个月过去,月姝才感觉跟上了厂里的工作节奏。

这天下午,月姝去工业局开会,在机关大院碰上了老书记,老书记首先热情地打招呼:"月姝,恢复得怎样? 身体是革命的本钱,要养好了!"

月姝连忙停下脚步:"报告书记,彻底恢复好了!"老书记笑眯眯地打趣:"南方的水土就是养人,你看我们慕容书记比以前更水灵了。怪不得路市长这一段总哈欠连天呢! 原来是被美女缠身哪!"

月姝脸儿红到脖根,窘得恨不得找地缝钻进去。老书记更加乐不可支:"看看! 大家闺秀就是不一样! 年纪都有一把了,多年夫妻了还害羞不成!"

月姝无言以对,只得低头任凭书记戏谑,眼睛里竟有眼泪在打转。

老书记哈哈大笑:"这女人是水做的看来不假, 开个玩笑都逼出眼泪来,好了!我要去省里开会,就不逗你了!月姝,你要做好思想准备,党和政府有更重要的任务要交给你! 你赶紧处理完手头的工作,等我从省里回来就做安排!"

月姝想:"大概是调任华丰厂的事成真了吧! " 调任华丰机器厂在意料之中,工作也是熟门熟路。月姝没感意外,也没觉得有什么好准备的,急忙上楼开会去了。

散会时已经快五点,月姝就近买了些水果,今天早一些,她准备回家陪陪月璃。

月姝回家时,路市长也在家里,正从楼上下来,眼圈红红的。月姝吓了一跳,忙问:"月璃怎么了?"

路市长说:"病得不轻!你回来也没照顾她!哪有个做姐姐的样子,快上去看看吧!我今晚有应酬,不回来了!也不用留门,吃完酒我顺便在招待所住下,明天一早就在那儿开会,也省得司机来回折腾!"

月姝也没有多想,赶紧跑上楼去,到月璃房里一看,心酸不已:半月时间,月璃已瘦得脱了人形,眼神也已经飘忽游弋。

这可怎么是好?月姝急得没了主意。

倒是月璃主动开口说话:"阿姐,你把我送到梁家湾母亲那儿去吧!乡下空气好,养一养说不定就好了!"

月姝也没有更好的办法,就应了下来:"我明天去跟老路商量一下,打个招呼,就把你送到母亲那儿去!"

月姝是想起了月鸾的信,想乡下生活清苦,二婶带着月鸾、月美、月婙、月柔四个孩子,生活已属不易,如今再把月璃送去养病,且不说梁银丰是否冷脸,二婶一个人确实分身无术,会吃不消的。

虽然月鸾懂事,但毕竟是个孩子,还要上学读书,时间有限,帮衬得也有限。还是想个万全之策为好。

月姝一夜辗转反侧,至夜半想出了主意,方才沉沉安睡。

月璃少不得又是一夜噩梦缠身,魂哭鬼嚎,战战兢兢一直低声哭泣,到天亮方才睡下。

月姝去厂里安排好工作,径直去了市政府招待所,找到老路后,要求到院里藤架下谈谈。

市政府招待所分前后楼,前楼对外开放,接待一般群众及外来客人,后楼以政府会议为主,几个房间也是为领导餐饮和午休用,无会议时非常幽静。

前后楼之间有个人工湖,湖心有个小画舫,绕过藤架走进去,里边竟有菠萝格木桌椅,极为精致,也更为僻静,紫藤爬满藤架,从外面竟然看不出里面别有洞天。

月姝也是跟小花翎来过才知晓,这个园子以前是陈家后院,新中国成立后送给政府使用了。

路市长略显惊讶,但仍跟着月姝走进去坐下:"说吧,什么事这么神秘?还专门跑到这儿来说？"

月姝说："我有重要事和你商量，我想把月璃送到梁家湾二婶家去，把月婧、月柔接出来跟我们生活！"

路市长拿上一支烟，手却在发抖，划了四五根火柴，烟却总是点不着。

月姝夺过火柴替他点上，没好气地说："这次接回两个小妹妹，就不用你操心了，我自己亲自喂养！你给解决户口问题就行！这事对你一市之长来说也不是什么大事，反正以后我们也不会有自己的孩子，就当作收养来办理好了。"

说完又接上一句："你怎么像做了什么见不得人的事似的，吓得浑身哆嗦！你又没有血缘关系，也不存在差辈的问题！"

路市长本有些心虚，连忙掩盖道："我哆嗦什么？你慕容大小姐什么时候做过家务？忽然要接回两个奶娃娃，神仙倒被你吓哆嗦了！一个理由：饥一顿饱一顿的，不把人家孩子饿死才怪！"

月姝道："这你就瞎操心了！我既然有心接过来，就是做好了思想准备的。"

路市长长舒一口气："那就好！那就好！我只是奇怪，你为啥不接回月鸾，那可是你亲妹妹！借此机会办出户口，现在有了粮票不至于饿死，长大了分配个工作也有了饭碗！"

月姝苦笑："只有月鸾可以帮二婶干些活，接走她二婶就没有帮手了。月美也十岁了，不太用操心。月婧、月柔刚学会走路，最是难缠。

再说给两个半大孩子办户口，一是费力不讨好，长大了不会跟你亲，等你老了也不一定能养你。二是也涉嫌营私舞弊。我们毕竟还是夫妻，我也不能不顾忌你的政治生命。"

老路还有新的担忧："那梁银丰会同意吗？那边怎么谈？"

月姝很有把握地说："这你不用担心！他会同意的，一是他对这两个孩子并不上心，整天骂她们是赔钱的丫头片子。但解决城市户口是千载难逢的好事，他又是个喜欢攀龙附凤的主，定会求之不得！孩子又没走远，他和二婶随时能看到，他会主动做通二婶工作的。"

老路发现月姝变了，整个像变了一个人。具体哪儿变了说不出来，但却和从前大不一样了，再不是那个冷血无情，一味盲从的贵族大小姐了，有了一丝人间的烟火气息。

老路问："还有什么要办要谈要交代的吗？"他是想问月璃的想法，却最终含糊其词没敢问出口。

月姝倒也谨慎:"我这也是为月璃考虑,梁银丰的一对女儿在我们手里,他对月璃和二婶就不敢造次!月鸾泼辣有主意,我看他倒有些惧怕她,月鸾不会吃亏的!就这么定了吧!我先去找梁银丰谈谈,你继续开会吧!"

果然不出月姝所料,梁银丰答应得非常痛快,甚至有些迫不及待,生怕月姝反悔。

他谄媚地向月姝表示:"孩子交给你教育我放心,她们从此进入了党的怀抱。有温暖怀抱,有阳光照耀,有雨露滋润,一定会茁壮成长!长大了做共产主义事业的接班人!"

月姝终于领教了梁银丰的巧舌如簧,但在此情势下也不好发作,只好耐心听他继续演讲:"月璃交给我照顾,你尽管放一百个心!我会当亲生女儿一般待她!乡下空气清新,阳光明媚,花花草草的四季常新,时间长了她把心结打开了,病就自然好利索啦!"

事情谈得顺利,月姝第二天就把月璃送到梁家湾,把月婧、月柔接了出来!

月姝抱孩子走时,苏太太送出一个精致的小皮箱,月姝一见忙说:"二婶,贵重的东西就不要拿走了,那个玉羽觞昭示着皇后的命格,我和月璃都没用了!这两个孩子也担不起,还是送给月鸾吧!"

苏太太一愣,似乎没听懂月姝话里的意思,她委婉地说:"月璃的嫁妆她自己收着,这次拿回来我也没打开!慕容家的东西我会给月鸾留着,没这几个孩子的份儿。但也就是些老瓷器老茶壶啥的,也没见你说的那个昭示皇后命格的东西,那东西起码是个大玉石雕的吧?月璃的嫁妆里倒好像有一个,也不知是不是它?"

苏太太指指手中的小皮箱说:"这里面是几件上海铁画轩的紫砂壶,老物件了,是我当年的陪嫁,给孩子留着压压箱底吧,也算留个念想。我说不定活不到她们出嫁了!"

月姝忙劝说:"二婶别灰心!等孩子们长大了,日子会好起来的!你会健健康康地看着她们出嫁的!"

月姝和司机告辞出来,坐上军用吉普往回走,司机走错了路,走到了南坝崖,停车下来问老乡再怎么走。

月姝顺便看了一下窗外的风景:夕阳照在柳树梢上,条条绿丝绦上镀了一层金边；坝崖下的湖水金光粼粼，湖东岸的大片蒲草滩上，却像蒙上了一层金丝绒，毛茸茸的，甚是壮观。

司机问明道路继续前行。此时夕阳已西斜，挂在了西埠顶上，一不留神滑到埠那边去了。天边立马暗淡下来，只有西埠埠顶上，还闪耀着一溜金光，一片绯红色的晚霞，照耀着月姝回家的路。

"留给我的时间不多了，我要赶快赶回去，把两个孩子的户口办回城，落在我的名下。"月姝心里暗暗做着盘算。

吉普车走上西埠顶时，天完全黑下来了。月姝回头看了看，不知月璃和月鸾的乡下生活将会有什么故事发生，未来会有怎样的命运在等待她们呢？

那个有着心形血沁的玉羽觞，到底在谁家呢？还会和慕容家的那只会合吗？

第二十七回　胡三姑进路府当保姆
慕容月姝带队赴上海

月姝接到市工业局通知，让她参加一个紧急会议，周三上午报到，会期 10 天，地点在市府招待所后楼第三会议室。

月姝打电话给华丰机器厂办公室，让梁银丰速到到大华纺织厂办公室来一趟。

梁银丰接到通知，不知发生了什么变故，急匆匆骑着自行车赶过来。等赶到大华厂传达室，出了一身臭汗，帆布的蓝色工装已湿透了后背。

他登完记，说找慕容书记，传达室打电话问过办公室后，告诉他把自行车放在大门西边的车棚里，一直往前走，第四排平房前有人等着。

一个年轻人等在那儿，看到东张西望的梁银丰，主动问话："您是梁师傅吧？慕容书记在办公室等你，跟我来吧！"

梁银丰前两次见慕容月姝，都是在华丰厂办公室。这次被叫到大华厂，心底下不免忐忑："是不是那两个丫头片子太淘气，月姝后悔了，让自己领回去？"

月姝坐在办公桌后面，也没站起来，点头示意梁银丰坐下。梁银丰哪敢坐下，俯身问道："慕容书记有什么吩咐？"

月姝说："也没什么大事，我要去开会，会期很长，家里没人看孩子。你让胡三姑来家里吧，就说我请她来家里帮忙，一月贴补她家里 10 元钱、30 斤粮票。"

梁银丰悬着的心落了下来，他喜不自禁连忙表态："好说！好说！我这周回去告诉她！"

月姝打断他的话头："来不及了，我后天报到，你今天就回去通知她，让她收拾收拾，明天一早带到家门口，我等她。来后我交代一下。"

梁银丰倒也爽快："我马上回去接！"

月姝沉思片刻，仿佛掂量一下话该怎么说："胡三姑来了后，为了两个孩子健康成长,你最好不要再和路家联系了。胡三姑回家探亲有公交车,就不用惦记了,注意些影响吧!"

梁银丰刚凉下的汗珠子又冒了出来,忙点头称是:"那是那是,一定不再联系!"

周二一早,胡三姑如约到了路家门口,月姝早在等候,把她领了进去。胡三姑一边往里走一边回头看,抬抬下巴,用眼神示意梁银丰快回去吧。

梁银丰心情复杂地掉头回去了。

月姝交代完家里的一应事宜,招呼胡三姑坐下,和颜悦色地对她说:"三姑,我可能要出去很长时间,家和孩子就交给你了,不要让外人进来。"

胡三姑受宠若惊地不住点头,心里想:老早听说苏太太住过的慕容府气派,今日真开了眼界。这有钱人可会享受,光茅房就足够乡下人一大家子住的。

月姝继续嘱咐道:"你不要领那些不相干的人进来!老路周日若休班,你可以坐公交车回家看看。你有事就打大华纺织厂办公室电话,或者去办公室找人帮忙。你只要尽心尽力照顾孩子,路家自然不会亏待了你家!每月的补贴数已经和你说了,将来你的孩子长大了,有机会老路会帮忙找份工作,也到城里来上班!"

最后这句话可算说到了胡三姑心坎上。她扔下自家孩子,抛家舍业跑到城里来,就想着也许有一天能把孩子带到城里来。

梁银丰也是这么许诺她的:"你踏踏实实给看好孩子,将来有了机会,路市长一定会帮忙的。到时他不帮,我就找月姝去评理。"

月姝到市政府招待所报到后,第一天的会议由老书记亲自主持,月姝看见参会的有很多熟面孔,都是各机器厂的厂长、书记。

与会人员围着小会议桌各坐两边,老书记坐一头,待大家都坐定后,老书记清了清嗓子,开口讲道:"今天召集大家来,是要宣布一件事情,并做一下大家的动员工作!"

各位参会人员面面相觑:"怎么有战前动员的意味?"

老书记严肃地说:"虽不是战前动员,却比战前动员更重要!市委决定,为适应国家发展3000吨级沿海船舶以及自力更生发展万吨级远洋货轮的需要,我市准备组建内燃机厂,专业生产船用齿轮箱、柴油机、内燃机组。

"人员由华丰厂金加工一车间为主力,每个机械厂都抽调十个技术工人,由慕容月姝同志作为党组书记。各厂都不要吝啬，派一个得力的副厂长做组长，明天一早带队到这儿报到！"

路市长也作了重要讲话："明天报到后，慕容月姝同志正式上任党组书记。各组人员在这里集中培训八天，主要是互相熟悉，统一思想，做好分工。培训结束后由慕容月姝同志带队，赴上海江南造船厂内燃机车间学习工作一至二年！"

散会后当天下午，工业局办公室派人送来了人员名单。第二天陆续报到，至中午十一点，名单上的人员基本到位。只有华丰厂一个车间主任，名叫王槐的没来。

这次的工作调动出乎意料之外，但月姝还是愉快地接受了，马上进入了工作状态。

她亲自打电话去了华丰厂办公室，告诉他们："你们厂的王槐为什么没来报到？中午十二点前报到结束，没来报到的退回原单位，还想不想进步了？下午封闭训练，再想来也没机会了！"

对方解释说："王槐半个小时就到，他已经往招待所走了。这个同志是磨齿工出身，技术好又能干。唯一的缺点是沉默寡言，他是个孤儿，为了慎重起见，组织部门一直在协查他的身世。上午公安局才来通知，他父亲在上海找到了！

"他父亲原是华野二纵的一个营长，解放徐州时受伤失踪。现在公安局刚刚落实清楚，他是脑袋进了炮弹碎片，失忆了！竟辗转流落到上海码头，被一个上海从事小商业的妇女救下，结婚安家了。王槐可以去上海学习了！"

月姝当即心里咯噔一下："不会这么巧吧？难道王槐是上海大叔的儿子？"

王槐踩着十二点的钟声过来报到，月姝看见了，觉得此人有些面熟，一时想不起在哪儿见过。

王槐先腼腆地笑着躬身道歉："对不起了，办公室通知我晚了！"

他这憨厚一笑让月姝灵光闪现，记起他是谁来，也忍不住笑道："原来是你啊，骑车撞人的冒失鬼！"

王槐一愣，他本来没敢直视慕容书记的脸，闻此语定定神仔细端详了一番，愣愣地问："我撞过你吗？在哪儿？"

月姝笑道："难道我还诬陷你不成？"

王槐的脸刷地红到脖子根："我不是那个意思！我骑车技术不好，又总走神想事,经常撞到人!路中间有块石头我都能撞上。"

在旁边会议室坐着的人,大概是华丰厂的同事走出来揭发他:"他这叫精准撞击,我们在路上碰到他,都不敢打招呼!他只要看到马路上有人有物,一准歪歪扭扭撞过去!我就纳闷了,那大卡车开过来,你怎不撞上去?"

王槐有点急,结结巴巴地辩解道:"上班路上哪有汽车啊?即使有车,远远地看见过来,我都会停下,等汽车开过去,自然撞不到了!"

满屋子人哈哈大笑起来。

月姝更是忍不住想继续逗他:"今年春天,在电力局门口,你是不是撞到一个骑红色自行车的人?"

王槐恍然大悟,拍拍脑袋说:"想起来了,那次我大老远看到有人骑一个红色自行车,比正常车子小,很是打眼,以前从没见过。就想近前看看是不是进口的,没成想到底还是给撞上嘞。

"我一直担心这么贵重的车子被撞,车主日后一定来找我麻烦,我也留下了单位名号,你怎么不去找我?"

华丰同事用眼瞪他:"这是慕容书记,以前在我们华丰干过军代表、厂长,你真是有眼无珠!"

王槐连连弯腰道歉:"真不好意思!我以前在车间里开磨齿机,最近才提了车间主任,也没出过门,不认人,我不是故意撞你的!孩子快半岁了吧?是男是女?"

那同事急得在旁边跺他脚面,他莫名其妙地看着对方!那人小声说,:"别提孩子!孩子流产了!"

王槐愧悔不已。

月姝岔开话说:"下午开始培训,下周一一起去上海。这周大家边学习边收拾东西。衣服、日常用品能从家里带的尽量多带,上海的东西比东海的贵。"

一周后培训结束,根据工种的需要,重新划分了班组,任命了新组长,大家统一乘车去车站。

上了火车后,王槐主动坐到了月姝身边,一边端茶倒水,一边趁机向月姝打听:"慕容书记,听说我们住在外虹桥老船坞,离豫园远不远?"

"不远!"

"不远啊?太好了!我就要见到我爹了!"

一会儿,王槐又忍不住问道:"慕容书记,你去过豫园吗?"

得到肯定的答复后,王槐兴奋不已:"太好了,到上海后你领我去吧!"

月姝当时却不敢想象,这个憨厚可爱的王槐,却是那个上海大叔的儿子。还是她做的大媒,给他找了个继母呢!

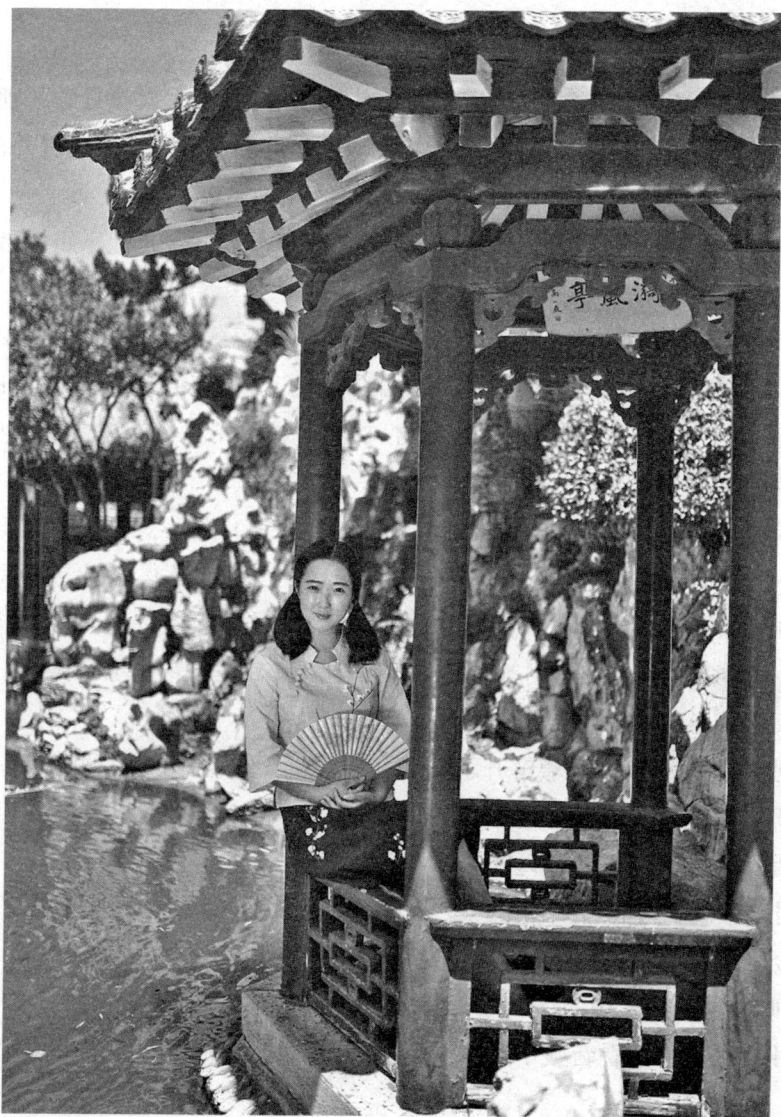

第二十八回 清风明月静谧梁家湾
温情撕裂踢翻苏太太

月璃回乡已半年有余,梁银丰安排她住在东厢房,苏太太让月鸾和她同住。白天苏太太陪着在院里说说话晒晒太阳,晚上月鸾绘声绘色地叙述着外面的新鲜事儿。

有时月美也过来凑热闹,一会儿让二姐姐教吹箫,一会儿让三姐姐讲故事。天伦之乐的日子过得舒心惬意,有滋有味。

月璃渐渐走出了阴影,夜半时分,那个骷髅头终于藏了起来,很久没出现了。

月璃的脸色变得白皙明透,红润细腻;眼神变得清亮,似梁家湾南面的深潭水,蓝莹莹的幽深;发丝乌黑顺滑,身材风韵有致,再不是初来时骨瘦如柴的憔悴模样。

苏太太看着月璃的身体明显好起来,长舒了一口气,心想还是乡下养人,月璃终于摆脱了病魔的纠缠,一扫病殃殃的模样,比月姝出落得还要灵秀标致。

月璃虽不愿意出门见人,但有时也帮苏太太干些家务活儿,比如剥花生米啊、剥玉米棒啊、摘棉花籽啊等等,一是新鲜好玩,二是也帮了母亲大忙,省得母亲熬夜。

到底是母女连心,月璃解开了心结,也原谅了母亲和梁银丰的再婚。生活总要继续下去,一个人的生活也确实难熬,月璃心疼母亲,已感觉到了母亲维持家庭生活的不易。

月璃懂事了,她从大小姐的象牙塔里,从自己编织的幻梦中,彻底走了出来。

今晚月鸾带月美出去玩了,听说是书记家娶儿媳妇,苏太太一天都在那儿帮忙,晚饭还是月鸾做的。

月美嚷嚷着要看新娘子,要吃喜糖。月鸾告诉了姐姐一声,吃过饭就跑出去了。

第二十八回　清风明月静谧梁家湾　温情撕裂踢翻苏太太

月璃推开东山上的玻璃窗，一轮秋月飘了进来。秋月皎洁，清辉迷人，月色下的梁家湾静谧平和。

晚风轻拂，素月幽静，青蛙欢唱，蛐蛐儿低吟；碧空如洗，点点星星闪烁；远处的青山，近处的绿树，在月光下仿佛披上了一层轻纱。

梁家湾的夜晚，别有一番诗情画意，胜似江南的湖光山色。

月璃从箱子里取出洞箫，轻轻擦拭着，触景生情，缓缓吹奏起那首最喜欢的《平湖秋月》和改编曲《醉太平》。

苏太太和梁银丰相携着进了门。听见月璃在吹着曲子，苏太太示意梁银丰放轻了脚步，两人蹑手蹑脚地进了屋。

苏太太给梁银丰沏上一壶茶，倒在茶杯里晾着，伺候梁银丰坐下慢慢啜着。

也不知从什么时候，应该是回乡下的日子里吧，不知不觉间，苏太太和梁银丰在家里的地位，发生了微妙的变化。

梁银丰稳稳当当地摆着一家之主的威仪，任凭苏太太脚不沾地地忙碌着。

苏太太端来一盘炒花生，带壳的小花生，炒得火候刚刚好，不能返生，不能炒煳。梁银丰现在的嘴很刁，脾气很大，稍欠点火候，就会随手连盘子摔在地下。梁银丰惬意地嗑着小花生，喝着茉莉花茶，在太师椅上眯着眼睛，听着流畅如歌的洞箫。

苏太太端来一盆洗脚水，试了试冷热，帮梁银丰把鞋袜脱下，把脚放到温水里，梁银丰舒服地摇晃着脑袋，哼哼着。

苏太太收拾停当了，又拿了一个暖水瓶放在梁银丰脚盆边，一边轻声道："暖瓶在旁边啊，水凉了再续些！"

苏太太听月璃吹得音调婉转，明媚秀美，很是好听，就拿了个有靠背的马扎在门边，随手捶打着酸胀的腰背，半倚半靠地坐着，听得如醉如痴。

苏太太识得这支曲子，是吕文成根据《平湖秋月》改编的，描绘的是杭州西湖的湖光山色，美妙夜景。

她不由得想起了家乡苏州，想起了太湖，拙政园的"海棠春坞"、留园的"曲院回廊"，鱼米之乡的富庶繁华。多年没回去了，也不知家乡的湖光山色是否依旧？是否如她一样改变了容颜？苏太太不由得轻叹一声。

梁银丰忽然咆哮起来："你在发什么神经！耳朵聋了？还是塞了猪毛？叫了大半天了，怎么就坐着不动？"

苏太太小声辩解："我这不是在听《平湖秋月》嘛,听得入了迷走神了,你小声点吧!我马上给你添水,别让月璃听见笑话!"

梁银丰余怒未消："你是活得不耐烦了吧!谁笑话谁?平湖秋月是个鬼!我听着像猴子跳墙!这是梁家湾!不是苏杭!你赶紧伺候老子才是正理!"

月璃起初吹得入迷,没有听见苏太太回来。吹得久了有些累,刚要歇息,听见北屋里嘈杂的吵闹声和谩骂声,连忙放下洞箫,过来看看。

月璃进门时,看见苏太太蹲在梁银丰面前,给他换洗脚水。梁银丰微眯着眼睛,手里拿着她父亲慕容柏用过的紫砂海棠壶,嘴对着壶嘴在吸溜着茶水。

苏太太添完水刚要起身。梁银丰一脚踢翻了洗脸盆:"不洗了!气死了!擦脚!"说完把臭脚丫子一伸,差点蹭着苏太太的脸。

月璃正巧看到这完整的一幕,她气不过了,冲上去夺过梁银丰手里的紫砂壶,啪的一声摔在地上!狠狠地说:"你有什么资格?凭什么用我父亲的紫砂壶?"

梁银丰一愣,瞬间回过神来,脸胀成猪肝色,赤着脚站起来就要发作。月鸾拿着根木棒冲了进来,小脸胀得紫红:"没有母亲哪有你今日的享受?你现在成大王了!忘恩负义了!指使她也就罢了,干什么还要欺负她?惹急了,我手里的棒子可不是吃素的!"

月鸾自从初中毕业,梁银丰以家庭困难为理由,不让她上高中,在生产队里摸爬滚打了几年,已练就了一副好身板,长成了一副女汉子的好胆量,村里的野小子都惧怕她几分。

梁银丰这几年不干活,不锻炼,又吃喝嫖抽,身子早已被掏空。别看正当年,打起来也未必是月鸾的对手,何况还有两个扯后腿的帮手。

梁银丰看这架势,气先怯了几分。

月美跟着三姐姐刚回家,就碰上父亲吵骂,她看见月鸾抄起了棒子,早吓得躲在树后哭了起来!

梁银丰一边趿拉着鞋子,一边叫喊:"反了!反了!养大的女儿成了白眼狼!抄起棒子想打死当爹的!这世上还有王法吗?找地方评评理去!"

一边说,一边气咻咻地往外走。

走到堂屋门外,看到月美躲在树后哭泣,气不打一处来,上去啪啪迎面给了两巴掌。

嘴里骂骂咧咧:"吃里扒外的东西,别人在欺负你亲爹,你不会帮忙,倒会哭丧!没用的赔钱货!哭什么哭!你爹还没死呢!"

还不解气,又一脚踢倒在地,这才怏怏而去。

月美撕心裂肺般号哭起来。

苏太太连忙跑出来扶起月美,抱着月美看了看,没什么太大的伤痕。到底是亲生女儿,梁银丰虽在气头上,还是手下留情了,踢打时没有太用力。

否则一个十多岁的丫头,这一顿毒打,不死也得脱层皮。于是安抚了一会儿,就领着进屋去了。一边给月美擦着眼泪,一边哄劝:"莫哭了,莫哭了,阿妈给你留着喜糖呢!"

月美还是小孩子心性,一听有喜糖吃,遂停止了哭嚎,抽抽嗒嗒进屋去了。

月鸾放下棒子,地下地上收拾妥当,也拉着月璃回东屋睡觉去了。

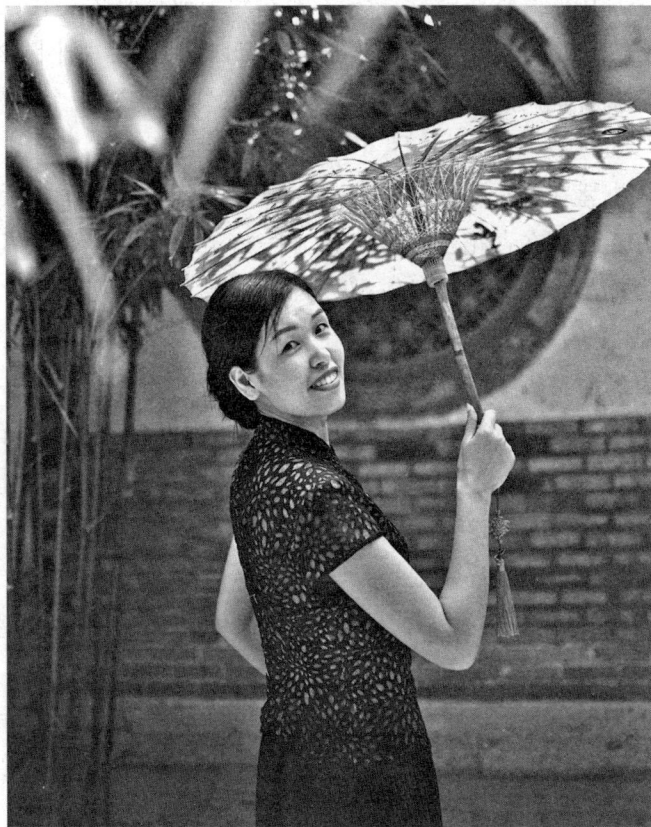

第二十九回　苏太寻常日子讲精致
月美碰翻桌子损鱼盘

梁家的早饭很简单,和其他的农家差不多。一锅玉米面饼子,一锅玉米面粥,水煮芋头,一碟炒咸菜。虽说食材一样,但做法不同,盛饭的器皿不同,就吃出了不同的味道。

苏太太是很讲究的。下乡时,她带回了两套景德镇的瓷器,一套青花瓷,一套粉彩瓷。平日用的是青花瓷,粉彩瓷只有过年节或重要客人上门才用。

苏太太的玉米饼加了小苏打,又加了一点白糖,做得小小圆圆的,色泽金黄,松软甜糯,整齐地码放在青花瓷的鱼盘里;芋头剥好皮,一个个雪白粉嫩,用另一个椭圆形鱼盘装了,摆在桌上,很是气派。

玉米面糊糊盛在青花瓷大汤罐里,辣咸菜疙瘩头淋上一个鸡蛋,几滴麻油,用黑陶碗蒸好后再倒在青花瓷的圆盘里。再一一摆上青花瓷碗,小口碟小汤匙。月璃说母亲做的早餐是苏格兰松饼配法国松露汤,甜点是奶油冰激凌。月鸾听不懂月璃的话,只觉得母亲做得辛苦,也有些瞎忙活。别家母亲就那么团揉一下,做成窝头,省时又省力。

月鸾有时觉得母亲有些夸张,有些装模作样,也许是做给月璃看的,为的是哄月璃高兴,母亲偏心月璃是公开的秘密,月鸾觉得应该:美丽柔弱的二姐本来是大小姐,为了母亲,慕容老爷走时没带她,也跟到乡下来受苦。多才多艺又无从施展,心里也苦,母亲多疼爱她是应该的。

梁银丰说苏太太穷讲究,都回到乡下了,又不是吃大宴席,仨碟子俩碗的,摆来摆去也不嫌费劲。

下乡后苏太太像换了一个人,温婉沉静,近似木头人,梁银丰说什么听什么,从不多言,打不还手,骂不还口。但在使用餐具这件事上,不管梁银丰怎么嘟囔,却始终不改旧日习惯。

梁银丰也就嘴上说说罢了,实际很受用。他每周回来一次,苏太太当他是贵宾款待,中午会设法炒一盘荤菜,晚餐会有扬州炒饭,小葱炒鸡蛋,等等。

苏太太有一手好厨艺,简单的食材也能做出美味。比如有一次月鸢带月璃到南坝崖走走,在柳树下见到了一些鸡腿白蘑菇,拿回家给母亲,母亲当晚加一小撮干虾皮、一卷豆腐皮做成了汤,非常鲜美。月璃说吃出了意大利厨子的味道。

苏太太家不养鸡,鸡蛋自然不敢放开了吃。也不养猪,一家子女人不会养,苏太太也嫌太脏,这与其他的农家不一样。月鸢去过伙伴们家,伙伴们家里的茅房一般都是猪圈,院子里也是鸡飞狗跳的,还有的人家养着水鹅水鸭。悠悠家、青萍家就养着一群水鸭。

平日里她们下工回家换衣服,不久就匆忙出来,嘴里叼着窝头,手里拿着半个辣咸菜疙瘩,臂弯里挎着柳条筐子,互相招呼着,去村外的塘湾边集合,挖野菜当猪食,回家时再赶回水鸭。

苏太太是不准月鸢她们叼饭出去吃的,更不准吃生辣疙瘩头。

"饿了就在家里吃吧,女孩子叼着饭不像样子呢!"

"女孩子家生咸辣疙瘩吃多了,皮肤会黑的!"

每每听到苏太太这么说,梁银丰就不服气:

"一屋子丫头片子,你就娇惯吧!还不是依仗着有我这个正式工,每月往家带回工资,月月见现钱。赶明儿个伺候不好老子,不往家带钱了。丫头们饭都没得叼,看你们还怎么穷讲究!"

今天是礼拜一,苏太太昨日做炒饭的时候,特意多炒了一些,用一个精致的青花瓷双耳罐盛了,送到东厢月璃房里。昨天看月璃恹恹的,知道她没吃完,就打发月美去拿过来,并嘱咐月美:

"问一下月璃,今早是吃白米饭呢,还是炒米饭?"

月美才十二岁,对母亲的偏心一向看不惯。今早起床晚了,有一个心爱的花头卡没找到,就没好气地嘟囔:

"她没生脚还是没长腿啊,怎不让她自己过来拿!"

"小姐架子不是能管饱吗?让她喝西北风得了!"

月鸢在帮母亲烧火,烧火棍正在手里呢。闻听此言气得敲了下月美的腿,再敲第二下时,月美往后一闪。噼里啪啦一声裂响,月美碰翻了桌子,鱼盘滑到了地下。

月美见状，吓得退了出去，一溜烟跑掉了，早饭也没吃，大概是上工去了。月美小学刚毕业，梁银丰就不准读了，让下来去麻绳组挣工分。

月鸾帮母亲收拾起来，苏太太心疼得直叹气："唉！鱼盘从中间裂了，以后不能盛带汤汁的鱼了！"

月鸾想幸亏桌子矮，如果是父亲在家，在八仙桌上吃饭，这个盘子保不齐就废掉了。一年里能吃几回衬得起这个鱼盘的大鱼，还要做成带汤汁的鱼？母亲穷讲究终要付出代价的。

现在月婼、月柔没回来，那一对冒失鬼在家，打盘子打碗还不是常事？母亲和姐姐终究是融不进乡村生活的，或者说她们终究还是忘不了以前的好时光。

但月鸾还是设法安慰母亲：

"找个辘辘子锔锔吧，听说九龙涧大集上有几个手艺不错的，胡三姑家的水缸去年不小心掉进去个蒜臼子，敲漏了，辘辘子给补好了，都使了两年了，一点都不漏！"

"那你就去大集上找找看吧！咱们不要拿出去修，你把他们领到家门口来吧，多付些工钱。"

"今天就去吧！你父亲回来休班前修好，省得回来看见了又要生气，得平添多少口舌。"

苏太太是怕惹出无谓的麻烦。怕别人说她忘不了阔太太的生活，想复辟翻天回到旧社会。

第三十回 坝崖巧遇背琴挑担郎
月莺初识弟兄小轱辘

　　月莺到麻绳组请了假,就往南坝崖走了。往九龙涧方向本应西行穿过驸马营村,路好走一些。但月莺想稍微偏移一些路,到南坝崖那儿采些花草,给月璃房间里插花,月璃喜欢插花,月莺常常隔三岔五地采些回去。

　　月莺不一会儿就采了一捧花花草草,忙低头急着赶路。因为走得急促,手心里沁出汗来,脸蛋儿也绯红。刚转过坝崖拐过机耕道不久,迎面就来了两个人,一个挑担,一个抱着胡琴。月莺忙侧身避让,两个人走过去,月莺偷偷看了一眼,忍不住笑出声来。

　　那高个是个少年郎,也就 16 岁左右,白白净净的,看起来像根竹竿,一副文弱书生的样子,好像连胡琴也抱不动。

　　那少年却也恰好笑着回头,看向月莺。发现月莺也回头看他,就停下脚步说:"哎! 大姐,你笑什么? "

　　"我笑我的花,你笑什么? "

　　那个矮个青年又黑又瘦,二十三四岁的样子,胳膊出奇的长,肩挑着担,手就要触到地了。一迭声地在催促着:"快走,别东张西望的,耽误了赶路! "

　　听闻此言也忍不住停下回头笑了:

　　"大妹妹! 捧着花匆匆忙忙要去哪儿? 找婆家去啊! "

　　月莺脸更红了,嘴可不饶人:"你们去找主倒插门吧?! 我们村还有一个胖胖的傻大妞没茬儿,要不我领你们去求求胡三姑做个媒? "

　　"姑娘是前边梁家湾的吧? 我们赶巧要去,你领着更好,挨家挨户转转,省得人家不让上门! "

　　"想得倒美! 人家还有急事呢! 谁陪你们去瞎转悠! "

　　"姑娘去九龙涧找人? "

"你怎么知道？你会掐算吗？"

"今儿是九龙涧大集，你一个姑娘家空着手，不去找人能干啥？"

那个少年忙补充说："我们就是前边文家河的，我们村小，谁家有你这么漂亮的姑娘做亲戚，全村早就认识了！所以大哥猜你是赶集的！"

"我是赶集找人的！你们那么会猜，就猜猜我想找啥人呗？"

那两个人相视一笑，矮个说："难不成你去找轱辘子匠？"

月鸾惊诧不已，脸更红了："你们俩可真是半仙哪！我母亲确是让我领回个轱辘子匠去！"

高个少年忙说："正好正好！快领我们回吧！我们可是胡鼎真人的第十世嫡传弟子，正宗的轱辘子，一等一的锔锅匠！"

"就你们？还正宗？胡什么真人？糊弄人还差不多！"

"我可没跟你开玩笑，胡鼎真人是我们轱辘子的祖师爷，不敢冒犯的！"

月鸾看少年的脸急涨得也红起来，眼里竟要有泪水了，更觉好笑，但亦有几分信了："谁管你那个胡什么爷爷！就算你是小轱辘子，你能锔锅锔碗，但不一定能揽了我家的活儿！"

矮个青年闻此言，收起笑容："姑娘能否说说看？你家什么瓷器要修？"

"景德镇的细瓷，是大青花瓷鱼盘。"

少年用手捂起嘴来，似乎是想笑又不敢笑的样子！

月鸾恼了："捂什么嘴，你能锔得了？"

少年止住笑，一本正经地对月鸾说：

"我叫文子翔，这是我哥，他叫文子书。我哥还去潍县城里锔过紫砂壶呢！北门陈大花翎家知道不？他家有一把祖上传下来的宜兴紫砂壶，听说是明朝皇家赏赐的，金贵着呢！让小孙子不小心摔断了壶把，老先生疼得直落泪。我哥听说了，就自告奋勇上门。"

"那么金贵的东西，人家就放心交给你们去练手艺？"

月鸾一肚子不相信。

"当然，没有诚意人家确实不相信！但我哥有办法！我们家祖上也有一把同样的宜兴紫砂壶，先传给大伯，大伯没了自然就是传给大哥了！"

"你就吹吧你！你是不是还有个表弟叫刘病已，你们家祖上是明朝皇亲？"

月鸾明显地话中带刺了。

"我们文家真有个三弟叫文病已,自己改名字叫文子强了。"

文子翔正儿八经地给月鸾解释:"你爱信不信!我们祖上是清朝的大臣,刘墉刘罗锅他爹,雍正帝的相爷刘统勋,是我们家老姑父。这把宜兴紫砂壶,是皇上赐给他,他为了报答文家对刘墉的养育教导之恩,呈皇上同意,又转赐我们家祖上的。"

月鸾笑道:"看你风吹就倒的样子,嘴皮子倒长得欢实!"

"真的,我哥拿着这把紫砂壶,交到陈家做信物,说镪出来不满意就换了。我哥就在他们家大门洞里坐了一天,不仅给他镪上了壶把,滴水不漏,还用铜钉银丝给他镶嵌了金星银月!陈老先生满意地捋着胡须说:'好手艺!好手艺啊!'"

文天翔一边摇头晃脑,学着陈老先生的样子,一边哑着嗓子学说道:"美轮美奂!美不胜收啊!经此一修,废物变宝物,价值连城哪!好小子,你要什么报酬?"

月鸾撇撇嘴:"你们终于逮到机会。你哥还不趁机狮子大开口?"

"我哥什么都没要,只要了应得的工钱。陈老先生过意不去,坚持说一定得提个要求,否则他觉着占了人家便宜,会一辈子寝食不安的,这把壶也不敢收回了。"

月鸾有些相信了:"那你哥提了什么要求?"

机耕路太窄了,间或有行人走过,他们就挡路了,不知不觉间,他们已经转回到南坝崖了。

月鸾听得入了迷,已经跟着转了回来竟不知道。

"我哥说那就从今天开始,你们家大门洞对潍县城里的轱辘子开放吧!你们家老太太若有做好了没穿开的新衣,再转送我母亲一件就行!

"你别说,陈大花翎家还真是守信之人,从此大门洞一直对轱辘子开放。

"本地的轱辘子逢天不好就进去避避雨,或者家远路不好走的,就把担挑放在里面,天好时再去取,陈家会帮着往外拿。"

月鸾听呆了,原来轱辘子里竟有这么多故事,她不由得肃然起敬:"大哥,走吧,到我家去吧!"

第三十一回　为修鱼盘轳辘进梁家
执金刚钻揽下瓷器活

　　月鸾把文家兄弟径直领回家进了院，苏太太本还有些嗔怪，听月鸾如此这般说了一通，也有了敬意，就从屋里一边端出新沏的茉莉花茶，一边招呼着："坐吧！天热！走了一阵子路了，先喝会子茶歇息一会儿！"

　　文子书也不客气，喝了两杯茶，就吩咐文子翔点起小炉子化着大王水，自己拿着苏太太递过来的鱼盘端详着：这是个青花釉里红大鱼盘，长约 1 尺半，宽半尺有余，确是景德镇的细瓷。鱼盘破损较严重，上部纵向有一道很深的冲纹，鱼头部位十厘米见方的部分断裂成两块，破碎的交点牵涉到冲痕。

　　文子书端着鱼盘仔细琢磨，东厢房里传出箫声，呜呜咽咽的，初听悲切，细听有感伤和怀恋，好像是十大名曲之一的《妆台秋思》，吹箫人吹得哀怨惆怅，凄楚缠绵的箫音声声入心。

　　文子书仿佛看见一个女子独坐妆台，疾吹缓奏，长吁短叹。面对菱花镜，吟唱出忧思和寂寥。

　　文子书第一次来，不好多问，摇了摇头，把苍凉的思绪赶走，专心致志地端详鱼盘的破裂之处，忽高忽低的箫声让他若有所悟：弯月如钩，美人泪流，点点星星闪烁⋯⋯

　　"有了！"文子书忽然一拍脑袋。

　　子翔看大哥如此激动，他却一头雾水："大哥！小心！别给主家摔坏了鱼盘！"

　　"别废话！快递过金刚钻来！"

　　子书指挥子翔分别化开铜丝、银丝，他先在鱼盘上部冲纹两端钻了两个大眼，又换了更小的钻头，分别在冲纹下方和鱼头碎裂部位均匀地钻了一批小眼。

　　上部斜钉了两排铜钉，似月非月，下部的小眼里灌满了银水。靠近上部铜钉的部分像星星，靠近鱼头的部分似水滴。

　　文子翔茅塞顿开："水中望月！这跟修紫砂壶用了一个工艺啊！"

　　子书一直忙到天晌歪了，也就是下午两点左右的光景，苏太太、月鸾都一直陪着。等子书大功告成，收好手中的工具，把鱼盘递给苏太太，苏太太惊奇不已："啊呀呀！比原来的漂亮多了！简直不舍得用了！"

　　苏太太和月鸾一直热情地留子书吃饭，用了招待贵宾的礼仪，摆开了八仙桌。

　　吃饭时，东厢房的门开了，一个着白纱衣裙的女子走出来，径直走到堂屋，对着鱼盘端详了一会儿，冲子书莞尔一笑，从桌子上端走了一碗白米饭，飘然回屋了。

　　子书拧了拧自己的脸，又拧了下在旁边坐着的子翔的脸。

　　子翔张开嘴刚要叫喊，子书用脚踢了他的腿一下，子翔张开的嘴又闭上了。

　　吃完饭，拿上工钱，文子书告辞。兄弟俩走回南坝崖，子翔忍不住问子书："大哥！吃饭时为何又拧我又踢我？难道我做错了什么？"

　　"没什么！我看看自己是否在做梦！"

　　其实文子翔之所以没喊出来，是因为一直在偷着看月鸾，忘记了吃饭，以为被大哥发现了。一路上准备着受教育呢，快到家了还没动静，憋不住了问一问。也没问出所以然来，仍是云里雾里找不着北。

第三十二回　才艺双馨轱辘子又回
胡琴洞箫合音话苍凉

转眼已到冬季。收拾完秋庄稼,闲下来了,文家两兄弟又挑起了轱辘子家当,开始了走村串户的生涯,赚一些零花钱好过年。

第一站,还是再去梁家湾吧。

进了村,文子翔挑着担子,唱着现代京戏,子书拉着胡琴,念着京剧道白。

文子翔一句《四郎探母》选段:

(子翔开唱西皮摇板)"老娘亲请上受儿(回龙)拜。"

文子书跟一句自编的京剧道白:

"锔锅锔碗锔大缸来——"

文子翔再一句(转唱二六板)"干拜万拜也是折不过儿的罪来。"

"破碗破盆换新缸啊——"

文子翔再连唱两句:

"孩儿被擒在番邦外,隐姓埋名躲祸灾。"

文子书再接道白:

"磨剪子来戗菜刀!"

文子翔再唱:

"萧后待儿恩似海,铁镜公主配和谐。"

文子书拉长声再接一句道白:

"各位小嫂嫂、大婶婶、干妈、老大娘听好了! 有那剪不动新布料的剪子,切不动肥猪肉的菜刀都拿出来吧! 磨快磨光了好过年哪! 不快不光不收您钱呢!"

两人一边说唱一边走着,后边跟着一群看热闹的小孩子。

月鸾的家在村子西头,进村后穿过大队部,再走过一片桃园,第一个胡同便是。

第三十二回　才艺双馨辁辘子又回　胡琴洞箫合音话苍凉

胡同是南北向的,别的胡同都是东西十户人家,她们家因为后面有一个大湾,只有三家,胡同东面就是湾前小场院,湾边种了几排柳树,柳树中间的空当有几个柴禾垛,月鸾家的也在那儿。

场院夏季晒粮,冬季空着,场院西边,梁银丰种上了两排柿子树。秋后的柿子叶红黄相间,小北风吹过,哗哗作响,像一面面小红旗迎风招展。

树顶梢上的小柿子红红的,似一个个小灯笼,似乎提醒着农人们:"年就要到了,快准备年货吧!"

文子翔放下担子,子书放下胡琴,收拾摆放干活的家把什儿。文子翔这时还插不上手,就拿起胡琴自拉自唱,可着劲地裂开嗓子:

> 儿在番邦一十五载,
>
> 常把我的老娘挂在儿的心怀。
>
> 胡地衣冠懒穿戴,
>
> 每年间花开儿的心(转快板)不开。
>
> 闻听得老娘征北塞,
>
> 乔装改扮过营来。
>
> 见母一面愁眉解,
>
> 愿老娘福寿康宁永无灾。

随着文子翔字正腔圆、雄浑铿锵的男高音传开着,小媳妇大姑娘新嫂嫂老婶婶纷纷围了过来,要过年了,谁家没有东西等着修修补补戗戗磨磨呢?用了大半年,早就等着辁辘子上门了,庄户人的日子可就是这么一年年过来的。

月美兴奋地跑回家告诉母亲:

"那两个辁辘子匠又进村了!爹爹用的那把紫砂壶碎片我找齐了,让他们给锔锔吧!"

苏太太说:"先送些热水出去给他们喝吧,今天太忙,告诉他们明天再来。"

月鸾抢着拿过暖瓶茶缸走了出去,先倒上一杯递给子书,子书笑笑接过咕咚咕咚喝了。又倒了一杯给子翔,子翔接过抿了一口,甜甜地笑了:"菊花茶里还放了冰糖嗳!婶婶给我润嗓子呢!"

月鸾佯装嗔怪地呵斥他:"没人当你是哑巴!跟大哥学学,矜持点!"

子翔吐了吐舌头,连忙也咕嘟咕嘟一饮而尽。

月鸾面对子书郑重地说:"子书大哥!我母亲让我捎话给你,中午在我们家吃饭,明日再过来给我们修一把紫砂壶,让你备齐了东西。"

子书笑吟吟地说:"好嘞!也不敢再客气了!我们带着干粮,有劳你母亲给烩一烩吧!"

下午仍旧很忙,子书累了一上午坐着休息,子翔接过来继续干。

月鸾家传来婉转的洞箫声,子书听出还是那首《妆台秋思》的曲调,就提起胡琴放在膝盖上,试着拉起来,慢慢融合了进去。

洞箫胡琴合奏的《妆台秋思》,去了那份哀怨凄楚,多了份苍凉与向往。青春年少,在汉宫郁郁不得志的昭君,出塞后面对茫茫大漠,北国雪域,既有对江南故国的幽思怀念,也有对未来呼韩邪单于夫君的期盼,以及扎根草原、报答故国的苍凉情怀。

喧嚣的场院上一片静寂,许久才爆发出雷鸣般的掌声。闻讯而来的乔二嫂一拍大腿根:"你们哥俩真有才,可真是多才多艺!还锯什么锅啊!干脆唱戏得了!"

说着说着转身面向周围群众,像作报告似的一挥手:"谁说咱农民不懂音乐!这是多么高深的音乐,俺听出来了,这是大雁叫上同伴往北飞,一飞冲天,表达了一番豪云壮志哪!"

回家休班的胡三姑正巧路过这儿,也接了一嗓子:"他二婶,你和书记商量一下,干脆让这两个小伙子留在梁家湾吧!做倒插门女婿!我们家呦呦先报名了哈!"

乔二嫂乐啦:"中啊!你家准备留哪个啊?矮的?大的?高的?小的?早早打好主意啊!"

胡三姑大笑着回应:"矮的高的都行,大的小的都合适,您掂量着给保个媒吧!"

轰的一下,众人大笑起来。

子书、子翔哥俩窘得脸红脖子粗的,半天才恢复正常颜色。

第三十三回　恶奴惦记宝物血羽觞
长臂猿文子书救月璃

　　辘轳子匠文子书第三次进门，并没有见到大小姐。他是应苏太太之邀来修泡菜坛的。

　　苏太太是不用大缸腌菜的，她有一只青花瓷的泡菜坛，只是中间部位渗水。现在又到了腌菜的季节，苏太太就让人捎话，让子书有空过来给修修，工钱照旧。

　　子书看这个泡菜坛比较清雅，就故意多钻了几道孔，多灌了十几滴铜丝银丝化成的水，凝固后略有隆起，活脱脱一只金黄蝈蝈儿趴在坛子上，四周泛着银光，似有强光照耀。

　　月璃非常喜欢，子书就说南坝崖那儿有很多蝈蝈儿，小姐有兴趣的话就带她去捉。

　　月璃请示了母亲。苏太太很高兴，难得月璃主动要求出门，就说：

　　"你回房去换件衣服再去吧！南坝崖那儿风大，不能穿裙子，还是穿长裤长衫吧！"

　　月璃回房换衣服，子书说："我去后街把子翔喊回来，一起去吧！"

　　子书是怕苏太太不放心月璃跟自己单独出去，于是去找子翔。

　　子翔在胡三姑家里锔大缸，她家的大缸是黑陶的，子翔一个人就能应付得来。

　　梁银丰回来了，今天华丰厂来梁家湾买树，厂长认为他熟悉情况，就安排他和陈小花翎一起回来。

　　梁银丰进院后喊了两声太太，没有回应。苏太太正在西厢房里专心地洗泡菜坛。原来的压水井被文子书给装了一个小型柴油发电机，扯上了电，像城里的自来水一样好用。那个柴油机在家里放了好几年了，梁银丰也没用，就被文子书改良了,为此事梁银丰上次回来的时候还赞叹不已,这个文子书还真是个人才,有机会跟路专员提提,招工时考虑定点他。还说改天跟文子书好好喝两口。

苏太太冲完泡菜坛又趁着水旺洗起了衣服,水声哗哗的,没有听到外面的动静。

东厢房开着门,梁银丰也没想到月璃会在大白天换衣服,以为跟着苏太太出去了,就趁机进来看看。

梁银丰在心里对月璃的闺房还是很觊觎的,在慕容府时是不敢进去的,回乡了苏太太看得紧,也一直没有机会。

据说慕容月姝最终还是把月璃的嫁妆给了,里面有宋代钧窑的瓷器四耳花樽、如意看盘、七彩花盆,有汝窑的佛手酒具、五彩茶具等。

慕容老爷是懂瓷喜瓷的,给小姐备的嫁妆都是古董瓷器。听说还有个无价之宝玉羽觞,现在人不识货,也不敢买,应该是价值连城哪。

梁银丰推门进来,静悄悄转到内室,月璃正在用水擦身,白缎子一样光洁的皮肤上挂着水珠,两滴樱珠立在饱满的胸前,寸丝未缠,正立身昂首擦着细长的脖颈。

梁银丰看呆了,咽喉发紧,呼吸忽然急促起来,这才是真的无价之宝哪!听说有很多人觊觎,老天终于给了我机会了!于是跪在月璃的面前,毛茸茸的手就伸向了那一点樱红。

月璃忽然感觉有丝丝毒蛇的异样气息,猛地低头,看见了梁银丰血红的贪婪眼神。她凄惶地一边后退,一边大叫:

"你给我出去!出去!"

慌乱中扯过一条浴巾围起身子,浑身战栗着。

梁银丰鬼迷了心性,嘶哑着嗓子,膝行着往前凑:"你才是无价之宝啊!让我抱抱,让我抱抱吧!"

月璃凄厉地大叫一声:"出去啊!"

随手拿起床头柜上的四耳花樽砸向梁银丰。

梁银丰头一闪,花樽落地碎裂,碎渣崩在了他脸上,仍不死心:

"你就遂了我愿吧!就一次!我保证以后再也不骚扰你!"

"我以后把你当观音供着,当亲姑奶奶养着!做牛做马也甘心!你想怎样就怎样!"

"下贱的死奴才！"

"你是畜生啊！"

月璃已近乎昏厥，颤巍巍地退倒向床边，被梁银丰一把扯住，拉到怀里。月璃惊醒，低头狠狠地咬着他的胳膊！

梁银丰恼羞成怒：

"你给我松口！赶快松口！"

"这是梁家，不是你慕容家，你以为你还是大小姐啊？我呸！"

"太太不整天被我骑着吗？装什么高贵！"

"四体不勤五谷不分的，还不是我这下贱之人在养着你！"

苏太太洗完衣服，终于听见了东厢房的异常，快步跑进去拉扯，被梁银丰一脚踢到床边。

梁银丰越骂越气，随手从窗边桌上抓起个木瓜，砸向玻璃窗！

"慕容府满屋子的破木瓜，有大爷稀罕着就烧高香了！"

"醒醒吧！金枝玉叶的幻梦早过了好几朝了！"

玻璃窗稀里哗啦碎了一地，有一块险些飞到刚返回来的文子书脸上，他一把抓住了，随即有血珠滴落。

文子书见血，起了性子。

听见屋里打骂声越来越刺耳，再也忍不住了，挺身闯了进去：

"凭什么打人？"

"哪儿冒出来的野小子！"

"充什么大头蒜！"

"这是我的家事，快滚！"

"不然我敲断你的狗腿！"

梁银丰打红了眼，一边骂，一边拳打脚踢。他长得人高马大，比李逯还壮，打心眼里没瞧得上闯进来的瘦猴子。

瘦小的子书胳膊像长臂猿，闪开踢来的一脚，出其不意一个上勾拳，打得梁银丰头昏脑涨，眼冒金星，口鼻流血，满脸开花。

还觉不解气，又迎面补上一个老虎拳。

梁银丰顿觉嘴里咸咸的，啪一口吐到地上，明晃晃地闪了一下，顿时眼珠子都要崩裂了。

"你竟敢打掉我的金牙！"

立马蹲下满地找牙。

那是他偷偷藏起来的几个金叶子，太太也不知道。

没想到金子硬，文子书的老虎拳更硬，打出了金叶子，还连带着掉了两颗牙。

梁银丰一看这小子不好对付，心知碰上硬茬了，不能硬碰硬。

好汉不吃眼前亏，于是气急败坏往外走。

"我要到公社去告你！

"告你投机倒把！

"告你私闯民宅！

"告你打人！破坏财物！"

"你哪只眼睛看见我破坏财物了！

"我是为人民服务！

"我是民间艺人，怎么叫投机倒把了？

"看戏还得买票呢！我耍了手艺还不能要工钱了！

"干完活就吃你家几口饭嘛！

"你到了饭点不吃饭啊？饿不死你！"

梁银丰被文子书气得直哆嗦。这小子看着不起眼，身手非凡不说，嘴皮子还这么溜。

"你等着！有你好瞧的！"

梁银丰甩门而去。

"我还就不走了呢！"子书伸出头，

"我在你家等着啊！有种你告去吧！我叫文子书！领着人抓我啊！领不到人别滚回来啊！"

打跑了梁银丰，他回转身来，扶起苏太太坐下，又转身拉起月璃。

月璃吓得瑟瑟发抖，似雨中的海棠花，发丝凌乱，一边脸惨白，一边脸粉红。赫然五个指印，已经渗出血丝。眼巴巴呆望着子书，像受伤的小白兔，又似乎不明白刚才发生了什么。

文子书的心似被猫爪揪了一下，又酸又疼，忍不住抱着她，眼泪哗哗而下，苏太太也嘤嘤呜咽。等月璃小姐不再发抖，苏太太也止住了哭泣，子书才告辞而出。

第三十四回　梁恶人先告状去公社
恰遇西岸文家不好惹

梁银丰真到人民公社告状去了。

公社党委设在九龙涧正南方的龙王庙里,用了正殿和东偏殿。西偏殿门窗堵起来,另外开了个西门,神仙们和没有云游的和尚都集中到西殿去了。

公社里提倡破除迷信,解放思想,大干社会主义,但毕竟龙王庙存在了几百年,香火旺盛了几个朝代都记不清了。因此,每逢初一、十五的,仍有部分老年的善男信女来上香磕头,干部们也就睁一只眼闭一只眼了,用党委书记的话说:"对落后群众的教育,是一个系统性工程,得慢慢来!"

今天公社大门紧闭,梁银丰正诧异呢,看门人从门房的窗子里伸出亮亮的秃头来:

"找事的回去!

"上香拜佛的走西门!

"干部们都下去了!"

梁银丰转身正要往回走,那个亮晶晶的秃头又露了出来:

"哎!急事哪?进来吧!

"有个会计在家值班呢!"

估计他看着梁银丰来者不善,脸阴得能拧出水来,又见他穿着蓝卡其布的干部服,怕是上面的领导来微服私访,看公社里没人接待生气了,于是就放他进来了。

梁银丰进了门,看门人又探出半个身子告诉他:

"听说上面要在峡山挖一个水库?

"我们公社负责修运河了?

"群众意见大着了!

"怕是挖断龙脉！潍河又要发大水了！"

梁银丰哪有心情听他唠叨，一边嗯嗯着敷衍他，一边径自往里走。

"哎——同志！值班的在东偏殿哪！"

看门人看他准备进大殿，就喊了一嗓子。

东偏殿里确实坐着一个中年人，穿着灰布制服，戴着眼镜，正在写着什么，看见梁银丰进来，爱搭不理地抬抬眼睛：

"领导们都下去搞调研了，什么困难先跟我说说，我解决不了再报告给领导定夺。"

梁银丰心想会计也是公社干部，管钱管账的哪个年代都吃香。于是就絮絮叨叨开始告状，文子书怎么私闯民宅，怎么打人，其间少不了添油加醋的成分，末了拿出那两颗被打掉的牙说：

"你看看，到现在还鼻青脸肿的！看看这两颗牙，生生被打下来了！这样的坏蛋，应不应该抓起来？不坐牢也得关几天局子！"

多嘴的看门人没告诉他今天值班的是谁，否则他准悔得肠子都青了。

这一天在公社里值班的是文五叔。

文五叔听着是在告自己的侄子，心里暗暗庆幸：幸亏今天是我在值班，否则有那小子受的了！三遍检查也不一定能过得了关，弄不好还真得拘留几天。

文五叔是认识梁银丰的，也风闻了他的一些传说，知道他是属毛驴的，受哄不受呛，于是就委婉地做开了工作：

"梁同志，看您说的情形，那小子起码得关个十天半月的！"

"您先喝口水，消消气！我这就整理材料，书记回来立马汇报，明天就派人去抓他！"

于是一边拿出一张红头纸来写写画画，一边煞有介事地摇了通电话：

"公安局吗？我这里发生了一个大案子！"

"华丰厂的梁同志被人打了！对！对！就是管食堂的那个梁同志！"

"你明天能派民警来抓人吗？先抓起来再说，从重！从严！从快！"

"——什么？根据法律程序来？"

"明天没空？后天？后天也行，你们早点过来处理吧！"

"你知道我们书记眼里是容不得沙子的！"

"绝不允许坏小子横行乡里，胡作非为！"

梁银丰是最喜摆谱的，唯唯诺诺惯了，人生的奢望就是人家尊他一声"先生"。

他见文五叔对这件事如此重视，处理得也得力，心里的气早消了大半。

文五叔见火候拿捏得差不多了，就拖个凳子凑过来说：

"听说那文子书不好惹哪！

"他们家叔伯兄弟十八个！

"三服以内顶顶亲的就有八个！

"弟兄们年轻血旺，天天惹事，整得鸡飞狗跳的！"

文五叔再往前凑凑，故作神秘地说：

"听说文家有祖传的长拳，秘不示人。老辈上有几个有名的武状元呢！

"十几个兄弟个个身怀绝技，就好显摆武功！

"前天有个人惹毛了不知哪个，兄弟们齐上阵把人家打残了！

"他们村支书管不了！还护着他！

"经常有来告状的！整得书记都头疼哪！

"你今天来告状的事先保密着啊，别伤不着狐狸反惹一身臊！"

梁银丰是仗着一口气来公社的，如今气消了，沉思了一会儿：自家上无父兄，下无子弟，八服之内也找不出一个壮汉，多一事还真不如少一事哪！自个儿也不是那真真的根正苗红，没有小辫子可揪。

于是口气先自软了下来：

"也不是非让他蹲局子不可，但是也不能就这么算了！

"总得让他受点教训！"

抬头看看文五叔关切的神情，又不甘心地加了句：

"难不成政府还怕了小痞子不成！"

文五叔笑着拍拍他的肩：

"你放心，政府都给他们记着账哪！

"赶明个再犯了，就和他新账旧账一起算！"

"那就好！那就好！"

梁银丰起身告辞，文五叔目送他走出公社大院，长舒了一口气，脸上露出了狡黠的笑容。

第三十五回　月鸾求真相带走月美
柳编葫芦插花送月璃

月鸾从麻绳组回来,月亮已爬过了东屋山,快到子夜了。刚要进堂屋,听见父亲在嚷嚷,就停住了脚步。

"文家没一个好东西!"

"那小子再来,不准他进门!"

"兄弟十几个,个个会武功,吓唬谁啊!"

"公社里有人就了不起啊!"

"蛤蟆戴二柄,装什么文化人?"

"我发誓,梁家绝不和文家犯往来!"

月鸾越听越糊涂,不过有一点是肯定的:子书大哥惹着爹了!

月鸾退回东厢房,看见月璃眼睛红肿眼神迷离,手里拿着画笔,对着煤油灯发呆,灯光闪烁着。月鸾知道是结了灯花了,轻手轻脚地从北墙边桌上拿剪刀剪去灯花,重添了煤油,屋里顿时亮堂起来。

月璃这才意识到月鸾回来了,慢慢转过身来对着月鸾,悠悠地道:

"文少爷好厉害!"

月鸾知道月璃一时糊涂一时明白的,想着明天找母亲问问清楚,就故意岔开话题:

"二姐,还不睡啊?快半夜了呢,小心明天又头疼了!"

月璃还沉浸在自己的混沌世界里,喃喃自语:

"文少爷好厉害!"

月鸾忙着铺展床具,待整理得差不多了,就拖过月璃,帮她洗漱,然后躺在一起,陪着睡下了。

第二天清晨,月鸾早起,一边帮着母亲做饭,一边悄悄问苏太太:

"母亲,昨日家里发生了什么事? 是不是他又吓唬月璃了?"

苏太太的眼圈红了:"小孩子家家的,不要管了吧!"

月鸾吃过饭,被母亲催促着到麻绳组上工去了。

麻绳组在西大队二小队场院的北边,一溜二十间超大砖瓦房。场院原来是梁家湾大地主的养马场,据说新中国成立前整个胶东半岛的马车上,辕马都出自梁家庄养马场。战乱时各路大兵征用了几批,到新中国成立时存栏尚有几百头,砖瓦房就是原来的马棚改建的。

因为有副业,梁家湾在周围算是富裕的。副业在二小队,二小队的场院在三乡五里又是出了名的宽敞,所以女人们是不用下地干活的,都在麻绳组里,姑娘们纺绳,媳妇们洗麻搓麻。

种麻、砍麻、沤麻、扛麻,以及搬搬抬抬的粗活,都由青壮劳力包了。因此上梁家庄的姑娘也是出了名的白嫩水灵,惹得三乡五里的小青年都跑来要求倒插门。此事曾轰动县城,还被总结成破四旧、树新风的典型,被编成戏文演唱呢!须知这是20世纪60年代左右啊,男到女家落户还被认为是丢祖宗脸的大事呢!

月鸾到麻绳组时,维修组的男工们已经把麻料捆放满了通道,纺机也给擦干净,上足了油,发货去了。每台纺车边放四个大捆,比车轱辘还大,姑娘们的任务就是看两台纺机,一台把这些麻丝纺成细条,另一台按组长的要求合成三四股细绳或十几股粗绳,细绳是给潍县城里的食品厂的,粗绳是给华丰厂的。上一次合了二十几股的特粗绳,听说是给造船厂的。

月鸾的活干得又快又好,麻绳纺得又细又长,很少断头接头,合股后粗细均匀,筋性足,韧劲大,每次送样品时都拿月鸾纺的去验货,所以月鸾的纺机是最新的,位置是最好的。在车间中间靠南一边,后面有一个敞开的半圆形小库房,还有飘出去的大窗户,冬暖夏凉,宽敞明亮。据说是华丰厂来收货的人改建的,原来是一个便门,为了避雨盖了个小门厦子。月鸾纺的麻绳专做出口创汇用,珍贵得很,就近专门放着,把小厦子的门堵了做了库房,就不用入大库了,怕混了。堵起来光线太暗,盖房时华丰厂还特意派了个懂建筑的工程师来,给设计了个大飘窗。

乡下人觉着稀罕,围着他问东问西。那个工程师就是陈小花翎,此时犯了错误,队长说他被监督使用,让姑娘们离他远点。但那小花翎一点也没有夹着尾巴

做人的意思,倒变得有些玩世不恭,在月鸾出现的地方大声显摆:

"不光你们觉着稀奇,潍县城里还真没有飘窗,只有清水挂面窗! 这是跟青岛的老洋房学的,人家的房子,那叫一个漂亮!"

后邻的李呦呦一直不服月鸾。她长得妖娆,打扮得也花里胡哨,红袄绿裤的,什么都敢上身穿。嘴也随她娘胡三姑,又碎又臭又损,动不动就和月鸾较真:

"她脸也不比我白,胸也不比我大,屁股也不比我翘,连我的小手指也比不上! 凭什么好事都是她的?"

"就是! 就是!"什么时候都有跟屁虫! 李青萍就是呦呦的应声虫:

"凭什么?"

"凭他爹娶了个资本家老太婆呗! 大十五岁呢! 丢死人了!"

"一定是他爹求了资本家的亲戚,亲戚把活放给咱们小队,队长为了讨好她爹,才说她的麻绳好!"

"就是! 一样的纺车,凭什么就说她纺得好,谁还跟到外国去看看了!"

她们也就是在私下里叽叽喳喳,真摆到月鸾面前,一个个都哑口无言了。

这一点上,三姑倒是比较明白,有一次她听到青萍和呦呦在家里嘟囔,就劈头盖脸地训斥了一顿:

"不知道的事别瞎嚷嚷! 一对蠢妮子!"

"现在是计划经济统购统销,什么东西不经过县里的供销社?"

"华丰厂是使用单位,只能来验货,不管放活!"

"马棚修厂房那是工人老大哥帮助农民兄弟!"

"那个小花翎在月鸾面前转悠是男人都会犯的毛病! !"

"你们俩妮子太土,没味道。只会招蜂引蝶,凤凰穿牡丹没你俩的戏!"

"就说那手艺,随便进来个生人,看看你们纺的麻绳毛毛楞楞,里刺外拐的,也就高低立现了! 比都不用比了,谁还会为了你们花心思!"

再说月鸾本就高高的个子,一生气就高昂起拳头,杏眼瞪起来,也真够吓人的。

虽没见过月鸾真动过手,可那两条英气人鬓的眉毛竖起来,场院的护院狗都吓得夹起尾巴。

唉! 人贵有自知之明,这不,她们本来都围在呦呦的纺车边叽叽咕咕,看见月鸾进来,瞬间闪离,四散到各人纺车边去了。

第三十五回　月鸾求真相带走月美　柳编葫芦插花送月璃

月鸾感到今天的气氛有些诡异，看看没人过来主动跟她搭话，又看到妹妹月美闪烁的眼神，预感到一定与她家昨天的事有关联。

"这个该死的胡三姑！一定又搅翻了湾！"

月鸾恨得牙根痒痒，忍不住在心里咒骂了一声。

后邻的胡三姑四十多了，好吃懒做，也不上工，总扎着两根小辫子，端着一对大乳四处晃悠。趴窗台，听壁脚，爬墙头，嚼舌头，什么赚厌恶的事都做。西家长东家短的，保媒拉纤赚个仨瓜俩枣几斤猪头肉。

梁家屋后本有个小夹道胡同与她家相隔，胡同的北墙就是她家的南院墙。梁家刚回乡的那几年，她主动把南院墙开了个小门，今天敲敲窗户送棵葱，明天拍拍窗玻璃送头蒜，后天又捣捣窗棂送碗自家熬的小豆腐，感动得母亲苏太太直夸赞：

"后邻的三姑真是个热心人！"

后来月鸾听说她一直勾搭父亲梁银丰，有一次半晌回家取东西，无意中撞见胡三姑衣襟不整，脸红脖子粗地往外走，第二天就找人把后窗户给用砖封了，只留上边一块玻璃照亮！

别看月鸾才十七岁，主意可是大得紧，口风也严实。只对苏太太说怕风大，穿堂风吹着月璃！月璃那小姐身子怕风怕雨的，苏太太也就信了。只是从此后，梁银丰又惧怕了月鸾三分。

月鸾快手快脚，先把自己的麻绳纺完合起股来，盘好归拢在后边小库房。又去月美那儿帮着合股，半晌刚过，也就是 10 点半左右的光景，月美的麻绳也纺好合完股盘起来。

"走吧！回家去！"

月美看见月鸾今日与往日不同。往日月鸾干完自己的活儿，会帮这个纺一会儿麻，帮那个合几盘股，一直等姐妹们都干完入库，才和姐妹们说说笑笑地一起收工，所以在姐妹堆里很有威望，大部分人对她又敬又爱，那个呦呦是又恨又怕：

恨她比自己手脚麻利干得快。

怕她领着众人走了把自己撂下。

大多数时候，月鸾并不和呦呦一般见识，有时也帮帮她，比如她来了好事脸色发黄的时候。

有时候会站在旁边说说笑笑看笑话，虽嚷嚷着走，并不挪步，一直等呦呦她们干完收拾利落了，才招呼着一起走。

今日月鸾耷拉着脸儿，眉毛又竖了起来，月美只得乖乖地跟着走。

月鸾领着月美并没有回家，一直走到南坝崖：

"快说！怎么回事！漏掉一个字，看我不把你推到崖湾里去！"

月美伸头看看崖下，绿幽幽的湾水深不可测，吐了吐舌头。回过头来，一五一十，鹦鹉学舌样学说呦呦她们的议论，末了期期艾艾地说：

"她们都说爹是个大流氓！欺负月璃姐姐！被文家的人打破了鼻子，打掉了两颗金牙！"

"爹告状去了公社，又碰到了文家的人，吓唬说文家人人会武功，弟兄一大帮，又有一身好武艺。劝爹别闹了。"

"说是闹大了文家老大进了监狱，文家弟兄们也得把爹送进监狱！还得来咱们家抢姑娘！"

"到时连咱们两个也不放过！"

"爹被吓蔫了，今儿一早就回城了。"

"她们说的一准是真的！今儿是礼拜天！爹明天才上班呢！"

月鸾知道爹爹的素日为人，虽不是她们传说的那么邪乎，也猜到了事情的原委，就告诫月美：

"别听她们胡说，以后离呦呦远一点，她那张乌鸦嘴，吐不出百灵声！随她娘，净喷些埋汰人的瞎话！"

"你先回家做饭吧，外面的事不要回家再学话，小心我以后不帮你纺绳了！"

月鸾她们纺麻绳是记工分的，月美的右手少了三个指头，胎里带的残疾，干活不方便，爹本来就不喜欢她，扣了工分是要被连踢带骂的。

月美被打怕了，疑虑的是爹从来不当着月鸾的面打骂她们，月美隐约觉得："爹是怕月鸾的！"

所以月美也非常惧怕月鸾，在她心里，月鸾就是救世主，她怀疑月婳她们也是这个心思。

月美脆生生地应答了：

"嗯！那我就先回家了，三姐也早些回吧！"

月鸾绕到坝崖东面去，采了一些青蒲棒和薄荷。坝崖的东面是一片沼泽地，再往东走是潍河，沼泽与河岸之间，是很宽的沙滩地，长着各种野花。

第三十五回　月鸾求真相带走月美　柳编葫芦插花送月璃

现在是仲春,粉色雏菊开得正艳,间或有连片的马兰花,紫莹莹的形成了花带,还有夏枯草,开着白色的满天星,蒲公英举着黄金伞也很招摇。

月鸾走到河边,折了几根柳枝,坐在河岸上,一边看着河水闪着银光淙淙流过,一边想着无序的心事。手里缠缠绕绕,就编出了一个连腰葫芦状的花篮。

她把薄荷叶装在下面大一些的葫芦篮里,上面的小葫芦篮里插上蒲棒,又随手采了些粉色菊花、紫色马兰、白色满天星,高高低低地插在花篮里,从河边掬一捧水,洒在花花草草上,自己闻了闻,又把花篮转转看看,又插上几枝带梗的薄荷,嗅了嗅,自己感觉很是称心如意,就拍拍身上的草叶沙粒,回家去了。

月璃最喜月鸾编的小东西了,每次拿给她,就会看到月璃的欢颜。月鸾心里最珍重的两件事:

一是二姐的笑颜。月璃笑起来眼睛弯弯,眼神闪烁迷离,连带出星光点点;梨窝深深,红色脸颊上似豆,粉色脸腮上若珠。月鸾脸上也长有酒窝,一边只有一个,且长长的似水滴,不如月璃的好看。

每次看到姐姐展颜一笑,月鸾心胸里都会凭空增添一种英豪之气,就想做姐姐的保护神,一辈子守着姐姐。

二是母亲的身体,每次收工回家,就赶紧帮着忙前忙后,挑水劈柴,去磨坊磨面,月鸾放下这样干那样,片刻也不得闲。苏太太心疼月鸾,常常劝她:

"牛犊子也得坐下歇歇腿,你也坐会静静心吧!"

月鸾把花篮递给月璃,月璃凝视了片刻,喃喃道:

"宝葫芦开花了!"

月璃接过来,抱到怀里一边摇晃着上面的水珠,一边送到嘴边闻闻花香,她含了一片薄荷叶慢慢地咀嚼着。

新鲜薄荷的清香一会子就弥漫了整个东厢。

月璃放下花篮,站了起来,柔曼的双手慢慢前伸,月鸾忙伸开双臂环拥住姐姐。

姐妹俩都没说话,泪水无声地流了下来,打湿了彼此的衣衫后背。许久,许久……

第三十六回 苏太太应诺言访文家
古槐牵引百年巧姻缘

有道是说者无心,听者有意。苏太太昨夜听了梁银丰的一番牢骚,添了一件心事。凌晨起床,伺候梁银丰吃过饭,送他出了村子,眼看着自行车拐上了村后的大道,前行二百米再右转就是 309 国道了。直到看不见影儿,才转身回家,叫醒月鸾、月美,看她们吃完饭上了工,洒水清理了屋里屋外,又嘱咐了月璃几句,让她别出门,有什么事等月鸾回来。

实际上月璃来乡下后很少出去,有限的几次就是跟文子书他们去南坝崖玩玩。大多数时间,月璃都是在屋里待着,吹箫看书画画,她没有户口,生产队里也没有她的名字,再说了,在乡下她会干点什么?用梁银丰的话说,就是麦子和韭菜都分不清,废物点心一枚。

苏太太把屋里院外的青砖地打扫得清清爽爽,换了身偏襟月白衫子,黑府绸裤子,对着镜子捋捋头发,妥妥当当出门去了。

苏太太虽然到了乡下,但爱清爽、爱讲究的习惯一直未改。这件月白衫子,是用以前的旗袍改的。新中国成立了,不时兴穿旗袍了,苏太太手巧,旗袍就改成了两件衫子,一件在家穿,一件作为出门的礼服穿。

月鸾随了母亲的巧手,虽然才 17 岁,做针线活却是远近闻名的了。村里嫁闺女娶媳妇的,全找这娘俩帮忙。她们也自是有求必应,做得又快又好。乡里乡亲的,谁也亏不了谁。乡下人买布要凭布票,比着身量买,一寸也多不得,布头奇缺,有时衣服做成了,口袋布却受了难为。每当此时,苏太太就帮衬着添上,总不让人家受难为还多花钱。

天长日久,乡亲们也觉亏欠,打听着苏太太爱干净,家里不养鸡鸭鹅狗,三天两头的,就有东家送来的鸡蛋、西家送来的鸭蛋,还有南胡同里送来的猪肉。在乡下的日子,与邻居们比较的话,苏太太过得还是比较滋润的。

第三十六回　苏太太应诺言访文家　古槐牵引百年巧姻缘

苏太太要到梁家湾南面的文家河去。昨天已经问过，文子书家就在南边的文家河村中央。她一是想去道谢并当面嘱咐子书两句，二是想去打听一件事：这文家河的文家与省城的文家有没有关联。文子书虽然个矮，但为人处世的狡黠却不似一般农家子弟。还有他那双眼睛，少有的淳朴明亮，苏太太还从中看出了聪慧和睿智，似曾熟悉。

原来当年慕容柏老爷曾说过一件事：他与省主席韩复榘多次见面，生意上帮了不少。而牵线人就是省主席家的武师文成林。文成林是武状元，与上海的舵主杜月笙、张啸林是把兄弟，但没有一点架子，很照顾潍县老乡，有求必应。当时文夫人将要生产，苏太太也怀了月璃。慕容老爷主动攀亲：

"文老爷，夫人生产在即，我家夫人不日也要生产。不如咱们两府结个儿女亲家如何？"

后来因为战乱，再没听慕容柏老爷说起过，也不知文家当年生的是男是女。但有一点是肯定的，就是两个老爷互相欣赏，这门亲事已经板上钉钉。当年慕容柏老爷常对苏太太说：文老爷是谦谦君子。他曾叙述过两人的对话。文老爷说："文某乃一介武夫，生出个少爷也是小武夫，怕辱没了贵府千金。"

"蒙文家不弃，我们已是高攀，文老爷何出此言！"慕容柏老爷回答说。

苏太太一边走，一边想，转眼绕过河堤，进了文家河。

在村口一路打听着，到了文家河大队部门口。大队部是以前的村庙，门口北向，有高高的门楼，宽宽的青石板台阶。门楼正对着一条南北通道，右边是住户，西边是一个半砖半坯粉白墙圈起的大院子，粉白墙半人高，已有些许斑驳，有紫藤从墙头上探出枝丫来。

墙根下，有一个长发中年男人靠墙坐着，闭着眼睛享受暖暖的阳光，手里一把胡琴，却拉出凄凉的长吟，苏太太听出是阿炳的《二泉映月》。

在城里时，苏太太常去戏院里听曲，她不太喜欢伤心的曲调：日子总是要过下去的，一味地悲悲啼啼没什用场，到哪个山唱哪个调，她的心思就是平安度日，把孩子们养大才是正经。不管日子多么艰难，不管受了多少委屈，苏太太在孩子们面前，是从来不落泪的。

苏太太对着这拉琴人发了一会儿呆。这时从大队部里走出一个穿灰色制服的人，看起来像个小干部模样，小分头梳得很整齐。他站在台阶上对着拉琴人喊："瞎子闺女，换个调子！换曲欢快点的，净拉些酸溜溜的，书记听着头疼！"

苏太太迎上去问："同志，文子书家怎走？"小干部看看苏太太，伸手往前一指："找文家啊，一直往前走，过一条横街，胡同东第一家就是，有大槐树的那家。"

苏太太点头致谢，那个叫瞎子闺女的闻言抬起头来，看向苏太太的方向："找子书啊，不在家，进城了。他娘在家，我是他师傅。"

苏太太忙点头说："您好！我不找子书，找子书的娘问个话。"苏太太听说是子书的师傅，就多看了两眼。瞎子闺女虽然眼睛闭着，长发披肩，却生得清爽，白白净净的，拉弓的手细细长长，苏太太寻思这人不像个手艺人，倒像一个读书人。

苏太太一向尊重读书人，就鞠了个躬，退了两步，转身往文家而去。身后传来欢快的胡琴声，是阿炳的《良宵》，阿炳一生难得的喜庆曲。

苏太太到了文家，大门是开着的，苏太太拍了两下门，没有回应，径直走进去，一边进一边大声问："子书娘在家吗？"文家原来是个四合院，都是六开间的模式，大门开在西南角，也有个二层的门楼，东屋西南角有半间没有屋顶，应该是茅房的所在。

六间北屋分东西两门，一个矮小的老妇人从东门出来："找谁啊？家里人都出去了，进屋坐会儿吧！"子书的娘有些耳背，头发也花白了，在脑后挽了个小发髻，用把木钗别着，走路有些颤巍巍的。苏太太低头看了看，子书的娘裹着小脚，还打着绑腿，挺标致的三寸金莲。苏太太的脚在 1947 年就放开了，是俗称的解放脚。

"您是文大娘吧？"苏太太看妇人比自己要大，干干净净，和善可亲，不由得心生喜悦，心想今天是来对了。

子书娘把她让进南屋中房坐下，这儿又是另一番景致：屋地上裸露着一棵老树的主根，自然形成了一个茶桌，旁边凹凸不平的似盘虬卧龙，竟是一条条侧根，巧巧儿做了茶凳。更巧的是在门边横着一根扁平根，正巧做了门槛儿。苏太太问："这树有年头了吧，是槐树吗？"

苏太太闻到了槐花的香味，才有这一问。文大娘应道："正是槐树，听说是前清时文家姑奶奶种的，姑奶奶嫁了宰相，又培养了两代宰相，这棵树就成了文家的传家宝，一枝一叶都是不能动的。据说当时姑奶奶出嫁时留下话：'槐花可以充饥，别糟践了，要给后代文家的读书人做点心吃，种田人缺粮时就添些野菜吧！只要槐树活着，文家就有兴盛的一天。'"

苏太太好奇，要到前院看看，不看则已，一看大吃一惊：老槐树此时如白头翁，满树银白，一嘟噜一嘟噜挂着花串儿，挂满了整个小院。南院有一个足球场那么大，只有东西围墙是不规则石块砌的，南院墙整个就是一棵树干。中间有个洞口，钻进去有一间屋大。里边有九步自然台阶，年代久远，看不出是树干还是树根，清幽幽的有些滑湿，走到底，竟有一个小板门，插着门闩。

苏太太抽出门闩，门外竟还是树身，也有五步台阶，最底下一阶，是一块宽约 1 米的大青石板，离地也足有 1 米高。苏太太怯了，没敢跳下，只站稳看了一会儿。走下去，是另一条胡同口南头偏左方向。再五六步是一口石砌的水井，清汪汪的水离井口只有一米深。水井前面是一个月亮形水湾，如玉带把水井和文家的南院缠绕着。

苏太太原路返回到屋里坐下，心里已经透亮了：这一家和省城的文家确应是一家了。

文大娘并没有跟出去，自顾自做着槐花饼，那安然悠闲的样子，似乎苏太太本就是自家人。

这时候，文子书回来了。

看到苏太太坐在自己家里，文子书一愣，旋即热情地打起招呼："您来好久了吧？我娘耳背，家里又穷，怠慢您了！以后您再来，给我打个招呼，我提前买些吃的喝的好招待！"苏太太忙说："以后就是一家人了，莫客气！"文大娘自顾自冒了一句，正好接了话茬："不用买肉去了，槐花饼里我加了两勺白糖，打了两个鸡蛋，好吃得紧，苏太太留下尝尝！"

文子书与苏太太相视大笑："我娘啊，在关键时候一点都不耳背呢！"

也不知怎的，文子书是打心眼里尊敬苏太太，甚至有莫名的依赖和亲切，于是忙趋前坐下，询问苏太太的来意。

苏太太说："我来也没什么大事，一来是当面道谢，量量尺寸，给你做身换季的衣服。二来也想嘱咐两句：那天的事就不要跟别人提起了吧！"

子书忙起身抱拳弯腰郑重行礼道："谢过苏太太！您尽管放心，我是不会讲与别人的。"

苏太太忙摆手："快坐下吧，不用行礼！"

又好似随意问道："家里只有你和母亲吗？"

文子书道:"家父早已过世,一向与寡母过活!"

苏太太说:"哦,知了。孤儿寡母过日子,一定吃了不少委屈。敢问一句,你与新中国成立前省城文省长是何关系?"

文子书习惯性地前后看看,静默了片刻,方接话道:"文省长正是家父。苏太太,我也不知怎的,初见您就觉得特亲,所以也不敢瞒您,家里人是不准提起的。"

苏太太点点头,于是文子书简略地给苏太太说了说家世:"那是抗战时,大概在1938年前后吧。蒋委员长不喜欢韩复榘主席,骗到武汉杀掉了。家父是韩主席的副手,当时也被拉到刑场,却上演了一场真陪死假枪毙。家父知道自此也不会被重用了,委员长信不过他们,就辞官回山东潍县老家。没想到走到河南大病了一场,也命丧他乡。叔父们顶着炮火去运回了尸身,葬在祖坟里了。"

说到这儿,文子书苦笑了一下:"下完葬圆过坟烧过头七,我就出生了。家母说我是赶来给她做伴的。"

这时文大娘做好了槐花饼,摆到树根桌上,招呼苏太太吃饭。还做了槐花儿面疙瘩汤。槐花饼煎得焦黄,褶皱处似嵌着银丝,看起来漂漂亮亮,吃起来香香甜甜;面疙瘩汤咸丝丝的透着槐花的清香,热热地喝下一碗,心里胃里都透着温暖。

苏太太踏踏实实地吃饱了,与文大娘聊了一会子家常。状况是苏太太在听,文大娘絮絮叨叨地在说。

原来文大娘一直在夸相公和儿子。说相公长得高,身子直溜;长得好,脸皮光滑白净;肚里有墨水儿,写的字周正好看,全省城都数得着,过年时很多大户人家来求,求幅字画求副春联装门面。还说相公武艺高强,十个八个毛头小子近不了身,军阀混战时曾从死人堆里背着长官杀出重围,很受长官器重。

说儿子小时候又白又胖,人人喜欢,都说随了他爹的相貌。没想到8岁上生了场天花,脸上落下了几颗麻点,这倒不要紧,身子却停了蹿个儿。没长出他爹的样来,也没蹿到他爹的个儿,长了个车轴汉子,生了个干活的命。学上到了高小供不起了,只能下来当劳力干活了。

"他老师急张得呀,跑到家里来好几次,说这孩子才分高,早早下学可惜了!唉!有什么办法,他打小儿没了爹,叔叔们不发话,我供养不起,还是由娘家兄弟帮衬着!这孩子懂事,从来不抱怨,忙时下地挣工分,闲时走村串户挣个仨瓜俩枣,倒没难为着我,孩子却受了累了!"

"娘,说这些干什么,都是过去的事了。陈芝麻烂谷子的,就别往外倒腾了!"

文子书打断娘的絮叨,对苏太太说:"我们乡下有句俗语,男子十一,自挣自吃。我是遗腹子,就得早早学会自立养家,我爹是叔叔辈里的老大,兄弟堆里我也排行老大,我要把这一房撑起来,也给兄弟们做个榜样!"

苏太太很是欣赏子书的自强自立,就安慰说:"如今时局刚稳定下来,老天却经常添乱,不是旱就是涝的,叔叔们也有难处。"子书道:"我娘老脑筋,还以为万般皆下品,唯有读书高。其实长辈们对我很好:爷爷教我写毛笔字,二叔教我算盘,三叔教我木匠,四叔领我拜师学铜匠,五叔教我武功。师傅常说:人活一世,草木一秋,没有高低贵贱,只要活得心安理得就好。"

苏太太想起一事问子书:"村口那个拉胡琴的,说是你师傅,看起来是个男子,怎被喊作闺女?"

子书笑道:"他是教我胡琴的师傅,也没有爹爹,他娘眼睛是瞎的,他生下来眼睛并不瞎,后来生了一场大病就瞎了,现在眼睛只能感知到光亮,看不清人脸了。村里理发不方便,还得跑到公社去,所以干脆留长发。"

"他生得白净,人也要干净,三天两头跑到湾边洗头,胆又特别小,有几次捧水捧到小黄鳝,滑不溜湫的以为是水蛇,吓得掉到湾里去,直喊救命。湾很浅,人们就笑他,别叫了,像个闺女似的,一惊一乍的,快站起来吧,水刚没到你的膝盖骨。"

"一来二去的,大家不叫他名字了,都叫他闺女,也没入公社,但村里干部们对他还好,也不难为他,春荒时下救济,也有他家的份儿!"

苏太太也笑了:"看起来是个有趣的人,你们村里的干部们都善良得很。"

一直聊到了下半晌,苏太太才告辞回家。

第三十七回　有情有义子书赴梁家
奉命认亲认娘认媳妇

　　上次苏太太从文家回来,走到南坝崖,看到崖下水波清清,就在石桥上坐下,静静地想了一会儿心事。微风轻轻吹过苏太太的短发,崖水泛着涟漪,水莲冒出了粉色花苞,蒲草长出了浅咖啡色的棒棒,苏太太往远处看去,一行白鹭从河边飞上了青天。万物生灵自有一番天地,很多事情上天早已做了安排。苏太太想通了,似乎下了决心,才起身回了梁家湾。

　　第二天,苏太太去了胡三姑家,央求她作媒,她要把月璃许给文家河的文子书。

　　"什么?许给文家?就是那个又矮又瘦的小轱辘子?听说他家孤儿寡母的,穷鬼一个!再说了,走村串巷的,不是正经好人吧!"

　　胡三姑连连摇头,苏太太说:"她三姑,你放心!谢媒礼一样不少,两个扫炕笤帚,四个刷锅炊帚。一坛酒,一丈红布,半刀(十斤)猪肉。文家给不起,我给!"

　　胡三姑抬起厚眼皮问苏太太:"这是问过当家的意思吗?他同意吗?要不您先回去商量商量再说?"

　　一向温婉柔弱的苏太太,这次表现出了少有的决绝:"您就说这个媒做与不做吧!您不做,我去找后街的乔二嫂。她比您要的礼少,嘴头子可不比您差多少。她能说得当家的愿意,文家也愿意的。"

　　苏太太摸准了胡三姑的软肋,俗语说得好,同行是冤家,胡三姑可不想让乔二嫂抢了风头。日后她还怎么到梁家去揩油,她才不想人财两空呢!

　　"做做做,这事就交给我做吧!一准儿让你满意。"

　　半个月后,文子书来了,进了堂屋就给苏太太跪下了:"娘!从今天开始,您就是我的娘亲!大哥没找到,您就当我是亲儿子!家里有什么活儿,您捎个口信,吩咐一声就行。您把月璃交给我,我会好好疼她的。进了文家门,就是文家的人!

从今以后,有人敢大声呵斥她,我都会去找他们拼命的,您就放宽心吧！"

苏太太扶起子书:"媒人去过了,家里人怎么说？"

子书回道:"我娘说是好事,她同意。并说听我爹说过,是曾经给订过娃娃亲的,是潍县城里的慕容家！现在既然人家找上门来,那就是闺女长大了,该过门了。

"我娘还说:'人的姻缘是天注定的,月老一直在牵着红线呢,天涯海角都跑不掉的！是你的媳妇儿早晚会来进门的,这不还是应验了吧！'"

苏太太又问:"其他人怎么说的？"

文子书有些犹豫,似乎在掂量学说还是干脆不说了。苏太太催促说:"原话学给我听听,以后有事也好排解。"

子书看了看苏太太:"就是二叔有些意见,一是说我们家穷,养不活大小姐,担心来个闲人添了张吃饭的嘴,日后给他们增加负担。二是听说大小姐脑子不清爽,怕文家的后代智力受影响,日后再也难有翻身的那一天。"

苏太太平静地看着文子书:"你担心吗？"

子书坚定地说:"担心什么？月璃到我家后,生活安定下来,日后生个一男半女的,病就慢慢好了。我们都是善良人,老天会保佑我们,后代一定会比我们聪明,生活也一定会比我们过得好！"

苏太太露出了赞赏的笑颜。

文子书还告诉苏太太一件事:"我母亲是个倔强的人,叫过二叔说:'还是那句话:不是个钉就是个茬儿。当年你们想挤走我霸占家产,费了心思也挤不走我这孤儿寡母。如今我儿子已经成人,娶什么样的儿媳也由不得你们多舌！'吓得叔叔们都不敢多话了！"

苏太太的眼泪流了下来,她拉住子书的手说:"子书,从今天起,咱们就是一家人了。以后有我吃的用的,就有你和月璃的,还有你母亲的一份！再苦几年,等你们的孩子长大了,咱们就能过上好日子了！那时候啊,你娘和你就等着享福吧！"

子书陪着苏太太抹了一会儿眼泪,等苏太太平静下来,就准备告辞,他说:"我回去准备一下,下月初九就来迎娶月璃过门。"

苏太太忙找出做好的衣服,叫住子书:"等会儿,穿了新衣再走不迟。"

老辈人常说人是衣裳马是鞍,此话一点也不假。苏太太的手艺本就好,衣料又是珍藏了多年的好料子,这次又格外细心地做了,连月鸾都没让插手,上身后的效果自是不同。文子书穿上有型有款的青呢干部服,内衬府绸立领月白衫子,再换上笔挺的黑哔叽呢裤子,白棉布袜,黑高帮布鞋。被苏太太拉到脸盆架后的穿衣镜前,子书自己都惊呆了。

镜子里的文子书,挺直了腰背,睁开了眼睛,面带微笑和羞涩,褪去了萎缩,不见了卑微,平添了一股儒雅,一股豪气。连子书自己都感觉凭空高出了一截,似乎一瞬间长高了三寸。

苏太太满意地笑了:"这才配得上我的月璃!"

换下新衣,子书忽然有些嗫嚅:"娘,我母亲还让我捎几句话给您。"

苏太太正忙着叠衣服,好让子书带走,闻此言诧异地抬起头来:"什么话?尽管说吧!"

文子书咽了下唾沫,结结巴巴地说:"母亲说家父没有通敌叛国,也不是、不是胆小鬼!他虽是韩主席的副手,但人各有志,有些事他不赞同,有些事他也很难知道。他只是厌倦了官场倾轧,才想回家休整两月。也顺便、顺便回来等我出生,本想看到母子平安再做打算的,没想到当了外丧冤鬼!"

苏太太说:"生逢乱世,什么怪事碰不到?过去了就放下吧!"

子书说:"我母亲一定要我跟您说清楚。

"她说,在她心里,家父一直是个大英雄,身材魁梧伟岸,仗义疏财,文武双全,性格又好!他曾经让人送回一批枪,让村里年轻人组织民团抗日。他们成亲时,他又带回一批新枪,给了母亲娘家河东游击队。在家住了两个月,每天都跑到游击队去指导年轻人练枪法,练队形,练武功。很多人都记得他的好!他训练的人如今也有很多当了干部的,不信您去公社里和县里打听打听。"

苏太太再次拉住子书的手:"子书,我相信你,相信你母亲,相信你的父亲,也信得过文家!世间是有'缘分'二字的。慕容家和文家是上天注定的缘分。不管世事如何变化,将来你和月璃的孩子长大了,一定会重振慕容家和文家的。"

文子书点点头:"胡三姑也这么说。她说,你俩的孩子,将来会振兴文家的,慕容家也会沾光,要我好好待月璃。对了娘,月璃知道我们两家以前的事吗?"

苏太太摇摇头:"以前的事,不知道也罢!梁银丰也是不知道的。月璃有些糊涂,就不要告诉她了。妹妹们还小,家族的事太复杂,也不必说了吧!如今大家都变成了乡下人,这个秘密就存在咱们娘仨这里吧。等啥时候条件成熟了再公开,你们的孩子自会明了的。"

第三十八回 仙女妻子买来柴油机
磨坊嬉戏招惹婆婆怨

一转眼,月璃结婚已有两年,头胎生了个女娃,乳名叫月芽儿。用婆婆文大娘的话说是个进门孩、上床娃,摆明了不想干活儿。

因为文子书护得紧,又能干,家里外头的活儿一应包了,真个是放下叉耙摸扫帚,日里耕地晚间蒸馍馍,晌午头儿还要洗衣服,一刻也不得闲。

文大娘虽然嘴里嘟囔,抱怨月璃都做人媳妇了,还想十指不沾阳春水。但看到子书洗衣时,月璃陪着站在旁边说话儿,不时用花手绢帮着擦汗,子书时时发出爽朗的笑声。心想儿大不由娘,子书天生就是个干活的命。

不过既然是周瑜打黄盖,一个愿打,一个愿挨,小夫妻恩恩爱爱有说有笑,家里的日子充满了欢声笑语,也就不管闲事,由着他们去了。

再说月璃从不回梁家湾,一心一意把这儿当成家。苏太太和月鸾时常过来帮着做针线活儿,顺便收拾家务。家里更比从前干净清爽了许多,文大娘也就一心一意看着孙女儿,看月璃的眼神也就不再那么挑剔,婆媳相处得也还安然。

月璃已适应了文家的生活,虽然清苦,但安静祥和,其乐融融。尤其是文子书无微不至的关怀呵护,让她心底的伤痕逐渐平复如初。第二个孩儿也如期来到,在她的腹中孕育了五个多月了。

这天文大娘在堂屋里剥花生,月璃要帮忙,文太太不让,说坐在板凳上窝着肚子,对孩子发育不好,现在月芽儿睡着,也没多少活儿,让她要么去院里转转,要么回屋躺着休息一会儿。

月璃在文家也住东屋,回去后躺了一会儿。子书最近忙着机器磨坊的事,白天不回来。这机器磨坊还是月璃给出的主意,以前这村里一直是用石碾石磨。

她看见子书和子翔忙得团团转,农忙时下了工还要去推磨,每次都累出一身臭汗,一次只能磨十斤八斤的面粉出来,又费工又费力,就对子书说:"你和村长商量一下,村里也上台柴油磨面机吧,找个旧房子建个机器磨坊,村里人磨面就不会这么苦了。"

子书说:"事倒是好事,就是费钱,村里没多少钱,村长不会同意的。"

月璃笑道:"也花不了几个钱,你去年冬里出去当轱辘子,不是悄悄攒了几块钱吗? 足够了!"

子书当她是开玩笑,也笑着说:"不会吧?这点钱好干什么?安慰我呢还是笑话我?"

月璃一本正经地说:"你去城里的面粉厂学学,看看人家面粉厂用的什么型号。我现在还是华丰机器厂办公室的工作人员,我给你写封介绍信,你去找我同事,买一台别人退回的废旧柴油机。"

子书听到这里觉得有戏,立马来了精神,却不忘揶揄月璃:"不简单哪! 我们的大小姐! 你终于堕入凡尘,知悉人间烟火了!"

月璃郑重地说:"既然嫁给文家,也算给文家出份力吧! 我让同事再给你介绍个技术员,稍微指导一下,以你的聪明劲儿,再花上几文钱一定会修复如新的!等机器磨坊建成了,本村人来磨面,十斤收他二分钱,外村人收五分钱。再到冬天,你垫上的钱就一定能收回来! 多收的钱就交给村里,买你们耽误的工分。"

子书笑了:"还是老婆大人了解我! 我和子翔既能玩得了金刚钻,一定也玩得了柴油机! 老婆大人,你就赶快写信吧! 我拉着子翔找村长商量去!"

子书和村长一说,村长乐了:"子书啊,你娶回的老婆,不仅长得像仙女,好看! 这脑袋瓜也不是凡人的,好用! 这事我看中! 就交给你和子翔去办吧,钱你先垫上,就照你那仙女老婆说的,年底工分里算总账。"

机器很快拉了回来,文家村东南也有个大湾,长满了芦苇,因此叫苇湾。湾北有座很壮观的龙王庙,现在破四旧了,改成了小学校。湾南有座石砌的土地庙,机器就放在那里面。

子书找来一些白粉土,里里外外粉刷一新,屋顶换了红色的新瓦,因墙基部分的石头是褐红色的,子翔就起名叫"红磨坊",还特意让月璃书写了一块匾额,镶嵌在公社发的木框玻璃镜框里。

文家村的机器磨坊一下子轰动了三乡五里,周边的人都过来磨粮食,梁家湾的人也自然是常来常往。

不过有一些老年人却不习惯,文大娘就是其中的一位。

也许是怀孕的原因，月璃感觉百无聊赖，心情烦躁，就翻捡嫁妆箱，找出洞箫后，试了试音，呜呜呀呀吹起来。

文大娘听见了，脸上挂上了一层霜，推门进来说道："那个东西别再吹了，呜呜呀呀的吹得像鬼叫，让人瘆得慌。对肚子里的孩子也不好！过去的东西该扔的还是扔了吧！既做了庄户人的媳妇，就得琢磨着干活儿，月芽儿醒了，咱们娘们儿去石碾上推磨去。"

月璃不解地问："不是有机器磨坊了吗，干吗还要去推磨？又累又不出活儿，咱们家不缺那二分钱吧？让子书回来捎过去磨磨得了！"

文大娘脸色完全阴了天，强忍着没有发作："我吃不惯机器磨坊出的面，一股子柴油味儿！"

月璃看见婆婆生气了，也不敢太违拗，怕子书为难，连忙把洞箫收好，跟着婆婆出门了。

石碾边有三间小屋，是文家的家庙。里面有两间供着族谱，还有各代祖宗的名录画轴，另一间就做了工具房，有筐箩、簸箕、粗罗筛、细罗筛、笸箩、炕笤等一应磨面的工具。文大娘摆好家把什，让月璃推着碾棍的一头。她一手抱着月芽儿，一手翻抄着粮食，用肚子顶着碾棍的另一头往前推着。

文大娘身量本来不大，一米四五的样子，又长得瘦小，还裹着老式的三寸小金莲，月璃看着婆婆的手脚忙乱地不停挪动，心下恻然，也不敢多说话，只好推着碾棍，像毛驴一样不停地转着圈儿。

月鸾每隔一段时间，就会到文家村看姐姐。今天月美也吵着要来，就拿着换洗衣服一起来了。夏季麦收时麻绳组休息，母亲要月鸾到姐姐家来帮忙，月璃又有了身孕，苏太太不放心。

文家村的石碾在村北，从梁家湾过来，有一条小道直通村北的围墙，围墙只有1米半高，月鸾和月美爬过来很容易，所以她们每次来都是抄近道。

月鸾看到姐姐和文大娘在推磨，连忙和月美把她俩换了下来。月美刚要开口说话，被月鸾瞪了一眼，把话咽了下去。

文子书的另一个叔伯兄弟文子强，年龄和月美差不多，听说月美来了，赶到石碾这边来，一边在月美旁边帮着推碾棍，一边上赶着说话儿。

月美看着二姐大着肚子在推磨，心里早就憋着一口气，又被三姐狠狠瞪了一眼，心情更加不爽。来时母亲事先叮嘱过，不准多说话儿，因此才一声不吭。如今看子强腆着脸儿在眼前晃悠,气不打一处来:"滚!你滚得远远的!别在这儿碍手碍脚的!"

文大娘看见月美甩脸子,不高兴地问:"月美,你是来串门走亲戚呢,还是来找茬打架的?子强碰着你哪根筋了?你这么恨哒他!"

子强忙过去摇晃着文大娘哄哄她:"大娘,我们在闹着玩呢!你别说月美的不是!"

文大娘狠狠地说:"没出息的东西,你才多大啊!怎么像你子书哥一样媳妇迷!见不得水灵女孩子,一见到骨头就软了!"

月美急眼了:"谁想给你家当媳妇了?谁到你家当媳妇倒了八辈子大霉!"

文大娘这下真生气了:"月美!你这丫头怎一点不随你娘!贴贴随你那个混账爹,一点里表也没有!赶明儿个哪个敢要你?文家是断断不敢娶你的!"

月美人小鬼大,嘴皮子一点也不饶人:"谁稀罕呢!我当一辈子老姑娘也不嫁到文家!"

文大娘被气得说不出话来:"你!你!你!"

月鸾只顾埋头推碾,还没愣过神来,月美已经和文大娘打上嘴官司了,当下狠狠地咬牙:"该死的丫头!看我不撕烂你的嘴!"

作势要扑过去,月美早吓得跑远了。

月鸾以为月美回家了,也没在意。梁家湾和文家村相距不到三里路,夏季天长,黑天晚,十几分钟就跑到家了!

月璃看到月美闯了祸,婆婆被气得浑身乱颤,也不知说什么好了,只讪讪地站在那儿。

还是月鸾机灵,过去一边帮着收拾东西,一边嘴里说:"大娘,别和毛丫头一般见识,小心气坏了身子,不划算!赶明儿我让母亲好好训训她!"

手里提着磨好的面粉,又抱起被吓哭的月芽儿,示意月璃:"咱们回家吧!天不早了,回家做饭去,子书哥累了一天了,别耽误了他吃饭。"

月璃、文大娘这才跟着往家走。

子书和月美早在家里等着了。原来月美跑到红磨坊找子书告状去了。

子书吩咐子翔和子强去湾里捉几只毛蟹,挖几只蛤蜊子,回家急急忙忙做了蛤蜊子疙瘩汤,是母亲爱吃的。又做了酱爆毛蟹和蟹黄包,是月璃姐妹们爱吃的。

子书一见她们进来就张罗着:"吃饭!吃饭!今日子翔去摸的蛤蜊子,子强抓的毛蟹,很新鲜呢! 快趁热吃吧! ”

月美以为子书会说说母亲,二姐大着肚子还叫她干活。听见姐夫什么也没说,不由得嘟起了嘴,子书赶紧把一只最肥的螃蟹递给她,还朝她眨眨眼做个鬼脸,月美到底还是个孩子,欢欢喜喜地伸手接过立马开吃了,气得月鸾狠狠跺了一下她的脚。

文大娘心想子书一定会把不懂事的月美送走,让她眼不见心不烦。因为梁银丰的缘故,她是打心眼里讨厌这孩子,何况还调嘴拨拉舌地惹人生气!

看到子书哄着月美,文大娘就有些气闷,一边哄月芽儿吃饭,一边自言自语地嘟囔:“唉! 月芽儿,有支曲子怎么说的来着! 是这么说的啊:‘山老鸹啊,尾巴长啊,娶了媳妇儿,忘了娘啊! 把娘背到那山头上啊,把媳妇儿让到那炕头上啊! ’”

月芽儿饿了,抓住喂饭的小勺子不放,自顾自地往嘴边送,吃得满嘴满腮,嘴里还应和着文大娘:“吃福! 吃福! ”

文大娘看到月芽儿的娇憨样儿,扑哧一声笑了:“吃货! 就知道吃! 长大了和你爹一样,白眼狼! 不知道孝顺! ”

子书连忙接话:“快吃快吃! 快长大了孝顺奶奶! 别学爹,变成一个老婆迷! ”

众人轰的一声笑起来,月鸾忍不住凑趣道:“大娘,你看姐夫急得都分不清男女了! 月芽儿长大了,最多是迷老公,哪有迷老婆的说法! ”

第三十九回 月鸾探亲小住文家村
采蘑菇受惊情定子翔

月鸾在姐姐家住了下来。

第二天清晨,月鸾早早起来,去井边打水,太阳刚刚升起来,水井四周寂静无人,井下水面平静清澈,倒映出月鸾秀丽的脸庞,月鸾不由得停住了摇晃水桶的手,呆呆地看着井中的倒影,不知未来自己的夫君,会不会像姐夫子书这样,多才多艺,手脚勤快,又性格和善,会体谅人意。

啪的一声,一颗石子打碎了镜面,水波荡漾中,子翔的脸也挤进了水面上:"大清早想什么呢?这么入神!"

月鸾的心怦怦乱跳,脸刷地红了,似乎被窥破了心事。

子翔的脸也跟着红起来,心跳莫名其妙地加速。他愣怔了片刻,忽然握住月鸾的手,如梦初醒般呢喃自语:"你就是我要寻找的那个梦中人!她如你一样美丽聪慧,坚强勇敢!她一直萦绕在我的梦中,我始终看不清她的脸面!她是姐姐!是母亲!是情人!是我的女神!"

月鸾懵了!大脑出现短暂的空白,片刻清醒过来,连忙甩开手:"快让开,我要打水做饭呢!"

子翔不由分说,帮月鸾从井里提起桶来,抢着帮月鸾送回家。

子书也早早起床,打扫完院子,正准备做饭,子翔脸红脖子紫地挑着水桶先进来,月鸾脸红红地低头走在后面,以为他们两个吵架了,忙问:"子翔,大清早的你怎么惹哭了月鸾!她是客人,你要让着点,别欺负她!"

子翔、月鸾异口同声地说:"没事!我们没吵架!"

子书接过水桶,倒在水缸里,疑惑地看了看他俩:"奇怪了!大清早的你俩搞什么名堂!"

子书忙着回屋做饭去了:"子翔,在这屋吃吧!"

"不了！"子翔逃也似的跑出了文家大院。月鸾定定神,忙回屋帮着做饭去了。

文子翔是跟着父亲长大的。他尚在襁褓里,母亲嫌家里穷,就跟一个无棣县来唱戏的跑了。

子翔的父亲被伤透了心,再也未曾婚娶,只一心一意拉扯子翔长大。

但他从不说子翔母亲一句坏话,反而一直述说着他母亲的美好,子翔少时,父亲带他出门赶集,每每看到一个姿色出众的美人儿,父亲都会评头论足一番,而且总能找出一个缺点。

结尾往往就一句话:"这人长得是不错,但比你娘差远了。你别看同样都是双眼皮大眼睛,漂亮归漂亮,但她缺神采,少灵气。"

大队部放电影,有次子翔注意到某女主角眼睛特别美,就对父亲转(拽音)文:"巧笑倩兮,美目盼兮,素以为绚兮!"父亲却嗤之以鼻:"这也叫美,那眼睛滴里咕噜,无遮无拦地四下撒摸,只能叫略有神采!你娘的眼睛那才叫美:长睫毛忽闪忽闪的,眼帘上总挂了一层纱,雾蒙蒙的,潭水一样清幽深奥,让人一眼望不到底!"

子翔故意气父亲,指指远处的大银幕,"你看这个'手如柔荑,肤如凝脂,娉娉袅袅十三余,豆蔻梢头二月初',美不美?"

父亲鼻子一哼:"这叫清秀有余,风韵不足,风吹便倒,颇显单薄!"

看父亲眯眼捻须,摇头晃脑,一副落魄秀才的模样,活脱脱像极了老秀才爷爷,子翔就知道母亲为什么跑了。

父亲自己也经常自嘲:"我是穷酸秀才,四体不勤,五谷不分,肩不能挑担,手不能提篮,拿什么养活你的母亲? 亏得你不随我,跟子书学了一门好手艺!"

大哥子书和大娘是自己这辈子的恩人,也是最亲的人。有时父亲酒醉发疯,大娘就把子翔叫过来,在他们屋吃住。

父亲来道歉,大娘每次都数落一番:"整日喝酒发疯,你已经把他娘打骂走了,难道还要逼走子翔?"一直到父亲对天发誓,才让子翔跟着回去。

关于子翔的母亲,文大娘倒是有另一番说辞:"子翔啊,别记恨你母亲! 当年你母亲走时,什么都没带,只抱着你。是你父亲追到湾边把你抢下! 还捡了块碗大的石头扔入湾中,冲着你母亲发毒誓:只要石头不烂,就不准她踏入文家河一步!你母亲倔强啊,就头也不回地走了!唉,当时他们太年轻啊,都由着自己的性子,把事情闹僵了!"

慢慢长大了的子翔,在自己心目中描绘了一副母亲的容颜:清丽脱俗,歌喉美妙,身材高挑,丰腴曼妙,心地善良,多愁善感。

从小到大,父亲从不让关家里的大门小门,子翔相信:父亲虽然嘴上不说,在心里还是期盼着,母亲有朝一日能回来。

渐渐长大了的月鸾,美丽,端庄,大方。今天子翔在水井里的倒影中无意中发现:她像极了自己心目中的美丽母亲的形象,油然生出崇敬崇拜,禁不住拉起月鸾的手,像久违了的亲人。晚上子翔躺在床上,想起早上的一幕,禁不住泪流满面,眼前浮现出月鸾娇羞的桃花粉面,仍是怦然心动,久久不能入睡。

月鸾中午是不睡觉的,也不能蹬缝纫机,怕影响了家里人,现在更怕影响了月璃。她一个人到南坝崖去, 在离潍河近的沙地上用铁锹翻挖, 寻找着香苻子——一种像小枣大小的中药。晒干了拿到公社的收购站去卖,普通的要一元钱一斤。

累了就到潍河里罐一罐头瓶的凉水,找个树荫坐着休息一会儿。或者溜达溜达到树上捡蝉蜕,两分钱一个。

月璃会在家帮着晒干,再轻轻烧去毛丝,品相好,收购员打的等级高,会多卖一些钱。

子翔知道了,就跑来帮着翻地,月鸾捡拾,自是事半功倍。

这一日下了一场透雨,林子里长出了一批蘑菇,子翔约月鸾去捡蘑菇。河滩边的沙土地上,有一个个小小的沙包隆起,轻轻拂去沙层,就是一个个胖乎乎的双孢菇,味道特别鲜美。月鸾捡得兴起,就和子翔约定,看谁捡得更多,输了的要罚唱歌,还要在沙滩上爬走,学狗叫。

两人分头行动,月鸾捡了一批特别白的蘑菇,兴致更高。没想到却是蛇蛋,在篮子里摇来晃去,又有太阳热热地晒着,小蛇咬破蛋壳,一条条露出头来,准备往外爬!

月鸾正找着一堆更大的蘑菇群,把篮子放在地上,兴奋地捡拾着,双手捧着新采的蘑菇往篮子里放,看到一篮子蘑菇变成了小蛇,吓得失声尖叫起来。

子翔连忙跑过来,接过篮子,到远处沼泽地里放生了。看月鸾仍坐在地上发抖,打趣道:"是不是感觉自己要输了,预备练习狗爬狗叫?"

月鸾转啼为笑,站起来追打子翔,沙滩上传来两人的嬉笑打闹声。

子翔跑到河边,眼看月鸾要追上了,边跑边脱掉上衣,扑通一声跳到河里,一口气游到河中央,踩着水站起身来,大笑着招惹月鸾:"来呀!来呀!跳下来追我呀!我教你学狗刨式,你游起来一定很美,四脚乱蹬,一定是狐狸犬狗刨式。"

月鸾气歪了鼻子:"跳就跳!谁怕谁啊!你等着啊!"脱掉外衣,穿着一件贴心背心,找了一个稍高些的树兜站上去,深吸一口气,像小鲤鱼跃龙门般,飞身一跃,优美地跳进水里,向河中央游去,子翔看得呆住了,等月鸾游到身边才惊觉,忙一个猛子扎入水中,没影了。

月鸾才不管他呢,舒心地调整姿势,仰浮在水面,双手遮住脸面,随着河流荡来漂去,心中的烦恼和不快,随着河水漂走了。

潍河儿女极少有不识水性的,五六岁的孩童,农民父母下地时,就被拦腰绑在河中的老桥桩上,任凭河水摔打冲涮,既干净又凉快,往往到了七八岁,人人都被涮出一副好水性。

潍河十年九涝,这也是河边农民们的无奈之事,识水性是孩子们以后的活命根本,一代代的河边孩子,都是这么摔打出了好水性!

晚上,子翔提着马灯,约月鸾去捡知了龟儿。树林里灯火闪烁,村里的年轻人大部分都来了,有的是真来捡拾知了龟儿,带回家油炸了,金黄酥脆,是一道大自然馈赠的美味小吃,男人们往往拿来做下酒的小菜。

有的纯粹是为了来看大姑娘小媳妇,夜色朦胧中,顺便追追姑娘,摸摸小媳妇的翘屁股,揩揩油。

月上柳梢头,人约黄昏后。那些个自由恋爱的小青年们,由此避开了家长的羁绊监视,自自在在地约上心上人,坐在河边柳树旁,在烁烁月华笼罩下倾诉衷肠。

仲夏夜的乡村树林里,上演着一幕幕的爱情戏码,简直就是持续三个月的乡村爱情节。

有时趁没人,子翔会拉拉月鸾的小手指,起初月鸾会连忙甩开,子翔不屈不挠,一会儿再靠近过去,拉住,还小声嘟囔着故意气月鸾:"你叫唤声试试,一准没人理你!"如是连续几次,月鸾懒得理他,就由他去了,子翔心下好不欢喜。

月鸾不小心踩到一条花蛇,腿立即被缠了起来,月鸾一声尖叫,子翔跑过来,抓起花蛇的尾巴,左右摇晃了几下,花蛇就不动了,子翔说它的骨节是一环一环扣起来的,这是松开了环扣,再倒过来摇晃两下,就会苏醒。

队长过来了,说送给我吧,这是条菜花蛇,无毒,也没什么道业,拿回家炖了吃。子翔本想再去放生，队长要又不敢不给，只得很不情愿地给了他。

队长说："今年蛇特别多，怕要出什么事，把几条无是生非出来吓唬姑娘的调皮蛇鬼吃了，也给龙王爷一个警醒。你们也留心脚下，看到枯树枝啊、长绳子啊不要乱踩，一准是毒蛇装扮的。不过只要你们不招惹它，它们一般不会主动伤人。文家庄也有几百年历史了，还没听说过被毒蛇咬死的呢！"

队长摇晃着那条足有一米半长、扁担粗细的青黄斑纹花蛇走远了，月鸾仍站在原地发抖，惊魂未定，脸色惨白。子翔看到月鸾吓成这样，心疼地抱住她："没事！没事！你没听队长说嘛，一条菜花蛇而已。"

月鸾反手抱住子翔，嘤嘤地哭起来，眼泪把子翔胸前的衣服都打湿了

子翔油然而生出男孩的豪气，他想一辈子都这样紧紧拥抱住月鸾。"到底是女孩家家，胆子怎小！竟然被一条蛇吓成这样。"子翔看到月鸾在自己怀里哭得如此欢实，久久不能平复，暗暗思忖，"月鸾平日看起来像个假小子，天不怕地不怕的，原来也是这般柔弱，自今往后，我一定要尽我所能，好好保护她！"

月美也被文子强拉来小树林看热闹，在林间穿来穿去，一晚上也就捡了三五个知了龟儿，还是瞎子摸象摸上的。他们是哪里有人往哪里钻，躲在树后扶着树干看西洋景。

刚刚串游到这儿，看到又有人抱在了一起，子强小声招呼月美："看着点，看着点，一会儿一准就亲上嘴了！"

月美用手捂着眼睛："你爱看你看吧！没出息！下流！"子强小大人似的说："你知道什么！这叫真人版爱情电影!爱情电影知道不？就是男的女的搂在一起亲嘴儿！"

月美说："我回家告诉大娘，你不学好！"子强笑了："告就告呗！我才不怕呢!实话告诉你吧，我爹还偷着看内部小电影呢！"

月美捂起耳朵："我不信，你骗人！"子强拉开她的手："真的!有一回我病了，高烧不退，我爹带我到城里瞧病，晚上就睡在爹的宿舍里，爹给我灌上药就出去了。睡到半夜，我烧退了醒了，看看爹不在，就出去找他。转了一圈，看到有间特大特高的屋里隐约有亮光，就偷偷钻进去，爹果然在这儿，还有几个不认识的叔叔阿姨。他们在偷着看电影，银幕上有几个外国人，好像在一艘大船上唱歌跳舞喝酒，先是搂搂抱抱，后来就抱着亲嘴儿。有个胖子想去抱一个美女，被一个英雄一脚踢飞!我忍不住笑出声来，被爹爹看见了，不仅没挨揍，还让我坐在他旁

边看完。出来时告诉我,这个大屋叫小礼堂,刚才看的是外国爱情电影。他们开会晚了,就一起看了看。还告诉我不要告诉别人!"

子强的爹就是文五叔,公社书记调任市文化副局长,他也跟着调到市文化局去了。

月美不相信:"那你怎么还告诉我?"子强马上说:"你又不是别人,是我见过的最美的女孩!我长大了也要像外国人那样,给你披上白婚纱,把你娶回家做新娘子,天天抱着你亲嘴儿!"

月美羞得去捂他的嘴,子强忽然睁大了眼睛,神秘兮兮地说:"月美快看!那一对是子翔哥和月鸾!对,就是他们!"

月美也看见了,就要冲过去,被子强一把拉住:"你干吗,不懂事的毛丫头!快走开吧,咱们到别处看看!等会我带你到河里游泳去!"

烁烁月华下,一个清凉的吻,印上月鸾的额头。月鸾稍一激灵,仰起头来,却是一个热吻,敷上了她的唇,环抱腰肢的手臂,锁得更紧……

第四十回 运河改造走进文家村
巧遇蓝鳌晒盖惹闹剧

文家河地处潍河流域的低洼地带,村子东侧是潍河,西侧是老河道。1938 年时,文家河尚是东岸的村庄,大雨下了七天七夜,整个文家河一片汪洋,全村整整被泡了半年,水退后,潍河改了道,跑到村子东面去了。文家河夹在两条河道之间,雨季时经常是胡同里跑船,十年九涝。

相比周围的村庄,文家河坐落在河湾里,村子小,人口少,没有集市,也没有副业,近几年在三乡五里并没有太多名气,县城里很多人竟不知本县还有这么一个小村庄。

这年夏天的文家河,却空前地热闹起来。

先是县城有人住了进来,听说是运河改造指挥部,就住在大队部里。

这几个穿着雪白衬衫,靛蓝裤子,束着外腰,脸色白净,鼻梁上架着一副眼镜,似乎是很有文化的青年人进村没几天,惹得文家河简直像翻了湾:小孩子放了学,就围着那台黄绿色的吉普车打转转;大姑娘小媳妇有事没事的,也直往大队部跑,声言是问问哪天轮到她们家排饭。

大队里的集体食堂早撤了若干年了,村里离公社食堂远,大队部就实行派饭制,就是挨家挨户轮流做饭,一家一天。

城里的干部们可是有口福了,大姑娘小媳妇都施展出最好的厨艺,虽条件有限菜样不多,可那面食儿却是花样百出,一家一个样儿,一家一个味儿,比在家吃饭可是丰盛多了。舌尖上的美味简直让他们乐不思蜀,星期天都加班加点在此调研论证。

文村长在村里威望比较高,做了很多年村长了,家家户户的大小事儿没有他不知晓的,但就是心思有些重,全然不顾大家的呼声:既然派饭,就让干部到各家各户去吃吧,一来免得大家相互攀比,二来也好听听城里的新鲜事儿。

他不依,硬性规定:轮到谁家排饭,就做好用篮子盛了送到大队部来。

于是,每当饭时,就有大姑娘小媳妇挎着篮子到大队部来,走到门口,自有好奇的妇人掀开盖布看看,多半是排饭的下家,怕犯了重茬儿。有讲究的人家,干脆用结婚的大红木盒盛了,挺着胸脯行走在大街上,很是荣耀的样子。

一个月过去后,村长把每家每户的饭钱写在大红纸上,张贴在大队部的墙上,两三天后大家无异议了,就到会计那儿去支取。

每天的饭钱是一块五毛钱,是城里的干部自己掏兜。不过,据消息灵通人士说:"他们单位每天就发给他们这个数的伙食补助。"

村里人一年到头在大田里劳作,面朝黄土背朝天,衣衫陈旧,只有过年才穿上件新衣服。到年末平账时,劳力少的人家,还要往队里倒贴口粮钱,劳力多的人家也就分个十块八块的。如今这么轻易来钱,不禁唏嘘感叹:做个公家人就是好!风吹不着,雨淋不着,到月末就能分钱领粮票,一辈子不挨饿,可真是铁饭碗啊!

庄稼人心眼实诚,拿了人家的钱,下次派饭时做得就会更好。咸菜疙瘩也会切成丝洗净,切五花肉炒炒。实在不舍得花钱买五花肉的,也会打上两个鸡蛋炒炒,出锅时再淋了麻油,油滋滋的,老远就能闻到香味儿。

这两天轮到文子书家排饭,子书在磨坊里忙碌:快收麦了,要早早把机器修好,庄稼人等着吃新麦饽饽呢!那刚嫁过来的头年媳妇,还要做新麦子面番瓜馅儿蒸包,第一锅要送到娘家去,好让娘家人放心:婆家不穷,婆婆不抠门。

正巧月鸾和月美来看姐姐,就住了下来。月美跑出去找子强玩去了。月鸾帮文大娘做好排饭,盛到竹篮里,上面盖上一个蓝色的花布,正要去送呢,子翔来了,自告奋勇去送饭。

月鸾笑着说:"你一个男子,提着一个花布篮子,像什么话呢!"

子翔道:"是不像画,像画早贴到墙上了!你像画,却只能贴到我家墙上!这饭你不能去送,别被那些城里来的书生迷花了眼,不认得我了!或者被人直接拐了去,我可就哭得不像话了!"

月鸾羞红了脸:"胡说些什么呢!看你长得像棵毛竹,心眼却只有针鼻那么大!真丢人!"

子翔笑嘻嘻地说:"我自己丢人没什么,总比丢了媳妇强!"月鸾作势要捶打他,子翔一闪,兔子似的窜远了!

月美在苇湾边找到子强,两人在浅水里摸着小虾玩儿。子强在湾沿上用碎砖块圈了一个脸盆大的圆堤坝,摸到小虾就放到里面,小虾通体黑亮,又长着长长的黑须儿,不一会儿虾子就满了,互相之间掐起架来。

子强和月美蹲在那儿,看了一会儿虾子打架。时间长了有些乏味,子强先直起腰来,甩甩手,四下张望一会儿,对月美说,咱们把小虾放在这儿,到苇子丛里去找野鸭蛋吧。

子强在前边拨拉着苇子开道,月美紧跟在后面。苇子丛中间有一片一张床大小的小水洼,以前他俩经常进来玩,也找到过许多野鸭蛋、鸥鸟蛋、地瓜鸟蛋之类的。子强就让月美找干苇子,架起火堆烤蛋吃,嘴巴经常吃得黑乎乎的,也不知道洗洗。月鸾常说你俩可真凑档,一对脏地瓜蛋儿。

那地瓜鸟名字土气,鸟儿却红羽黄啄,还拖着几条绿尾翎,特别漂亮。

有一次他们找到十枚地瓜鸟蛋,月美不舍得烤了吃,子强就说那你拿回家抱窝吧,二十八天就能孵出小地瓜鸟儿。

月美信以为真,拿回家搂在被窝里,夜夜不敢睡实。终于熬到第二十六天上,却实在熬不下去了!美美地睡了一觉,睡梦中那十个蛋全孵出了美丽的小鸟儿。

一直睡到日上三竿,月鸾都干了半天活儿,看月美还没到麻绳组,以为病了,那一段时间苏太太在文家照顾月璃坐月子,家里没人,就连忙请假回家看看。

月美独自睡在西屋里,月鸾到家时,她还美滋滋地在做着大头梦呢,身下黑乎乎黄压压的一片。

月鸾提着月美的耳朵把她扯起来,问明原委,气得哭笑不得!

月美想着此事,不由自主地笑起来,不小心碰到了子强,正要张嘴问问怎么不走了,子强把手指压在嘴唇上,嘘了一声,闪开身子示意月美向前看。月美伸头一看,惊讶地瞪大了眼睛:

前边浅水洼边,有两只笸箩大的老鳖,正缩着脖儿,仰面朝上,露着白肚皮晒太阳儿,看样子比月美的身量还要大些,旁边一堆苇叶做了一个窝,里面足有十颗白花花的蛋!

子强拉着月美悄悄退出来,上了岸撒开脚丫子就跑,一口气跑到大队部里。本想告诉文村长,村长开会去了,工作组的同志看他在院里急匆匆乱窜,急着找人的样子,就问他有啥事,子强一五一十地说了此事。

看工作组的人不相信,急得要哭起来,诅咒发誓:"骗你们,我变老鳖!"月美也连忙帮腔说："真的，我们亲眼看到的，它们是一对，比我还大，脊背边发着蓝光，躺在那儿晒白肚皮呢！"

那个青年人就招呼大家过去看看，有好事的还顺手提着铁锹。一行人往苇湾里走去。

正是下工时分，很多人听说了，也好奇跟了过来。早到的确实看见了，晚去的却什么也没看见，一伙人吵吵嚷嚷，那两只老鳖早麻利地翻转过来，爬到苇丛外的大湾里去了。

很多青年脱了衣服下去抓，哪里还有影儿！就有人提议把磨坊的柴油机拖出来，把湾里的水抽干抓它们。

青年人本来精力旺盛，马上行动起来。这儿离三队近，就有人跑到三队去借水管子。三队长听说了，赶紧赶着牛车到磨坊拉柴油机。

文子书本有些犹疑，三队长拍着胸脯说："村长不会怪罪你的，有事包在我身上！"

三队长招呼子翔一起去，子翔也不太积极，劝队长说："爷爷一直说我们村里有龙王爷保佑，年年发大水从没淹死过人。它们俩那么大，别是龙王的什么亲戚吧？"

三队长说："年轻轻的咋那么迷信！我是队长，你们俩不去就是瞧不起我！"

三队长把话说到这个份儿上，两个人哪敢不从，赶紧拆下柴油机装上马车，拉到苇湾的北面组装起来，拉起抽水机就抽起来。

马达欢叫着，水哗哗地流着，顺着管子流到村西的老河道里。间或有小鱼小虾被抽出来，有人就拿来一片网兜着。

马达旁的水箱开锅了，子强捡了几条鱼放进去，一会儿肚皮泛白浮上来，子强送给月美吃，月美吃了一条，却又吐出来："不好吃，一股子柴油味！"

闻讯赶来的月鸾也站在旁边，看到月美嘴馋，气得拍了一下她的脑袋："馋丫头，什么都吃！"

月鸾看到子翔大汗淋漓的样子，心疼地掏出粉红手绢递给子翔："给你，先擦擦汗吧！"

子书在旁边看着，吩咐月鸾："别只顾着子翔，回家给我们煮桶热绿豆水喝吧！大晌午头的，别中了暑！"

月鸾赶紧往家走去。一路上还陆续有人往湾边走。

月鸾煮好绿豆水挑到湾边,捡一个树荫放下,从一块带来的篮子里拿出一摞碗,用舀子舀了晾着。

三队长带着一摞草帽,扛着一把子铁锹过来,先咕嘟咕嘟喝了一碗,又递给月鸾一大袋馒头一小袋糖精:"放水里,解暑!"

湾里的水已经被抽空,人们却有些扫兴:厚厚的湾泥被趟了无数遍,别说老鳖,连条白鲢也没捉到。

三队长似乎早有准备,招呼道:"小子们,别泄气!那俩家伙一准藏在烂泥地下!过来喝点水,一人吃上俩白馒头,歇一歇!咱们一鼓作气,把烂泥挖出来撩在湾边,晒干了正好做肥料种夏玉米!这湾泥去年冬天才挖过,不深,也就半米多点!"

看到有人准备悄悄溜走打退堂鼓,三队长大声吆喝:"子翔,你给我记好了,今天挖湾泥的记两个工分!"

这一嗓子非常有效,正要走的人马上回转来,兴高采烈地挖起湾泥。

不一会儿工夫,四亩地的一湾泥,只剩东北角,全部挖完了。月鸾想:人的潜能真是无限大啊!去年冬天三队的五十个劳力,足足挖了一个月才挖完,今天这帮人还不足五十个,才用了一个中午就挖完了。

西北角,瞎子闺女坐在湾边拉胡琴,《泛沧浪》的忧郁琴声和瞎子闺女的凝重表情与现场的热闹气氛极不协调,甚至有些滑稽!

他刚闻讯过来时,曾试图劝服月鸾:"你快去制止吧,你是有能力制止的!有能力而不做,它会报复你们。"

看月鸾只顾舀水,不听他的话。他气得白胡子乱翘,悲愤地喊叫:"人物是一理,你不犯它,它不犯你。六畜兴旺,和谐生存该有多好!你们毁了它的家,它也会毁了你们的姻缘!别不听老人言!你们没一个白头偕老的,你们会得到诅咒的!"

随后拖着长声唱了起来:郎有情妾有意,可惜姻缘皆半生。

三队长挖了整个苇湾,也没见那两个老鳖的踪影,有人说钻洞里了,一帮人翻遍了硬湾底,连个泥鳅洞也没找到。

瞎子闺女脸上浮现出胜利的光芒,他得意地对三队长说:"我用琴声指引它们走了,从这儿到南坝崖有一条地下暗河,你们一帮子俗人蠢物是找不到的!它们是有灵性的蓝鳖,现在在南坝崖乘凉呢!有本事你们再去南坝崖挖去!看那地下的暗流不把你们吸进去才怪呢！”

下午村长回来,湾边的闹剧已经结束。他气冲冲地赶到磨坊,见三队长正在帮着子书、子翔重装柴油机,气不打一处来,对三队长吼道:“给我滚回去,我撤了你的队长！明天开始作为整劳力割麦子去！”

回转身照着子书、子翔的屁股狠狠踢了两脚,子翔一起身,村长的大脚踢偏了,踢在了他的小腿肚子上,立马肿了起来。

村长气冲冲地大叫:“上边都逼咱们搬家了,文家河要淹没在水库底下了！潍河边的树林子要被砍掉了,你们只知道胡闹！”

老村长越骂越气,大热天的,本来赶了好长的路,又热又累,骂着骂着急火攻心,虚脱昏倒在地,被子书背着,三队长从后面抬着两条腿送回家了。

月鸾从里间值班室探头探脑,看看没有外人了,走出来帮子翔揉着已经有瘀血的腿肚子。

月鸾说:“你们村长也太狠了,下脚这么重！疼不疼？”

子翔调皮地吐了吐舌头:“不疼!也不能全怪村长,我们也有错！哎哟！你轻点揉啊！”

月鸾用手指轻点子翔的额头:“你不是咬牙说不疼吗！叫唤啥？”

子翔心里忽然涌出一阵热浪,汹涌地堵在心口,快要爆炸的感觉。他反手一把抱住月鸾,深深地吻下去。

月鸾猝不及防,待要挣扎,子翔温柔地拍拍她的小蛮腰,舌尖趁机撬开她的樱唇,滑落进去。

月鸾感觉浑身一震,身子一紧,不由自主地抱紧了子翔。

子翔雨点般的热吻,游弋着落在她的脸颊上、脖颈上。

月鸾一阵窒息,随之酥软下来,幸福地闭上眼睛。

许久,两人平静下来,子翔拉着月鸾的手,走到磨坊外堤坝上,在皎洁的月光下跪下。

面对月鸾,子翔发出温柔而坚定的誓言:“苍天在上,月亮做证,我文子翔此生非月鸾不娶！”

月鸾流下了激动的热泪,子翔再次拥着她,两人就这么相依相偎在月光下,窃窃地说着情话,一直待到更深露浓,才手牵手回家去。

第四十一回　文家河拦水坝引风波
路市长遇故人再叙旧

　　文家河被市里确认是库区，工作组开始动员拆迁搬离，搬到九龙涧那边的丘陵高地。

　　潍河边的老树林子，已经开始在成片地砍伐。

　　华丰厂供应科的采购人员，住进了文家河。

　　梁银丰也回来了。

　　文村长称病不出门，听说在家里高烧不退，像鬼上身一样又哭又唱：老林子没了，那些从文家河嫁到东岸的蝉儿，以后到哪里找家啊！

　　没有落脚的树了，那些嫁出去的蝉儿，再回首，已断了归途！

　　那些想家想得苦，硬要回飞的蝉儿，一准要落到潍河里淹死了！

　　月明星稀，乌鹊南飞，绕河三匝，何树可依？

　　年轻的工作组长在组织拆迁，不知谁给他出了个馊主意，说文家河的老百姓最看重的是龙王庙，你只要先把龙王庙拆了，文家河村拆迁就会顺利进行的。

　　一大早，年轻的工作组长就带人来拆龙王庙。

　　文家河沸腾了！

　　全村的人都跑了出来，围拢过来。一大波小脚老太太硬是挤进去跪在庙前，拖都拖不走。

　　混乱中，不知谁唯恐天下不乱，在人群中散布着流言："这次上边本来定下库区在双河套村，他们村和咱们村一样，都是两河之间的洼地。但他们村不愿搬，上边也有人帮他们说话，才又来拾掇咱们村！"

　　燥热的空气瞬间被点爆了，人们群情激奋，龙王庙外面围得里三层外三层，工作组的人被围在了最里面一层，场面眼看就要失控。

　　工作组里有个机灵的小伙子，悄悄从人缝里溜出来，跑到公社报信去了。

第四十一回　文家河拦水坝引风波　路市长遇故人再叙旧

半小时后，三辆吉普车开进了文家河，公社社长带着公安干警从车上跳了下来。

公安干警鸣枪示警，社长拿着手提喇叭大声喊话："社员们，不要激动，要冷静！不要迷信，不要做傻事，不要犯错误！大家先回家，村干部们到大队部集合，商量一下文家河到底该何去何从！"

文家河的情况被上报到东海市政府，路市长亲自带队，带领专家组进驻文家河。

路市长进村，先去村长家，把老村长请出来。随即解散了原来的工作组，让他们速回原单位报到。

老村长也随即撤换了三队长，由子翔继任。子书不想出头，本来村长的第一人选是他，可他不感兴趣，村长只得作罢。

工作组在潍河沿岸各村重新开始调研。

但林子砍伐的事情继续，不过改成了间伐，伐一棵大树补种一棵小树。

月鸾到麻绳组上班，正碰上小花翎来例行为机器检修。他也听说了文家河的事，主动挤到月鸾身边说："文家河的问题非常好解决！其实有个更适合做库区的地方，省时省工又省力！水库建在文家河确实有些劳民伤财！"

月鸾问："什么地方？"小花翎笑嘻嘻地说："想知道啊?想知道我就告诉你！是峡山。两座山峡虽然相连，中间却是一个峡谷，把峡谷整理一下，在北面建一个拦水坝即可。"

傍晚下工后，月鸾跑到了文家河，把这个消息告诉了二姐月璃。

月璃第二天去了大队部，要求见路市长，村长见了大吃一惊，对月璃说："你有什么事，让子书过来找吧！你一个女人家，不适合抛头露面的！"

路市长听说月璃求见，连忙走出来对村长说："不妨事，她是我内人的妹妹！"

文村长惊得张大嘴巴，差点掉了下巴。

路市长说："月璃，好久不见，进来说吧！"

月璃摇摇头："我们出去说吧！"

路市长随着月璃走到了南坝崖下的树林中。两人沉默了一会儿，路市长问："你过得好吗?他对你好吗？"

月璃腼腆地笑笑，脸颊泛起了红晕："我过得很好，他对我也很好！"

路市长看出，今日的月璃，已褪去了往日的忧愁郁闷，变成了一个优雅美丽的小妇人,脸上的红晕犹如灿烂的霞光,明媚动人。

路市长感慨地说:"月璃,你变了,似乎脱胎换骨了!"

月璃笑笑,抬头看看曾经英俊潇洒的姐夫,已经过早显露沧桑,眼角的鱼尾纹,两鬓的些许白发,流露出疲惫和心底的伤痕。

月璃有些感伤,双眼迷蒙,语音凝噎:"保重!姐夫!"

路市长伸出手来做环拥状:"月璃,我可以抱抱你吗?最后一次?"

月璃点点头,两人轻轻相拥,月璃轻吸一口气,心中暗叹:多么熟悉的感觉,多么熟悉的味道!永别了,姐夫!永别了,慕容府的日子!

路市长抱着月璃,恍若隔世,他在心中喟叹:问世间情为何物?直教人生死相许!可惜我已没有谈情说爱的资格和勇气!永别了,月璃!但愿从此后,在你心中,留一个温暖的姐夫,而不是一个陌生的路人。

他轻轻问月璃:"还回去吗?回华丰,或者换个地方?"

月璃微微摇头叹息:"回不去了,也不想回去了!如今我有疼我的夫君,他给我平静和安逸!有年幼的孩子,有年迈的婆婆,我就在这里过踏实平凡的人生吧!"

路市长松开环拥的手,缓缓地说:"人生何处不青山!也许,简单乡村生活更适合你。"

月璃轻说:"时候不早了,我该回去了。"

路市长虽有些依依不舍,但终还是默默跟着往回走,两人转上了回村的大路。

两人消除了心中的芥蒂,回去的路程已显轻松。

月璃微微笑着,略显调皮地对路市长说:"姐夫,我现在作为一个公民,对市长大人提个建议!"

路市长也仿佛放下了心中包袱:"我作为市长,同意你提提看。什么建议?"

月璃笑曰:"关于水库选址,为何不考虑峡山呢?山地贫瘠,不宜耕种,山谷空旷,几无树木。人烟稀少,地形地貌也适宜,紧邻源头,应事半功倍!可否派专家去那儿调研?"

路市长笑了,调侃道:"看来你还是不甘心做一般的乡间小妇人,还挺关注水利建设项目嘛!"

月璃的脸红了,红到耳根和脖颈。

路市长大笑道："呵! 看来月璃的大小姐性子是很难改掉了,开不得玩笑啊!"

路市长收起笑容,一本正经地告诉月璃："你放心吧! 很多专家也提出了这个方案,我已经上报到上级部门,请求再派人员过来,进行三审定案。一定做到既省工又省力,早日修成水库,从根上解决旱涝灾害,有利民生发展,也考虑老百姓情绪和历史因素,尽量做到两全其美!"

月璃感慨叹曰："到了农村才知道,农民物质生活艰难,精神生活也匮乏。保护龙王庙是祖辈留下的传统,也是自然环境所致。潍河被当地老百姓称之为坏河,年年大水泛滥,肆虐百姓,吞人噬物,百姓苦不堪言,既爱又恨。当年在齐鲁大学时,陈教授曾带领我们东海籍的学生,对潍河做过一次社会调查。仅近代历史上自 1920 年始,就有 1931、1939、1940、1946、1950、1957 年 7 次大洪水,沿河村庄被冲走是常事。现在治理潍河水域,为沿河百姓造福,自应因势利导,不能逆势而为,遭百姓反感。"

路市长停下脚步注视月璃："你的性格如果像月姝,坚强明朗一些,将会有怎样一番大作为呢? 你明明胸有大志,老天却赋予你一个柔弱胆小的性格,真是天妒红颜,造化弄人啊!"

月璃苦笑："这就应了纳兰容若的那首诗了:'空有凌云志,锦袍未曾开。红鹄飞千里,唯有星月在。'"

第四十二回　相传豆蔻年华西岸女
　　　　前朝卦中姻缘惹祸端

路市长的目光有些抽离，似是又想起了其他。

须臾，方问："我还有一事不解，不知你是否知晓？"

月璃抢过话头笑道："让我猜猜，是否是文家河村和双河套村的宿怨？"

路市长也笑了："月璃之聪明无人能比！"

月璃会心一笑："我也好奇，恰巧前几天问过婆母和子书。"

于是月璃边走边娓娓道来："潍河古时也叫淮河，沿岸有个美丽的传说：待要看好孩，一溜淮河沿！这好孩就说的是俊哥美眉。

"两岸水美林丰，形成一个自然的小气候，堪比江南水乡，少男少女个个生得明眸皓齿，眉眼清秀，皮色红润白皙。

"乡风民约尊师重教，村村有学堂，户户有学子。

"大户人家生财有道，乐善好施，名闻朝堂。

"俊哥如善良多情的柳毅，为洞庭龙女千里传书；美眉如月中嫦娥，碧海青天夜夜心！"

路市长适时插话调侃："日日长饮潍河水，村姑貌美赛嫦娥！赶紧述说正题吧！这文家河与双河套相距二十里，林地不接壤，鸡犬难相闻，怎会起了冲突？"

月璃不急不躁说："当日我也曾有如此一问，你且耐心听我说。话说到了清朝乾隆年间，诸城的刘统勋少年得志，官拜工部大臣，成为朝廷的肱股之臣，却尚未娶妻。朝堂上下，刘府内外，说媒送女的如过江之鲫，络绎不绝。其父刘棨找人卜了一卦，卦签是'媳子宜豆蔻年华潍水西岸之女'。

"遂自京城捎信回乡，托青州府尹遍访西岸适龄之女。文家河与双河套两村各有一名女子被选中，难分伯仲间，恰巧那年潍水汛期，水患又至。一夜之间，大水冲了双河套，那女孩不知所终，文家河之女无悬念嫁入刘府。先在诸城老家完婚,有子后方能进京正式入主刘府。"

路市长再次插话道:"想那刘榮卜卦是假,逃避官场联姻是真!"

两人走走停停,月璃继续叙述道:

"这文氏夫人也算争气,头胎一举得男,乾隆帝赐了文老爷一个员外郎的虚职,赐了长袍马褂。

"百岁大庆,恰逢刘府老夫人八十大寿,乾隆准假,刘统勋回家休假三月。满朝文武百官纷纷涌来山东祝贺。清朝实行冠服制度,大日子这天必须穿上官服,否则犯了大不敬罪,要杀头的!

"文家河距诸城逢家庄百余里,中间必经夹河套。文老爷一行人提前一天骑马赶往诸城,到双河套过渡口时文老爷马失前蹄,跌落在地,人马均受伤,只得落宿一夜,明日再走。

"那文老爷为人谨慎,恐怕弄污弄皱冠服,第二天去刘府拜寿时惹人笑话,给女儿丢脸。因此出门时身着便装,将冠服用一个包袱包了,背在身上。

"文老爷入住驿站后,将包袱仔细放在枕下,方躺身歇息。

"第二天刚放明,文老爷起床更衣,却怎么也找不到那个包袱了!冠服竟然不翼而飞,这可如何是好?

"这个季节尚在汛季中,双河套进出需经过唯一一个渡口,昨日天黑风高,渡口停摆,今日天色尚早,渡口未开,偷冠服之人应尚在村中。

"文老爷出门在外,身边只有百两纹银,悉数包好,去村长家拜访,请求协助,承诺日后必将重谢。

"未料那村长竟然冷嘲热讽:'文老爷年老糊涂了吧!双河套人若做贼不偷你银两,偷你个旧衣服作甚!你文家有钱有势,长得人高马大,衣服都是量体裁衣。我们双河套人门户低,身量也小,又在水里窝惯了,穿上那衣服岂不成了猴子学样!您老别是高兴过度,出门走得急,忘在了家里。赶紧派人回家看看才是正理!想这皇帝老儿也是小气,送你套衣服吧只送一件,若送两件,文老爷就不至于慌急失态,诬人为贼了吧?'

"这村长下了逐客令,文老爷只得告辞而出。与弟兄们商量,速速出了双河套,派一人前去刘府送信,其他人在渡口守候,凡出渡口者搜身盘查,也顾不得许多了!

"亏得文家男丁习文弄武,众人皆有武艺傍身。过渡口之人也寥寥无几,看文家兄弟虎威，众皆害怕，纷纷接受搜身盘查，快快脱身为上。

"刘府得信，大吃一惊，忙派出家丁，并联系青州府衙，速派官兵搜剿。

"带队官爷到后，将双河套团团围住，挨家搜查，一无所获，眼看日近中午，只得将人赶往渡口前空地。那官爷晓示众人：半个时辰内将冠服交出，奖励千两白银，此事以后绝不追究；半个时辰后若不交出，将开刀杀人。

"半个时辰后，仍无人相应。那官爷本想区区草民，吓吓即得。如今闹得这阵势，真真是骑虎难下，只得杀鸡儆猴，先把站在一边冷笑的村长杀了！众人哗然，仍仅是躁动，无人出首。事情僵持到这一步，那官爷也无法收手交差，只得硬着头皮继续砍人。

"被砍死的人随即扔进河里，河水变成一片血红，惨不忍睹！一直僵持到黄昏，双河套村民被血洗大半，才有一少女闻讯赶来，制止了这场惨烈的闹剧！"

路市长表示出惊奇："哪家姑娘这么神通，难道是乾隆的长公主？"

月璃摇头："婆母说就是竞争宰相夫人，又不知所终的那位双河套姑娘！

"原来是她自己逃走了！她是个有主见的姑娘，爱上了峡山的一个山里后生。他父母贪图刘家富贵，生生拆散，逼她嫁入刘府，声称做二夫人都行。那姑娘一气之下逃了出去，与那山里后生在山谷里藏身不出。双河套人遍寻不着，以为是被文家河人算计了，才导致了偷冠服拒不交出，本想报复文家人，却招致了屠村的惨烈后果！

"赤红的河水向上漫延，一直到山谷地带，也是天意，那姑娘如遭警示，骑马飞奔而回。村人见姑娘现身，才知冤枉了文家人，羞愧交加，只得交出了冠服。

"自此以后，两个村庄的人彼此种下了仇怨的种子，不来往，不交结，不通婚！一言不合就拔刀相向！文家河的老辈人常叮嘱年轻人，路过双河套时一定小心谨慎，不住宿，不吃饭，不单行！

"听说常有落单的人无故失踪，几天后尸体漂回文家河，怀疑被人所害。"

路市长追问："那个姑娘后来怎样了？"

月璃叹道："那个姑娘也是烈性子，看她父母已经被砍杀，全家遭遇灭门之灾，自觉无脸苟活于世，也在当日跳河自尽了，那个山里后生闻此噩耗，把一对小儿女交给父母，也来到双河套跳水殉情。"

路市长感慨良久："一方水土养一方人，潍水儿女自古多情重义啊！"

两人边走边说，慢慢走到了村口。路市长伸出手来，握住月璃的双手，声音

　　凝重地说:"再见! 月璃,要珍重自己! "

　　月璃也不由得眼圈一红,语音凝噎:"再见! 姐夫,保重! "

　　远处有两双眼睛,在不同的角度,怀着不同的心态,做着不同的表情,在悄悄跟踪着他们,注视着他们俩的一举一动。

　　一个是梁银丰,阴鸷的眼睛,羡慕嫉妒恨的心态,晦暗不屑的表情。

　　一个是黑衣人,那个神秘的看林人,感伤感怀感叹的心态,忧郁沉思的表情。

第四十三回 夏季雨勤枯树白菇炫
林深幽谷家奴兽性嚎

这一年的夏季,雨水特别勤,大雨小雨三天两头地下,人都快被闷得发了霉。

月鸾下了工,每日都会冒雨赶过来,帮忙给孩子们收拾整理,一边陪姐姐说说话。

这一日雨后初晴,月鸾来时捎回许多鸡腿蘑菇。

月璃问:"你从哪儿采到这么多蘑菇?"

月鸾兴奋地告诉姐姐:"从南坝崖那边的土堤上。今年很多大柳树被砍伐了,夏季连阴天,树根腐烂了,生出许多蘑菇。听说不少人捡到白木耳呢,林子里的老柞树下长着木耳,我前天还捡了些黑色的。"

月璃来了兴致:"你明天早些过来,带我去吧,我还没见过木耳长在哪儿呢!咱们多采些,晒干了冬天吃!"

月鸾说:"我下工后再过来太晚,落了太阳就不好找了。你让子书哥傍晚送你过去,咱们在南坝崖下那片蒲草地边集合,从那儿往东走有很多柞树!"

文大娘抱着孩子坐在一边,听到此插话说:"你们还是后天去吧!明天好像听说村里开动员会,今冬要修运河,子书和子翔都参加。"

月璃笑着对婆婆说:"放心吧,娘!我又不是小孩子,我自己去就行,丢不了!多采些蘑菇回来,咱们改善生活。"

月鸾看着姐姐笑靥如花,面色红润,知道姐姐的病是彻底好了。

月璃因向往而双眼生光,神采飞扬。她期待地看向月鸾,希望月鸾快帮腔儿!月鸾也不好拒绝姐姐,就对文大娘说:"我明天早点到,等着姐姐过去!"

第二天下午,刚过了晌午没多久,子书他们刚集合去大队部开会,月璃就迫不及待了。她带上小篮子,告诉了文大娘一声,就自己先到南坝崖采蘑菇去了。

到了南坝崖一会儿,神秘的看林人就出现了。他戴一顶大草帽,帽檐儿压到眉毛,似乎不愿将真面貌示人,穿一身黑人造棉的衫裤,又高又瘦,像竹竿上挂了一套衣服在晾晒,无风自飘逸。

他似乎没有恶意,对月璃也特别关照。他采了许多鸡腿菇,放在离月璃一米远的茅草丛里,沙哑着嗓音说:"转转就回去吧!这儿水深林密的,不适合你。以后再出来让你家子书陪着。"

虽看不清相貌,月璃却感觉这人身上有熟悉的气息,好像在哪儿见过,待要仔细询问,那个看林人却自顾自走远,走到林子深处去了。

看林人刚才看到有影子一闪,又听到鸡飞狗跳声,怀疑有什么人抓了他养的鸡,往林子深处里跑,就急急忙忙追去了。

梁银丰这几天在这儿收木材,看到月璃和路市长在一起密会,又妒又恨,这几天只要停了雨,一直在林子里转悠,想找寻几棵大楸树,让人伐了拖回家。

孩子大了,家里还缺几个衣柜呢。难得的机会,在家门口采购,神不知鬼不觉,账就记到公家头上了。

心里打着鬼算盘,正晃荡着呢,忽然发现了月璃。左右看看,月璃确实落了单,就尾随着看林人过来,等看林人走了,才闪出来站在月璃身后。

月璃只觉背后冷飕飕的,回身一看是梁银丰,低头要走,被梁银丰一把拉住:"我好歹也是你的继父,怎么看见我扭头就走,连个招呼也不打,是谁教的你这么没礼貌!"

月璃甩开他的手,狠狠地说:"别弄脏了我的手!你配做我的继父吗?你不过是一只披着人皮的狼,衣冠禽兽而已!"

梁银丰腆着脸子说:"好好好!我衣冠禽兽!你那个道貌岸然的大姐夫是什么呢?暖床猫?老相好?姘头?"

月璃听梁银丰说得如此不堪,早气得双眼噙泪,浑身发抖:"休要乱说!你待要怎样?"

梁银丰恬不知耻地说:"我待要怎样?你心里明镜似的!在我梁家住过的宝贝,哪能就这么轻易溜走了!说吧,给人还是给那个玉羽觞?"

月璃气得手足无措,声音颤抖:"我什么也没有,什么也不给!"

梁银丰欺身上前:"给人呢,就现在吧!天做被地做床,成就了你我好事,让我尝尝大小姐的滋味!我这人不贪,只要一样!也没富贵毛病,别人尝过鲜的东西我也不嫌弃!"

月璃急得大声哭喊："来人啊，快来人啊！"

梁银丰得意忘形地哈哈大笑："喊什么喊，大小姐难道不知吗？这是堤坝外的老林子，大中午头子，又是荒郊野外的，你还妄想有人来救你？"

一边死命抱住月璃，伸着臭烘烘的嘴，凑近去亲她粉嫩的脸颊，一边还喋喋不休地威胁道："两条道任你选，要么今天从了我，要么明天这个时候再到这儿来，把那个价值连城的宝贝给我！"

月璃使尽浑身气力，又踢又咬，拼命挣扎。梁银丰被踢疼了，恼羞成怒，一边抱紧月璃，一边恶言恶语地大声斥责：

"快选吧，别磨蹭，惹烦了我，两样都要，现在趁我还有耐心！快点！二选一！

"或者从了我一回，或者送回那个宝贝，别说我不仗义！

"从此你和子书做一对乡下佬，过你们的甜蜜小日子，我绝不再打搅！否则，小心了！我会把你和你那个市长大姐夫的丑事说出去！

"先告诉子书！再告诉你婆婆！还要告诉文家河的所有人！看你以后还有什么脸面在文家待下去！"

月璃哭得声嘶力竭，无奈终是小姐身子，没有多少力气，被梁银丰掀翻在地，只剩呜呜哀鸣声，如蚊蚋之音，穿入寂静的老树林中。

梁银丰从裤兜里拿出一个手绢，堵住月璃的嘴，嘴里恶狠狠地嘟囔："让你敬酒不吃吃罚酒！现在没得选了，我两样都要！先尝尝大小姐味道再说！"

眼看梁银丰就要得逞，月璃绝望地闭上眼睛，几近昏厥。

世间的事情很奇妙，有的无从解释。比如亲人之间的信息传递！蚊蚋之声竟震得亲人心如刀割，巨痛无比。

那个看林人——黑衣男人忽然出现，给了梁银丰一闷棍，梁银丰被击昏在地。

黑衣人轻轻扶起月璃，扶到南坝崖上，让月璃依坝基坐下，含着眼泪给月璃整整衣衫，冰凉的眼泪打醒了月璃，月璃恍惚中似乎看见，父亲慕容柏回来了，就站在面前，不由得抱住面前的黑衣人失声痛哭。

因伤心过度，竟再次昏厥过去。

看林人双眼冒出仇恨的火焰，趁月璃没醒，不知从哪儿弄了根绳子，把梁银丰捆绑了，拖到潍河边去，绑在一个老树桩上晾晒着。

一直晾到第二天下午，才被伐木的人发现，解开了绳索。

第四十三回　夏季雨勤枯树白菇炫　林深幽谷家奴兽性嚎

梁银丰又羞又气，却无从发作，对外说是被偷木材的人绑了，灰溜溜地回家去了。

月鸾下工后到南坝崖找姐姐，看见月璃脸色苍白，坐在坝基上，以为姐姐累得旧病复发了，赶紧喊醒姐姐，搀扶着回家去了。

夜半星稀时，那个会自行滚动的骷髅头，又在她的梦中晃荡，有时痛苦地扭动，有时狰狞地狂笑。

月璃再一次被噩梦惊醒，一夜无眠。

她看着身边熟睡的子书，在微微打着小鼾；熟睡的婴孩，在吧嗒着嘴儿；北屋婆婆那边，呼噜声似有若无，均匀安适；一切都显得如此祥和宁静。

只有她，似乎是一个局外人。

寂静的夜里，满眼的孤独无助，心底在流血。

而且很可能，她这个局外人，会带来不祥，带来不幸，打破这份宁静平和。

为了给家人、给孩子们一个清明的未来世界，在这个夜里，她暗暗下定了决心。

第四十四回 天妒红颜月璃弃红尘
锦鲤开道迎接龙女神

仲夏日的一个傍晚,暖阳斜照。蒲草已经泛黄,棕色的蒲棒足有一尺长,垂垂而立。

这几日月璃一直恹恹的,做什么也没有精神,子书很不放心。

今天子书到南坝崖种秋地瓜,就带着月璃她们来南坝崖透透气。

月璃到了后,就一直坐在南坝崖西边的石阶上发呆,眼神涣散。两个时辰过去,竟一动未动。

苏太太在坝下的平台上。平台上有许多凸起的柳树墩子,是天然的平面坐墩。苏太太安然地坐着,哄逗着外孙。

月璃忽然扭头,眼神异样地对母亲笑道:"母亲,你看我这一双儿女多可爱,我的命有多好!"

那对孩儿一个粉嘟嘟,一个胖乎乎,苏太太正弯腰给那对孩儿喂水,粉嘟嘟的月芽儿,趔趔趄趄地在学走路,围着苏太太转着圈,苏太太没顾得接话儿。

坝崖下,绿幽幽的湖水泛着银光,一批批的鱼在暗暗涌动。忽然有一批涌到岸边来,也许是月芽儿的奶香味,也许是月芽儿扔掉的奶棋子滚到了水边,它们闻香而来,在岸边欢呼雀跃。

有一条红色的锦鲤在翻滚游动,红鳃红鳞,昂首摆尾,煞是可爱! 月璃走下桥,走入水中,捉住那条锦鲤抱起来,灿烂地笑着,眼中闪烁着莹莹的泪光。

一霎间,似乎所有的鱼都游了过来,围住她,呈扇面分布,闪出一条往水中央走去的路。路两边,有一排排的胖头白鲢,霞光里银光闪闪,似穿着银色铠甲的礼兵,排列有序;又似鱼族青年,在列队欢迎它们的公主,从人间巡游归来。

月璃被各色鱼儿簇拥着,慢慢走向水中央。

水中央的湖心,有个花篮似的小岛,岛上生满了蓝色的勿忘我,随风摇曳的小花,正开得烟雾缥缈。花篮四周盛开着朵朵白莲花,几只翠鸟在花间穿梭鸣叫。

月璃被花儿诱惑,鸟儿吸引,似乎忘记了危险将至,微笑着,向往着,期待着,一步步向水深处漂移着。

水渐渐没至腰,没至头发。

子书种完秋地瓜,在对面的沼泽地里收割着蒲草,站起来擦汗的当儿,顺势往西边瞧瞧,看到此情景,呆住了。

他不知月璃要干什么,也不敢大声喊叫,怕惊吓到她。

他以为月璃不知水的深浅,要走过来找他。

忙放下手中的镰刀,疾疾走向岸边。

月璃的手已触到了洁白的莲花,闻到了淡黄的花蕊中漫出的清香,她大声欢笑着,手拽着结有斑斑麻点的长长花梗,摇曳着,面向子书,笑靥如花。子书心疼心慌,急急喊道:"月璃别动! 求求你,不要再往里走,我马上去接你! "

月璃笑着笑着,泪如雨下,脚一滑,滑向深水中。

子书一眨眼,湖面上什么都没有了,只有清碧幽深的湖水,泛着一圈圈的涟漪,向岸边荡漾开来。

须臾,子书发出一声野狼似的嚎叫声,一个鹞子翻身,纵身跃入水中。

苏太太站着没动,眼泪落在地上,听得见没入尘土前的噗噗哀怨。她面无表情地喃喃自语:"解脱了! 解脱了! "

在北面的蒲草地里,那个黑衣人,久久伫足观望。

他远远地看见苏太太逗着孩子们玩,情不自禁地思绪满怀。他一会儿露出欢颜,一会儿流露伤感。

他是多么希望参与到这天伦之乐中去,但又怕给她们带来不必要的麻烦,只能远远地听听她们的欢笑,以慰思亲之情。

他没想到,这一生,他与死亡之水神,竟有解不开的渊源:

在上海吴淞口,他亲眼目睹了大哥被海神带走。

在这儿,他又亲眼目睹了月璃被坝崖之水神带走。

他只能无声地哭泣,浑身颤抖而不能自持。北来的风扯着他的衣衫,似一面招魂的黑幡,猎猎起舞。扯起了他无尽的思绪:他想起了上海,想起了倾覆的太平轮,想起了被海浪带走的兄长。

他似乎看见月璃已幻化成水族公主,游过地下暗河,游过潍河,到了渤海湾。

在水族世界,月璃是幸运的,海浪会再送她一程,经黄海而到东海,与他的兄长们会合。

月璃有父辈保驾护航,她快乐地欢笑着,向着浩瀚无垠的太平洋而去,开始了她一生向往的自由遨翔之旅。

月璃凄美地死了。月芽儿从此没有了母亲的庇佑。她此时尚不满两岁,咿呀学语时,对世间事懵懂无知。

今生对母亲的印象,只有三句话:

第一句:这孩子越长越丑,一点都不随她的母亲!

第二句:她母亲是神经病,跳河自尽了!

第三句:潍水十年九涝,她却想把长江水引入东海,修峡山灌区时就建议政府加以考虑。20岁时快饿死了,还想着写长篇小说,典型的神经病!不过现在看来,还是有想法的文艺女青年。

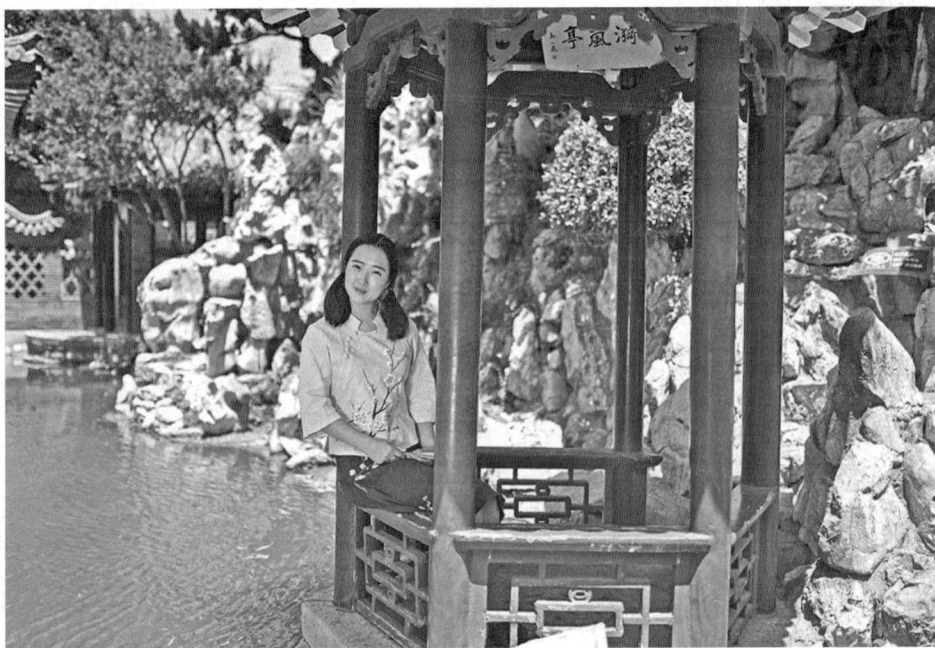

第四十五回　月姝千回百转情难拒
王槐万里挑一定终身

　　慕容月姝带队到上海学习近一年了，第一批队员已经回了东海。新成立的东海齿轮箱厂选址在东郊的一个区，风筝飘扬的地方，南邻即是四大年画产地之一的杨家埠。第一批船用齿轮箱也已交付使用。

　　月姝却没有按时回来上任。她给老书记写了封长信，内容不详。但月姝给王槐透露过，一是机械部的领导来江南造船厂时，约谈月姝，建议她留在江南造船厂，再学习一段时间后派往萧山，那儿有家新成立的齿轮箱厂，是机械部定点企业，需要加强党的力量。

　　月姝党龄已十年，也算是有一定资历的党员了。现在组织上正从北方调选干部南下，月姝的年龄资历正合适。月姝本人也想留在江南。

　　温暖湿润的气候，四季常青，满眼绿色，新的工作，新的朋友圈子，嫡亲的三叔慕容枫，种种理由，使月姝爱上了这座城市。正应了那句话：江南好，风景旧曾谙，日出江花红似火，春来江水绿如蓝，能不忆江南？

　　月姝是彻底醉倒在江南的温柔乡里了。

　　北方的那座小城，给她留下了青春的伤痛，刻骨铭心，不堪回首。周末若不去豫园后的小胡同，她常常在外滩坐着发呆，偶尔也想念故乡：

　　故乡的美，似红梅傲雪，沧桑遒劲。白得耀眼，红得醒目！美则美矣，然风太硬，寒冷而干燥，粗糙而锋利。岁月对青春的磨蚀痕迹太重，似刀削斧凿，让人未老先衰。

　　月姝在北方，有一种中年回眸的感伤。

　　实际上，月姝才三十一岁，仅比王槐大了一两岁。

　　王槐初到上海，一切都新鲜有趣，每日似孩子一般，脸红红的，轻轻哼着小调，走两步就想跳起来。大街小巷的树叶，只要他走过的地方，都曾触到过他手指的温暖。

每到周末,就拖着月姝去豫园后的小巷看父亲。

王槐的父亲,果然是那个失忆大叔。他已经与街坊太太结了婚,蟹黄包小店被收到街道居委会管理,仍由他们夫妇二人经营。

月姝他们初到上海时,拿着东海市组织部门的介绍信去街道询问,街道很重视,一是找医院检查落实血型,还根据街坊太太的叙述,检查了爷俩的相同部位,果然在后臀部都有两块紫红色月牙形胎记,世间真有这么巧合的事!相似度99%,确是父子无疑!

失忆大叔就是那个华野二纵受伤后失踪了的王营长。

街道干部很负责:全国都解放了,可不能让咱们的英雄流血再流泪,随后联系了民政局,作为病退干部,把关系落在了豫园街道,每月发放一百二十元生活费。

街坊太太可算是好人有好报,苦尽甘来了!

这几年经济困难,已经没有多少人来买蟹黄包了,正担心以后怎么生活呢,好消息就到了。

有了丈夫,有了家,凭空添了个大儿子,又有了生活来源,街坊太太心里那个甜啊,犹如在蜜糖泡着,整日乐得合不拢嘴。心心念念的都是一万个感谢月姝,她认为这一切都是月姝带来的,心里只把她当亲闺女疼着护着,周末月姝一到这儿,什么好吃的都往外端。

更好笑的事还在后面呢!失忆了的王营长不喜欢王槐,他没把王槐当儿子,他以为是闺女女婿,月姝才是那亲闺女。

有一个周末王槐先到,街坊太太端出了收藏的大闸蟹,失忆的王营长嘟着嘴,非常不高兴!

王槐洗手去了,他赶紧转身藏了起来,闹得街坊太太哭笑不得。

王槐更是跑去找月姝理论:"你把我爸爸妈妈都抢去了,得赔我精神损失!"

月姝不解:"怎么赔?"

王槐一本正经地说:"既然爸爸妈妈都认你是亲闺女,我是女婿,那我也无奈何。但总得把手续办了,否则我名不正言不顺的,多尴尬!"

月姝怀疑地看着他:"办什么手续?"

王槐硬生生绷着脸,憋住不笑:"咱俩的结婚手续啊!"

月姝涨红了脸:"你没病吧?王槐同……志!"

王槐也憋红了脸:"你们才有病呢!假正经!谁家夫妻一年不见面,也没见谁来看过谁！没感情了就赶快离婚,谁也别耽误谁！这才是负责任的态度!领导干部也得对别人负责任吧？"

月姝气得脸都白了:"王槐同志!别人家的事你少掺和!大人的世界你不懂!"

王槐铁了心地来气月姝:"敬爱的慕容月姝同志,我承认,你的官职比我大一些,但年龄仅比我大一岁,你刚过三十岁生日好不好？充什么大人！"

这样的争吵日复一日,一开始竟然吵得脸红脖子粗的。

第一批员工学成回撤的名单里,是有王槐的。月姝在信里也举荐了他:根正苗红,技术扎实,为人善良,朴实憨厚,建议提升为东海齿轮箱厂生产副厂长。

但王槐吵闹着不回去:"你抢了我的爸爸妈妈,还没算清楚这笔账呢!现在撵我回东海,你存了什么心?是不是想长期霸占我的爸爸妈妈?反正你也看清楚了,他们不会跟我回东海的! 他们只认你! 所以啊,你不走我也不走!"

月姝被闹得没办法,恰好又接到一个新的命令,东海市在东海齿轮箱厂西部,要承接一个从山里回撤内地的兵工厂,对外号称齿轮箱厂704车间。地方要参与管理,老书记让月姝选拔可靠人才学习新式枪械制造技术。

江南兵工厂也接到了命令, 巧合的是时任厂长是失忆王营长的老搭档,听说了这父子俩的故事,特意派技术人员来到江南造船厂,成立了培训小组,不离开上海,也可以边实习边培训。

于是王槐得以留下来,参加了第二阶段的培训。

于是王槐仍旧跟以前一样,周末拉月姝去豫园后的小弄堂看父母,不去就吵吵闹闹。月姝真是怕了,却又拿他没办法。

吵吵闹闹到最后,竟成为两人之间的小游戏。

一开始月姝是真的生气! 只恨王槐不懂事儿。有几次气得不跟他去了,架不住王槐的软磨硬泡,还有街坊太太的亲情攻势。隔一周不去,街坊太太就捎回蟹黄包和口信。

实际上,月姝一是惯性使然,自来了上海后,每周都跑去街坊太太那儿吃蟹黄包啊、青米肉粽啊、甜糯米粽啊等等各式小点心,已经是跑顺了腿吃惯了嘴,须臾不能少了;二来也是打心眼里留恋那种被宠爱、被呵护的家庭温暖。

因此就半推半就,一边与王槐争争吵吵,一边还是去了。

上海的这段日子,是慕容月姝有生以来最快乐、最舒心、最惬意、最有滋味的日子。

一年后,因为慕容枫的离开,两人的关系起了质的变化。

第四十六回　缘来聪明反误卿卿命
　　　　　缘尽剥皮蚀骨终身殇

　　铁画轩公私合营进行得很顺利,画家兼高级技师慕容枫孤身一人,寡言少语,党代表本来非常喜爱,有一天上级来了领导调研,主题是艺术和生活的问题。

　　领导讲话很有水平:"艺术来源于生活,脱胎于生活,又高于生活!艺术讲究洋为中用,古为今用。我看那海棠壶就别做了,海棠花娇滴滴的,有什么好!建议你们做成莲花壶,出污泥而不染!牡丹壶,国色天香!"

　　众人鸦雀无声,一向寡言的慕容枫却不知哪个神经搭错了线,接上了火:"海棠壶是传统叫法,就像人的名字,叫了一辈子了,半道改了反倒不习惯,莲花壶、牡丹壶容易让人想入非非!"

　　众人皆偷笑而不语。

　　领导继续教诲:"艺术讲究洋为中用,古为今用。把海棠壶改成莲花壶就是创新,就是古为今用!"

　　"那还叫什么莲花壶,干脆叫尿鳖子得了!"

　　众人轰然大笑。

　　领导被气得涨红了脸:"这人典型的反革命!反对新文化革命,是前几年运动的漏网之鱼,给我补上!遣送回乡,劳动改造!"

　　于是慕容枫来到了东海,并主动要求到梁家湾去。

　　他要求做看林人,吃住在林场,但不想让苏太太和梁银丰知道他回来,他只想远远地看着亲人的生活。

　　那个神秘的黑衣人就是他。因为黑色耐脏,所以无论冬夏,冬棉夏单,皆一身黑衣。

　　慕容月姝本来住在三叔家里,就是城隍庙九狮亭的寓所,叔侄二人过得其乐融融。三叔被遣返回乡,月姝深受打击,回家后形单影只,孤单凄凉,月姝不由得联想到自己的命运。

月姝感觉又一次遭遇抛弃。第一次是父母,第二次是老路,这一次是三叔。

月姝病了,在寓所躺了三天。

又一个周末到了,王槐来找月姝去看父母。月姝没有像往常那样在院子里等他。王槐喊了几声也没人搭理,感觉不对,到屋子里一看:月姝躺在床上几近昏迷。

王槐又急又气,连忙回厂里请来大夫看看,才知是感冒引发了急性扁桃体炎,引起高烧不退,导致昏迷。

医生打上针,王槐坐在床前,用冷毛巾给做着物理降温。三天后月姝醒了,王槐却病倒,患上了急性肺炎。

月姝想送王槐去医院,王槐死活不干,死乞白赖地说:"你让我在这儿躺上十天就好了。我刚救了你,你不会翻脸无情吧?"

月姝哭笑不得,只得让他留在家里。

两个同病相怜的人儿就这样住在了一起。

不知是谁先上了谁的床,王槐一直说自己烧糊涂了,不记得了。

总之,月姝和王槐这对欢喜冤家,爱情也来得莫名其妙。

街坊太太和失忆王营长却为他们高兴。

不久,月姝有了身孕,在街坊太太的劝说下,她给老路写了一封信,要求离婚。

一周过去,月姝没有等到回信,却等来了老路本人。

月姝以为老路是来大动干戈的。

没想到老路的一番话,却让她肝肠寸断:"月姝,这么多年的夫妻了,我一直没能给你一个孩子,对不住了!你现在终于得偿所愿,我并不怪你,也不再勉强你,不会强留你在我的身边。"

老路吸口气,不留痕迹地轻叹一声:"我建议你等这个孩子平安出世,再协议离婚吧!这对你对孩子都好。我今天来过,以后孩子出生了,只要我不说什么,就没有人说三道四了。

"你家庭出身不好,再出这档子事,政治前途堪忧。有我挡着,恶言恶语会离你们远一些。

"孩子是无辜的,给他一个好的出身吧!等风平浪静了我会提出离婚,你们结了婚安定了,再把孩子领回去。一辈子很长,好好珍惜吧!"

老路走了,月姝哭得昏天昏地。

人是复杂的动物,有时候明明相爱的人,却互相摧残,互相折磨;明明相恨的人,却互相保护,互相庇佑。

半年后,慕容月姝已有七个半月的身孕,虽因瘦弱不很显身,却已经行动不便。这时候传来了月璃去世的消息。

月姝执意要赶回去,无论众人如何苦口婆心地劝说,皆不听不从。

王槐只得陪她回去。

车到徐州,忽然动了胎气,肚疼难忍,豆大的汗珠滴滴滚落,身下已经见红。

临产在即,王槐请求列车紧急广播找妇产大夫,终有人应声而到。

孩子生了下来,是个健康的男婴,虽早产却并不病弱,哭声嘹亮,响彻好几节车厢。

新生命的诞生,给车上疲乏的旅人带来了新鲜的话题,也带来了一阵躁动。车厢里熙熙攘攘,有人送来了红糖,有人送来了鸡蛋,有人送来了小衣服,还有人送来了尿布、花被。刚刚降临到人世的新生命,享受到了社会主义大家庭的温暖,哭声更加响亮!

月姝,在与王槐分享做母亲的自豪。王槐轻抚着她酸疼的胳膊,幸福地笑着。

一个小时后,月姝忽然出现了血崩。产后大流血!王槐束手无策,那个妇产大夫再次挤了过来,却也没有回天之力,火车上医疗条件太匮乏了!王槐紧握着月姝的手,眼看着生命的气息一丝丝抽离,肝肠寸断。

一心想做母亲的月姝,终因产后大流血,而病逝于九号车厢。王槐为纪念月姝,给这个男孩起名叫王思姝,这自是后话了。

遵照月姝的临终遗言,王槐抱着婴儿,背着月姝的骨灰盒,来到梁家湾找苏太太。

苏太太接过婴儿,悲极无泪:"又一个苦命的孩儿,外祖母一定会护你周全,让你平安长大!"

关于月姝的归宿,苏太太问王槐打算怎么办理。

王槐回答想背回家乡峡山大山里埋葬。

苏太太问月姝可有遗言,王槐说:"月姝想跟妹妹埋在一起。"

苏太太低头沉默片刻,再次抬起头来,已是不容置疑的语气:"逝者为大,还是按月姝的遗言办理吧,这样所有的人都会心安!"

苏太太让月鸾连夜陪着王槐赶往文家河,转告子书:"就说是母亲的话,让月姝跟月璃姐妹团聚吧!"

苏太太自己一大早步行三里路,走到国道上,赶上了进城的早班车。

苏太太去找了路市长。

传达室里,苏太太看到路市长过来,站了起来,往外走。路市长相跟着出来,在市政府前面广场的樱花林里,两人找了块石头坐下,苏太太冷静地对路市长陈述着原委。

因为月璃的原因,路市长非常敬重苏太太,又有些惧怕她。听秘书说苏太太找过来,要求出去见面,二话没说,放下公务就下了楼。

苏太太不疾不徐地说:"月姝是我养大的,自小与月璃亲厚。这次姐妹相约去另一个世界,以前的种种恩怨就放下吧!照理说月姝该埋葬于路家祖坟,但路家祖坟里大部分人都死于非命,她又一个也不认识,一个女孩子去了那边,孤孤单单的,若再胆小受惊吓我们也不忍心,就让她和月璃做个伴吧!"

路市长平静地听苏太太说完,眼里泛出晶莹的泪花:"就按苏太太的意思办吧!"

苏太太看了看他:"你还年轻,前途无量,以后遇上合适的,就抓住机会再组一个家庭。你还有幸福的下半辈子生活!月姝没福气,从此以后也别考虑她的事了。"

"月婧和月柔,你既然养大了她们,她们就是永远属于你的孩子了,长大了也没必要告诉她们身世。"

苏太太顿了顿,似乎斟酌了一会儿,继续说道:"月姝的孩子与我有缘,我们家也正缺一个男孩,我先养着吧!儿孙自有儿孙福,至于其他,先养大了再说吧!"

路市长感慨苏太太的精明,既为月姝善后,又顾及了他的面子和感情,在情在理,不由得人不心服口服。

路市长感激得一躬到底:"谢谢母亲!今后我们还是亲戚,您有什么事就让月鸾来找我吧!我一定竭尽全力!"

苏太太抬抬手做了个扶起状的手势,手却并没有触及他:"谢了!放心,我们不会打扰到你!就此别过吧!"

　　路市长站在原地,目送苏太太远去的背影,思绪万千——一是感叹苏太太,将会是怎样一种毅力,来面对这一次次的灾难,平静地做着一次次剥皮蚀骨的生离死别! 二是想起了与月姝的种种,与月璃的种种,姐妹花的笑颜,轮番在他眼前晃动,红颜薄命啊!

　　路市长站在原地,目光深沉而呆滞,一动未动,一直站到了暮色深沉,才在秘书的搀扶下离去。

　　一夕百年!

　　第二天,出现在公众面前的路市长仿佛一夜之间老去。

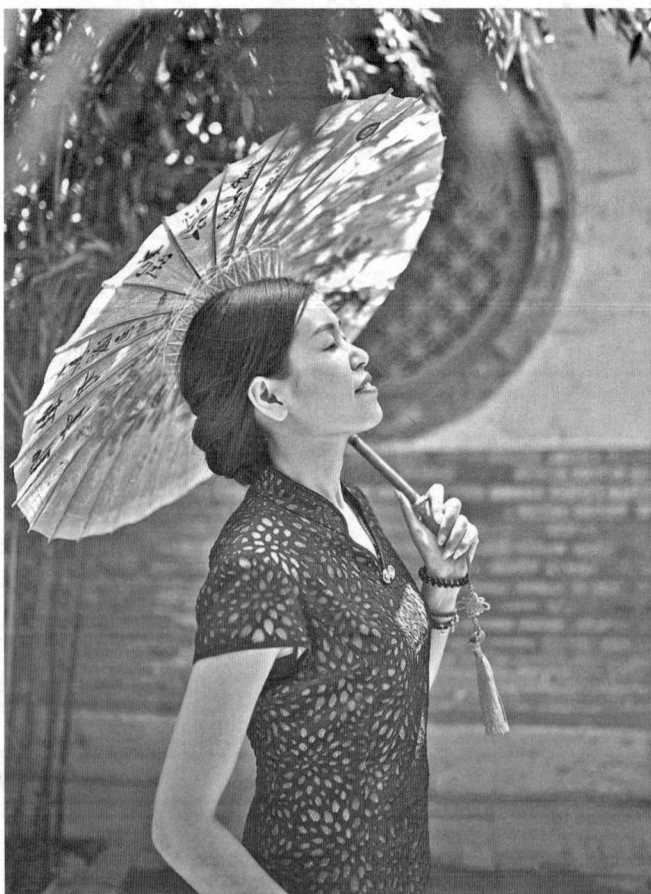

第四十七回　双凤羽觞滴血传奇事
文郎洞箫声里忆故人

"七十三八十四,阎王不叫自己去。"文家河一直流传着这个说法,因此自古到今,形成了一个约定俗成的惯例,家里有六十岁以上老人的,会早早打好几副棺材放在西偏房备着。

家里有几副老棺材,是吉兆。一是表明这家人长寿,二是表明这家子弟孝顺,三是证明这家人家底殷实。

棺材板的厚度,就表明了这家人家底的厚度。

常有老人嘲讽那些喝酒燎油、不务正业的后生:"那小子不过日子,给他爹攒不出一副薄棺材板子!"

从这点来看,文家祖上家底确实殷实:西屋里,放着四副板子厚超二十寸的大棺材。其中一副,就是文大娘的。

文大娘把给她准备的棺材献了出来,并告诉子书:"甭不好意思,你媳妇把寿命借给我了,让我好好活着给她养孩子。天道随时变,等我死的时候,也许就不用棺材了,像那蛮夷人似的,一把火烧了天葬!"

文大娘活到了九十七岁,后来果然不用棺木了,一把火烧了,用了个精致的小匣子! 这也是后话了!

月鸾带着王槐赶到文家河已是后半夜,子书正坐在棺材前仔细描着金线,月璃已睡在了棺材里。

子书把月璃陪嫁的古董瓷器全部装在棺材里。棺材底部有一个小暗格,外面装有机关,按动机关后能单独拉开。

整个棺木涂着釉亮的大红油漆,今天已经是第三天的夜里,明天就要盖上棺盖,落地埋葬了。

前几天,月鸾每天都过来,亲眼目睹到子书和子翔把棺木抬到堂屋里,让月璃睡进去。

这三天,子书每天都趴在这儿写写画画,粒米不进,有时候子翔强迫他喝口水润润喉咙。

子书把满腹的爱意,满腔的不舍,都融进了画笔里。

一边画上了粉色海棠飘落,飞漫棺身;另一边描了一只金色凤鸟,嘴里悬着一枚海棠花枝。

大红棺木四周以黑框起边,黑框与红板之间描有金线。

几片花瓣飘落棺底,形成两朵海棠花的样子。这两朵海棠原来是个机关,为了以后万一被盗墓贼惦记上,不会影响月璃的安眠。

里边还有一支箫,几幅画,几套古董瓷器,还有那个玉羽觞。

子书曾想把玉羽觞送给月鸾,月鸾不要:"姐姐的东西,就让她带走吧!"

月璃带着她的嫁妆,去寻找更美好的未来归宿。

子书还给月璃准备了一块青石碑,碑上让子翔嵌凿了一首写给月璃的诗:

> 侬在人间读诗书,落去阴间录功名。
>
> 良辰美景奈何天,隔世得遇嘉良缘。
>
> 向天请借长江水,回乡灌浇鲁地花。
>
> 洞箫声里忆故人,羽觞滴血书传奇。

月鸾到后站立了一个时辰,子书才放下画笔。

看着子书满眼血红、胡子拉碴的样子,月鸾都不忍叫醒他。

子书现在已经沉浸在与月璃的灵魂对接中。

直到子书坐在地上,开始无声地哭泣,月鸾才上前劝解:"姐夫,二姐已经知道了你的心意,她的心意你可知晓?她想让你保重身体,好把你们的一对孩儿养大!完成她未了的心愿!"

子书抬眼看了看月鸾,这才注意到月鸾身后的王槐。

王槐赶紧跪下,把月姝的骨灰盒放在地上哭诉道:"月姝姐姐,我把你送到家了,你妹妹就躺在你的身边!到天国等着我,我处理好事情就来!"

子书用询问的目光看向月鸾。月鸾哭着解释:"大姐姐月姝听说二姐姐月璃没了,不顾七个多月的身孕,定要回来,没想到在车上早产。孩儿平安降生了,在母亲家里养着。她却因为产后大出血,陪着二姐去了!她不放心二姐啊!"

月鸾呜呜地哭着,王槐跪在地上泣不成声,子书却感觉脑中一片混沌,倒在地上睡了过去。

文家河的出殡必须要等到三天后的午后,如果是八十岁以上的老人要等到七日后的午后。

上午邻近村的亲友陆续来到。

子翔早早赶过来,听月鸾说了月姝的事,就与子书商量,回家动员父亲把棺木献出来。

文五叔赶过来,传达了文家老太爷的意思。老太爷说了,就用他的棺木,慕容家的凤凰一只只飞来文家,是好事,不能慢待了!子书就当一下子送走了两房媳妇,不冤!

亲戚们来了,好好招待。一应用度,参照我死后的标准,所有丧礼的费用,从家族大账上出,不够的,老例子,叔叔们分摊。

文五叔招呼着子翔、子强等人把棺木抬出来,子书沙哑着嗓子,跪在文五叔面前,磕了两个响头说:"谢谢老太爷,谢谢五叔!"

子书起身回东屋,找出大红油漆,子翔陪着,密密地涂匀一层。略干,再涂一层。由此三遍。

这副棺木,就吩咐子翔画了一只凤鸟,从上部俯瞰下来,棺材的底部,画上了几大朵似玫瑰又似月季的美丽花儿。

下午,村里的老少爷们帮忙,月姝的棺木在前,由子翔扶着,月璃的棺木在后,由子强扶着,一路人浩浩荡荡地走上村子东面护河大堤,南坝崖前面的公墓。

子书走在旁边,吹起了月璃喜欢的洞箫名曲《凤凰台上忆吹箫》。

风凄星稀,那委婉凄凉的洞箫声,带着断肠人的泪,穿越黑沉的夜幕,向四野飘散。文二叔的眼泪打在了月芽儿的胳膊上,热热的灼人,小月芽儿侧头看着文二叔,她不明白自此以后,没有母亲的庇护,将来的日子会多么凄惶!只知用胖胖的小手去捉那泪珠,却越捉越多,越捉越多……

第四十八回 堤坝风吹唢呐黄连味
奈何苦岑岑直入心脾

月鸾走在文二叔的后面,将要过堤坝时,接过月芽儿。月芽儿忽然扭动起来,要下来跑跑。月鸾不明所以,抬头往堤坝上一看,也吃了一惊,方明白月芽儿不安分的原因了。

高高的防洪堤坝,在这儿被分成两段,中间空出约两辆马车并行的宽度,被压成了缓坡,作为堤坝内外的唯一通道。穿过通道东行二里左右,就是石砌的南坝崖,往下穿过长满蒲草的沼泽地,再穿过五里老林子,就是潍河。

文家河的公墓在南坝崖西面,紧邻土堤坝。土堤坝足有三十米高,堤坝面上很宽,同时可容两辆马车并行,还可容另一辆马车错车。

在堤坝口两边的堤面上,扎好了两个蓝色帷帐幔,每个帐幔下,站立着十个身穿黄绸短衫裤、头缠黄绸巾、腰系红绸带的壮汉。

每个壮汉,双手托举着一支丈余长的黄铜唢呐。嘴对着唢呐,昂首向天,在等待着。

大红棺一走上土堤坝,二十支唢呐齐声吹奏,声震云霄,惊得老林子中的黑乌鸦,呼啦啦冲天而起!

悲怆恢宏的唢呐声,撕破云天!傍晚的日光穿透云层,撒下了满天红霞,万道金光。

月芽儿冷不丁儿受到惊吓,哇的一声哭起来。

月鸾的心瞬间被抽紧,脚步踉跄,眼泪簌簌而下:苦命的孩儿!今日是你与母亲的永别,你早该哭了。

子翔走到月鸾身后,用坚实的双臂拥着月鸾,眼泪打湿了月鸾的秀发。此时,他有着如月鸾共同的祝愿:"美丽的二姐,坚强的大姐,你们一路走好!"

大红棺徐徐落入早已挖好的土坑中,随着村长的一声断喝"落——土",土块劈里啪啦落入墓坑中。

一会儿工夫,眼前矗立起两个土馒头。

月鸾抱着月芽儿,子翔抱着月鸾,子书跪在青石碑前,抱着刻字的石碑。那是月璃的坟墓。子书用手摸着一个个刻字,似乎在测量石碑的温度,心里担心着月璃:"不知在另一个世界,你何时能找寻着温暖?"

王槐跪在另一块青石碑前,抱着无字石碑,那是月姝的石碑!他目光呆痴,心智似已随月姝而去,嘴里默念着:"月姝姐姐,亲爱的,不要走远!等等我!"

堤坝上的唢呐仍在继续,风吹来唢呐声,已是断断续续,呜呜咽咽。子书的眼泪,也几近流干。

村长大手一挥,唢呐声停,苍哑的声音送到每个人的耳边:"都散了吧!逝者已矣!哭也哭不活!无益了!

"明早圆坟,三服以内至亲的过来,其他亲戚就不必来了!

"太阳出来前赶过来,出来后就走!再送送魂灵,不许哭!哭得魂灵不安!

"明日来时要祷告:祝愿亲人早登西方极乐!不要留恋人间土丘!

"散了!散了!怎么来的怎么回去吧!"

子强搀着子书,子翔拥着月鸾,月鸾抱着月芽儿,文二叔领着月美,一众人缓缓走出墓地。

唢呐班子收起唢呐,在拆着帷幔。

其他人也陆续散去,喧嚣了一天的墓地瞬间宁静下来。

葬礼结束后,有四个人出现了异常举动。

苏太太:在院子中坐了一天一夜,夜凉如水,月美从墓地回来,陪了一会儿母亲,年少熬不住,早早回房睡去了。

苏太太心凉如水,水波微澜。她没去墓地,一生未去,直到晚年,始终未踏入文家河墓地一步。

从此,也未去过南坝崖。

多年后另一个女儿步月璃后尘,跳入南坝崖殒命,苏太太也未再去看一眼那个碧水深潭。

小花翎:众人散去后,如鬼魅一般出现,在两个青石碑之间俯首跪下,一直跪了一夜。直到第二天黎明,圆坟的亲戚们出现在土堤坝口,方如鬼魅一般遁去。

王槐:失魂丧魄的王槐,走到南坝崖的石坝上坐着,嘴里嘟嘟囔囔,念念有词。夜深人静时,纵身一跃,要追随月姝而去。

看林人:才华横溢的书生画家慕容枫,变成了黑衣裹身的看林人。他在老林子里站了一天,远远看着墓地的一切。白发人送黑发人的苦楚,似黄连入胃,苦岑岑直入心脾。

他看着心智皆失的王槐,枯坐在石坝崖边,直觉不妙,早备好了渔网候着,待王槐一跃而起,他也一飞而下,撒网捞人,拖回远处的小屋。

王槐一直昏睡了三天三夜,第四天醒来,看见慕容枫坐在身边,竟似孩童一般恸声大哭,埋怨三叔怎不让他随月姝而去。

待他平静下来,慕容枫挥手给了他两巴掌,并训斥:

"你醒醒吧!你现在有什么资格追随月姝而去?你们的孩子刚刚落生,难道你没有一点责任去抚养?

"就你这窝囊样子,到了那边,月姝也不会再爱你!

"乖乖地回去,好好工作!

"什么时候有资格?或者是孩子养大了,或者是当上了华丰厂厂长!那时再来跳水寻死,我绝不拦你!"

王槐被打醒,休息两天后去辞别了文子书、文大娘、文老太爷、苏太太,回城报到去了。

慕容枫有种奇怪的直觉:"这个王槐,以后也许还会遇上慕容家的姑娘。"

第四十九回　莫道看林人海人不倦
传言松林冢灵气颇深

　　经过多方考察，慎重评议，市里多次开会讨论，库区的地址最终选定了峡山河谷地带。

　　指挥部仍留在文家河，市里最终决定，原来的方案略做调整，自峡山河谷始，到渤海入海口止，沿楚汉时潍水老河道修一条灌渠。

　　雨水多的年景在上游蓄水防洪，天旱年景放水灌溉，造福潍水两岸百姓，彻底解决秋季十年九涝，春季土地冒烟，村民跪天祈雨的恶性循环现象，使沿河地带旱涝保收，年年丰产，使老百姓过上好日子。

　　库区零星的住户开始迁移，阻力不大，只是祖坟的迁移遇到了些许麻烦。

　　其中就有那对前朝时殉情儿女的坟茔——那个峡山后生和那个双河套烈女。

　　当年两人双双跳河殉情后，竟被洪水托举着溯流而上，回到了两人居住的小屋，手拉着手儿并排躺着，栩栩如生。

　　峡山河谷里的族人感念两人的痴情，族长说："咱们河谷地带自古至今都是风水宝地，楚汉相争时助韩信一臂之力，筑堤坝挡潍水帮韩信大败楚军，潍水之战助韩信一战成名，对大汉统一天下做出了了不起的大贡献！唐朝书生柳毅也是在这儿遇上了洞庭龙女，上演了千里传书、终结良缘的美好爱情喜剧。

　　"如今潍水龙君把这两人送还，一是了却这两人对河谷的眷恋，同时也说明龙君知道，咱们峡山河谷人纯朴厚道可信赖！咱们一定不负厚望，把他俩安葬好，高筑坟茔。后生的父母年迈，孩子年幼，就由族里出人出资一并照料，生活继续，香火不断。"

　　因为河谷地势太低，为防洪水冲刷，族人们就搬来石头筑起墓基墓围，再堆起巨大土丘，四周广植黑松，年长日久，形成气势宏大的黑松林，俗称松林冢。

几百年下来,族人们延续了逢年过节的香火传统,久而久之,竟成了一块颇有灵气的香火圣地。

后人传说,那个后生是太平王柳毅再世转生,那个姑娘就是小龙女再世。

洞庭龙女本就是渤海龙君的外甥女。

渤海龙君感念峡山族人对龙女的爱护,就派来三太子常驻峡山,一保风调雨顺,二保地方太平。

传说松林冢很灵,经常有人来求子、求药,消灾解难,非常灵验,一撮香灰吹到纸袋里,当神药喝下去,回去后半年或者怀孕,或者药到病除,或者心想事成,总之是只要拜了松林冢,保你不久后喜事临门。

文家河也面临祖坟地的迁移问题,幸得老村长早有主见,新中国成立不久就建了公墓,在堤坝外的缓坡地上:"不与活人争地,就会睡得安稳!"这次真应了老村长的预言。

老坟茔早该搬移了,在村西聚集着大片祖坟地,各家各户分散着,这几年村里添丁进口,新房都盖到祖坟边了,正好借此机会整体搬了。

村长在大喇叭上说了,三天之内,各家的祖宗各家负责,到公墓里随便挑选风水宝地。过了这三天,就一律安排在村南的壕沟边上,那是九龙涧的泄洪口,若大水把谁家族祖宗冲走了,自己跟龙王要去。

三天后,文家河的搬迁顺利结束。这次的总指挥是市水利局局长,也就是原九龙涧公社的书记,文五叔的老上司。

他对村长跷起了大拇指:"老村长,姜还是老的辣啊!"

秋后,全区修河的人陆续到文家河报到。年纪大些的分散住到各家各户,青壮劳力则集中居住,女孩们集中在磨坊里住着,男孩们在大队部住着。

王槐去华丰厂报到后,工作兢兢业业,技术超群,很快被提拔为齿轮加工车间主任,周末就回梁家湾看孩子,把苏太太当成亲生母亲孝敬。与梁银丰相处得也还融洽。梁银丰对苏太太说:

"那个月姝没福气,王槐这小子真懂事,他若是咱们的亲生儿子就更好了!"

没有儿子是梁银丰的心病。

他常常毫无道理地埋怨苏太太:"你的肚子怎么就那么嫌贫爱富呢,跟慕容老爷能生儿子,跟我就净生丫头片子!你存心的吧!"

苏太太气得浑身哆嗦,却懒得与他理论。

王槐每次回来,都去看林人的小屋坐坐。慕容枫让他保密,不要对外说出他的身份,包括苏太太,他担心给她们惹来麻烦。

又是周末,王槐来到后,慕容枫安排他一件事:让他悄悄去把子翔、呦呦、月鸾、月芽儿、月美、子强等人叫来。正好子书在,也跟了过来。

他们来后,王槐介绍说:"这是我的朋友慕老师,我和他商量了成立一个学习小组。下面让慕老师说说吧!"

慕容枫说:"我让你们来是想跟你们定个事。你们现在为了修河住在一起,有大把的时间,就不要捉鱼摸虾了。王槐是你大姐的朋友,他求我教你们一些知识,以后能用得上。说不定哪一天有机会,王槐也带你们去大上海看看,能留在那儿工作也说不定!像王槐一样拿工资了,可以不当农民了。人哪,一辈子长着呢!书到用时方恨少!"

子书说:"这事我没意见,我首先报名参加。我要求当班长,负责点名考勤!迟到早退的罚!迟到一次做一周饭菜!"

月美在一边嘟哝说:"甭那么麻烦了,我看到书本就头疼,干脆我负责做饭吧!"

众人轰然大笑,子书说:"不学点东西,赶明我们都进了城,你怎么办?"

月美书读不进去,小嘴头尚可:"我跟着进城给你们做饭呗!"

于是定下由慕容枫当主讲老师,从初中开始补课,王槐教一些识图看图等机械知识,子书教洞箫、胡琴等,大家互相学习。

子书马上带头行动,就地取材,搭草棚做教室。

王槐负责采买书本和学习用具。

就在看林人小屋外的空地上,子书他们搭建了一个草棚,做了两个长条桌、长条凳,简易教室大功告成。

子翔用树枝在小屋和草棚周围圈起一个篱笆,扎了一个院门,院门上挂了一个大葫芦,上面烫着褐色大字"特别行动组"。

子书大了几岁,心思相对细,他与慕容枫商量:"这事得和我们村长说说,他一定支持,也免得有人找你麻烦。"

开课前一天,子书去找了村长,汇报了他们成立特别行动组的事。村长说:"学习是好事,听说那个慕老师一直宣扬封建糟粕,比如'万般皆下品,唯有读书高'之类。告诉他以后别说这些没用的,踏踏实实教你们真东西才是正经!"

子书连忙说:"这次学的是工农结合,为实现农业现代化做准备!还请了一个华丰的车间主任,来教我们机械常识呢。"

青年人精力旺盛,大家学习热情很高。特别是还有故事课、英文课,叽里咕噜的很有趣。

只有月美三天打鱼两天晒网,后来去了也是主动做饭看孩子,实在是学不进去啊。

看看他们的课程表吧,很规范呢!

一、三、五课程表:

早五点—六点半:古诗文一小时

中午十一点半—两点:历史、地理两小时

晚上八点—十点:数学两小时

二、四、六课程表:

早五点—六点半:物理一小时

中午十一点半—两点:生物、化学两小时

晚上八点—十点:英文两小时

星期天下午—认识简谱、练习唱歌、学唱样板戏、练胡琴、练洞箫、讲故事。

比如今的高级私立学校学得还全面呢!

第五十回　恰逢暖冬大蛇爬树梢
鸾翔红磨坊初尝禁果

学习的时间过得很快，不知不觉快要过年了。

这天晚上风很大，组里放学后有些冷，月鸾围了一条大红的毛围巾，自己织的，月色下配上她白嫩的鹅蛋脸，子翔看她时，似乎有圣洁的光辉笼罩，她的美丽耀眼晃神，使他每每心跳过速，忍不住抓紧她的小手。

一路上，月鸾被湿热的大手紧握不放，也不由得脸红心热，心跳过速。往日的一路欢笑变得有些沉闷。

呦呦这天也围了一条水粉的毛围巾，跟在子书后面不声不响地走着。

回去时，要穿过堤坝，越过麦田，才到达村口。村口有一个荒芜的大院，大院的楸树有年份了，院墙足有两米高，站在院墙外边，可以看到粗陋斑驳的粗树干，成年人环抱都比较困难，想必墙内掩藏的部分，两个人也很难环抱吧。

遒劲的老枝丫越过围墙探出来，枝头挑着几片枯黄树叶，寒风中瑟瑟发抖。

月鸾和子翔已经手拉手走过了大院，听到后面啊的一声尖叫，回头看时，呦呦吓得小辫子晃晃悠悠，摇摇欲坠倒的样子，幸亏子书在身旁，眼疾手快扶住了。

原来一条鸡蛋粗的蛇挂在树上。

呦呦以为是节绳子，调皮地跳脚拉了一下，没想到一下子落在了她身上，凉飕飕的在蠕动，当即就吓傻了。

幸亏是冬季，即使有大蛇反常地出来活动，也行动迟缓。子书想这条蛇可能在树洞里休眠，今冬是个暖冬，一连二十天艳阳高照，树洞里潮湿温暖，大蛇误以为春季到了，提前醒来出来溜达溜达！没想到夜仍是很冷，被冻在树上半昏半睡，被呦呦一拉，又感觉到温度，才蠕动起来。

回到磨坊，呦呦不敢睡了，闹着要回家，子书看她有些发热，担心半夜烧起来,只得把她送回梁家湾。月美也要跟着回去,今天是周末,指挥部放半天假,其他人早就回家了。

送走了她们,磨坊里只留下了月鸾。

子翔在南屋的机房里坐着温书,月鸾在北屋里织一件毛背心,她看到子翔穿的是棉背心,修河是个力气活,子翔是撩大锨的,把河底淤泥撩到河岸上,干活时常常出大汗,背心湿个精透,都有些板结了。

休息时,风一吹,凉飕飕的,穿在黄色棉大衣里面有些硬,月鸾看了心疼。

今晚加个班就能织完,子翔以等着试穿为借口住下,月鸾没像往常一样赶他走。

毛背心是褐色的,月鸾记得带来的小箱子里有金黄丝线,就想着拿出来绣上个翔字,于是爬到木板床底,把箱子拖出来放到床前,掀开盖子找丝线,却哇的一声大叫起来,子翔在南屋听见了,一迭声地喊着:"怎么了?怎么了?"快步跑到北屋。

又是一条蛇!而且是蛇鼠一窝!一条白色小蛇懒洋洋地盘踞在箱子里,中间窝着几只小老鼠,都伸头看着月鸾。

到底是女孩子,平日走路扭腰提胯,似模特一样傲娇的月鸾,竟被吓得呆愣了,坐在地上抱着箱子,与蛇鼠大眼瞪小眼,动弹不得。

子翔见状不由得笑了,一边抱起月鸾,一边戏谑她:"你的毛线太暖和了,老鼠和蛇都喜欢上了!"

子翔把月鸾抱到床上,给她盖好被子,吩咐道:"你先安静地躺一会儿,我把它们送到外面去。"

月鸾拉住子翔的手不放,子翔亲了亲她冰凉的额头,安抚道:"听话,我去去就来!"

子翔把蛇鼠放到布袋里,走到磨坊外面。磨坊东面的苇湾里,苇子已被割掉,月光下的湾面上,泛着亮晶晶的冰碴,虽没冻住,风吹过,子翔禁不住打了个寒战:"苇湾里靠水太近,这个季节确实太冷,看来这些家伙的家,原来安在苇子地里,苇子割了,住不下去了,才慌不择路逃到了月鸾的箱子里。"

子翔往南面走,苇湾南面是学校的操场,村民在四周垛了一圈柴禾垛,子翔找了一个最大的麦草垛,把它们放了进去,嘴里还自言自语地说:"你们吓着了我心爱的姑娘,照理我应该把你们送给三队长烧了吃,但看来你们也是无心的,是苇子地被割了，家没了才跑出来吓人的！这次就原谅你们了！这个麦草垛是人家明年用来披屋修房顶的，暂时不用，你们先在这儿暖和和地过冬，春天苇子长出来就赶紧搬家，别再装神弄鬼吓人。听见没有！"

月鸾躺了一会儿平静下来，看子翔迟迟没回来，就出来看看。见子翔在自言自语地嘟囔，不由得扑哧一声笑了，扶着门框，伸头对子翔说："是不是遇上蛇仙白娘子了？大半夜的，在跟谁嘟囔啊？快回去吧，我要关门睡了！"

子翔连忙放下小蛇和老鼠，快步走回挤进来："别、别、别、别关门！"

随后迅速抱住月鸾："你是不是吃醋了？"月鸾红了脸："我吃谁的醋？一条小蛇而已，就啰唆半天，赶明真碰上小龙女，还不得抱回家搂着睡觉啊？"

月光下，月鸾娇嗔的脸如白瓷一般光洁，嘟起的嘴唇鲜艳润泽，因刚刚睡了半刻，脸颊有些许红晕，身体微热，透露出一股慵懒的气息。

子翔看呆了，手不由得环紧了月鸾的腰肢，心跳加快，再也把持不住，俯身一个长长的热吻。

月鸾被子翔身上突然发出的气息熏醉，那是甜腻的、迷人的、乱情的雄性气息，月鸾头轰的一声，浑身着火一般，身子一下子软了下去，手脚攀援住子翔，像婴儿一样伸出舌尖，甜甜地回吻子翔。

子翔热血贲张，一把抱起月鸾。

月亮羞得躲进了云层。

一对热恋的人儿尽情地、笨拙地品尝了爱情的禁果。

第五十一回　羽觞重现奴有眼无珠
嫌贫爱富挥棒打鸳鸯

清明节到了。

潍河两岸民风淳朴,传统文化浓厚,至今保留着延续了千年的民俗活动,老百姓对这个节日特别重视。

清明节活动是三天时间。

第一天是"一百五",就是夏历冬至后第一百零五天。给逝去的先人们填土修坟、焚香祭拜、烧送纸钱、祷告平安。

填土修坟是男人的事,焚香祭拜就是女人的事了。

这一天的上午是准备工作,男人出去采买蔬菜、鲜黄花鱼、干柳叶鱼、架秋千用的辅料等等,顺便折采嫩柳条。女人在家烙饼煮鸡蛋,用面粉和着枣泥蒸燕子糕。

嫁出去的女儿们会陆续回到娘家。中午饭后男人先行一步,扛着铁锹去墓地,女人在家蒸烹煎炒做供品,供品还需半熟,担心馋嘴的小孩子偷嘴对祖先们不恭敬。回到娘家的女儿们在将烧纸折叠成元宝。

估摸着申时到了,女人们一起出门。这时候男人们就陆续回到村里,在家里架设秋千。秋千有大有小,根据自家院子大小和备下的木头粗细尽力而为。

家族里或者村里会在街上也架设大一些的秋千。梁家湾今年就架设了一条高大的旋转秋千,矗立在供销社门前,吸引了三乡五里很多人前去看热闹。

女人们到了墓地,媳妇们摆好供品,发送着纸钱,嘴里念叨着:春天来了,家里一切都好,希望祖先们继续保佑,合族老少一年无病无灾。也希望祖先们在那边安居乐业,丰衣足食。女儿们则扯开嗓子大哭一场,边哭边数叨着对逝去爹娘的思念,哭诉在婆家的种种不如意。

纸钱烧送完了,媳妇们就作势劝一下:别哭了,爹娘知道你们孝顺,纸钱收到了,在那边不缺吃不缺穿,让你们回去好好过日子。

女儿们收住哭声,和媳妇们一起磕头行礼,祭奠仪式就结束了。回去的路上就有说有笑,说谁家上坟不哭,那家不孝顺;谁家上坟哭不出声,他们家生了个哑巴孩子等家常里短。

没出阁的女儿,没长大的孩子,这一天是不准去墓地的。老人们担心,有些孤魂野鬼没有香火,收不到纸钱,会出来晃荡,时气不好的会沾上晦气,莫名其妙地发烧说胡话,需要找八卦神算子算出哪个方位的孤魂,多发送些纸钱才能好利索。

有的女人在这家是当家媳妇,在另一家是出阁的女儿,就要把日子分开了,娘家的祭奠仪式就会提前一些时日进行,清明前十天的日子哪一天都可以。

第二天叫寒食节,这一天全天不动烟火,相传来源于春秋时"子推绵山焚身"的故事,是纪念古代一个叫介子推的人,提倡的是忠孝节义。家家户户用柳条儿穿了燕子糕挂在门口,北归的燕子们看见了,会飞入家门,在堂屋梁上衔泥做窝,小燕子出生时,这家往往也会添丁进口,生灵兴旺,六畜和谐。

男男女女脱下厚厚的棉装,换上崭新的春装,伸展伸展胳膊腿儿在街上溜达溜达。年轻人戴上柳枝儿编制的草环,鲜嫩的柳叶儿随着他们的跳动在头上飘摇,春天的气息扑面而来。

这一天下午开始踏青庆典,青年们在各村串来串去,比比哪村的秋千更大更高更新颖,双眼不住地撒眸着,哪家又有长大的姑娘,秋千荡得高,模样长得好,回头让爹娘找媒人说说去。

第三天是清明节,正式庆典开始。今年文家河的庆典由运河治理指挥部组织。

今年的比赛项目繁多,老少咸宜。有顶蛋比赛、顶拐比赛、荡秋千比赛,以荡秋千比赛最吸引人。

游戏规则是最先把秋千板荡过横梁,与秋千架平行,持续十分钟为赢家。

比赛选手须面对面在半尺长的秋千板上站好,你驱我蹬,一个曲腿,一个站直。下来后,另一个曲腿,如此往返多次。比的是两人的默契、力量的均衡,玩不好容易翻滚而下。

秋千就架在龙王庙前面,两棵百年老柏树做了秋千架,月美昂头看看都晕了,子强上去试试,吓得腿肚子打颤颤。

　　他们加入妇女组，参加顶拐比赛。比赛人员金鸡独立用一条腿站立，另一条腿打弯过膝，双手抱着，分成两队，双方跳来跳去用膝盖碰撞顶击，哪一方队员最后全部脚落地即为胜出方。

　　秋千比赛分单人组和双人组，自由组合，月鸾和子翔组成一个双人组。

　　轮到他们时，两个人会心一笑，手拉手走到秋千架下，月鸾先上去在秋千架中间站好，子翔跑步推送三圈，待秋千升到一定高度，子翔趁秋千低落的一刹那飞步上前，一跃而上，双手牢牢抓住秋千绳，双脚落在秋千板的两端，把月鸾牢牢抱在怀里，背一弓，双腿一蹬，秋千快速飞升起来，瞬间飞到了与秋千架平行的位置。

　　如此往返与秋千架平行持续十分钟后，子翔轻声对月鸾说，你坐下，闭上眼睛，我带你飞。

　　月鸾在秋千往下落时顺势坐下，子翔猛蹬几下，秋千板再次与秋千架平行，呼呼的风声掠过月鸾的耳际，真有云里飞雾里行的美妙感受，月鸾幸福地闭上了眼睛。

　　这时，子翔悄悄低头，给月鸾一个长长的热吻！月鸾猝不及防，懵地瞪大眼睛，俊脸儿瞬间通红。周围响起了口哨声、叫好声，还有欢笑声。

　　子翔玩性大发，再次发力猛蹬几次，然后一个鹞子翻身，双腿离开秋千板，两手挂在秋千板上，远远看去，似乎是子翔在托举着月鸾，又似乎是吴刚在树下深情凝视月中的嫦娥。

　　群众的热情被点燃点爆，周围响起更猛烈的口哨声、叫好声、欢笑声。

　　比赛结束，子翔和月鸾被众人推举为第一名。奖品由文家河的老村长发放：奖品为一对白毛巾，一对红枕巾。

　　老村长打趣道："子翔，你和月鸾简直是绝配，是天造一对、地设一双。我看你们的奖品也不必分开了，赶快再去买上一对绣着鸳鸯的枕头，凑成嫁妆娶了月鸾吧！"

　　周围响起震天的哄笑声，响起雷鸣般的掌声。

　　月鸾娇羞含笑与子翔对视，子翔拥着月鸾，大大方方地说："村长放心，我明天就去梁家湾提亲，过年时把月鸾娶回家！"

　　子翔回家跟父亲商量，想去梁家提亲。父亲喜出望外："好小子，有种！比你爹强！月鸾是咱们潍河沿上最好的姑娘，打着灯笼也难找得到！愿意嫁给你是你的福分,以后可别亏待了人家姑娘!"

不过老人家有些担心:"听说她家里条件比咱家好,她爹梁银丰又是嫌贫爱富的主,能否同意你们的婚事很难说,你别心急,我琢磨一下,找个会说又镇得住他的媒人,兴许能成!"

子翔不服气:"我们是自由恋爱,都什么年代了还找媒人? 明儿个我自己上门提亲去,他还能赶我出来不成!"

子翔父亲眼见拗不过儿子,就出去买了两瓶酒,四样点心,到村长家借了个黑皮包装上,鼓鼓囊囊,方方正正,很气派。

子翔出门时,父亲从大炕上的樟木箱子里拿出一个尺把长的红色木盒,用蓝皮包袱包了,挂在子翔背上,嘱咐道:"这黑皮包里的酒和点心到梁家就拿出来,不管那婚事应还是不应都放下。这包里是你娘留给你的一个玉酒杯,叫什么玉羽觞,听说是个古董宝贝,是你娘留给你娶媳妇用的聘礼,等你提亲时带上,她爹若应了就放下,不应就捎回来吧!"

子翔问月鸾:"今天是星期天,你爹回来了吗? 我要去提亲!"

月鸾说:"还是让你爹找个媒人吧,你自己去我爹不应怎么办?"

子翔很有信心:"我们俩真心相爱,我诚心诚意去求婚,你爹一定会答应的!"

子翔要到梁家湾去提亲了,月鸾不放心,早早在村口等着,看见子翔过来,喜笑颜开,忙迎上来,手牵手回家去,

今天梁银丰确实在家,正跟苏太太商量呢,想把月鸾嫁给王槐。

苏太太说:"月鸾年纪到了,是该嫁了! 这姑娘有主意,也许有心上人,咱们还是不掺和的好!"

梁银丰怒道:"这是什么混账话,女儿大了出嫁,当爹的不该操心? 月鸾是在梁家长大的,我一直视如己出,对她比对月美还上心! 我这是为她好! 王槐有正式工作,有前途,长得又好,哪一点配不上月鸾! 告诉她别挑三拣四的,这事必须听我的,我现在就去找胡三姑做媒去!"

梁银丰去后街叫出胡三姑,托她去提亲。没想到胡三姑哭闹不止:"你们家已经够乱的了,还胡闹什么啊,有那好的,也给呦呦琢磨着点,她可是你亲闺女!"

梁银丰碰了一鼻子灰,气冲冲地回家了。

胡三姑回屋劝说呦呦嫁给王槐,呦呦不嫁。呦呦的心上人是子翔。胡三姑骂道:"子翔什么时候正眼看过你! 人家都已经那个了,你还在这儿野巴老婆等汉

子！再说那子翔有什么好？不就是个子高点，脸皮子白净点，嗓子亮一点，吹拉弹唱会一点！这些顶什么用？能顶工分吗？能当饭吃吗？嫁给他就预备着喝西北风吧！他娘不就是受穷跑了吗？"

"你看人家王槐，要模样有模样，要家世有家世，爹娘在上海有干部补贴，他也提了个干部，现在是车间主任了！你梁叔都说了：'这小子前途无量，打着灯笼也难找呢！'嫁人就得嫁这样的人：有城市户口，有粮票，根正苗红，有前途，父母有固定收入不拖累你！看看多好！"

呦呦辫子一甩，扭身走了出去，扔下一句话："这么好，你嫁吧！"

胡三姑气得差点昏过去，在屋里躺着的李爹爹隔着门帘，沙哑着嗓子，有气无力地说道："孩他娘！你就别难为闺女了！我知道你心气高，嫁了我这个无用的，憋屈了一辈子！可当年你娘不也是这么逼你吗！贪慕我这个虚名英雄，有固定收入，可你看看现在，我的固定收入都变成药渣子了，有什么用！还得靠你给人家当老妈子养家！你娘现在都悔青了肠子！难为你了！"

话没说完，又咳个不停。胡三姑沏了一杯菊花水进去，还丢进去两粒冰糖。里屋传来捶背声，听得见胡三姑在埋怨："瞎叨叨什么！仔细着你这口气吧，好好喘还能喘几天，没事别瞎操心！"

子翔到梁家说明来意，梁银丰一听就火冒三丈："就你们家那穷样，还想娶月鸾，这是癞蛤蟆想吃天鹅肉！你有工作吗？有城市户口吗？"

子翔说："我跟月鸾真心相爱，月鸾愿意嫁给我这个农村人，你不该阻拦！也无权阻拦！"

梁银丰气疯了："好！你们真心相爱，我无权阻拦，可你拿什么养活她，让她跟着你受苦？结婚的房子有吗？和你爹同住那三间小破屋？结婚用的三转一响二十四条腿你准备了吗？"

子翔倔强地说："月鸾说过，不嫌我们家房子小，也不嫌我们家穷，我们还年轻，结婚后一起努力，日子一定过得很好，什么都会有的！"

梁银丰说："好小子，你有志气，什么都能挣来，还等结婚干什么，现在就去挣！我也不跟你多要，我养了她二十年，一年用去一千元也得两万元，你回去攒够两万块钱，拿来做彩礼钱，那时再来提亲，我就把月鸾嫁给你。"

子翔解下包袱央告说："我爹说这是我家的传家宝，应该是宝贝，很值钱，我先用它作为聘礼吧？"

梁银丰连连摆手："拿走！快拿走！穷鬼家能拿出什么好东西！别脏了我的八仙桌！"

月鸾在外面听见了，气得直哭，要冲进去跟梁银丰理论，被苏太太拼命拉住。

子翔被梁银丰赶了出来，气冲冲地走了。

月鸾跟在后面流泪哭泣，到了村口，子翔拥抱着月鸾说："你放心，我一定会回来娶你！你爹不就是要两万块钱吗？等着我，我一定能挣回来！"

另一只玉羽觞重出江湖，梁银丰窥伺多年，却终于有眼无珠，将它拒之门外。

那对汉室宝物玉羽觞，那一只血浸斑斑如离人泪的玉羽觞，已随着月璃离开人间，进入地下长眠，走入又一个轮回。

再经过百年，又会落入什么样的女子手中，演绎怎样一番离恨情仇呢？

这一只有圆形血浸的相思心，会杯落谁家？会不会交给月鸾呢？

第五十二回 人老珠黄三姑生悲催
痴缠孽缘苏太养螟蛉

月璃没了,苏太太对梁银丰彻底寒了心,就独自搬到西厢房住了。

梁银丰本就比苏太太小很多,加上被伺候得好,胖瘦适宜,保养得当,注重仪表,更有了当家做主的派头,中年后魅力不减反增,如今出门都要照照镜子,头发上抹了头油,黑油油的油光可鉴。

胡三姑知道梁银丰是靠不住的,看他如今不常回家,不仅对苏太太不理不睬,对自己也早已不拿正眼看了,心里已泛上酸味来,就跑来对苏太太嚼舌根:"我说苏太太,你可要把人看住了啊!你岁数虽然大了些,男女事上不再上心,可他血气方刚的,正是虎狼年纪,哪里能闲得住,你要放松了缰绳,蜂蝶们自然扑上来,到时候哭也晚了!"

苏太太正坐在院子里木槿树下,一只手捻续着麻丝,另一只手在伸直的小腿肚上,蘸了少许清水,搓麻绳,看来搓了好一会儿了,白白的小腿肚子已经微红。

麻绳搓好了用来纳鞋底,现在家里人的鞋子都是自己在做,省钱又穿着舒服。

闻此言淡淡地应道:"人心哪里是拴得住的? 有些人就等着别人惦记哪!"

胡三姑讪讪地笑道:"老了老了自己打嘴! 这不是前后邻住着嘛! 早早给你提个醒儿,免得到时候措手不及! 我可是听说了啊,华丰厂供销科里有个女的风骚得很,外号叫公共汽车,被很多人睡过。

"去年她丈夫车祸死了,可得了她的劲儿了! 夜里男人你来我往的都排号呢!听说有一天夜里没排好,前边的没走后边的进来,半夜三更打起来了!

"邻居听见了出来看看! 我的个妈呀! 黑咕隆咚的,墙头上还有好多脑袋在抻候着呢! "

第五十二回　人老珠黄三姑生悲催　痴缠孽缘苏太养螟蛉

苏太太伸手指着胡三姑笑道："什么话到你嘴里啊，都说成评书了，你就编吧！"

胡三姑自管自找个板凳坐下，撸起裤管，"啪叽"、"啪叽"，一手吐一口唾沫，往肥硕的腿肚子上一抹，一手捻麻一手搓，嗤啦嗤啦速度倒不慢。

苏太太始终淡淡的，不再说什么，一根接一根地搓麻绳。

胡三姑是个憋不住嘴的人儿，没话找话地说："我说苏太太，你下乡这么多年了，怎么改不了城里人的做派？你看看这同是搓绳子，我们都是吐一口唾沫润滑一下，你偏偏盛一盆清水在旁边，蘸来蘸去的也不嫌麻烦！还有这院子拾掇的，一天三遍五遍地扫，连根杂草都找不到，石板上能照出人影儿，你累不累啊？"

苏太太仍是淡淡地笑着："习惯了！就像你们，不也一直喊我苏太太吗？"

胡三姑头摇得像拨浪鼓："不一样，不一样，我们喊顺了，把苏太太当名字叫着！"

胡三姑走顺了腿儿，看着苏太太对她也不是很反感，就三天两头地过来。想来这女人也是好笑，年轻时趁苏太太不在家溜进来偷食，现在倒反过来，看见梁银丰不在，就大摇大摆地登堂入室。

苏太太不愿串门子，赶集买菜也是速去速回，女儿们长大了各忙各的，月姝的儿子还小，有胡三姑这么一个嚼舌的邻居，隔三差五地来家里叽叽喳喳，帮个小忙，苏太太的日子倒也过得不寂寞。

胡三姑许久未见了，说是又去城里了，路市长新雇的安徽保姆家里出了事，让胡三姑回去做替补。信是梁银丰捎回的，说胡三姑熟悉情况，路市长的秘书直接找他说的。

苏太太感觉这事有些蹊跷：按照常理，路家把月婧、月柔当作自己的孩子养着，既然换了第一任保姆，不可能再叫回去。梁银丰作为孩子的生父，路家尤为避之不迭。

但既然此事与自己无关，也就没有再问。

接下来的几个月，梁银丰的举动有些异常，苏太太是从日常生活小节发现些许蛛丝马迹。

梁银丰家里有四个盛油的铁桶，两个二斤装的，两个五斤装的。那个五斤装的除了过年用，买点棉籽油炸年货，平日是不用的。

梁银丰每个月的第一个周一,都会带一个铁桶出去,周六带回豆油来。往常用的是二斤装的,还常常明里暗里警示苏太太:"这两斤油可是足斤足两的,只要不往文家河穷鬼家里送,每月足够你们娘几个吃的!"

现在每月月初出去,捎个五斤桶,却不装满,每次的半桶油量却不一样,有时多点有时少点,似乎是约莫着倒了些。

家里有小桶,为何不用呢?

既然用大桶,是为了多装油,为何不装满呢?半桶晃荡,路上容易洒出来,依他一惯小气的性格,不会想不到。

那么一定是半道上去了谁家,却不舍得全给,只倒出一半。

半道去谁家呢?联想到胡三姑最近没了影儿,苏太太大概猜到了几分。

此事持续了将近两三年的光景,胡三姑回来了。

答案很快浮出了水面!

胡三姑瞧着梁银丰回城上班去了,又来找苏太太要鞋样。

左右看看没人在家,神秘兮兮地说:"你猜我去给谁家看孩子了?"

苏太太在床边坐着,手里纳着鞋底,抬头看了看她,没有应话。

胡三姑看苏太太不接她的话茬儿,竟抹起眼泪:"苏太太,我是为你不值啊!你为他费心讨力的,没有你哪有他今天的地位和享受,他却一再做错事,伤你心!他真对不起你们娘几个啊!"

苏太太诧异地看向她,胡三姑接着哭诉:"你猜我去给谁家当老妈子了?"

不等苏太太答话,胡三姑自说自话地往下说:"是那个供销科的娘儿们!就是那个公共汽车!说什么生了个遗腹子,骗鬼去吧!谁信啊!有人说是路市长的私生子,纯属造谣诬蔑!

她亡夫是路市长的司机,市长念旧去关心慰问家属,也是人之常情,何况还是大白天前呼后拥的,哪能干那事!

再说路市长是什么人啊,有权有势,长得仪表堂堂,什么样的女人没见过,他只要勾勾小手指,美女们自然跑上门去,哪里用得着半夜爬墙!也只有咱们那块货,才会闻着味儿半夜爬墙,做些鸡鸣狗盗的事!我没事就端详来着,那孩子贴贴随他!不然的话他干吗这么上心,巴巴地把我指使去,给人家当老妈子,还三天两头地送东西!"

苏太太用怜悯的眼神看着哭鼻抹泪的胡三姑,心想:"这女人也是可怜,爱了一辈子,被涮了却还蹀蹀躞躞去给人家伺候。爱错了人,听人吩咐却成了习惯,也不管对与错!”

苏太太轻叹一声,不知是说给自己听,还是说给胡三姑听:“孽缘啊! 歇会子吧,累了一辈子了,该放下了!”

不一会儿,梁银丰抱着孩子回来了。

梁银丰却不想让苏太太放下。那个女人得了子宫癌住院了,孩子没人管,竟抱回家来! 理所当然地往床上一放:“我捡了个小子,正好给月妹的小子路劲做伴儿!”

苏太太瞧了那孩子一眼,果然眉眼儿是随了梁银丰的!

于是轻轻一笑:“你倒真会捡啊,从哪儿捡了个这么漂亮的孩子,人家怎舍得给你? 有名字吗?”

梁银丰狐疑地看着苏太太:“你听说了什么? 胡三姑这个碎嘴子,嘴上就长不出个把拉门! 胡说惯了,别信她的话!”

苏太太本也无心点破,既然孩子已经进了家门,就留下吧。

这个孩子有三岁多的样子,竟不陌生,向苏太太咧嘴笑着,安静地躺在床上,眼睛眯一会儿睁一会儿。

这孩子打盹儿想睡,却因换了新地方好奇,又不甘心马上睡去,想多看会儿,眼皮子沉得却抬不起来。

梁银丰算准了苏太太的善良,扔下一句话:“他叫梁钱,以后就是你的儿子了,好生养着,我自不会亏待了你娘们儿。”

话音未落,竟回堂屋自睡了。

苏太太找出路劲的小衣服给他换上,用温热的水给他擦洗一遍,轻轻拍了两下,小孩子也睡着了。

苏太太睁着眼睛却睡不着,清凉的月光透过窗棂斜照进来,在西厢房的青砖地上,撒了一层银霜。她脑子里一片混沌,目光涣散,无关悲喜,思绪缥缈,漫无边际,天快亮了,才沉沉睡去。

第五十三回　梁家稚子争食嫌委屈
苏太黑夜奔逃避恶夫

这日周末傍晚,梁银丰从城里带回个大西瓜,梁钱闹着要马上吃。苏太太一切两半,给梁钱和路劲一人一个勺子,放上白糖,让他俩用勺儿舀着,把另一半放在八仙桌后的窗台上,告诉他俩别动,留着给姐姐们吃。

他俩在堂屋里吃着西瓜,苏太太去了西厢洗衣服,爷几个换下来的衣服被汗浸了,不马上洗干净,被布料纤维吃进去会泛黄。梁银丰径自回东屋睡觉去了。

堂屋里只剩下两个小家伙,梁钱霸道,双手环护住半个西瓜不许路劲吃,自己用勺子舀着吃完,吧嗒吧嗒嘴儿不过意,爬到八仙桌上去抢那另一半。

路劲懂事,知道那是留给小姨们吃的,就抓住梁钱的腿子不让他往上爬。

梁钱的小手已经勾到了那半个西瓜,哪里还舍得放手? 小脚蹬啊蹬的,人和西瓜都掉到了地上。

梁钱的头磕起了个大蘑菇,右眼上方磕在桌子腿上,把半截眉毛撕开了!血流在脸上,红色的西瓜汁灌了一身,红通通的,怪瘆人的,两个孩子都吓得大哭起来。

苏太太和梁银丰几乎同时回到堂屋。

梁银丰冲到梁钱面前,伸手抱起他,一看不仅脸上有伤,头上还冒出一个大蘑菇,透着血信子,又急又气,一脚把路劲踢到一边:"吃白食的东西,怎么不磕破你的头! 干长这么大,就知道欺负小的,也不知让扶着点! "

苏太太也急了,一把护住路劲:"你疯了! 他才多大啊! 怎么能说踢就踢呢! 两个孩子争食用得着这样吗? "

路劲委屈得大哭起来:"我没抢,他把那一半自己吃完,又去抢姐姐的那半西瓜! "

梁钱哭得更甚:"爹爹给我买的,干吗不让我吃!他还拽我的腿,把我拽下来才磕破了头!"一边说,一边号啕大哭。

梁银丰的无名火忽地窜了出来!伸拳就要再打路劲:"打死你这个兔崽子!"

苏太太连忙护着,拳头像雨点落在了苏太太背上。

月美正巧从外面回来,看见父亲又在打母亲,连忙过来护在母亲身上!马上挨了几计老拳,疼得龇牙咧嘴地直喊哎哟。

梁银丰气急败坏地抱着梁钱往外走,要去大队卫生室包扎,临走恶狠狠地留下一句话:"你们等着,我先去看看,回来再收拾你们!"

月美吓得哆哆嗦嗦,带着哭声央求母亲:"我们快走吧,去文家河找姐夫,走晚了父亲回来还得挨打!"路劲也一声高一声低地抽泣着,缩在苏太太怀里哆嗦。

苏太太倒不怕挨打,这几年已经习惯了。梁银丰中年得子,直把梁钱当成了心肝宝贝眼珠子,两个孩子一旦打闹起来,最后挨打的总是苏太太。

这男人没有了肌肤之亲,一旦动起手来,只会一次比一次心狠手辣。苏太太的痛感神经已经麻木了。

可今晚这阵势,怕梁银丰是不会善罢甘休了。路劲可怜兮兮的,也不知梁银丰那两脚没轻没重的踢着了哪里。去文家河找子书看看也好。

于是听从了月美的提议,连夜往文家河而去。

梁银丰带着梁钱包扎回来,气本来消了大半。医生告诉他伤口无碍,略略缝了三四针,涂了点碘酒,又撒上些白色消炎粉,用纱布包扎了,告诉他别让伤口见水,一周后回来拆线,不会留下疤痕的。

小孩子身子轻,头皮硬,摔一下冒个蘑菇很正常,不用担心,三五天自己就会消失了。

本想着也许苏太太像往常一样,烧好了热水等他们,把孩子交给她,自己舒舒服服洗个热水澡,好好睡一觉,连打带吵的自己也乏了。

回到家一看,家里黑灯瞎火的,连个人影子也不见了,就猜想一定是被自己吓的,往文家河方向逃走了。

这婆娘,竟然扔下我们跑了!这还了得!这会儿工夫料你们也跑不了多远!我一会儿追上,看我怎么收拾你们!

于是把梁钱放到里屋床上,小孩子折腾了半宿,头挨着床马上呼呼大睡。

　　梁银丰掩上门，走到大门口，顺手抄起了柳木顶门棍。出门后先左转，绕到胡三姑家后山墙，用棍子捅了三下窗子，压着嗓音说："三姑，你去我家帮忙看会儿孩子，他们娘们不知野到哪里去了，我去找回来！"

　　胡三姑睡得正香，被敲打窗子的声音惊醒，迷迷糊糊沙哑着嗓音问："是谁啊？半夜三更的有什么事？不能等到明天再说？"

　　梁银丰哑着嗓音再重复一遍："三姑，是我！你去我家帮忙看会儿孩子，他们娘们不知野到哪里去了，我去找回来！"

　　前几天连着下雨，路上不好走，苏太太抱着小路劲领着月美，深一脚浅一脚地走得很慢，刚走到南坝崖，就听到后面传来急匆匆的脚步声，娘仨看看左右无遮无挡，吓得躲到了离地头不远的肥堆旁。

　　小路劲早已在苏太太怀里睡着，月美被臭烘烘的土杂肥熏得捂起了嘴巴。

　　不知一向爱清洁的苏太太，面对此情此境，有何感想，还能做到心静如水，不喜不悲吗？

　　梁银丰急匆匆过来，月美吓得闭上了眼睛，屏神静气，大气也不敢喘了。

　　梁银丰打死也不敢相信，苏太太她们竟躲在离生产路不到两米的土肥堆后面。

　　他一路上没有看见她们的身影，更加气急败坏，提着柳木棍子往文家河而去。

　　苏太太再没敢走上生产路。她们就在田地里斜插着往西穿行，不远正巧有一条排水沟，沟沿比较宽，一直通到文家河村后。

　　她们连滚带爬地赶到了文家。

　　月美在后夹道边哭边喊："姐夫！快开门！救救我们！"

　　文子书是习武之人，睡觉轻，一有动静马上条件反射地坐了起来。听到了月美的哭声，连忙拿着一条三节鞭走出屋，飞步到大门边。刚拉开门闩，月美和苏太太浑身泥水，风一样闪进来，并带来了一股腐烂草粪的臭味。

　　月美上气不接下气地哭诉："父亲打我们！父亲追我们！快关门！"

　　子书瞬间明了眼前的状况，连忙把小路劲接过来，一手扶着苏太太，回到里屋。

　　文大娘也被子书叫起来，看了看眼前的情形，一句话没说，接过小路劲，放到大炕上睡下，又赶忙到灶台烧水。

子书匆忙找出两条大毛巾给苏太太先擦拭头脸。

子书把她们稍作安顿,提着一桶水走到大门边,侧耳听听外边没有动静,就开了门,用水把门口冲刷了一下。随后关上门,回到屋门口坐下。

半个时辰后,大门上响起了叩门声。

子书装出一副慵懒的语气,嘎声嘎气地问道:"谁啊?半夜三更的,叫什么魂啊?"

慢腾腾拖拉着自制的木拖板,呱嗒呱嗒走到门边,再次拖着长声问道:"谁啊?半夜三更来叫魂啊?!"

梁银丰忍住气,自报家门:"我是梁家湾的梁银丰,我家属和孩子走失了,看看是不是上你这儿来了!"

子书装作恍然大悟的样子:"原来是岳父大人啊!"随即吱呀一声敞开大门,站在大门中间看着梁银丰。

梁银丰提着棍子站在门外,脸色铁青。

小月芽儿不知什么时候溜了出来,倚在门边,瞪大圆圆的眼睛,好奇地看着手里提着大棍子的梁银丰。

梁银丰怀疑地问子书:"她们没来?你怎么这么晚了还不睡?"

子书看看手中的三节鞭,看看月芽儿,很无奈地说:"小孩子白天睡多了,晚上少觉,闹腾着要我玩三节鞭给她看,这不正练着呢!"

子书边说边嗖地一声,甩了下鞭子。三节鞭从梁银丰头上飞回去,一眨眼又飞回来,仿佛变了个戏法,子书手里多了一枝墙头花,月光下,那枝墙头花闪着蓝盈盈的光。

子书随手把花递给了月芽儿。

月芽儿接过来,若无其事地嗅嗅,有点儿不高兴:"哼!一点都不香!"

梁银丰看看子书,看看月芽儿,莫名其妙,闹不懂这爷俩在搞什么鬼!

月芽儿指指对面墙头:"喏,姥爷,花儿就长在对面墙头,你要吗?"

梁银丰回头一看,对面墙上果然长着几朵墙头花,只觉得脖子一凉,一个豆大的雨点落了下来。

子书站在门口,文家正门的青石台阶很宽很高,二层的门楼在月色中拉着长长的阴影。梁银丰站在台阶下面,一下子显得猥琐矮小,气势上先自输了半截。

子书站在门中间不动，没有往里让的意思，嘴里却说着客套话："岳父大人若是不放心，可进来看看，喝口水再走！看你这样子，她们是不是吓得连夜进城，找王槐去了？"

梁银丰一听，暗叫不好？王槐那小子是一根筋，今日在气头上踢了他儿子两脚，也不知怎么样了！若是先见到苏太太她们的狼狈样，可就糟透了！想王槐年轻气盛，听说还深得老书记青睐，前途无量。

我真混呢，差一点大意失了荆州！

于是连忙堆砌笑脸："不进去了，我上城里追追去。我只是吓唬吓唬她们，哪里还会真打！赶明儿你见了她们也劝劝，早点回家吧，别给人家添麻烦！"

子书一本正经地说："一定转告！一定转告！"

梁银丰灰溜溜地走了。

苏太太被折腾了半夜，又冷又怕。幸亏文大娘烧了一大锅热水，和月美两个分别用大木盆泡了，又喝了碗搁了红糖的热姜汤，方安稳地睡去。

第五十四回　龙君托梦村长护三子
意外大蟒负伤飙飓风

　　运河治理指挥部按照各公社村子数量、劳动力多少、就近原则，把河道分片修挖。峡山段分给了柳林公社，双河套村就属于这个公社，他们分到了河谷地段。

　　双河套村的老村长亲自带队，一开始还沾沾自喜，他们分到的地块地广人稀，没什么阻碍，准备夺个头功。谁想到拆迁最不顺利，别的村都快挖完，准备回家收麦了，他们村还没下手呢。

　　老村长急得嘴上起了燎泡，嘴皮子火辣辣的难受，喝水都疼。村长跑来文家河，到指挥部请示该怎么办。

　　俗话说：三秋不如那一麦忙。夏季收麦是虎口夺粮，那麦收时间就十天半月的。

　　过了芒种，从江北开始一垄地一垄地地黄熟，农民们要时刻盯着天气，收早了打不出斤两来，收晚了就会被冰雹砸倒在地里，损失惨重。

　　有的灾害年景遇上连阴天，麦子在地里发了芽，颗粒无收，农民们半年血汗白白流失！

　　有句谚语：夏季的天，孩儿的脸，说变就变。

　　前一晌还是熟麦天，太阳毒辣地烤着牛背，生产路沟的土垄上冒着白烟，一丝风也没有，麦地里干得要着火似的。

　　后一晌忽然就狂风大作，电闪雷鸣，暴雨夹着冰雹，铺天盖地落将下来，将田里昂着头竭力生长的一切生灵，打得弯腰驼背，一片狼藉。

　　也怨不得村长这么心急火燎的，像没头苍蝇般上蹿下跳！

　　市里领导也充分体会到老村长的心情，连夜开会研究，决定明天开始，老河谷地带强拆强挖，保证工期。

　　老村长吃了颗定心丸，连忙回去了。走到双河套顺道回家看看，睡一宿。好久没见到老婆子了,也怪想的。

老婆子自是欢天喜地,烫上一壶老酒,炒上一盘山鸡蛋,老村长坐在自家炕头上,滋滋抿上两口热乎乎的酒,再吃两筷子外皮焦黄、内里松软的炒鸡蛋,那份自在惬意,真是给个神仙也不换呢!

这一阵子在工地上吃大锅菜,菜汤里漂着黄澄澄的油花子,吃起来一点都没滋味,跟老婆子做的饭,简直没法比啊。

老村长喝完那一壶酒,吩咐老婆子赶紧收拾了,早点上床睡觉。说完眯着眼瞅着老婆子,嘴边露出意味深长的微笑。

老婆子被看得红了脸,心领神会地斥责老头子:"老不正经的,净想歪事!"

老村长拿手点着老婆子笑道:"老婆子哎,我可什么都没说啊,你怎知道我想的是歪事,是你想岔了吧!"

老婆子扑过来,扬手作势要捶打老头子,被老村长一把搂进怀里。

老婆子挣扎一番,哑声道:"怎么还像年轻时那么猴急,还没刷锅呢!"

老头子说:"我走了都三月了,你难道不想我搂搂,是不是看上哪位俊俏后生了,或者老相好找上门来了?那些碗筷,赶明儿我走了再刷不迟!"

老婆子一扬手,顺手扇灭了煤油灯。老头儿起初吓了一跳,继而莞尔一笑,顺势将老婆子扑倒在大炕上。

乡村的夜晚黑咕隆咚的,温馨的热流在黑暗里流动。

一宿好觉,好梦难醒!老村长一直睡到日上三竿才起床,连说:"糟了!糟了!"埋怨老婆子怎么不早叫醒他。

老婆子道:"你像个年轻人一样贪睡,天都大亮了还做美梦,嘴里念念有词地说什么多谢提醒!我摇都摇不醒呢!"

老村长这才想起那个奇怪的梦来,忙张罗着推车出门。老婆子一手压住自行车把,一手把端着的大海碗递过来:"就知道你醒了等不及吃饭,快喝了吧!鸡蛋酥子,不凉不热!我打上了三个鸡蛋,搅了一早上呢!你下炕时用开水沏的,滴了两滴香油,放了两勺白糖,补得很!"

老村长就着老婆子的手一气喝完,满意地用手抹抹嘴:"还是自家老婆子好!懂得疼人!"

老村长骑着大金鹿自行车,一路上想着昨晚的怪梦:

快天亮时,老村长开开门,似乎要出去,一条水桶粗、两丈长的土红金龙硬挤着门要进来,老村长用门顶着不想让它进。那条龙头胖胖的,很调皮的神气,笑嘻嘻地冲他眨着眼睛。老村长一分神,它就溜进来了,尾巴还扫着了老村长的脸。老村长清清楚楚地看见,尾巴长着五个长圆权,像一把大扇子,很美很壮观!

老村长一回头,土红金龙不见了,自家炕头上坐着一个红脸膛的白胡子老汉,笑眯眯地招呼自己坐过来。

老村长坐过去,白胡子老汉拍拍他的肩膀,与他拉起家常:"我今年的生日快到了,三小子才起程,到山谷里再住半个月才能回家,这是天规神约,不敢违背;违背了就是触犯了天条,要遭受天谴的。

我这把年纪了,大老远从渤海赶过来,就是想与你商量商量看。你明天要去干活,能否给老朽一份薄面,你先干两边,松林冢先不动。我家三小子就在附近,若伤了他就不好了!

"那两边干完了,你们就先回家收麦子,这样你的任务也完成了大半。留出时间,等三小子回家我好好劝劝他,让他搬家,去九龙涧居住。这小子脾气暴躁倔强,像头小毛驴,我得顺着他的毛捋捋。"

老村长听得云山雾罩,不明所以然,但看他态度诚恳,只得连连点头应承下来!

一转身,红脸白胡子老头闪了,不见踪影!老村长也醒了。

这个梦是什么意思呢?河谷?松林冢?及至到了峡山工地,老村长忽然顿悟:"莫不是龙君托梦?"

老村长的儿子也在工地上,他是挖掘机手,开了多年挖掘机了。这台挖掘机是公路局的,借给他们用着,人和机器都暂时归指挥部调度。

今早得到命令,河谷地段正式开挖,先从松林冢开始。那是个传说中的老坟,近处也没有什么亲眷,就先拿它开刀做样子,杀鸡给猴看,以此警告那些妨碍拆迁的钉子户。

年轻人血气方刚,立功心切,挖掘机一大早就开挖,村民围在周边谩骂、哭泣、央告,想方设法阻拦挖土。市公安局调集了治安和民警,两个大队的警察在现场维持秩序。

等老村长赶到,松林冢已被挖去半边。

老村长刚要摆手停止,挖掘机忽然发出异样的响声,挖掘机手大声喊道:"老爹,下面似乎挖到了什么东西,怎么办?!"

老村长还没反应过来，只听得咔嚓一声，随着地下传来的一声闷嚎，天地瞬间黑暗下来，一股子腥味扑鼻而来。

老村长心脏突突直跳，直觉不妙，周边似乎有些森然气息笼罩下来。

原来是挖掘机不小心，挖断了一条大蟒，断掉的尾巴有水舀子那么粗。白花花的肉裸露在外面，蟒蛇负痛迅速前行缠上了树，水桶粗的头高高地昂着，吐露出尺把长的红芯子，呼呼地喘着粗气，吹起黄土堆上的浮土，工地上一阵阵黄风闪过。年轻人扛起铁锹要过去砍它。村长担心大蟒恼怒伤人，赶来制止，让人们后撤。

人们在村长的驱赶下撤到了饭棚里，远远看见，树周围狂风大作，传来了树干咔哧咔哧的断裂声。有人听见恐怖的嘶嘶低嚎，大雨倾盆而下，一连下了七天七夜。

雨过天晴，大蟒大树土丘都不翼而飞，未留下丝毫痕迹。

人们私下传说，峡山挖断了龙脉，老天发怒了，不适合挖水库。

炸断了水库北部大坝泄洪，计划淹掉文家河，在文家河村南，九龙涧东部拐湾，洪水溯流而上，人们说是龙王的三儿子回来了！

他在峡山是给小龙女护坟，每年她的忌日都出来大哭七天七夜，潍河也在此时发大水，如今回了老家，也算了却前缘，重新托生。

自那以后，不知是它的缘故，还是水库的缘故，潍河再也没有发过大水，连续四十年缺水，进入自古代楚汉潍水之战后最长的枯水期。

第五十五回　天禀异象似龙子回乡
溯流而上道遇阻且长

月芽儿已经八岁了，就读文家河小学二年级。运河治理指挥部给文家河建了一个小学校，红瓦白墙，明晃晃的玻璃窗，一溜儿盖了三排，很是气派，惹得三乡五里的小儿郎都想办法来读书。

自从小学校搬走后，老龙王庙闲了下来。高高的大门洞，高高的青石台阶，台阶旁长长的两溜青石板，成了孩子们的乐园。

两溜青石板年代久远，已变成雪青色，中间被孩子们的屁股磨得凹陷了，看来不只是月芽儿这一代才把它们当作滑梯来玩。

龙王庙已经做了八年小学校，龙君早搬家了。村长说了：龙君已在九龙涧安了新家。但这一阵，香火却突然旺了起来，一堆老太太天天聚在这儿烧香磕头。

因为今年雨水多，奇怪的事情也多了起来：先是庙里的大槐树被雷劈了，断掉了西南方最粗的一根枝丫，半夜落在地上着火烧焦了，竟有七条蛇挂在上面也跟着殉难。

庙里有两眼双口井，井口周围用青石板围了个直筒儿，离开地面足有半米。原来水位离井口有两米，现在竟与井口持平，月芽儿趴在井沿上竟能喝到井里的水。

庙前有两个大水湾，中间是有通道的，通道是个小堤坝，高于地面数米。现在已变成了连体湾，通道被淹没了。

瞎子闺女的娘，胃里长了个大瘤子，骨瘦如柴，为了增加营养，她托人从集上买了两只碗口大的野生团鱼，晚上挂在门前的铁钉上，早上竟变成了两条花蛇挂在那里。

瞎子闺女家的大水缸那夜竟自动冒出了清水，浮浮摇摇地溢到缸外。

湾里的两条笸箩大的蓝鳘，大白天爬到庙里的槐树上。

成群的噘嘴鲢子、大黑虾、毛蟹，一批批涌到庙门前的空地上。

村里谣言四起：今年天禀异象，龙王三太子怕是要回来了！

三太子喜欢坐在桥栏上戏水，看来今年要发大水了！

沿河的护林人被要求搬离树林，在堤坝上搭窝棚，以防突然发大水被冲走，同时接到通知，随时巡视各段堤坝，闲人不准进入堤内，看见老鼠洞兔子洞及时补上，以防漏水决堤。

春耕开始后，各村民工暂时解散，待秋天农闲时再次集结。运河治理工程暂时停了下来。

特别学习组改在了堤坝的窝棚里学习。慕容枫重新制定了夏季学习时间，子翔、月鸾他们每晚来学习。

月芽儿每次都跟着来凑热闹。

这几天月芽儿吃坏了肚子，文大娘没让她去堤坝窝棚。今天晚上文大娘搂着她早早睡下了。

月芽儿其实在装睡，等文大娘呼噜呼噜睡熟了，她悄悄起床穿衣，准备去堤坝上找三姨月鸾去。

月芽儿喜欢背古诗，也喜欢外国诗，更喜欢每天学习结束后看林人讲的安徒生童话。小小的月芽儿经常捧着脑袋在想："世界这么大，我长大了一定要去看看！"

月芽儿蹑手蹑脚下大炕，竟一下子漂浮起来，屋地上进水了！

屋地上的水竟没到了她的腰！

她开门跑到院子里，正碰上父亲子书回来，一把把她抄起来，送到大门口的门楼上，告诉她说："站在这儿别动，我把你奶奶救出来！"

月芽儿坐在门楼上，听见远处几条街上人声嘈杂，近处灯影晃动，有人没穿衣服就跑了出来，一边乱跑一边喊着："发大水了！决堤了！"恐慌弥漫在沉沉夜空中。

一会儿铜锣响起来，村长嘶哑的声音也从大喇叭里传了过来："大家不要慌，堤内的大水才两米深，咱们的堤坝足有二十米，一时半会儿漫不了堤坝！现在听我通知：基干民兵到各自小队部领麻袋，青壮劳力扛着自家的锹，都到堤坝上去，从现在开始护堤保家园。

"各小队的妇女代表，挨家挨户叫人，把妇女儿童转移到龙王庙去！把老弱病残转移到大队部来！

"不能上堤，自己能走动的，就自己走过来，记得把家里的钱粮带出来！赶快行动吧！"

月芽儿看着父亲子书把文大娘背了出来，就从门楼上下来，跟着去了龙王庙。

龙王庙地势很高，是个很大的四合院。月芽儿一年级就是在这儿读的，是东北角的北屋教室。因为书背得好，还到南屋里去给五年级的学生做过示范，现在所有的房间地上都坐满了人。大家不安地交换着道听途说的消息："听说上边要牺牲咱们村，明天上游要炸坝泄洪，咱们村地势低，堤坝万一决口，大水会把咱们村子冲掉的！"

"听说堤坝内的水位在见风地涨，一个时辰涨半米呢，照这样下去，即使上面不炸坝泄洪，咱们村也会被淹没的！"

"我们家的土房子不结实了，上次发大水泡过，还没攒齐钱修呢，这次看来保不住了，以后去哪儿住啊！"

悲观失望的情绪蔓延，有人嘤嘤地哭起来。

老天也不开眼，这时节又下起了瓢泼大雨。"咔嚓！""咔嚓！""轰隆隆！""轰隆隆！"电闪雷鸣，风雨交加，老槐树又断了一根枝丫！

月芽儿吓得缩在文大娘怀里睡着了。

天亮了，月芽儿醒了。文大娘递给她一碗炒面，就着凉水吃了。月芽儿要到外面看看去，文大娘嘱咐别走出庙门。

幸亏文家有到了夏天做炒面的习惯，把新麦子洗干净晒干，文火炒熟，用石磨细细磨了，掺上白糖调匀了，储存在瓷罐中。一夏天不想做饭，或者连阴天雨水打湿了柴禾，不能做饭时，就拿出来吃些，甜甜的，好吃又不易坏。

今年队里麦子丰收，多分了近二百斤，文大娘做得特别多，还让子书给苏太太送了一袋子。虽然月璃没了，苏太太和月鸢仍旧如往常一样，隔三差五地过来帮忙，拆洗被褥，大人孩子的衣服鞋袜，都是苏太太和月鸢来做。

文大娘一直告诫月芽儿："长大了不要忘记了你姥姥！要知道感恩，要懂得孝顺，要报答所有曾经帮助过你的人。"

月芽儿在庙里溜达着，很多人家出来得匆忙，只有干馒头、玉米面窝窝头、干饼子之类，喝着凉水在勉强下咽充饥，有些孩子嗓子眼细，窝窝头干巴巴的都

在嗓子眼咽不下去,憋得眼泪流出来,被大人看见了,却是一顿巴掌:

"这个年代真把你们惯得没样了!窝窝头都咽不下!那几年发大水我们吃什么?吃树叶充饥,脸都浮肿得透亮,眼睛饿得发着绿光,抓到生鱼都连忙塞到嘴里吃了!等着吧,今年秋天没收成,明年春天,大家都得挨饿!"

有人送来更坏的消息:"东村里已经有十户房子倒塌了!大堤上站满了人,水位已经到堤顶了,再有尺把高就漫堤了!"

人们再次慌张起来。这时,村里的喇叭又响了,这次是一个陌生的声音:"文家河的村民们,部队已经到达村口,帮助大家转移到公社大院去,为了保护峡山水库,保护上游人民群众的生命和集体财产,市里决定,今天下午三点炸坝泄洪,请大家赶快转移!"

人群瞬间乱了起来,哭声、叫骂声响成一片。

庙外有二十几辆马车组成的车队,坐满一辆走一辆,人们陆陆续续撤离了。

文大娘和几个老太太跪在大槐树下坚决不走,拖也不走。村长赶过来劝,文大娘说:"我们和前面湾里的老人家对过话,只要我们在这里跪满七七四十九天,他们水族就不会淹了我们文家河!今天就是第四十九天,我们要跪到天黑,说什么也不会走的!"

年轻的公社干部急坏了:"大娘,水火无情啊,你们还是赶快走吧!"

文大娘很镇定地说:"我们哪儿也不去,村子被水冲了,我们就跪死在这儿!你们别费力气了,还是先走吧。"

其他老太太跪坐在老槐树周围,入定一般,根本对来劝阻者不理不睬。

村长无奈地对公社干部说:"你们先走吧,我留下一条船、十个基干民兵,保持联系,等大水下到双河套时,就把她们强行拉走!保证不会出事的!"

年轻的公社干部看看眼前情境,也只得如此了。他临走时对村长说:"我设法调一架直升飞机,下午紧急情况时用吧!"

月芽儿直到中午才哭着离开,坐上了最后一辆马车,村里街道已变成一片汪洋,马车板浮在水面上像小船,水漫过了大红马的脊梁。走到村口,尚未完工的运河里浊浪滔天,洪水裹挟着上游的大树、庄稼等翻滚而下。

"有条大鱼!在桥南!快看!"赶车人大叫起来!月芽儿一回头,前面确实有一个活着的大物,在水中上下翻腾,那个大物很快被冲到桥边,却不是什么大鱼。月芽儿真真切切切地看见,一头老黄牛在水中徒劳地挣扎,洪水无情,将它翻来覆去地戏弄着往前冲,很快就不见了踪影。月芽儿骇异地张着大嘴瞪着大眼,许久都合不拢。

马车在水中走得很慢,前边的路上,有一辆车子马失前蹄,倒在了路边的沟里,士兵乘着橡皮筏过来救助,那车人一身泥水,有孩子吓得大声啼哭,场面一片狼狈。

头上有直升机嗡嗡着低飞过来,月芽儿看见,有人举着喇叭筒在上面喊叫:"文家河得赶快转移!文家河得赶快转移!洪峰已到达双河套,离这儿不足二十里!"

前边的路通了,月芽儿被拉去了外地亲戚家,一个月后才被接回来。

进门第一句话就喊问:"奶奶,你去哪儿了,怎么不去找我啊?"

文大娘抚摸着月芽儿的头,平静地说:"我哪儿也没去,就跪在龙王庙里。那天寅时,龙王三太子带着洪峰到达村南长沟时,两位蓝鳌老人在湾里站了起来,向西南方向一甩长脖子,三太子知道应该去哪儿了,就顺着九龙涧的方向逆流而上,回家去了,绕过了咱们村。"

第五十六回 小儿女水中嬉戏捉鱼
三太子负气水淹河套

两个月后,大水彻底退了下去,堤坝内外解除警戒,大家又可以去堤坝外学习玩耍了。

特别培训组重新回到林中小屋学习。

下午学习结束,子翔约子书、子强、月鸾、呦呦、月美,去文家河村南河沟里捞鱼,月芽儿跟了去。

大水退后,大小河沟里生长了很多小鱼,连玉米地里的小水洼里,满满的都是。玉米已经被砍掉喂牛了,这一茬的秋庄稼,几乎是颗粒无收,明年文家河的日子,将会很难熬了。

村南河沟里,还有一米多深的水,子书和子翔用铁锹挖泥,筑起一道小堤坝,月鸾、呦呦用桶往外舀水。

挖泥上扬这活儿着实不轻,子书他们已经通身汗淌,衣服完全湿透,再加上泥巴糊糊,湿漉漉的衣服紧贴在身上,周身不舒服。

子强笑嘻嘻地说:"大哥,这衣服都变成紧身衣了,挖泥使不上劲儿,咱们干脆把湿衣服脱下来吧?"边说边脱,只剩下大裤衩。

子书和子翔碍于姑娘们在场,只挽起了衣服袖子和裤腿角,坚持了一会儿,湿衣服捆在身上实在难受,子翔就和月鸾他们商量:"要不你们先上岸,在岸上等着捡鱼?"

呦呦不高兴了:"旱地里拾鱼有什么意思,那不成了不劳而获了?你想脱就脱吧,装什么假正经,谁还没见过你那些肉,不就是气死太阳,怎么晒也不黑的嘛,白花花的,谁稀罕看似的!"

子强凑过来打趣道:"哎……我说呦呦姐,我怎么听着味道不对啊?子翔哥不是和月鸾姐好吗?怎么让你看那些白肉?"

呦呦又羞又气，拎起一桶水就泼在了子强身上。子强笑着跳开，像马儿那样潇洒地甩甩头上的泥水："呦呦姐……开个玩笑嘛，你干什么恼羞成怒啊？那么是我理解错了，你还没吃到葡萄，只看了看就说葡萄酸是吗？"

呦呦在水里跳着追打子强。

子书哈哈大笑。

子翔看向月鸾。月鸾的衣服早已湿透贴在身上，像美人鱼外面包了层薄纱，曲线玲珑妙曼。子翔感觉心跳加速，困窘地咽了口吐沫，脸刷地红起来。

月鸾本笑得前仰后合的，看见子翔端详她，忙低头一看，身材各部位凹凸有致，清晰可辨，羞得一咕噜爬上岸去！

月美在岸上喊叫："呦呦姐……快上来吧！你被暴露了，走光了！"

呦呦低头一看，丰满的身材纤毫毕现，高低凸显，羞得面红耳赤，慌慌张张爬上岸去。

一会儿，水位降到不到一尺深，大小鱼儿挤挤攘攘，翻滚腾挪，大点的鱼儿已经露出了白肚皮。

子书他们兴奋地捡拾着，一条条扔上岸来！水珠子泥点子溅了一身。

月鸾她们很快就拾满了两桶。

月芽儿忽然没头没脑地问月鸾："这些都是龙王三太子的兵吗？它为什么不要它们了？"

赶巧儿子书和子翔上了岸，走过来听见了，先是一愣，继而相视大笑。

子翔用沾满泥浆的手点了下月芽儿："这事啊，你三姨不知道，应该来问我！救了咱们村子的不是三太子，也不是蓝鳌大人！是几棵大树！它们被洪水裹挟到这儿，交叉着横起来了，洪峰被挡了一下，就逆流而上，冲去九龙涧了。

"这条沟是九龙涧的泄洪道，但太窄了，大水走得慢，后面的洪水被堵在了双河套，结果就冲开堤坝，把双河套给淹了！

"这些鱼是河里的小鱼，经过一个秋天长大了。这条水沟离着村子远，土肥水美草虫儿多，所以长得快，长得大。

"世间哪有什么三太子，那就是个传说！"

月芽儿瞪着大大的眼睛，脸上像挂了个大问号，一脸不解地继续问："听奶奶说是因为它们不听话，不听三太子的话，死了不少人呢！是真的吗？"

子书过来用中指骨节敲敲她的头："哪有那么多为什么，快分鱼吧，大的小的分匀和喽,对姥姥和奶奶要一视同仁,不能偏心!分完了陪三姨送姥姥家去!"

月芽儿一听可以去姥姥家,兴奋得手舞足蹈,赶紧把问号收起来,和月美分鱼去了。

月鸾走过来问子翔:

"双河套村真的被淹了？听说大水冲走不少牲畜？"

子翔沉重地回答道:"是啊,我听村长说,天灾人祸哪!这次大水,东海市成立了抢险救灾指挥部。指挥部为了保库泄洪,炸断了水库北部大坝,计划淹掉文家河。"

文家河的老百姓已经按照预定计划转移了。

然而洪水没有按照预定路线前行。

洪峰走到文家河村南时,被几棵上游冲下来的大树挡了一下,减低了流速,聚集在村南水渠边。

那条水渠就是从西部九龙涧下来的泄洪道。

没想到咆哮的洪峰一旦找到缺口,竟横冲直闯,在泄洪道拐弯,洪水溯流而上。泄洪道毕竟太窄,又西高东低,水流不畅,就在上游双河套决堤了。

这边厢洪水意外淹了双河套,那边厢水往高处流向九龙涧,老百姓不明就里,就联想到从前的传说:认为双河套的人挖水库时伤了龙王三太子,他当时正幻化成大蟒蛇的样子。因此负气耍水,给了双河套人一个措手不及。

第五十七回 腰斩潍河集结令下达
天上掉下一个甜姐儿

　　这年冬天,市里决定彻底治理潍河水患,继续整修峡山水库,整修运河灌区。指挥部搬到了峡山脚下,路市长任总指挥,市水利局局长密宗泉任副总指挥。

　　水库工程指挥部对民工实施军事化管理。每个县为一个兵团,每个公社为一个营。

　　各公社自行组建工程营,九龙公社被编为第九工程营。为有利于运河和库区顺利完成拆迁,保证早日放线开工,指挥部实施各营调防战术,原居住地在上游的去修下游,原居住地在下游的去修上游。

　　第九工程营原居住地在中游,分配驻防上游,负责整修峡山库区工段。

　　各公社组织辖区内村长开会,动员各村劳动力踊跃报名,各村庄组成工程建设连队,村长变成了连长。

　　连长召集生产队长开会,要求每家必须出一个劳动力。

　　月鸾家没有长大的男孩,他们家的劳动力只有她了。

　　李呦呦的父亲最近病重,胡三姑已经回来照顾他,但能出河工的劳动力,也只有呦呦了。

　　她们分别去大队部报了名。听说修河的一个工能顶平时一个半整劳力的工分,各人自带粮食、咸菜,各连建一个小型集体食堂,负责热饭煮汤做大锅菜,需要带两个做饭的。

　　梁银丰是财迷心窍,从城里捎回两斤桃酥,两斤蜜三刀,村长的老婆最喜欢吃蜜三刀,晚上提着去了村长家。

　　他央告村长给月美也报上名。

　　月美太小,手又有残疾,挖泥抬土根本不行。村长答应了梁银丰安排月美做饭。

实际上，梁银丰不找上门，梁家湾的村长也要再做动员，一家出一个河工是明显不够的。相比周围的村子，梁家湾在外边吃公家粮的人多，男劳力本来就少。又因为有副业，女孩们从没下田出过大力，这次要求各连调齐 500 个劳动力，梁家湾的梁村长一时犯了难。

梁银丰的到访使他茅塞顿开。

第二天，梁村长马上串联文家河的文村长，希望搞联合行动。

梁家湾多出粮食、大白菜、萝卜、辣咸菜疙瘩，两个连队合成一个食堂。

文家河男劳力多，多做一些土方工作，两个连队私下里搞以粮代工，总指挥部发的那一天一毛钱的补助也全部给文家河。

文村长基本同意了梁村长的提议。

文家河也开始了河工招募工作，文子书、文子翔、文子强都去大队部报了名。

每年的农村工作会议，都要县、乡、村三级干部参加，俗称"三干会"，一般都是春节后召开。

今年的三干会市里决定提前开，而且搬到了峡山指挥部门前广场，召开了一次别开生面的室外露天"三干会"，实际上开成了潍河改造动员大会。

路市长在"三干会"上发表了热情洋溢的讲话："同志们！众所周知，潍河历史悠久，是中华民族古老东夷文化，最发达的地区之一。

"潍河虽算不上是名山大川，但它在中国的文化史上，却占有重要的一席之地。

"中华民族的始祖五帝之一的虞舜诞生于斯；中国历史上第一次集团军作战，使韩信一战成名的潍水之战，被载入历史史册；孔融让梨的故事家喻户晓；《清明上河图》的作者张择端降生在此！

"一大代表王尽美、著名作家王统照、著名诗人臧克家等都出生在潍河流域，现代军旅作家峻青的成名作《黎明前的河边》写的就是潍河，那个小马哥就在台下，参加今年的'三干会'，参与今年的潍河治理任务！

"同志们！潍河两岸，物华天宝，人杰地灵！潍水悠悠，蜿蜒北上，纵贯东海中东部，两岸地势平坦，土地肥沃，浇灌着东海大地，养育了东海人民。

"但是，过去的朝代，由于人类掌控自然的能力有限，自上游泥水石沙经年冲积，抬高河床，潍水恣意流淌，连年水患，多次改道。肆虐两岸人民，据说'三十年河东，三十年河西'一语就是由此而来，潍河两岸人民捧着金钵讨饭吃，居无定所,苦不堪言!

"历代以来,潍河造成洪涝的河段,多为下游,也就是峡山至北海一段。

"同志们! 现在,我们要率领十万工程大军,腰斩潍河!

"我们要遵照伟大领袖毛主席的号召,兴修水利工程,造福两岸人民群众。

"今年潍河改造工程不仅要干,而且要大干快上! 今年的目标,就是将潍河彻底整修完毕,使十年九涝、连年水患的历史不再重演!

"未来的峡山水库和峡山灌区,将把雨季储存,让旱季湿润。起到调配控制水源,调节水量供应,旱时放水浇灌,涝时蓄水防洪的水利枢纽作用! 让昌潍大平原变成良田沃土,将大幅提高我市粮食产量,保障沿河两岸人民生命财产安全,具有重要的战略意义! "

路市长讲完话,台下响起了雷鸣般的掌声,群情激奋。

潍河改造副总指挥、水利局密宗泉局长做了表态发言:"一定不辜负党和组织的信任,指挥部干部职工带头,打破传统势力,不信邪不信教,不信谣不传谣。

"世上没有白毛仙姑,也没有神仙龙王。人民群众才是历史的主人,改造自然,人定胜天。今年保证完成潍河改造任务。"

"三干会"上,市里布置了指挥部的首要工作:要破除迷信,解放思想。会后立即从东海市京剧团选派得力人手,组织战地剧团,排练现代革命京剧《白毛女》。演员就地取材,从各村民工里选拔。

市文化局闻风而动,会后马上组织了艺术小分队,携带服装、道具、乐器、艺术指导来到工地。

艺术指导就是水利局局长的女儿密雪尔。

她刚到峡山工地报到,就被任命为战地剧团团长,同时兼任指挥部宣传科科长,市长指示马上开展工作。

密指挥对此任命略有微词, 路市长说:"密雪尔是东海市京剧团的台柱子,此任务非她莫属,革命干部要举贤不避亲嘛! "

指挥部设在峡山东岭上的东扶戈庄村。

第九工程营驻扎在山后村。

各村陆续开始报到,报到时间为五天。

子书带领着子翔、子强第一天就来报到,先开挖工棚。

民工在工地上住的工棚要求规格统一,自由搭伙,自行建造。工棚的建造办法是向下挖半米深,四周筑起一米高的土墙,上面用木头和草打顶,里面用草铺成地铺,条件十分艰苦。

子书干活有板有眼,一天时间建完自己的,第二天帮月鸾她们建了一个。

子书建的工棚非常舒适暖和。

他们早有准备,带来大量的茅草和蒲草。

子翔又在工棚内外做了个小机关:连灶炕。他们平日在小树林特别学习组时,经常在野外垒地瓜窖焖地瓜吃,这次应用在工棚搭建上了。

他们的棚内地铺已经成为小暖炕,很小一把柴火就会把炕烘热,用现在的说法是节柴炉方式。

月鸾、月美、呦呦第三天也来报到了。

子翔把月鸾拉到为她们建好的工棚内放被褥,月美跟过来,先钻进工棚里,兴奋地喊叫起来:"姐姐! 我还以为能冻死人呢! 好暖和!"

子翔吩咐道:"这两个工棚就由你负责烧火了,不能用集体食堂的柴禾! 你和子强工余要负责出去捡树叶、树枝做柴禾。"

呦呦也兴奋起来,自告奋勇:"我帮月美捡柴禾!"

月鸾悄悄从口袋里拿出一只蛤蜊油,帮子翔涂擦冻裂的手指,心疼得眼圈红了:"以后干活小心点! 我给你织了一副手套,明天开始赶紧用上,变成冻疮就更受罪了!"

众人刚安顿完毕,文连长找了过来:"子书,文五叔这次也来到库区工地了,任指挥部办公室主任。指挥部需要一个会烧锅炉、会修柴油发电机的人,原来通知华丰厂派人过来,可最近他们生产任务忙,一时半会儿来不了,他推荐了你,你快过去看看吧! 小心点! 别误事啊!"

子书赶紧收拾一下,往指挥部方向去了。

文连长又对子翔说:"指挥部宣传科要一个能写黑板报的人,还要会唱戏,要成立战地剧团。这件事非你莫属哇,文五叔同意推荐你。你快去指挥部问问,营长让你顺便拿着我们九营的人员统计表送过去!"

子翔兴高采烈地答应了,也往指挥部走去了。

子强问连长:"那我呢? 文五叔没推荐我啊?"

文连长笑着说:"你啊,就老老实实地在工地上挖土吧! 以后有机会啊,推荐你演个小坏蛋!"

子强气得吹起了口哨。

文子翔捏着统计表,到指挥部办公室交给文五叔,就去了宣传科。一进门,看见一个扎着马尾辫、脸蛋圆圆、皮肤白白、眼睛大大的姑娘一个人在办公室,正跷着兰花指,扭着腰肢在练戏呢。

看见姑娘练得入迷,文子翔就静静站了一会儿。等一段结束,姑娘在擦汗呢,文子翔才开口询问:"请问密科长在吗?"

那姑娘转身莞尔一笑,两个甜甜的酒窝露出来:"我就是! 你有什么事?"

子翔被那甜甜一笑惊呆了:原来这个年轻漂亮的姑娘竟是科长!

那姑娘大大方方伸出手来:"我叫密雪尔,以后叫我小密或者雪尔都行。你是文子翔吧? 欢迎你! 你是第一个战地剧团演员!"

文子翔倒被窘得红了脸儿,一脸不解地问:"你怎么知道我的名字?"

密雪尔笑得更甜:"文主任介绍你来着! 说你身材修长,眉眼清秀,骨骼清奇,拉得一手好胡琴,吹得一手好笛子,写得一手好字,唱的一口好曲儿! 今天一见果然名不虚传! 男主角就是你了! 这儿我说了算,你被录取了!"

子翔满脸疑问:"这么简单就被录取了? 你也不考考试试?"

密雪尔笑得弯了腰:"你可真是个傻青年! 这还用得着试吗? 文五叔是办公室主任,你是他侄子,他能骗我吗?"

密雪尔拉起子翔的手:"走! 找文主任要报表去! 咱们先出第一期板报——十万大军腰斩潍河集结令! 把各连实际出工人数公布出来!"

子翔被密雪尔说得一愣一愣的,眼见着天上掉下个甜姐儿,叽叽喳喳报着喜信儿,却仍是一头雾水,什么事也没反应过来,只有睁大眼睛听的份儿了!

密雪尔不由分说,拖着子翔的手,找文五叔去了。

第五十八回 星空异象梦幻火烧云
天崩地裂甜姐情窦开

东扶戈庄村村南有片很大的树林,树林里树种比较复杂,外面是杨树林,长得比较均匀,都有小孩子腰那么粗了。靠山坳的地方是白蜡林,只有小孩子大腿粗,中间还套种了小麦。

白蜡林和杨树林之间,有几棵比成年妇女腰身还粗大的棠梨树,树下空场很大,指挥部的食堂就建在这片空场上,估计是方便捡拾柴禾的原因。

棠梨树下,摆着三十几张长条木桌、长板凳,但仍不够用,很多人吃饭时在地下蹲着吃。

连长以上的干部,中午饭都要到指挥部来吃。干部们来吃饭,伙食标准也没高到哪里去,要么是大白菜炖豆腐,藏着几块肥肉片;要么是哑巴辣椒——辣椒炒萝卜丝。主食是杂粮馒头、玉米发糕。

干部们聚餐的原因,是来开午间例会。午间例会就是来看看大黑板上的内容。

大黑板就挂在最大的棠梨树下,三米宽,六米长,中间用双红线间隔,一边是指挥部的通知,还有好人好事表扬栏。另一边是工地上的进度,各连队栏内都有一面小旗,每天往前插,完成任务就画红旗,完不成任务就画黄旗,一周内有三天以上黄旗,就要去向营长解释,一周有五天以上黄旗,就要亲自去向兵团政委解释。

各营营长也每天关注黑板上的小红旗动向, 五天以上黄旗的连队超过十个,营长向兵团政委自动辞职。

兵团政委既盯着营长的动向,也要时刻盯着小红旗的动向,一旦营长辞职超过两个,兵团政委就要去向指挥长作解释,解释不好,轻则挨骂,重则就地免职。

宣传科的责任重大,可马虎不得。密雪尔每天上午拉着文子翔去办公室取数据,去连队采访核实,捎带着物色演员,马不停蹄,往往错过了吃饭时间,回来就着白开水干啃杂粮馒头,下午马上整理数据,写出稿件,这些事由密雪尔负责,子翔负责抄在黑板上。

密雪尔整理稿件时,子翔就去整理道具。按照《白毛女》的剧情要求一幕幕整理。

子翔在黑板上抄写板书时,密雪尔就整理抄写剧本,子翔抄完板书也来帮忙。

密雪尔对子翔很放心,不知不觉,两人合作快两个月了,子翔一次差错都没出过,连指挥长都忍不住赞扬:这小伙子的字确实好! 小楷模拟王羲之,足以乱真。有才华不张扬,有耐心稳得住,真不错,前途不可限量。

黄昏以后,两人就开始磨合唱腔。密雪尔要求很严,自己把女声全部唱熟,背诵所有对白,要求子翔把男声唱腔全部唱熟,记住所有对白。

月上柳梢头,工地电灯熄灭。两人就到棠梨树下,点起汽油灯,你拉我唱,彼此既是歌者又是琴师。渐渐地琴瑟和谐,配合默契,对唱对演流利。

密雪尔对子翔的才华越来越倾慕,子翔心灵手巧,画功了得,把道具根据剧情整理得井然有序。有些缺失了的道具,就用误拉来的废旧道具另裱另画;唱起京戏里的小生,嗓音高亢清亮,叫板如行云流水;拉起京胡,全神贯注,身体随旋律左右摇摆起伏,优美有形。令密雪尔想起春季里潍河畔暖风微拂,柳枝儿轻荡,黄灿灿的蒲公英遍地盛开,秀美的杨树挺拔着腰身,绿莹莹的河水绵绵流淌,芦苇丛里白鹅漂游,蓝天白云下鸿雁的鸣声悠扬。

子翔迷人的歌声和优美的姿态,让密雪尔想起了春季里所有的美好时刻,她常常心旌神摇,盼望这样的美好长留长存。

子翔对密雪尔越来越敬重。密雪尔嗓音如脸蛋一样甜美,唱那首"爹爹给我买来红头绳"时特别传神,把一个农村年轻女孩的喜悦、娇憨表现得惟妙惟肖。

胡琴的伴奏不亚于子书,琴声不涩不滞,演奏流畅优雅,灵气十足,看来台下确实用了苦功。子翔自己也是练家子,被子书逼着练了足有十年之久,这样的水平起码比自己还要多练了五年。

按理说密雪尔是有条件舒服一些,享受一点的。爹爹是工地的指挥长,完全可以吃小灶;宣传科是重要部门,也完全可以要求多派人手,但密雪尔事必躬亲,和农家子弟一样白天在寒风中穿梭,在泥泞中奔波,回来和子翔一起啃冷馒头；在三九严寒下，在滴水成冰的屋子里每天傍晚抄写剧本，却嘻嘻哈哈，从不叫苦叫累，一点也没有城市娇小姐的做派。

只有脸上自然的娇嫩，甜美的笑声歌声，才让人相信，她本是城里下来的甜姐儿。

密雪尔比子翔大三岁，每当子翔用无比崇敬的眼神看着她，密雪尔就忍不住心悸。她每每佯装生气地用笔敲敲子翔的额头："孩子，别用这样的眼神看我好吗？我不是老太婆，我也是美女一位！你以后记住了！"

子翔看密雪尔跟他一样吃苦，真怕她撑不下去病倒了，就想着怎样给她增加点营养。

这天下午终于大功告成，密雪尔和子翔对完了最后一场戏；剧本抄了足有五十份，连群众演员在内都可以人手一份了。

密雪尔长舒一口气，笑眯眯地对子翔说："明天晚上我们就可以把物色好的演员召集起来集训了！为了生产演出两不误，我们每个角色都安排 a、b、c 三组，每晚一组练习，一组休息。我负责女声部，你负责男声部，一个月后合演三次，淘汰 c 组，保留 a、b 组，再练习半月，争取春节前彩排两次，春节后公演。让民工们过一个革命化的、有意义的春节！"

子翔点点头："我服从安排！您怎么指挥我怎么干！"

密雪尔皱了皱眉头："呆子！工作狂！"说完自己先笑起来，"忘记了！我自己也是个工作狂！今日天气好，咱们休息一晚，你陪我去河边走走吧！"

子翔说："河边有些冷，咱们去白蜡林转转，说不定有意外收获呢！"

密雪尔一听兴奋起来："走！走！走！到哪儿转转都成！"

子翔出门时提着三副铁夹子、三段绳子、一个手电筒，让密雪尔捎上两个带盖的罐头瓶子。

密雪尔走在旁边，好奇地问这儿问那儿，似乎完全忘记了自己是宣传科长，倒好似叽叽喳喳的小妹妹，跟着大哥哥出来玩耍。

西天的火烧云似春天山里的红杜鹃，开得如火如荼，照红了大半个天空，子翔和密雪尔的身上脸上，也被霞光笼罩。

密雪尔边走边问，还捎带着瞭了一眼满天的红霞。

恰在这时，那片火烧云似乎在游动、聚拢、重新离合，犹如风吹过山谷的花海，起起伏伏，分分合合，变幻莫测，非常美妙！密雪尔看得呆了，机械地往前走，不小心撞到子翔身上。

子翔已经发现了麦田里野兔子走过的痕迹，正全神贯注地寻找着野兔的窝点，被密雪尔一撞，下意识地后退两步，把手中铁夹子往旁边一扔，心底里是生怕伤着密雪尔。不料想麦田里垄沟太软，竟趔趄两步似要摔倒。

密雪尔心急，伸手欲拽住子翔衣服。

扑通一声，子翔摔倒在麦田里，密雪尔摔倒在子翔身上，双手抱住了子翔的脖子，红唇碰在了子翔的嘴上。

子翔呆住了，乌黑如深潭的眼神定定地对上密雪尔的圆溜溜黑眼睛。

密雪尔感觉到了子翔嘴唇的温度，感受到了子翔怦怦的心跳，大脑嗡的一声，眼前一阵昏眩，不由得抱紧了子翔，红唇急切地吮吸那片柔软的热度。

许久，子翔忽然明白过来，赶紧一个侧翻，抱着密雪尔站起来。待两人站定，方慢慢推开密雪尔。

密雪尔站在一边，静静地看着子翔把三个铁夹子从三个方向放好，并扯上绳子，绳子中间堆了一个小土丘。

刚才麻雀一样叽叽喳喳的她，忽然安静下来，心底里却是汹涌澎湃，激荡难抑。

这是密雪尔第一次碰到男生的身体，而且是心仪的男生。她体会到了什么叫情窦初开，什么叫心猿意马，什么叫天崩地裂！

她无法使自己平静下来，红红的脸儿一直热热地烧，激动的心儿一直在怦怦地跳。

密雪尔之前的人生，犹如蜜糖罐里的蜜饯，只有甜味儿，似乎缺少了点什么。爸爸是水利局局长，妈妈是文化局的干部，自己从小学一直到大学，顺风顺水，连专业选了考戏剧，爸妈也没提出任何意见。

现在大学里戏剧专业的男生，也是奶油味主打。密雪尔感觉青春似乎无风无浪，和校友们也没有任何交集和摩擦。曾经有个男生也追过密雪尔，密雪尔的回答令人捧腹："你不觉着奶油蛋糕凉拌蜜饯，除了甜就是腻。可以想象我们俩以后的生活，就如同嚼着白蜡喝白开水，滋味太单调吗？"

子翔的出现，犹如清新的风，刮来酸辣的生活气息，令人不由自主地向往；暖暖的笑容，明亮的眼睛，清澈的眼神，充满活力的笑声，使人忍不住想窥探他的人生，深入到他的生活，住进他的内心深处！

两个多月的相处,让密雪尔有了朦胧的情愫,今天这一撞,她忽然脑洞大开:"他就是我的白马王子!他就是我的青青子衿!"

她不知不觉地轻声呢喃:"青青子衿,悠悠我心,但为君故,沉吟至今!呦呦鹿鸣,食野之苹,我有嘉宾,鼓瑟吹笙!"

子翔正低头忙活着猎兔机关,没听清密雪尔在说什么,以为在问他铁夹子的事呢,就自言自语地答复她:"俗话说狡兔三窟,所以要在三个不同方向布上夹子,绳子松松地接在一起,是为了绊一下兔子腿,别让它蹦蹦跳跳跑过了夹子。堆个土丘是让咱们的同类看到,别碰到机关,夹不到兔子腿倒夹到人腿。"

子翔咕咕哝哝大半天,密雪尔才恍惚从迷梦中摇醒,慢慢走过去,围着他设的猎兔机关转转,也没看出什么名堂。

子翔似乎猜透了她的心思,自豪地介绍他的猎兔经验:"你是看不出来的,这一路走过来,麦田里有被啃过的痕迹,有倒伏的麦子形成了小径,但都几乎是直线,只有这儿比较乱,附近还发现了几个洞口,我猜想这附近一定有它的窝!

"先设上机关,明早一定能收到野兔。这绳子还有个用处,明早用来绑兔子,万一只夹住一条腿,活蹦乱跳的,不好拿!

"明天中午咱们开小灶,去我们窝棚里给你炖萝卜吃,听说是大补呢!"

密雪尔扑哧一声笑了:"兔子还没抓到呢,就想着大补,你这干人情倒送得及时!"

文子翔急红了脸,赌咒发誓地说:"明早一定会抓到野兔的,我跟子书哥抓了好多次了,子书哥都说我有经验有天赋,是个当兵的料呢!我们只要下了夹子,从来没空过手,骗你是小狗!"

密雪尔咯咯咯笑得前仰后合,眼泪都出来了。好一阵才停止住笑声,然后冷不丁儿板起脸来,故作严肃地说:"文子翔同志,你现在是宣传科工作人员,请注意讲话用词,什么狗儿猫儿的,成何体统!"

板着脸还没说完呢,竟自己又笑了起来。

文子翔也被逗笑了,气氛一下子活跃起来。

第五十九回　窗外寒风瑟瑟马儿抖
窗内琴瑟暖暖笑声欢

文子翔把现场布置好，手里拿着艾蒿和麦蒿混编的笤帚，一边扫着地，一边示意密雪尔像他一样倒退着外走。

密雪尔不解，打趣道："难道野兔能分辨出你这个杀手的脚印？"

子翔耐心解释道："那倒不至于！但动物的嗅觉都很灵敏，我们人类的活动会留下气味，让它警觉就不敢回来了！这艾蒿和麦蒿的气味很浓，用它们扫一下掩盖掉我们的气味。"子翔带着密雪尔撤到半里路的距离，方停下，又开始低头寻找什么，密雪尔不解地问："你已经没有夹子了，还找什么？我们回去吧！"

子翔神秘地笑道："不忙……不忙……我给你找一个小点心，今晚回去就能吃！"

密雪尔一听，瞪大了圆溜溜的眼睛，抓住子翔的手晃了几下扔掉，不相信地问："你也太搞笑了吧，这土里能刨出点心来？"

子翔弯下腰，同时指了指密雪尔脚下，是一个指头肚大小的小土包："你用手轻轻挖一下，看能挖出什么？"

密雪尔依言弯下腰，用手指挑了一下，一个金色带翅的甲壳虫被挖了出来。

密雪尔皱皱眉头："难不成是这个甲壳虫？"

子翔嘻嘻笑着："就是它，赶紧把它装在罐头瓶里，要不然就飞掉了！"

密雪尔问："这昆虫叫什么名字？"

子翔淘气地学起了慕容枫的老学究语气，摇头晃脑地说："这是金龟子，学名叫丽金龟，冬天在白蜡林地下过冬，吮吸白蜡根部的白水生活。一旦白蜡发芽，根部的水就会变绿，金龟子喝了就会死掉。所以它们急着天黑出土，喝白腊树上的露水，寻找新鲜可口的树叶汁儿，为了更加光明的美好生活，更要繁衍后代以壮大金龟子家族！"

密雪尔惊异地问："这么说它们的小生命不是朝生暮死啊，能活好几年吧？"

子翔对密雪尔卖起了关子："它们的寿命的确很长，不过比起我们科长的寿命，自然还是短一些的！"

密雪尔假装生气，轻轻一拧子翔的耳朵："快说，到底它们能活几年？"

子翔笑着继续摇头晃脑地解释："丽金龟，大部分幼虫能活三十年，据说英国的 W·尤斯顿先生，在他家地板上发现了一个活了四十七年的。"

密雪尔笑着表扬道："看不出来，你知道的还真不少，比学生物的大学生知道得还多。快告诉我，你从哪儿学的？"

子翔也笑道："我们有一个世外高人做老师，还成立了特别学习组，这些都是他教的！赶明儿个介绍你认识一下！今儿先抓金龟子吧！一会儿天黑了，它们都会破土而出，飞到白蜡树干上聚堆，它们没有视力只有触角，碰上谁就和谁结为夫妻，繁衍后代！俗名也叫瞎眼碰。"

密雪尔有感而发："它们真幸福！如果人类也能这样该有多好！"

子翔没听见雪尔后面那句话，他正忙着在树干上寻找金龟子呢！

不一会儿工夫，两个罐头瓶子就装满了，密雪尔还拿她和子翔的手绢连接起来，做了一个布袋，也装满了。密雪尔意犹未尽，子翔招呼赶紧回去："回去吧，再晚了天就冷起来了！先把这些炸熟了你尝尝，以后再来摸，金龟子出土要两周多的时间呢！"

两个人回到办公室，密雪尔晚上就睡在办公室的里间。子翔从办公桌底下拖出一个纸箱子，变戏法一样，拿出一个煤油炉，一个带两只耳朵的小铁锅，一个小搪瓷盆，一个搪瓷缸，一块小木板，一把刀，一小袋面粉，一瓶盐，一瓶油，一棵大葱。

密雪尔惊得目瞪口呆："天啊！你什么时候藏了这么多东西？我怎么一点都没察觉！这还了得！你要是敌特，想来搞破坏，放了定时炸弹可怎么收场？"

子翔这边化了盐水把金龟子腌了，又跑到外面洗了手，回来就准备开火。

先拿出中午吃剩的杂粮馒头，切成丁，再把小炉子点起来，把耳朵锅放在上面预热。

密雪尔看着子翔有板有眼地做着这一切，眼神里流露出了欣赏和迷恋："我原来以为你不食人间烟火，什么也不会做，却原来真的无所不能啊！倒是我不食人间烟火了呢！"

子翔的眼睛仍是清澈的崇拜和敬佩："您这么年轻就做了大领导，没有架子，能力强还肯吃苦，真的是难能可贵啊！我才真正是自愧不如啊！"

锅热了，子翔倒进一些油，扔进两块葱段爆锅后，把杂粮馒头丁放进去爆炒，炒至焦黄，出锅时撒进了一小撮盐。

办公室弥漫着香喷喷的葱油味道。

子翔重新倒进了一些油，待油烧热了，才捞出金龟子控了水，放进铁锅里慢慢炒焦炒脆。

子翔自己先捏了一个放在嘴里品尝，满意地咂咂嘴："美极了，火候刚刚好，你尝尝好吃不？"

密雪尔头摇得像拨浪鼓："我从来没吃过昆虫，还是不吃了吧！"

子翔也不勉强，给她一把小勺，慢慢品着爆炒馒头丁："那你慢些吃，我再给你做个葱花疙瘩汤吧？"

密雪尔一边吃着，一边和子翔说着闲话儿。子翔趁她不注意，悄悄把几粒炸金龟子放在她的小汤匙里。

密雪尔不知不觉间，几粒炸金龟子下了肚，咂咂嘴，似乎很满意地表扬子翔："你做的炸葱花好酥脆，跟我妈妈做的完全不是一个味儿！"

子翔哈哈大笑："这是我的拿手绝技，当然不一个味儿了，感觉不错吧？再来几粒？"

密雪尔方知上当受骗，举起汤勺要敲打子翔，子翔慌忙抱头做投降状："我投降！我怕了!领导大人威武！明明吃着美味，还要打人，这世上还有天理吗？"

密雪尔被他的举动逗得笑出了眼泪。

再仔细一回味:嗯！这小东西还真不难吃!吃了也没什么后果。就试探性地用汤勺舀了几个，闭着眼睛放到嘴里，狠狠心嚼下去，齿颊边顿时感觉一股子焦香酥脆，传达到大脑竟似乎是烤牛肉的香味。

于是不再小心翼翼，和子翔慢慢品味起来。

窗外，北风呼啸嘶鸣，撒着欢儿地东刮西扫，碰着了老砖房，可着劲儿地打着旋儿转着圈，原木的窗棂发出飕飕的低吟，工地上仅有的几匹马儿冻得在不停地哀嚎。

窗棂里面却是笑声阵阵，暖意融融。

第六十回　公演琴师竞技锣鼓闹
院中三个女人一台戏

演员集训进行得并不顺利,确切地说是男演员的集训不顺利。白天劳动已经很辛苦,男演员基本上是工地上的整劳力,或是挥动铁锹挖土,或是挥动大锤打碎石,或是一趟一趟不停地推车,一整天下来,饶是年轻力壮的大汉,也已经筋疲力尽,腰酸背痛,脚底磨起血泡。

女劳力工作量相对比较轻一些,她们全部被安排拉车,一个小推车上安排两个拉车的。

饶是如此照顾,女河工们已经吃不消了。月鸾和呦呦的肩膀,就被拉车绳勒得红肿僵硬。

子翔看见了,心疼得掉眼泪,宣传科稍有空闲就跑去工地上,替她拉一回车。月鸾一个劲儿地撵他走,怕别人看见影响不好!

果然有一天被连长看见了,就往回轰他:"子翔,赶紧给我滚犊子回去!你替得了一时,还能替得了一世?这是大兵团集体行动,你跑回来替她干活,让她站着看,影响多不好!小心回去挨批!"

密雪尔知道了虽没有批他,却说了一番大道理:"人都有适合自己的岗位,能发挥最大的潜能!你在工地上就是一个普通的河工,起不了多大作用,有你多拉两车土,没你水库照样修得起来!但在宣传科,你是最合适的人才!我们把宣传工作做好,给工地上十万河工鼓足干劲,每人多拉两车土,工期就能提前几天,这是多大的功劳!孰轻孰重,相信你能分得清!"

子翔也不好再回去替月鸾拉车了!而且这时候,集训快结束了,准备合排大戏了,分配角色时却炸了营:男演员几乎跑光了!

刚开始集训的时候,大家觉得演戏新鲜,还能近距离瞅瞅美女,私下议论评比一下:哪个连的大姑娘长得更水灵,哪个营的小媳妇长得更俊俏,哪个姑娘的辫子粗,哪个小媳妇扭腰提胯显得放浪。

时间久了就靠不住了,有些不自觉的就开始三天打鱼两天晒网,到彩排分角色的时候,那些分配演坏人的,比如恶霸地主黄世仁、他的管家穆仁智,就直接不来了。

九营九连被撤职的三队长,就是那个领着子翔他们大干了一中午,用磨坊的柴油机抽干水湾捉蓝鳖,挖湾泥耽误生产的队长,他长得白白胖胖,嗓子沙哑,被密雪尔分配演恶霸黄世仁,不想演就不去排练了。

连长说了:"必须演,演好了回村后恢复小队长待遇,演不好扣你一个月工分!"三队长双手抱拳,又是作揖又是鞠躬:"老连长,您饶了我吧!晚上让我多睡会觉歇歇吧!昨天卸下土方,推着空车子下坡时,我走着走着就睡着了!不信你去问问拉车的青莲,空车子自己跑了,差点砸到她身上呢!"

老连长回复得斩钉截铁:"不行!说什么都没用!你是党员,必须服从命令听指挥!党叫你白天推车运土方,晚上演戏,你必须无条件服从!这是组织纪律,也是党组织对你的考验。"

子强因长得瘦小,被分配演狡猾奸诈的管家穆仁智,也不想去了,同样被村长训了一通:"这是革命工作,不是儿戏,哪容你想演就演,不想演就跑回来休息!再说了,这么好的机会你不抓住,太可惜了!一是跟着市剧团的领导学演戏,学本事!二是假如你演好了,被领导看上,说不定直接带你去市京剧团,一下子跳出农门呢!"

子强嘟嘟囔囔的一万个不情愿:"要带走也是子翔哥,哪能轮到我,谁愿意带坏蛋走!就知道教训人,你去演一个坏蛋我看看!"

老连长气得脱下脚上的黄色解放鞋,朝着子强扔去。

子强躲过飞来的臭鞋,一溜烟地跑回去了。

俗话说:说书溜戏,一眨眼毛娃子长大成家娶了媳妇,再一眨眼毛娃子变成了白胡子老爷爷,你眨了三次眼他就过完了千年。

转眼时间,春节过去了。

大型现代京戏《白毛女》正式公演了。

第一场是 A 组出演,角色扮演者几乎全部是第九工程营的河工。

女角方面,李呦呦扮演喜儿,梁月鸾演白毛女,密雪尔客串二婶,梁月美、李青莲等演四村女。

男角方面,文子翔演主角大春,文子书演杨白劳,文子强演管家穆仁智,三队长演恶霸黄世仁。

第一场公演,就在指挥部的食堂旁边,棠梨树下的空地上。子翔、子书、子强他们自己搭的戏台子,高出地面足有五米,坐北朝南,东、西、北三面用玉米秸围了三层。一层防风,二层做后台,三层做道具板的支撑架。

玉米秸用土栽培得密密麻麻,土墙足有一米,用九连长的话说:"比堤坝不行,但比瞎子闺女家的院墙可结实多了!"

梁家湾被编为第八工程连,村长书记齐上阵,做道具挪运员,比如第一场杨白劳走在风雪夜中,道具板上就画有蓝天、星星、街道;第二场杨白劳走到家给喜儿扎上红头绳,道具板就换上杨家内景,画有桌子、椅子、大炕、窗花;喜儿为躲避逼婚魔爪逃到深山,道具板就换上画有山洞和山神庙的场景。

瞎子闺女被接来当第一琴师,九连长是第二琴师,指挥部办公室的文主任也上了阵,做第三琴师。

密宗泉指挥感叹道:"看这情形,不亚于市里的正规京剧团啊!"言下之意,对女儿的工作能力非常佩服。

演出开始了。

台下黑压压的观众,冒着寒风坐在那里,看得津津有味,有的自带马扎、板凳,有的干脆席地而坐。有时发出会意的笑声,有时发出痛惜的嘘声,每一幕结束,都会响起雷鸣般的掌声,火爆热烈。

总指挥路市长亲临现场观看演出,与密宗泉等一并坐在寒风里。他们坐在第一排的小板凳上,观看得聚精会神。只在每一幕结束候场时,才会悄悄评议一下台上的演员表现。

第一琴师瞎子闺女果然是大家风范,琴声或抑扬顿挫,或婉转悠扬,或金戈铁马,自始至终没有一丝生涩、一毫慢拍,与演员配合相得益彰,既巧妙地遮掩了演员的拖拍,又提振了演员的声线,使业余演员的演唱发挥出了最好的水准。

第二琴师文连长,第三琴师文主任,都展现出了深厚的胡琴功底,与第一琴师配合得严丝合缝。

更令人叫绝的是二人手脚口并用,有时单皮鼓、檀板、大锣、小锣、铙钹同时响起,声音此起彼伏。

这边鼓正敲响,那边锣板脆亮,琴声在行板、叫板、慢板中自由穿梭,表现了乐队的不同一般,三人乐队壮大成三十人乐队的声势。

文子翔的大春演出了预料中的水平,唱腔饱满圆润,自然流畅;台词如行云流水,台步大方稳健;情绪把握得当,与喜儿的青梅竹马的纯美、初见黑发变银白的喜儿时的惊异、知道内情后对剥削阶级的愤慨、面对白毛女时的痛惜、痛定思痛后对打碎万恶的旧社会,解放所有受苦人的决心,各种表情包表现得淋漓尽致。

文子翔演绎的大春,剑眉星目,勇敢有谋,有血有肉,可亲可敬,符合又红又专而高大上正面人物的所有标准。

子强演的管家穆仁智,瘦小精干,贼眉鼠眼,阴险狡诈,惟妙惟肖的演绎,捏着嗓子如叫驴般的唱腔,获得了满堂彩。

子书的杨白劳演得苍老悲凉,嗓音浑厚凝重,唱腔流畅自如,台步劳累疲惫踉跄,把一个爱女心切、年老体弱、债务缠身、爱莫能助的农村男子被迫向命运低头的无奈和不甘,演绎得非常到位!

三队长演的黄世仁满口仁义道德,一肚子男盗女娼,白胖子假惺惺色眯眯,到位逼真的演绎,使台下人人恨得牙根痒痒,很多小伙伴们忍不住往台上扔石头,忘记了是在演戏。

密雪尔客串农村二婶也比较成功,唱功甜美清丽自是了得,她本是演绎喜儿的最佳人选,现在主动让贤给农村女青年,也是贯彻了指挥部大力发展群众文化,以群众参与演出,更直观地对群众进行阶级教育的宗旨。

以她的水平,演绎农村二婶是驾轻就熟。台上二婶在对大春倾诉:自他走后村里发生的故事,以及白毛仙姑的传说。村里人对黄世仁的欺压敢怒不敢言,将一番苦闷化为迷信,找白毛仙姑排解,岂不知白毛仙姑却是逃走了的喜儿等等。

密雪尔出场时,总指挥路市长却与副指挥密宗泉交头接耳,窃窃私语:"你家丫头今天的脸画花了,额头上的三道皱纹怎么看起来像大花猫头上的三道杠!"

密副指挥会心一笑:"比花猫那三道杠好看,我看着倒像小老虎头上的大王斑纹!"

台上的密雪尔认真演绎着二婶:她的唱腔柔美委婉,似在娓娓道来,台步大方自然,不愧是专业演员,真真是无懈可击。

月鸾的嗓音略带沙哑,低音时含着淡淡的忧郁,高音时一飘向上,高冷清丽,似乎隐藏着不甘和奋争,与剧中的白毛女高度吻合。

年轻貌美的农村姑娘喜儿,因不甘被恶霸羞辱,逃到深山躲避,久居山洞不见阳光惨变白毛女。

喜儿被解救后向亲人们诉说着屈辱,又流露出不甘被屈辱被压迫的,总有一天会报仇雪恨的强大信念!

一头黑发因怒火烧心得不到释放,而变成银白;到山神庙偷供果以求生,被人误认为白毛仙姑后的无奈。唱腔到此处时几乎是呜咽低吟!

见到恋人大春时的忧虑怀疑;知道解放军是老百姓的队伍,专替穷苦人打土豪分田地,是天下所有受苦人的亲人时的惊喜,此时唱腔清冷委婉华丽。

希望解放军打倒黄世仁,报仇雪恨的强烈愿望和决心! 此时的唱腔高亢苍凉,如草原上小狼的长嚎悲鸣。

月鸾的歌声,把悲剧的白毛女确实演得淋漓尽致,令人潸然泪下。对剥削制度深恶痛绝,对恶霸黄世仁更加恨之入骨。听者瞬间义愤填膺,恨不得立刻砸碎旧世界,创造出一片明朗的新天地。

李呦呦扮演的喜儿今天却也是异常的出彩,她长得丰满妖娆,脸蛋和胸部臀部,都比月鸾丰润。

台上的喜儿在前半场出现:略圆的鹅蛋脸,甜美的嗓音,丰腴的小臀,花旦台步如小鹿一般轻巧,见到爹爹买来红头绳,向爹爹撒娇,要爹爹给扎起发辫时的娇憨可爱。

月鸾扮演的白毛女在后半场出现:清丽悲戚的瓜子脸,满头白发披在肩上,又遮去了半边容颜,瘦削的柳肩,一握不盈尺的细腰,都仿佛诉说着喜儿变成白毛女后,受尽了千般苦、万般难,更激起了台下观众对喜儿的喜爱,对白毛女的痛惜,对黄世仁和封建社会的愤恨!

前后反差如此之大的自然扮相,已经预示李呦呦在这部戏的成功。

但李呦呦在台上突出的表现,却是杨白劳被黄世仁逼债,被迫倾家荡产,仍免不了拿心爱女儿抵债时的悲观绝望,自觉对不起女儿喝卤水自尽倒地后,呦呦一声撕心裂肺的道白:爹……爹……啊! 然后伏在子书身上就放声痛哭,哭得真切自然,悲伤感人。

第六十一回　呦呦戏如人生真情露
怎奈爱情之花苦无果

戏文中,大年夜,喜儿伏在死去的爹爹身上放声大哭,绝望悲鸣。

戏台上,李呦呦扮演的喜儿,眼泪哗哗流淌,落在扮演杨白劳的子书脸上、身上,打湿了他的脸,他的衣服,他的心!看着差一点就真的哭干了眼泪、哭哑了喉咙的呦呦,台上的子书眼前浮现出月璃梨花带雨的面容,勾起了他的伤心事,他躺在那儿不能动,只得任凭泪水落下来,打湿了地面。

台下也被呦呦真切悲戚、哀哀如幼鹿嘶鸣的哭声感染,纷纷抹起了眼泪,有不少人竟也发出低低的抽泣声。

这一幕结束,呦呦是被人扶下戏台的。

总指挥路市长也被感动得泪光盈盈。今天是大年初三,他想起了曾经的春节:月姝和月璃在家时的歌声、琴声、欢笑声。

斯人已逝!黄鹤一去不复返,空留怅惘在心头。

戏台上的月鸾,酷似当年的月姝,仅比月姝少了份干练,多了些许柔美。

戏台上的呦呦,神似年轻时的月璃,但褪去了月璃的忧郁,添了些丰腴的韵致。

他悄悄地抹去眼角溢出的泪花,示意密副指挥把演员叫到身边来坐坐。

呦呦来到总指挥路市长身边时,眼睛已被眼泪泡得红肿如铃铛,仍无法抑制住抽泣。

总指挥对密副指挥感叹:"这孩子演得真认真至极,入戏太深,看来一时半会儿出不来!"

于是爱怜地轻轻拍着呦呦的后背。

实际上,今夜李呦呦的哭声里,不全是入戏太深的缘故。

这个角色,她一直渴望着演绎,并不是爱演戏,而是爱着配戏的人。

她从认识子翔的那天起,就喜欢上了子翔!

从子翔的小辚辘子时代,第一次出现在梁家湾,就无来由的走到了她的心里,赶也赶不走。

无奈他的眼里没有她!

她爱得非常辛苦!

她知道,子翔的眼睛里只看着月鸾的美丽,心里流淌着对月鸾的深情。

凭着女人的直觉,她也知道他们已经走到了一起!可仍忍不住还是喜欢他。

无望的爱情带来绝望的心伤,夜半无人时她常常流出思念的泪水。

她希望能时常听到子翔的声音,看到子翔的身影,哪怕成为月鸾的影子,她也愿意。

很长一段时间以来,她努力成为月鸾最好的朋友,再不私下指责和嘀咕月鸾。

她自己也感觉可笑:因为爱屋及乌,她同时也越来越喜欢月鸾。

爱情,使她变得宽容,变得成熟。她彻底长大了,女大十八变,李呦呦变成了一个美丽的好姑娘。

可这份美好,目前还无人欣赏。

这次扮演喜儿,密雪尔对她不放心,子翔也对她没信心。若不是年前密雪尔感冒患病,哪有她上台做女主角的机会。

就是那次,总指挥路市长看了她的彩排,建议春节后正式演出时,尽量用业余演员,让十万河工们有参与感,才能实现以群众教育群众的目标。

同台演出,同时男女主角的机会,让她能和心上人在一起,成为戏台上的恋人,也足以感动得要大哭一场。

第二个要哭的理由,却是真切的悲伤。

她的爹爹去世了!在腊月二十六那天,她放假到家时,爹爹在等她回家,听到了她进门的声音,就已经永远闭上了眼睛。

这口气,那位残废军人爹爹,已经呼搭了半月了。胡三姑已经等得有些心酸,过去的万般恨意和不甘心,在丈夫的生命即将逝去时,也流露出了怜惜和不舍:"你安心地去吧!呦呦已经长大,能自己照顾自己了!"

梁家湾有句俗语:"狗养的狗亲,猫养的猫亲。"李老爹知道呦呦是抱养的孩子,但从小养大,日日承欢膝下,美丽的笑颜,明朗的声音,每次回家就抱着脖子,甜甜地喊爹爹的娇憨,给李老爹灰暗的生活里带来多少欢笑和快乐。

他早已经将她视为己出,心心念念比亲生女儿还亲的亲人。

大姐家送来的青莲,因为来时已经三岁,略略懂事;性格又有些木讷,因此虽有血缘关系,心里却并不喜爱。

呦呦也真心地喜欢李爹爹。虽然她长大后,从别人的嘴中知道自己不是亲生,亲生父亲就是住在前院的梁银丰,但她却是讨厌梁银丰的。

胡三姑曾暗示过,梁银丰并没有不管她娘儿俩,但她就是不亲不喜欢,躲得他远远的,碰到他也会绕道走。

亲情这件事,不是你扔下几个钱、几袋粮食,孩子就会像小狗那样跑到你的面前摇尾巴。

亲情是陪伴,是在成长过程中的陪伴,是天长日久的欢声笑语,是耳鬓厮磨的纠纠缠缠,是磕磕绊绊的漫漫长路,是酸甜苦辣的人间烟火。

饶是胡三姑说破天,李呦呦打心里就不认梁银丰,她只认李爹爹。

巧舌如簧的胡三姑没辙,耍个小钱、弄个小权谋的梁银丰更没辙。

李呦呦有什么心事都会告诉李爹爹。爹爹不笑话她,还会帮她出主意想办法。

在胡三姑在城里给别人看孩子的十年间,呦呦与爹爹相依为命,那时的妹妹青莲,也曾被她父母接回去抚养。

只有呦呦与爹爹,不离不弃。

如今,爹爹去了,满腹的心事,再去向谁诉说?

心中的千千结,谁还会为她抚平?

谁的温暖怀抱,会向她无私敞开?

她伤心时的眼泪,谁还会为她擦拭?

腊月二十六临近过年,胡三姑匆匆忙忙埋葬了丈夫,就开始忙年。

呦呦没来得及好好哭爹爹一场。

因此,戏中的爹爹去世,李呦呦才会哭得如此伤心欲绝。

演出结束了,总指挥路市长牵着呦呦的手走上了主席台,密副指挥紧随其后。

他们接见了全体演出人员。

总指挥说:"从工程开工以来,第八工程营、第九工程营表现最好!发扬团结协作精神,不仅工程量最多,工程进度最快,还积极响应指挥部号召,参与群众文化活动,事迹值得嘉奖,经验值得推广!"

八连长和九连长都表示谢谢领导厚爱,一定再接再厉。

当领导问道他们两位有什么困难和要求时,八连长说:"李呦呦的爹爹是残废军人,现在病逝了,胡三姑是否应该享受遗属补助?李呦呦表现优秀,以后有什么招工招干的机会,能否多加照顾?"

总指挥路市长这才知道呦呦是胡三姑的女儿。

当即表示:"梁家湾村委回去后写申请,交给公社民政所,要给胡三姑一定的生活补助。而且不仅要照顾物质生活,还要照顾到精神生活,如今新社会了,婚姻要革命。在各个领域都要破除封建思想,不提倡妇女守寡从一而终,鼓励妇女再婚。有合适的要积极主动给胡三姑找个伴,过好以后的生活。"

路市长还特意回身对呦呦说:"好好学习,好好工作!以后有机会,优先考虑你这样根正苗红、好学上进的好青年!"

第六十二回　路见青衣闲话生悲悯
错点鸳鸯酒后上错床

　　峡山水库修建顺利,到了最后冲刺阶段,人乏马疲,伤病事故不断,工地缺员严重。指挥部召开紧急会议,各兵团汇报完情况,密副总指挥面对水库规划图忧心忡忡:最近接到气象部门的报告,今年的汛期来得早,来得猛!各兵团一定要加紧动员,增援兵力,再添人马!

　　"汛期到来之前,峡山主坝和潍河东岸的南辛副坝、武兰副坝、刘家沟副坝、郑公副坝,以及峡山和鞋山之间的溢洪道一定要完成合龙!

　　"现在四个副坝问题不大,设计要求四十四米高,坝顶六米宽,均质土坝,现在已经修建到三十五米左右,行动还算迅速;潍县兵团承接的主坝,设计二十一米高,是黏土心墙砂壳坝,要求标准高,劳动强度大!现在修到了十八米高,越往上越难修了。

　　"昌潍大平原是小麦主产区,一到麦收,必须全部回家抢收,人心就涣散了!因此,从现在开始,各村十六岁以上,六十岁以下不论男女,必须全部上阵!我已打报告给市政府:企事业单位的潍县籍人员,全部放假回家半月,上工地帮工,不来工地者开除公职。"

　　梁家湾的看林人老慕(慕容枫化名),也来到了工地上。

　　九连文家河的连长看他戴副眼镜,走一步往上扶一下镜框,面黄肌瘦,风一吹就倒的样子,让他接替了文子翔,负责工地的板报宣传栏的工作,子翔归队挖沙推土,密雪尔一万个不舍得,但也无可奈何,军令如山倒,她作为宣传科长,哪敢在风头上撞枪眼,只得乖乖放人。

　　密副指挥心下本来忐忑,他已经看出这丫头中意子翔,担心她由着性子胡来,或者过来找他大闹一番。听说已经放人后长舒一口气,心下暗暗得意:我的丫头还是明事理的!

路市长家换了新的保姆阿姨,胡三姑也来到工地上。

八连梁家湾的连长让她替换了月美到工地厨房帮忙,月美归队拉车。

总指挥路市长到工地检查工作,到八连时看到胡三姑在做饭,亲切地嘱咐了一番:"要注意身体,有什么事情尽管找我。"

路市长走后,八连长打趣道:"三姑啊,说书人常说宰相奴才七品官,你这市长家的保姆也顶八品官吧?"胡三姑气得抢着煎饼耙子要打他。

八连长慌忙抱头求饶:"别打!别打!听我说!我说三姑哎,路市长对你可真不错,上次汇演结束后还提及你,让我们照顾你的生活,有那合适的再给你张罗一个,别让你耽着,让你改嫁呢!"

胡三姑绯红了脸儿:"都什么年纪了,劳领导费心了!"

村长坏坏地笑了:"看来是想改嫁了,迫不及待要再找一个老公了!"

胡三姑羞恼万分,又扬起了煎饼耙子要追打村长。

路市长转到指挥部食堂,看到棠梨树下有人在出宣传海报,凑上前去看了看,一个瘦高个、戴眼镜的中年男子在奋笔疾书,字体笔画匀整,疏朗通透,用笔遒劲,形断意连,气韵生动,颇有魏晋遗风。

路市长看见此人不修边幅,青布的裤子膝盖上、屁股上已磨得发白,只有纹理相连,看上去很快就会磨破的样子;青布的棉衣很薄:袖口已磨破,露出白棉絮。

路市长悲悯之心顿生,他不认得慕容枫,但却无来由地看着亲切。只听密副指挥说姓慕,是个犯了错误、被遣返回乡的知识分子。

于是握住老慕的手说:"犯了错误改了就是好同志!我们讲成分,又反对唯成分论,重在政治表现!你赶上了兴修水利的好时候,多为人民做贡献,与人民打成一片,你就能早日脱帽,回到工作岗位上!"

又仔细问了老慕在上海家里还有什么人。当听说老慕是孤身一人时,暗暗点头,转头与密副总指挥商量:"怪不得不修边幅,原来是没有老婆!我看八连厨房里的胡三姑,孤苦伶仃的也够可怜,把他和胡三姑撮合撮合?"

密宗泉当即找了八连长,八连长趁热打铁,趁机去找胡三姑提亲。

胡三姑早就听呦呦提起过这个人,知道是个读书人,自是欢天喜地。

八连长梁家湾的老村长提亲时对慕容枫说:"不答应以后就不再照顾你,并立马停了口粮供应。"

第六十二回　路见青衣闲话生悲悯　错点鸳鸯酒后上错床

路市长听密宗泉汇报已完成提亲工作，当即表态："既然是郎有情妾有意，今晚就把婚礼给办了吧！你去准备一个窝棚，两斤水果糖块，咱们一起过一个破除封建迷信的新型婚礼，也就是革命婚礼！"

慕容枫欲哭无泪，只得让自己喝得烂醉，被人抬着进了窝棚。

今晚婚宴喝的酒，是胡三姑前大姑姐送来给她暖身的。她大姑姐家是安丘山里的山民，与峡山相邻。家里祖传一个米酒配方，是黍米煮熟了，加几种山里的草药：肉苁蓉、土地龙、覆盆子、决明子等一起酿制，酿个十天半月酒就可以喝了。加热后最好喝，略带酸甜，度数不高，不上头。

慕容枫不胜酒力，又被灌得多了些，被送进窝棚已无知觉。胡三姑兴奋得吵吵嚷嚷，也被灌了不少酒，喜滋滋的被人扶进窝棚，倒头便睡下了。

阳春三月，山里还很凉，窝棚透风撒气的，平日睡觉盖一床厚厚的棉被，还感觉冷飕飕的手脚冰凉。

今日胡三姑感觉浑身燥热，翻来覆去睡不着，一阵一阵自胃肠肚腹翻滚而出冲动的浪潮，恨不得抱住老慕亲热一番，好不容易按捺住自己。正一边咬着牙，一边暗骂自己老不正经：这事儿哪有女人主动往上爬的，日后还不得被看扁喽！

那边厢慕容枫热得蹬掉了被子，手脚乱捶乱抢，窝棚本来不大，胡三姑又胖胖地占了大半地方，慕容枫不小心抢到了胡三姑的松软肉馒头上，似打了鸡血般一激灵，一把抓住了揉捏，同时起身压了上来。

胡三姑唬地闷哼一声，随即身子软了下来，任由慕容枫疯狂揉搓撞击。

窝棚外的风声似乎小了下来。

许久，两个劳累的人儿满身大汗，搂抱着睡熟了。

天亮了，慕容枫首先醒了过来，看着赤身裸体的自己，又看看一身肥肉、傍在身边放肆地打着呼噜、抱着自己胳膊、呼呼大睡的胡三姑，羞惭懊恼窝囊各种复杂的情绪涌上心头，赶紧抽出手脚，穿好衣服，往指挥部餐厅走去。

到了餐厅外的树林，慕容枫仰头向天，发出野狼一样的嚎叫；低头向地，热泪打湿了脚前的沙土。

自此以后，慕容枫再也没有抬起过头，他像霜打过的长茄子，一下子萎缩佝偻起来！

那个风流倜傥、摇头晃脑的书生，那个学究一样的斯文男子，消逝得无影无踪,存活于世的是那个风干瘦削、弯腰驼背、沉默寡言的老慕。

现在即使和苏太太或梁银丰当面碰上,也不会认出来了。

他住在了宣传科办公室里。水库工程结束后,他被借调到华丰厂子弟小学做老师,一直住在单身宿舍里。

自此以后,他和胡三姑做起了名义夫妻。

胡三姑因爱生恨,不住地谩骂骚扰他,把少得可怜的工资悉数收走,每月仅给留下五元生活费。

呦呦可怜老师,隔三差五地去探望,帮忙收拾房间,洗洗涮涮。房间里到处堆满了画架和书,只留一个床位睡觉,还有原版的英文书,老慕常常边吃边读,每次看到此情此景,呦呦都心疼得流下眼泪。

多年以后,老慕在一个安丘籍老师家里,再次喝到了那种米酒。

安丘老师好心提醒:"这酒不能多喝啊,喝多了伤肾!里面的肉苁蓉、土地龙都有催情作用,一般给新婚夫妻喝一点,调调情绪。喝多了就是药性强烈的性药了,一般壮汉都消受不了!"

从同事家告辞后出得门来,老慕仰天长叹,欲哭无泪:"苍天无眼,造化弄人啊!"

第六十三回　慢钳工碰巧干大事情
小轱辘子艺精再逢春

华丰厂招临时工,文五叔给子书报了名,负责招工的正是王槐,当即拍板录取。

文子书托付了二叔帮忙照顾母亲,又去托付苏太太帮忙照顾孩子,这才进了城去华丰厂报到,当了一名机修工人,初期是季节性临时工。

这一天,有两台德国产磨齿机坏了,全厂所有技术人员来会诊,都一筹莫展,无从下手。

机械部下达了一批上海造船厂的大齿轮生产计划,是国家重点任务,可马虎不得!

从北京、洛阳、杭州、上海分别请来了专家,修理了一个月,还是无法正常运转。

再有三个月就是产品交货期,厂长上报给市长,市长批示:集中全市所有外汇,派专员去友好国家捷克采购三台新型磨齿机。

老磨齿机被拆到了机修车间,厂长说,你们修修吧,能否改装成铣床做粗铣用,或者直接拆零件用。

此时机修车间主任是王槐兼任。他在车间早会上转述了厂长的话。

子书问:"这三台磨齿机确认是废了,只能改装成其他床子了?"

王槐点点头:"技术、设备、质检三部门联合打了报废,送给咱们车间。可以拆零件,也可以改装,厂长说了,七八千万的设备,别当废铁卖了就好。"

子书说:"能否给我半个月时间,把这两台机器给我,我鼓捣鼓捣看看!鼓捣不成再改装也来得及。"

王槐说:"你随便!真鼓捣成了,我给你申请嘉奖。不过那么多专家都看过修过了,已经无可救药了,你那点自学成才的三脚猫功夫,能修好可真成了天方夜谭了!看清楚了:那些个说明书、功率表、铭牌全是德文,它识得你,你不认识它吧?"

车间里传出一片哄笑声。

子书倒是很平静:"笑什么!不就是拆零件的货吗?我拆拆看再装起来,它也少不了一块!我承担的其他活绝不麻烦弟兄们!该我干的还是我干,鼓捣这玩意儿算我业余练手!"

机修车间没有生产任务,全是些修修补补的活儿。工厂里有句老话:"紧车工、慢电工、吊儿郎当干钳工!"机修车间基本都是些吊儿郎当、晃来晃去、慢条斯理的钳工修理师傅。

子书有活就出去晃荡一会儿,没活就回来鼓捣那三台机器。其他工人担心弄坏了被赖上赔偿,都躲得远远的。

王槐是又好奇又担心,倒是天天过来帮忙,递一下扳子、钳子、螺丝刀子,打打下手,遵子书命令用机油清洗一下小零部件。

这一切做完了,子书又把它们重新装起来,不急着开机,蹲在地上画来画去,工友们都说:"子书画的是天书吧?只有神仙能看得懂呢!"

这样蹲了五天,子书又从其他原先报废的进口铣齿机、刨齿机摘了两个轴承,洗洗换上,又换了线圈、继电器等其他几个小部件。

选了周末,大家都休班回家了,车间里只剩下他和王槐。他又仔细检查了一遍,告诉了王槐准备接电开机,却又停下来,再次拆开,仔细清洗一遍。

王槐看他是没有把握,就劝他:"别逞能,不行咱就放弃,也不是什么大事,咱们也回家休班吧!"

子书摇摇头,一直在围着机器不停地转来转去,这儿拍拍,那儿擦擦,嘴里还念念有词。

王槐忍不住了,没好气地问:"你是在给它念咒语呢?还是你自己犯神经了?大哥,这可不值得!修不了就算了,不丢人!"

子书摆摆手,煞有介事地又咕哝了一番,看看快天黑了,好似才下定决心,也不用王槐了,自己跑到变压器旁边,一把推上了刀闸。

那三台磨齿机先是像大黄蜂一样嗡嗡闷叫,一会儿声音弱下来,又像小蜜蜂一样嘤嘤欢叫,慢慢变成了成群的蚊子哼哼声。

成功了!

第六十三回　慢钳工碰巧干大事情　小轱辘子艺精再逢春

王槐兴奋地把子书抱起来转圈。

第二天,喜报报到市里,市长喜出望外:买进口设备的外汇还没凑齐,市长正和工业局长、外贸局长急得在办公室转圈呢。

市里决定奖励有功之臣:王槐被提拔为副厂长,子书被提拔为机修车间主任。

王槐愉快上任,子书坚辞不受,只接受破格转正,转为正式工人。

能彻底离开农村,成为国营企业正式工人,吃上稳定的公家粮,端上铁饭碗,养活老母幼子,子书已经感到非常满足和自豪了。

工友们说子书傻,放着官不当偏要当工人,改不了的穷汉子命!

若当了车间主任,再一步一步往上走,说不定哪天也弄个厂长当当! 这下好,白白便宜了王槐那小子,借着别人的功劳青云直上。

子书笑笑:"你们啊,吃不到葡萄就喊葡萄酸! 那叫运气! 人各有志,我就是个干活的料,适合干个吊儿郎当的钳工,不适合当官! 王槐那小子,傻人有傻福,天生当官的命。"

子翔想在秋后结婚,再次拿着礼品去了梁家,又一次被梁银丰撵了出来。

梁银丰斩钉截铁说:"拿不出一万元彩礼钱,休想!"

子翔为了凑钱,只得进城找密雪尔。密雪尔一边痛斥梁银丰的封建迂腐,一边安慰子翔。

她建议他先到剧团干临时工,她回家求父母一起帮忙想办法。

子翔在县剧团住了下来,搬道具,画布景板,伺候演员换服装,什么脏活累活都干过。密雪尔心疼得直掉眼泪,告诉子翔:"我一定会做通父母的工作,帮你借到彩礼钱,你当心身体,别太劳累了!"

子书在城里忙得很,已经三个月没回家了。

月芽儿眼睛看东西有些模糊,文大娘很着急,捎信让月鸾来一趟。月鸾来到文家,还没落座呢,文大娘急慌慌拉着她的手说:"这孩子最近看书老把眼睛贴在书上,说她也不听! 让她帮着穿针,老半天穿不上,急死人了! 男人心粗,你子书哥也不知道着急! 你带着她到城里去找个大夫看看吧,别是眼睛生了什么毛病,耽误了治疗!"

月鸾回家给苏太太商量,苏太太说:"你周日带她去城里医院看看吧,子书忙,我走不开,文大娘那三寸小金莲走不动,进不了城!"

于是在一个周日,月鸾骑着自行车,带月芽儿进了城,直奔医院。

挂完号去眼科,巧遇路黑子陪路市长来看眼病。

路黑子首先发现了月鸾。

路市长近来视力下降,眼花得厉害,周日侄儿路黑子过去,临时起意来医院看看,现在已经进了眼科,医生正在检查。

眼科门外有一溜黄色木连椅,路黑子坐在那儿,百无聊赖地跷着腿抽烟。看到前边有个高个女孩走过来,很美很眼熟,似乎在哪儿见过,心里莫名其妙地激荡起来,就不错眼珠地盯着看,随时预备着搭讪。

月鸾走路有点儿上提胯,胸部高挺,像欧洲美人,豪放,诱惑,浪漫。眼睛墨绿色,非常洋气,右鼻翼上有颗粉色珍珠痣,更增添了一丝俏皮。

对了,就是那颗珍珠痣,路黑子忽然想起来了,惊喜地站起来截住来人:"月鸾,好些年没见了!你变成大美女了!"

月鸾领着月芽儿急匆匆往眼科走着,忽然被人挡住了去路,正要发火呢,听见如此热情的问候,也不好发作,抬头扫了一眼对面拦路之人:

身高一米六五左右,皮肤黝黑,略显粗胖,年轻的脸上挂着憨厚的笑容,身着一身蓝衣,工人模样,正期待地看向月鸾。

月鸾一时想不起他是谁。

但听见对方叫她的名字,也没好意思发作。

最近月鸾遇到这样的事太多了。

也许是月鸾皮肤太过细腻红润,也许是月鸾发育过于成熟,也许是眼睛美丽得有些招摇。

总之,不管走到哪儿,总有人故作相识,过来搭讪。

月鸾礼貌地笑笑,想转身就走。路市长正巧看完眼病走了出来,与月鸾碰了个照面:"月鸾,你也到这儿来了?怎么了,不舒服吗?"

一边说一边回头招呼路黑子:"黑子,这是月鸾,你们小时候见过,怎么不打招呼?"

路黑子笑着说:"我正要邀请她们回家吃饭呢!"

"她们?月鸾,你陪谁来的?"

月鸾不好意思地笑笑:"是黑子哥啊,刚才没认出来!你长得可真结实!我带着月芽儿来看看眼睛,她这阵子视线模糊,子书哥没休班,只好我带她来了!"

　　路市长这才发现小月芽儿,他蹲下身子,和蔼地说:"中午去我家吃饭吧?"

　　月芽儿看看月鸾,月鸾摇摇头:"您不舒服,先回去休息吧,今天看完就不早了,我们还要回乡下,时间太赶,以后有时间再专程过来看您。"

　　路市长苦笑:"跟我你还这么客气,也罢! 改天叫黑子专程去接你们!"

　　路黑子忙接话:"就是就是! 自家人干吗这样生分! 月芽儿还没去过动物园吧? 改天黑子叔叔去接你们好不好? 动物园里有蓝孔雀,看到我们可爱的月芽儿,一定会张开翅膀欢迎你呢!那就叫孔雀开屏,美丽极了,想不想去看?"

　　"想!"月芽儿昂起头看着路黑子和善的脸,只是不明白他为什么会这么兴奋。

　　月鸾领着月芽儿进门诊室后,月芽儿回头看了一眼:那个黑子叔叔还在原地呆呆地站着呢。

第六十四回　世间不如意十之八九
市长借机缘为侄提亲

眼见着文子书、文子翔都进城当了工人，胡三姑急了，算计着梁银丰回家休班，一大早就跑到梁家来了。

风风火火地进了门，还没进屋呢，在院子里就大喊大叫："老梁，老梁，快起来，咱们进趟城吧？"

梁银丰眯瞪着睡睛，披着外衣从屋里走出来："大清早的，叫魂呢！"

胡三姑腆着脸儿，就势拉梁银丰在院子里的石凳上坐下，神秘兮兮地说："你听说了吗？文子书进了华丰厂，几天前转成正式工了！文子翔进了县剧团，他和那密雪尔团长不清不楚的，转正是早晚的事！咱们的孩子哪儿比他们差了？修峡山水库演戏宣传，咱们的孩子也立了功，凭什么他们能进城当工人，咱们不能去？咱们的孩子就活该一辈子下庄户地吗?！"

梁银丰乜斜着眼儿，看着胡三姑唾沫星子飞溅，手舞足蹈。眼瞅着一颗豆大的唾沫珠子溢出嘴角，似乎听到噗的一声，落地消逝了，才慢条斯理地接话道："猴急什么？莫不是想你那眼镜相公了？想得吃不下睡不着，大清早地来我这儿叫猫子？"

梁家湾的人都叫老慕眼镜相公，一是他戴了一副比瓶子底还厚的眼镜，二是他们的婚姻似乎是一场电影，只在水库工地上上映，没来梁家湾公开演出。老慕从工地上直接去了华丰厂子弟小学，与胡三姑的联系，就是每月的汇款单。

胡三姑听出了梁银丰话里酸溜溜的味道，也酸酸地红了眼圈："快别再提那挨千刀的，白白地让我顶这名儿，人影儿也见不着，让我黑天白日独守空房！"

一边说一边伸出手去，划拉梁银丰的手："还是你实在，看得见摸得着，有事儿能靠得上！"

梁银丰皱皱眉头，厌恶地甩开胡三姑胖胖的咸猪手："干什么呢！手老实点！

大白天的！当初是谁屁颠屁颠的赶着去找那眼镜相公,自以为登了高枝了,哪成想到人家没拿你当棵葱！"

胡三姑讪讪地抽回手,小声嘟囔:"我还不是为了孩子,才急得乱了分寸！咱们可是一日夫妻百日恩,百日恩情似海深哪！何况我和你还有个女儿！我这辈子,也只有这孩子的指望！你不帮谁帮啊？再说你家月鸾,也是一等一的人才,当初那文子翔千乞百赖地要娶她,你不依！赶明儿个人家转了正,吃了公家粮,看你怎么拉下脸来去求他！一辈子就让闺女们怨恨你吧！"

梁银丰越听越不耐烦:"不就进趟城吗,叨叨唧唧啰哩啰唆,烦人！回去拾掇拾掇,明日一早驮你去！丑话说在前边啊,只管去不管回,自己坐长途车回来吧！"

胡三姑忙不迭地应承着:"好嘞好嘞！我这就回去收拾！"

梁银丰站在木槿树下,看着胡三姑急惶惶走出院门,并没急着回屋,漫不经心地端详着前边的石榴树,似在衡量哪一棵树长得更欢实、更可心。

站了一会儿,顺手摘了片石榴树叶,放在嘴唇上吹起来。石榴树叶发出画眉一样尖利高亢的鸣叫,听着让人心脏莫名一震。梁银丰扔了叶片,回屋去了。

出乎意料,这次他们在市政府门卫室没等多久,路市长就派人接他们进去。

来人很热情,领着他们进了办公楼,一边走一边介绍:"市长在三楼,咱们从左边走楼梯上去。你们是市长的亲戚吧？我是市长的秘书。你们来得真巧,咱们市长要到省里去工作了,明天就办理交接,市长让我也跟了去,以后你们到省里办什么事找我就行！"

胡三姑悄悄向梁银丰眨了眨眼睛,梁银丰没反应过来,胡三姑按捺不住,急乎乎问道:"到省里去？到省里当什么官啊？东海这边的事还能说上话吗？"

秘书笑了笑:"那得分什么事了！路市长去省里分管工业,是副省长！工作会更忙,咱们亲戚们也不愿给他找麻烦不是？"

胡三姑连忙点头:"那是那是！尽量不给他添麻烦！再说去省里还不一定能够得上呢！"

梁银丰看胡三姑越说越玄了,猛劲拽了拽她,胡三姑打了一个趔趄,撇撇嘴:"轻点拽拉！让你问你不问！我就知道你会嫌我多嘴！"

秘书会心地笑了笑,上了三楼,再左拐,走到第三个门口,先敲了两下,随即推开木门:"到了,两位请进去吧！"

路市长见他们来了,显露出欢喜的意味,放下手中的文件,微笑着站起身来，从写字台边离开，迎着梁银丰和胡三姑，让座倒茶："两位要来也不打声招呼，我让黑子开车去接你们！"

胡三姑急急摇头："不用麻烦，不用麻烦！我坐老梁的车子来的！他那大金鹿后座上绑了个小褥子，舒服着呢！"

路市长拍拍梁银丰的肩背："梁师傅辛苦了！你看看这后背都被汗水湿透了！"梁银丰不自然地向后缩缩，干干一笑，心情复杂地看着路市长。

路市长仍旧满面笑容，耐心地问道："两位大老远的过来看我，一定有什么事吧？"

胡三姑抢着说："是有事来求您！您看梁月鸾、李呦呦这俩闺女，在水库工地上也出了力，白天像男劳力一样推车运土，晚上去演戏，宣传工作做得也不错吧？听说您在戏台接见了她们，还在大会上表扬她们呢！"

路市长点点头："是有这么回事！那两个姑娘确实能干，戏也演得好！人长得挺俊，唱腔也不错，很有功底，比那些个专业的也差不到哪里去！"

胡三姑慌忙接过话头："就是那话！你看现在，别人想去华丰的去了华丰，想去县剧团的去了县剧团！就没人想起俺这俩闺女的功劳，您给想个办法，把她俩也给送进县剧团吧？"

路市长恍然大悟："原来是这事啊！这个事怪我，我现在马上给问问。"

于是按铃叫进秘书，回头问道："潍县京剧团现在谁任团长？"

秘书上左前一步，弯下腰恭恭敬敬回答："是密雪尔，市水利局老局长密宗泉的女儿。原任老团长到了退休年龄，上月刚退休，密雪尔接任。"

路市长于是吩咐通知总机，要通潍县京剧团的电话，他要跟密雪尔亲自通话。

电话摇通后，秘书示意市长过来接电话，路市长走回办公桌坐下，接过话筒，里边传出一个甜脆的女声："喂！喂！您找哪位？"

路市长笑眯眯地对着话筒："雪尔！我是老路！"胡同里传来惊喜的声音："路叔叔啊！您不是当了省长了吗？怎想起了找我？有何指示吗？"

路市长对着话筒，语调亲切宠溺："改天去省里看我啊！别光忙着谈男朋友，忘了我这个叔叔！我可有伯乐之功啊！"

话筒里传来娇憨的咯咯笑声："看您说的！哪儿敢，我还指望跟着您干，再提拔提拔呢！要不我直接跟着您去省里吧！"

路市长哈哈大笑："小丫头跟谁学的,嘴皮子抹了蜂蜜,滑溜溜甜腻腻的! 先回家问问你爸,他舍得你远走吗! 可别前脚到了省城,他后脚跟着去找我算账! 我可担待不起哟!"

话筒那边传来不情愿的哼哼声:"快别提我老爸! 老封建! 榆木疙瘩! 不开窍!"

路市长笑道:"别这么说你老爸! 他是心疼你! 说点正事,叔叔让你帮个忙,你那边有没有名额,接收两个女演员?"

话筒那边传来为难的声音:"路叔叔,这事我办不了,编办已经给我核了定额,现在一个空编也没有,只能退一个补一个! 我倒是需要两个管服装的临时工,您看那两个姑娘愿不愿意干? 要愿意呢先来干着,等有退休的空出编制再补录转正。"

路市长用手捂住话筒,面向梁银丰和胡三姑说:"两位听见了吧? 剧团缺两个管服装的女工,先去干着,等机会再转正,中不中?"

胡三姑鸡啄米似的连连点头:"中!中!中!"并拉拉梁银丰,示意他快快表态。

梁银丰点点头,面无表情,不辨悲喜:"也中! 先干着吧!"

胡三姑和梁银丰告辞要走,路市长说:"三姑先下去,梁师傅且留一步,我有事相询。"

胡三姑识趣,连忙退出去了。

路市长重新落座,示意梁银丰坐在他对面,看秘书续了茶,退出去,才开口道:"月婍、月柔这对女娃儿跟着我很好,回去告诉苏太太让她放心。带到省里我会重新给她们请保姆,这次请个有文化的兼职家庭教师,让她们好好学习,上个好大学!"

梁银丰平静地听着,没有插话。

路市长继续说下去:"换个生长环境也许对她们更好! 我一直不续弦,今后也不会再娶,她们不会受到继母的恶气,我会像亲生父亲一样护她们周全!她们也一直认为我是亲爸,就让她们继续这样幸福生活吧!"

梁银丰下意识地点点头,脸色开始和缓。

路市长长叹一口气:"人生苦短,不如意者长久,就让我们共同往前看吧!"

梁银丰直觉路市长单独留下他,不光是两个女娃的事,应该还有话说。但又不便问,只好用疑问的眼神看向路市长。

路市长似乎不急于说出什么，仍在发着感慨："这一代的孩子们遇到了和平年代，生在新社会，长在红旗下，不愁温饱，想法自然就多了，我们做父辈的，只好尽量满足他们了！"

梁银丰终于按捺不住了："市长有什么指示直接吩咐就是，我一定照办！"

路市长看着梁银丰，皱起眉头："也不是什么大事，你也知道我工作时间不固定，有时节假日不能休息。那一对女娃儿整日缠着黑子陪她们玩，前几年学画画、弹琴、舞蹈，每周都是黑子接送陪伴，难为了这孩子，又当爹又当娘的，别看生得黑粗，心细得很，眼光独到，两个女娃的裙子、鞋子都是他买的，还给她们梳辫子、化妆，那耐心细致连我都佩服得五体投地。不知那俩女娃淘气的，在机关里出了名，比半大小子都淘！这一阵子又迷上了武术、游泳，黑子忙得不亦乐乎！"

梁银丰看着路市长说起俩孩子来滔滔不绝，略有戒备的心也彻底放下了，心下暗想："这俩女娃，因为自己不喜，也算掉进了福囤里！月姝当年不让自己来往是对的，假若孩子们知道我才是她们亲爹，还能享有这单纯的幸福吗？作为生身父亲，唯一能做的就是保持沉默让孩子们一直单纯下去吧！祝愿她们一生幸福快乐！"

路市长亲自给梁银丰倒了一杯新茶："茶凉了，我给你重换一杯。黑子没文化，我不能带到省城去，他还在华丰厂工作，你是华丰厂的老人了，以后多照应他些。"

梁银丰受宠若惊，欠身双手接过。

路市长略倾身向前，面对梁银丰，不知不觉间换了语气，似乎是两个家长在谈心："黑子这孩子也到年龄了，该娶媳妇了。同事朋友到处给他张罗，我的那些老战友也有几个有女儿的，不时传话过来，也有结亲的意思，谁料想这孩子一概不理不睬！更气人的是，人家问话，不应不答；人家来让相亲，他就领着两个孩子疯玩不回来！叫我下不了台！唉！碰上这样的憨牛，真真让我哭笑不得！"

梁银丰说："那就没外人时悄悄问他，是不是早有意中人了？"

路市长一拍茶几，杯子里茶水溅出一些，落到梁银丰裤子上："我上周也这么琢磨，于是就和颜悦色地问他：'黑子，你莫不是看上了哪家姑娘不敢开口？跟叔叔聊聊，也许叔叔能帮得上忙，只要不是天庭大仙女，龙宫里的小龙女，叔叔舍下脸去给你求亲。'黑子抢白了我一句：'就怕你舍不下这个脸！'"

梁银丰疑惑地问："到底是哪家姑娘，让黑子这么小瞧你？"

路市长笑了："我也是这么问他的。你猜他中意谁？他中意的竟是月鸾！还说什么非她不娶，谁也拿他没辙！"

裤子上的茶渍初始温热，现在有些凉了，贴在腿上着实难受。梁银丰也终于明白了，路市长单独留下他的真实意图。于是站起来告辞："市长您忙着，我还得回去上班，就不打搅了。月鸾的事我回去问问，亲上加亲自然是好事，但孩子们大了，他们的事家长也不能完全做主不是？何况我家里情况特殊，您也知道，我不是她的生身爹，更不敢贸然做主。我回去做做工作，尽量给你一个满意的答复！"

路市长让梁银丰稍等，他回到办公桌上，撕下一张公文用纸，匆匆写了个便笺，然后走出来递给梁银丰："你拿着这个去县京剧团找密雪尔，让月鸾她们先去干临时工，我也会记挂着这事，等机会再转正吧！"

梁银丰告辞出来，胡三姑还在门口等着呢。梁银丰驮上她，送到长途汽车站。看看天已过午，就在旁边的"庆丰楼"要了两小笼包子，一壶茶，拣了个靠窗的位置坐下，让胡三姑先吃着，他从上衣兜里掏出那张便笺，仔细看看。

便笺用正楷写就：

兹介绍梁月鸾、李呦呦两同志前往贵剧团，请安排接洽安排为盼！

签名：东海市人民政府办公室路生。

看着梁银丰对着张纸翻来覆去地端详，胡三姑不耐烦地说："不就那几个字嘛，你这老账房先生不会不认识！快趁热吃吧，肉包子凉了就不好吃了！"

梁银丰伸头看了看窗外，回头对胡三姑说："你吃饱了吧？吃饱了下去给我买样东西！喏，马路对面有家文具店，买两个刀片，一块橡皮，五张信纸，这是两块钱，剩下的买水果糖带回去！快去快回！"

胡三姑刚要张嘴问话，被梁银丰瞪了一眼，乖乖下楼去了。

梁银丰匆匆吃过饭，用手绢就着残茶擦完手，胡三姑回来了。

楼上的食客大部分是进城办事的，谁也不认识谁，匆匆吃完就下楼赶长途车去了。梁银丰他们来得晚，已经过了高峰时间，现在楼上三三两两的，没几个人了，六七十平方米的大厅显得空荡荡的。

梁银丰把信纸铺在桌子上，那张便笺放在上面，又端详了一会儿，就用橡皮擦那个"鸾"字，胡三姑吃惊地张大了嘴巴，梁银丰斜睨她一眼，胡三姑赶紧用手掌把嘴捂紧。

梁银丰用橡皮把"鸾"擦去,再轻轻用刀片刮平。从上衣兜里掏出支钢笔,先在信纸上写了几个"美"字,胡三姑终于知道他想干什么了,急得拉住他的衣袖:"你疯了!"

梁银丰甩开她的手,小心地把钢笔肚拧开,往地下挤出一滴墨水。再拧好,重新在信纸上写了几个"美"字,对着那张便笺比对一下,看看字迹字形基本相符了,才铺开便笺,认真地把"美"字写上去。

写完了,举起来,对着那张纸吹两口气,才仔细折叠好,递给胡三姑:"收好,回去让呦呦拿着,准备一下,下周五再去报到!"

胡三姑嘟囔:"整日神神道道,胆子比阎罗王还大!别连累了呦呦!"

梁银丰安抚地拍拍胡三姑的肩膀:"放心!只要你闭紧嘴,什么事也没有!"

梁银丰把胡三姑送上长途车,自回华丰厂上班去了。

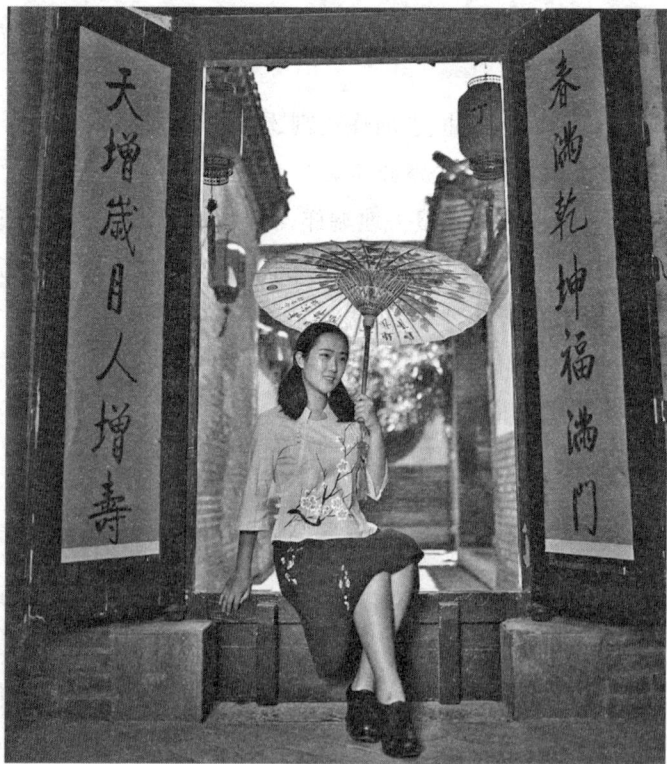

第六十五回 路黑子进门忙认师母
吉普车开进了梁家湾

周末到了,梁银丰准备回家,走出华丰厂大门口,到自行车棚里骑他的大金鹿自行车。

自行车棚在大门西边,梁银丰像往常一样,胳肘弯里夹着个黑皮包,低头往西走着。路黑子从后面跑过来,热情地招呼道:"梁师傅,回家啊!"

"嗯哪!黑子今天怎不急着回家了?有事找我?"

路黑子故作轻松地道:"也没什么大事!就是星期天没地去了,有些不习惯!"

梁银丰佯作不知:"这是怎么说呢?你叔叔搬家了?"

路黑子皱紧了眉头:"叔叔搬到省城去了,老慕容府空了,被文管局收了去,听说要做成园林公园对外开放,你知道我本来是个孤儿,以后只能在集体宿舍待着了!"

梁银丰想起路市长临别时的话,看着路黑子一脸落寞的表情,不禁生了恻隐之心,安慰道:"以后周末没地去,就跟我回乡下吧!"

路黑子高兴地蹦了两下:"梁师傅说的是真话?正好上周我答应月芽儿去公园看孔雀。那不如这样吧,你也别去骑那宝贝大金鹿了,我去厂部借辆吉普车,载你回去,再把月弯她们接回来,明天一早去公园,去晚了天太热,小孩子容易上火。"

看路黑子想得如此周到,想起以前他对月婧和月柔的细心陪伴,梁银丰怎么也不忍心拒绝,遂点点头:"去吧,我在这儿等着,开车小心点啊!"

一袋烟工夫,路黑子开过来一辆绿色解放吉普,梁银丰坐上去,还没坐稳呢,汽车嗖的一下开出去,梁银丰被闪了一下,心脏怦怦直跳。他一手抓牢座椅上的扶手,另一只手擦着脑门子上的汗,心下气恼自己:"没见过世面的东西,真是老喽!没坐过专车似的!"

街面上的建筑物纷纷闪过,斑驳陆离的光影打在梁银丰脸上,阴晴转换间,梁银丰不得不承认:一转眼离开慕容府快二十年了!自己从顶梁柱变成老朽木已是铁案。天翻地覆慨而慷,以后还得依仗这小子和路家保持联系啊!

梁银丰坐在后排,路黑子只顾开车,没看见他刚才的狼狈样。待出了城区,上了国防路,行人少了,只有两排粗大的白杨手拉手向后退,才开始大声搭讪:"梁师傅,你手上的皮包是老物件吧,真皮的,我在慕容府见过一个同款的!车间的那些伙计们说你成天夹着个包,像个收电费的!真没眼力价!收电费的什么水平啊,识不了几个字,认不了几个数,那皮包也是人造革的!哪能跟您比!您可是跟着慕容老爷见过大世面的,听说连红毛洋鬼子都对您礼让三分呢!"

梁银丰不仅暗笑:这小子看起来木讷,拍起马屁来可一点也不含糊!这些乱七八糟的事,也不知从哪儿听来的。

于是只嗯嗯应着,并不接话。

吉普车拐个弯,进了乡村路,梁家湾就要到了,这小子认得路呢!梁银丰不禁暗暗咋舌。

乡间路两边,是无人修剪自由生长,长得奇形怪状的柳树,还有无尽的芦苇。

一股子湿气夹杂着腥味儿窜进车内,混合着黑子的汗臭味,再加上汽油燃烧后的甜腻焦煳味,挤得鼻翼间、胸腔里满满的难受。

梁银丰盼望快点到家,往常没有觉得回家路有多远,今儿感觉格外漫长。

唉!岁月不饶人啊!梁银丰再次感叹起来:看来我是真的老了!

这乡村路颠簸起来,还真够人受的!老骨头都要被颠散了,还真不如骑大金鹿来得自在。

路黑子开着吉普车来到梁家湾,把月鸾吓了一跳,这人还真是说来就来啊!倒是街上的小孩子兴奋起来,围着车转来转去。不一会儿,一大拨老头儿老太太也来到梁家门前看稀罕。

梁家很久没有这么受关注了。梁银丰很是得意,吩咐月美快去供销社买酒买肉,苏太太快准备包饺子,月鸾赶紧去文家河接月芽儿,他拉着路黑子进屋:"走,先进屋喝杯茶!等会喝两盅!"

路黑子受宠若惊:"梁师傅,不用这么麻烦!我陪着月鸾去文家河吧,接上月芽儿,我们直接回城吃去!"

梁银丰不依了,板着脸儿道:"看你说的,跟我还见外!到家了哪有不吃饭的理！再说去文家河的路太窄,那些老百姓没见过汽车,万一划了碰了就不好了！听我的,车就停在这里！咱爷俩好好喝几盅,今晚住下,明天早起再走！耽误不了,还安全,你到了我家,我要对你负责不是,没听说过客随主便哪！"

路黑子拗不过,随着梁银丰进屋去了。

胡三姑听说梁家来了贵客,跑过来看热闹,一路晃荡着进了门。路黑子看见她,亲亲热热喊了声:"三姑!"

胡三姑看见是路黑子,咯咯咯笑起来:"我说梁家哪来的贵客呢,还开着大汽车,原来是黑子侄啊!得得得,我家刚攒了十个鸡蛋,还有腌好的五个大鸭蛋,你等着啊,我立马回家取了来,给你们做下酒菜!"

胡三姑边说边往外走,梁银丰大声嘱咐道:"顺便告诉书记村长一声,让他们有空也过来喝两盅。"

苏太太端着瓷盆,回北屋取白面,路黑子连忙接过来:"师母!我来吧,告诉我面在哪儿,我帮您。我喜欢和面。"

苏太太笑笑:"歇着吧,哪有让客人干活的道理!再说你这么大块的小伙子,怎会喜欢和面?这可是婆婆妈妈的活,又脏又累,月鸾和月美都不愿意干!"

路黑子说:"我在厂子里干的是铸造的活,就是和泥巴做毛坯!跟和面差不多,都得和匀了。我叔叔家没有女人,三姑不去也只有我能和面呢。"

苏太太讶然:"你是路黑子?"

路黑子弯腰扶苏太太坐下:"是我!师母,你认识我?你歇着,以后这些活就交给我吧!梁师傅说我有空就可以回家,师母不会反对吧?"

苏太太莫名其妙地点着头:"哪能呢!我不反对,孩子们都可以回家!"

路黑子洗过手,就在堂屋里蹲着和面,一边和苏太太说着话儿,梁银丰倒没有插嘴的空隙了。

院子里人声鼎沸起来,胡三姑领着书记村长进来了。

看见路黑子蹲在地上和面,村长感慨道:"看看!看看!大领导教育出的孩子就是不一样!踏实,勤快,没架子,亲民!快起来吧,老梁就会见缝插针剥削劳动力!哪有未来女婿一进门就和面的道理!老梁啊!这考验人的办法太蠢,太标新立异,我不赞同!听我的,小伙子,快起来喝酒!在咱们这儿,女婿是贵客!别干那些娘们儿的活儿!"

一语道破天机,跟在后面的书记哈哈大笑,苏太太一脸诧异,怀疑地看向梁银丰。梁银丰措手不及,尴尬万分,怒向胡三姑。路黑子暗暗自得,不慌不忙继续揉着面团。

走在最后的胡三姑连忙打着圆场:"开席!开席!菜齐了!菜齐了!爷们儿喝酒,娘儿们、姑娘们到西屋包饺子!"

乔大嫂看出了端倪,连忙接过面盆:"小同志快洗手入席,我们帮苏太太包饺子去!"说完面向苏太太:"嫂子,咱们到西屋去,你调好馅子了吗?"

苏太太如梦方醒:"哦哦!调好了!"机械地应了两声,就随乔大嫂到西屋去了。

月美扔下东西到文家去了,告诉月鸾路黑子今晚不走了,明天一早才走。村长陪着在家里喝酒呢。

月鸾和月美就在文家吃了晚饭。

今晚月色很好,天气回暖,微风轻抚。月鸾决定不回去了,给月芽儿收拾收拾,明天起大早回去。

梁家的酒席很晚才散,梁银丰出来送客时,村长已经步履不稳,乔大嫂和他媳妇一边一个扶着他。酒醉人不醉,在大门边,他大着舌头挥手:"回去吧!好好照顾那小子!那是个革命的后代哪,一门英烈啊!当年路家留在家里的几十口子人,杀得就剩他一个人。这小子福大命大造化大啊!如今叔叔做了省长,他早晚也会得到提拔!梁银丰你这老滑头!有眼光啊!怎么历次社会变革你都能沾光呢!了不起!了不起!"

乔大嫂嚷嚷:"醉大了,醉大了,快回家躺着吧!"

天一亮,路黑子发动汽车,去文家河接了月鸾和月芽儿,月美贪恋着跟文子强玩儿,不想进城,月鸾只好随她去了。

第六十六回　孔雀开屏鸾凤东南飞
绢书为媒传世玉羽觞

乡村路本就难走,文家河因为去年发过大水,马车辙被压得很深,汽车轮胎只能将就一个车辙,另一个就得在沟沿上滚,汽车似乎一直斜着开。

月芽儿紧紧地抓住月鸾的手,担心汽车随时会翻过来。月鸾今日特别难受,肚腹里翻江倒海的,她闭着嘴忍着,一句安抚的话也不敢说了,担心一开口肚子里的东西倒出来,让黑子笑话。

汽车终于拐上了国道,不再颠簸。路黑子从后视镜里看到月鸾脸色蜡黄,头上冒着一层细碎的汗珠,关切地问:"怎么了,需要停车吗?"

月鸾摇摇头,月芽儿接了话:"刚才颠得难受,快要吐出来了,我一直担心车要翻了呢! 现在刚好点,快开吧,别耽误了去公园看孔雀。"

路黑子笑了:"就知道你急,等不得了吧! 好嘞! 我踩上油门快些开,再有这么会儿,你就看见孔雀了! "

路黑子加大油门,很快到了人民公园北门附近,他转悠着找地方停车,月鸾看见西面是市妇幼保健院,摆摆手,月芽儿就喊:"停车! 快停车! "

路黑子心想:"今天是星期天,前边人多。一准不好走,停在这儿也好。"

路黑子刚把车停稳,月鸾急急跳下车,向着厕所方向跑过去。月芽儿要跟了去,被黑子一把拉住了:"你去干吗? 在这儿等等吧! "

好大一会儿,月鸾才捂着肚子出来,头上的汗珠仍不住地滴落,她向黑子露出苦笑:"我肚子搅和着痛,怕是昨晚吃了坏东西。你带着月芽儿先去看着孔雀,她盼了好些日子了! 我进去让大夫瞧瞧,拿点止泻药,一会儿去公园找你们。"

路黑子知道月鸾疼月芽儿如护眼珠子,忙不迭地应道:"也好也好! 你放心,我一定看好她,保证给你伤不着丢不了! "

月鸾挂了中医的号,看病的是位老医生,月鸾述说了病情,他把了一下脉,然后把眼镜往下拉拉,从眼镜框上面看看月鸾,一脸严肃地说:"你还是去妇科看看吧!"说完在病历上写了几句天书,递给了月鸾。

月鸾找到妇科,把病历递上,接诊的是个女医生,就是那个曾给月姝诊过的李大夫,她调到妇保院任妇科主任也有几年了。她看看病历,又询问了月鸾几句,让她躺倒在小床上仔细检查了一番,就让她坐回诊桌旁。

李大夫板着脸儿问道:"怀疑自己食物中毒?你可真粗心!想知道自己得了什么病吗?例假有五个月没来了吧?你肚子里长了一个娃儿,都五个月了!"

月鸾的脸腾地红了:"怎么可能?我例假一直不正常,以前也有过半年不来的情况!"

李大夫冷笑道:"怎么不可能!只要有男朋友,管不住自己就有可能!姑娘好像没结婚?赶紧想想该怎么办吧!"

月鸾急得眼泪都出来了:"怎么办啊,家里还没同意呢!不能生啊!打掉吧!"

李大夫哼了一声:"你想得也太简单了!你子宫发育畸形,不仅后位还口朝上,理论上很难怀孕!一辈子也许就这么一次机会!再说了,这么大月份打掉,正常人也不好,你以后还要不要孩子了?就看不过你们这些只图一时快乐、不管后果的年轻人!"

月鸾真急眼了:"大夫,你给想个法子吧!"

李大夫说:"看在你长得像我一个故人的份儿上,我给你出个主意:找你男朋友商量,快点结婚算了。结了婚,赶紧回老家生出来,写个检查,罚点款,也就过关了。作为医生,我是坚决反对大月份引产的。但提前怀孕这事,最好不能让单位知道!知道了,轻则逼你引产,重则影响前程!看你长得这么标致,男朋友一定在单位是个小领导吧?还是瞒着他的单位为好!虽然错误主要在男方,但你既然爱他,能瞒一时就瞒一时吧,毕竟年轻人被提拔不容易。"

李大夫先给月鸾打了一针保胎针,又开了一些安胎的药,告诉月鸾怎么服用,就去接待其他病人了。

月鸾谢过李大夫,失魂落魄地往外走。

这一段时间,腰身是比以前粗了些,但自己本来腰太细,还以为是最近生活规律了一些,胖起来了,正暗自窃喜呢!哪里想到竟是怀孕了。

在月鸾那个年代,未婚怀孕可是丢死人的大事啊!

怎么办?告诉子翔吧?让他想办法。

月鸾慢慢走到公园门口,才想起把药瓶上的标签撕掉,整整衣服,深呼吸几下顺顺气,平复一下心情,才慢慢进了公园。

月鸾找到孔雀馆,月芽儿趴在铁围栏上,拿着一朵花儿,踮着脚逗孔雀,等孔雀开屏呢!孔雀在远处踱来踱去,根本不理这个小毛丫头。

路黑子见月鸾走近了,迎上去关心地问:"怎么了? 医生怎么说? 没事吧?"

月鸾摇摇头:"没什么事,月芽儿怎么样,还听话吗?"

路黑子笑道:"从进来就趴在那儿呢!今儿也怪了,孔雀们都懒得要命,没一个开屏的,月芽儿急得要哭出来! 饲养员给了她一朵花,让她不停地晃,说这样也许孔雀能被招惹得开屏!孔雀嫉妒心强,说不定要过来和她比美呢!她信以为真,这不,还在那儿举着花晃呢!"

月鸾走过去,招呼月芽儿:"走吧! 咱们找你二叔去!"

说也奇怪,月鸾刚走过去,孔雀们似乎接到了什么命令,纷纷聚过来转圈,点点头,晃晃尾巴,好似来对月鸾朝拜,然后圆圈慢慢合拢,刷地开了屏,再慢慢转着,蓝色、绿色的羽毛在阳光下泛着荧荧银光,美丽极了,人们聚拢过来,议论纷纷。

给月芽儿送花的那个饲养员走过来,对月鸾说:"姑娘,你长得太美了! 孔雀们要和你比比哪!"

路黑子打趣道:"她是鸾鸟,一只大凤凰! 鸾凤和谐,这些孔雀是小凤凰,不开屏还不如鸡呢!所以看见她来了,赶紧过来朝拜,赶紧开屏,它们都不想变成鸡啊!"

周围传出一阵哄笑声。月鸾嗔怪道:"看你,顺嘴胡吹海聊,人家都笑话你啦! 快走吧!"

月鸾让路黑子拉她们去剧团找子翔,路黑子悄悄做了个鬼脸,心下思忖:那是情敌啊,当我不知道呢!我正好去看看是不是长着三头六臂,说不定哪天要打一场呢。

肚子里嘀咕着,嘴头子并没冒出什么,乖乖地去了。

子翔正在老美工指导下画布景,听说来人找他,赶紧告了假,到传达室去了,一看是月鸾来了,高兴坏了,领着她俩去了宿舍。

子翔的宿舍就在剧团小礼堂旁边,里边半间放布景,外边半间放了张单人床,床下也是布景。床上铺了层蓝布床单,绣着几束紫粉海棠花,床单上面却覆了一层钩针钩织的丝线镂空床罩。

月鸾笑问："这是哪个姑娘送给你的？"

子翔红了脸："月鸾，你别误会，这不是哪个姑娘送的，是我们团长给我的!"

月鸾眼前飘过密雪尔的笑脸，佯怒道："你们团长就不是姑娘了!"

子翔急了："团长就是团长，可不是一般的姑娘，她是个好大姐，你可别乱猜啊!"

月鸾本是开个玩笑，看子翔那个囧样儿，想起要说的正事，就想支开月芽儿，她朝子翔努努嘴，子翔会意，从抽屉里拿出一本《雁翎队》。

支开月芽儿的最好办法是给她一本书，她拿到不管多厚的书，不吃不喝也要一口气看完，除非你把她拖走，或者把书抢走。只要有书，她就会沉进去，什么也忘记了，什么也听不见，眼前只有书。

子翔说："月芽儿，这是本新书，别让人看见抢了去，我打开礼堂门，你坐那儿悄悄看去!"

子翔的房间西墙上有一个小门，和礼堂通着，是为了送布景方便，今天却给月芽儿做了专门的读书室。

月芽儿读书去了，子翔抱住月鸾，月鸾也紧紧回抱子翔。

过了好久，月鸾忍不住嘤嘤哭起来：他们从峡山工地上回来，已经很久没单独见面了。这肚子里的种儿，还是在峡山工地的窝棚里种下的呢!

月鸾正要开口说说这事，子翔松开她，弯下腰从床底下拿出一个包袱来："这是我娘留给我的传家宝，说是给我媳妇的，你看看是什么东西，带回去吧，我这儿人太乱了，别弄丢了! 我去你家提亲两次都带着它，本想那时交给你爹替你保管着，都被你爹给扔出来了!"

月鸾打开包裹，里面有个木盒，木盒里有几层黄绸，层层包裹打开来，却是一只玉羽觞。月鸾举起来看了看，底部有成人拇指大的圆形血浸，杯沿上也有点点血浸，正是那另一只玉羽觞。

月鸾冷笑一声："月姝姐姐和爹爹都惦记着这只玉羽觞，以为是母亲藏起来了，却原来在你这儿! 爹爹知道他两次仍出去的包裹里，有他梦寐以求的东西，还不懊恼死啊!"

子翔说："这东西这么重要啊! 我和我爹从没打开看过，还以为我娘给儿媳妇留了金首饰呢？话又说回来，打开了我们也不认识!"

月鸾说:"这是个无价之宝,我不能要!你还是自己留着吧!"

子翔还在端详那只小木盒,他把黄绸布全部抽出来,感觉底下那块小木板好似是活的,就试探性地用螺丝刀顶了一下,果然有一层薄薄的木板是活的。子翔把它抽出来,底下也没什么东西。把那块木板反过来一看:原来玄机在这儿呢!

薄木板上贴了块白绢,上面写了几行小字,子翔让月鸾看看,月鸾读出声来:"姑娘,当你读到这封绢书的时候,你就是我儿子的媳妇了!希望你把这只玉羽觞收好,传给你的儿媳妇。它既是传家宝,也是母亲的祝福,文家的每一代儿媳妇都是凤命,都会辅佐儿子读书学习,平安生活!此玉与你有缘,你是这一代第一个看到它的女人,你就成为了它的宿主,别拒绝,别放弃,别抛掉,它将伴你一生一世,等待着下一个宿主!留下我的祝福,祝福你们,有情人终成眷属!不能卖掉,只能传给你的儿媳妇,谨记!母亲。"

月鸾的震撼不亚于得知自己怀孕!她想起了两个姐姐,也在幻想子翔母亲的形象。看子翔五官的轮廓,她应该是个美女,看这封信的措辞,她应该不是一个普通人,她去哪儿了,如今还活着吗?若活着,如今又是怎样一份情形呢?

月鸾正在浮想联翩,子翔喜滋滋地说:"告诉你一个好消息,我快要转正了!老美工师傅下月退休,空出了指标,他向团里推荐了我,团长同意,报给文化局党委会,也开会表决通过了!团长说了,只要我好好干,别出事,我就会顺利转正了!我整天在团里画布景,能出什么事呢?等我转了正,我就去求团长,把你作为家属工带出来,团长一定会同意的!到时,我们就会在一起了,你爹爹一定不会再反对了。"

能出什么事呢?未婚先孕也是大事啊!月鸾耳边想起李大夫的话:"你若爱他,最好不让他的单位知道,年轻人提拔不容易!"

月鸾把要说的话咽了下去。

月鸾把玉羽觞原样包好,对子翔说:"那我先给你保管着,你什么时候想拿回去都行!我如果不在你家,就跟母亲要吧!"

天快黑了,月芽儿还在那儿看书,月鸾把她拖出来,月芽儿捧着书恋恋不舍,子翔说:"这本书送给你了!好好读书,长大了你也写一本,我来演男主角!"

月鸾扑哧一声笑了:"等她写成书,你都成老头儿了吧,还当什么男主角!你在这儿做梦吧!我们回去了,月芽儿明天还要上学呢!"

子翔说:"我们月芽儿是一年级大学生了!二叔再送你一个笔记本,一支钢笔,好好学习,二叔一定能等到演你书中的男主角。"

路黑子倚在车边,百无聊赖地抽着烟,晃着腿。看见月鸾出来,慌忙把烟扔了,把车门打开。

月鸾和月芽儿坐上车,向子翔挥挥手。

月芽儿累了一天,躺在后车座上,头枕着月鸾的腿,车没开多远呢,就睡着了。黑子把外衣脱下来递给月鸾:"你给月芽儿盖上吧,我开着窗子,别让她着了凉!不开窗子很闷,怕你受不了,又像上午那样难受晕车。"

月鸾心情复杂,一言不发,眼泪不觉地流出来,打湿了黑子的外衣。

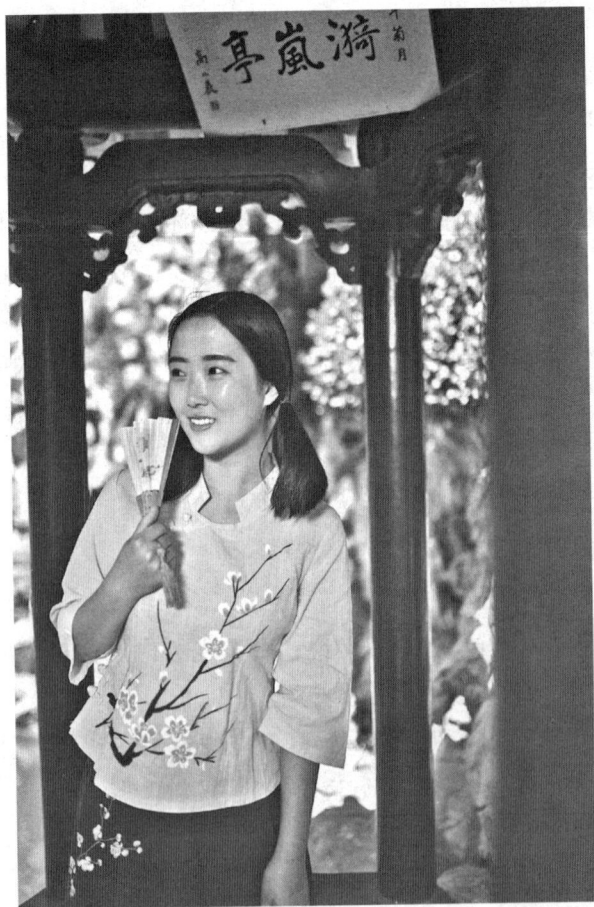

第六十七回　李代桃僵梁月美进城
　　　　长拳比武文子强参军

　　今年的征兵开始了,文子强报了名,初审没过,年龄差半岁,十七岁半。文子强急了,进城找文五叔想办法。

　　月美和呦呦要进城,到剧团报到的时间到了,三人相约一块去。

　　一大早,文子强骑着借来的飞鸽自行车,来到梁家湾找月美。

　　月美跑去呦呦家,进门就喊:"呦呦!快一点,文子强来叫我们了!"

　　呦呦正站在院子里对着辆自行车发呆呢。

　　呦呦家这辆旧的凤凰车,还是李爹爹活着时候,用伤残补助金买的。当时胡三姑笑话他:"买这个干吗!你是残废!腿脚又不行,骑不了也不能当画看!我也不会骑,呦呦一个女孩家,一辈子也进不了几次城,放在家里插窝占空!瞎浪费钱!真是瘦子肿脸充胖子!"

　　当是李爹爹对呦呦说:"别听你娘叨叨!这是爹爹给你买的,进城方便!以后啊,没事多进城逛逛,看看电影,见见世面!咱呦呦长得这么俊,说不定哪天啊,碰上个城里小伙子,把咱呦呦也带进城里工作呢!"

　　呦呦记得,当时被爹爹说得不好意思,站在院子里扭着腰拽着大辫子,一边端详车子,一边嗔怪坐在躺椅上晒太阳的爹爹:"看您说的,跟真事似的!"

　　李爹爹是真心疼爱呦呦:"这车子呢!也算爹爹给你留个念想!赶明儿爹没了,记得清明节骑车子回来,给爹爹压张坟头纸,烧些纸钱!爹爹在那边有钱花,想起尘世里还有个闺女惦记着,不孤单。你是只凤凰,比你娘强,早晚会飞出梁家湾的!到时候工作忙了,就在城里给爹爹上炷香,爹爹也算没白养你一场!"

　　李呦呦想到这儿眼圈红了,昨天已给爹爹上了一炷香。胡三姑还嘀咕着呢:"这丫头到底随谁啊,还挺有良心的!"

　　子强骑车载着月美,呦呦自己骑着一辆带着两个铺盖卷儿,三人跟家里人告别,骑车往城里奔去。

月鸾、苏太太、胡三姑站在村口,看看他们拐上了 307 国道,苏太太、胡三姑转身往家走。月鸾怅然若失,眼角有泪珠晃动:身边能说上话的朋友一个个都进了城,先是文子书、文子翔,这次是月美、呦呦,文子强一定能当上兵的,就差半岁,文五叔在城里能说上话。

剩下了自己形单影只,肚子里还藏着孩子,又不想连累子翔,又不能在家里生下孩子。

没出阁的姑娘,在娘家生下孩子,唾沫星子不把自己淹死,梁爹爹也会把自己打死。下一步可怎么走?想到此处,泪珠子就成串流出来,挂在脸上。

胡三姑终是心里有鬼,连忙回头拉着月鸾的手:"月鸾啊,你别多心,这次让月美去没让你去,你爹爹是想,你反正要嫁给路黑子了,到城里工作是早晚的事!你成了路家的媳妇,他叔叔当副省长,还能不给你安排个好工作?咱不眼馋她们!回去等着吧!我看哪,只要你说句话,路黑子马上屁颠屁颠地开车来接你!只要你点个头啊,路黑子马上娶你过门!"

苏太太也说:"月鸾,回家了,村口风大,回了吧!"

月鸾擦擦泪,跟在她俩身后往回走,胡三姑回头对着月鸾说:"我还真就纳闷了,路黑子又是正式工,家里还有当官的叔叔,你还拿捏什么呢!要是黑子看上了呦呦,我早就逼她嫁过去了,哪还有你的份儿!"

没想到文子强当兵,也走的路黑子的门路。

这次来领兵的是路省长的老战友,他到华丰厂找黑子,问他愿不愿意去当兵,这次招的是坦克兵,需要矮个敦实的,黑子正合适,若愿意呢,就直接领他走。

路黑子还想着月鸾呢,哪有心思去当兵,就在厂部办公室陪着领兵的叔叔瞎磨叽。

路黑子屁股坐不住,有椅子不坐,站在办公室屋地上晃来晃去,不时心不在焉地往办公室窗外瞅瞅。

华丰厂厂部是个四层小楼,办公室在一楼,后窗正对着大门口,

真是无巧不成书啊,他从后窗里看见月美、呦呦、子强从大门口走进来,就赶紧跑出去迎着,问他们来厂里干什么。

月美抢话:"我和呦呦来找爹爹,爹爹领我们去剧团报到,先干临时工,爹爹

说有机会能转成正式工人呢！子强想当兵，年龄不够，要去找文五叔帮忙，看能不能托托关系。"

路黑子往后瞅了瞅："就你们三个？月鸾呢，她怎么没来？"

月美噘着嘴："你们怎么都只想着月鸾！从听说要去干临时工，多少人这么问过了！三姐不是有你吗？你们结了婚，你叔叔还能不给她找工作？谁信哪！我敢打赌，她立马找上好工作！立马进城！"

路黑子急问："这么说你也赞成我和月鸾结婚了？苏太太也是这么认为吗？月鸾知道吗？"

月美没好气地说："爹爹不让我说！他说娘和三姐都不识好歹！让我别跟着瞎掺乎！爹爹还说，让我动员三姐跟你结婚，要不然这个临时工的名额就得让给三姐！凭什么啊？！这可是你叔叔送给我和呦呦的，凭什么要我让出来？你快求求你叔叔，再给三姐要一个呗！"

路黑子正自迷惑，叔叔送临时工名额为何没有月鸾的份儿？按理说应该是先有月鸾后才能轮到月美。

梁银丰从楼上下来，紧跑两步往这赶，远远呵斥月美："没规矩的野丫头，在大马路上嚷嚷什么呢！丢人现眼！"

梁银丰算计着时间，她俩应该到了。迟迟没上楼找他，担心是大门不让进，穿上外衣正要出去迎迎，无意中往后窗瞟了一眼，看见月美在跟路黑子说着什么。梁银丰作贼心虚：自己在那张便笺上偷龙换凤做了手脚，担心路黑子刨根问底漏了馅，连忙跑下楼来，大老远地就开始训斥。

路黑子接话说："梁师傅别急着训月美了，赶快领着她们去报到吧！子强来得正好，当兵的事，包在我身上，不用去找文五叔了！隔道手麻烦！你跟我来，我给你介绍个人！"

梁银丰领着月美、呦呦走了。路黑子拉着子强进了办公室，把子强推到领兵的叔叔面前，笑嘻嘻地说："叔叔，我给你推荐个坦克兵！这是我老家的表弟，叫文子强，今年十七岁半，虽然岁数上差半年，你看这体形、身段、体质，天生就是个当兵的料。他还有一身好功夫，听说是祖传的长拳，给你当个警卫员都及格。不信你试试他？"

领兵的叔叔饶有兴趣地站起来，围着文子强转了几圈，拍拍子强的腰部，踢踢子强的腿肚子，捏捏子强胳膊上的肌肉。

最后在子强面前站定，与他对视了足足有五分钟，一言不发。子强不扭捏不做作，大大方方站着，毫不畏惧地与他对视。忽然，领兵的叔叔唰地伸出一个上勾拳，直抵子强的面门。

说时迟那时快，子强反应异常敏捷，立马甩头往左一闪，反手一个右勾拳，直逼对方面门，同时身体瞬间蹲成马步。

对方头唰地闪开，也蹲成马步，两人噼里啪啦比画起来，办公室的人都呼地站了起来，惊呆了。

两人你来我去打了半个时辰，都做的是花架势，点到为止。但谁也近不了谁的身，武艺在伯仲之间，难分上下高低。

领兵的叔叔做了个停止的动作，两人各自退后一步，收腿平腰站直。掌声稀里哗啦响起来，领兵的叔叔哈哈大笑："黑子，给你个面子！这个兵我收下了！我十三岁就当兵了，年龄不是问题，可以特招！只要政审过了就带走！"

路黑子高兴得手舞足蹈："他家成分是贫农，根正苗红，他五叔是水利局办公室主任，政审没问题！我保证！"

领兵的叔叔用华丰厂的公文纸，写了封介绍信，递给子强："拿着这个去县里武装部报名政审，应该没问题，到时亲自去领你走！"

文子强鞠了个躬，欢天喜地地走了。他要去剧团看看月美那边办得怎么样了。

梁银丰领着呦呦和月美到了剧团政治处，接待他们的是个年轻姑娘，梁银丰递上便笺，那姑娘看了看："团长上周就吩咐过了，你们怎么才过来！"

梁银丰赔着笑脸："我这周加班，没回去，所以耽误了，这不，她们等不及自己跑过来了。大老远地从农村骑车赶过来不容易，您给登记一下吧！"

那姑娘拿着纸条念叨："梁月美！李呦呦！你们两个就是在峡山水库上演戏，得到市长表扬的那两位？"

梁月美正要接话，刚嘟起嘴要说不，梁银丰从旁边拽了她一下，月美一个趔趄，磕在桌子边上，胳膊肘不小心碰到了桌子上的一杯水，那姑娘手忙脚乱，赶紧收拾桌上的报表文件。那张便笺，被水泡了，字迹变得模糊不清，梁月美吓得小声哭起来。

梁银丰拧了梁月美一下："看你干的好事！怎么这么不小心！还有脸哭！闭嘴！"

月美抬头看看梁银丰阴沉的脸,吓得闭了嘴。

密雪尔听到政治处的吵嚷声,走进来询问什么情况。年轻姑娘如实汇报:"团长,是这位姑娘不小心碰倒了水杯,把文件弄湿了,也没什么大事!就是这封路省长手写的介绍信泡污了,看不太清楚!"

密雪尔看看抽泣的梁月美,看看李呦呦、梁银丰,又看了看那张便笺,字迹虽然模糊,还看得出路省长的笔迹,也依稀辨出介绍的是梁月美、李呦呦两人。

密雪尔原来以为来者是月鸾和呦呦,现在月鸾没来换了月美,心下疑惑,但也没多问,吩咐先给办理登记,就出去了。

一会儿电话铃响起来,年轻姑娘接了,对梁月美说:"我给你写封信,你去大华服装厂报到吧,那儿正在招缝纫工,剧团里也有几个家属工过去报到呢!"

梁月美问:"那呦呦呢,她也一起去吗?"

年轻姑娘说:"她留下吧!团长说她们曾经同台演过戏,她表现还不错,我们剧团的人都是一专多能,她留下管服装,碰上下乡演出演员不够,还可以顶上!"

月美用征询的眼光看了看梁银丰,梁银丰接话说:"太好了!你们团长太会安排了,人尽其材,物尽其用,慧眼识人,大华服装厂非常适合梁月美,她年龄小,多学点技术有好处!谢谢你!把介绍信给我吧,替我谢谢你们团长,我们走了!"

梁银丰拉着月美向外走,呦呦也跟出来:"这是怎么说的呢?一起来怎么分了两个地方,也不能互相照应了。"

梁银丰说:"这样最好!呦呦你安心在这儿工作,好好表现,争取早日转正,也给你娘争气!"

呦呦点点头:"您放心吧,我一定会好好干的!"

梁月美插话说:"呦呦姐,你是不用担心的,子翔哥在这儿呢,他会照应你的!我可怎么办呢?人生地不熟的,一个人也不认识!"

梁银丰拖着月美往外走:"凡事要靠自己,靠谁也帮不了你一辈子!走吧!大华服装厂我还认识几个人,他们会照应些的!"

呦呦一上班就忙起来了,剧团要迎接七一,正在排一场大戏,每个人都忙得手忙脚乱!这次密雪尔又采取在峡山水库的做法:全员参与,不管是演员、美工、服装、灯光,一律参加排演。

自己的本职工作要做好,所有团员要求全本背诵台词,每个人既是主角也是配角。不管谁上场,万一出现卡戏或者演员生病之类的特殊情况,工作人员随时能提词救场。

离演出越来越近了,呦呦自从来后快两个月没休班了。

子翔的师傅终于退休了,老美工师傅亲自陪着子翔做了接班手续,子翔顺利转正,成为正式工人。

星期天就要在华丰礼堂演出了,呦呦周五终于可以休一天班。她去约子翔一起回家,正好用那台凤凰自行车载着她。子翔没有车子,平日里回家都要坐长途车,加上这一阵子忙,足有半年没回家了。

不巧的是,子翔不休班,他要布置舞台布景,周六是最忙的一天!他托呦呦捎几张票给月鸾,请她星期天来看演出。

文子强参军了。

老村长亲自给他挂上了大红花。今年验兵的对九龙公社特别青睐,一批兵带走了二十个。文家河也有三个青年光荣入伍。村里敲锣打鼓把他们送到村口,然后坐上了路黑子开来的吉普车,嘟嘟嘟嘟直到公社驻地集合点,再转乘公社的送兵卡车,到县武装部集合。

吉普车送兵这事是月美找的。她跑去华丰厂找到路黑子,央求道:"黑子哥,你帮个忙吧!子强通过了政审,星期天就入伍参军了!你能不能先去趟文家河,把他送到公社集合点,让他多光荣光荣!我在公社等着。送走子强就去梁家湾,三姐要到县里看戏,戏票子翔哥已经给了,让呦呦姐捎回去了,下午你顺路拉三姐去剧团看戏!"

路黑子本来想去梁家湾看月鸾,正愁没理由呢,干脆送月美一个大人情:"是吗?我星期天本来约了人打篮球,既然你求我,我就为你跑一趟,干脆好人做到家吧!"

九龙公社新兵集合点上,月美看见吉普车过来,跑过去迎着。子强跳下车,月美拉着子强的手,泪眼婆娑:"记得给我写信啊!我听说新兵在驻地拉练,就是去附近乡村里跑步。还有军民共建活动,就是帮附近村里的农民割麦子收玉米等等,很累很苦,你要多保重,多吃饭,多喝水,别饿着,别上火!还有啊!"说到这儿月美扭怩了一下,脸先绯红起来。

子强急问:"还有什么,你倒是说啊,急死人了,大家已经集合列队了!"

月美松开子强的手,拧着发辫梢,声音小得像蚊蚋:"听说很多新兵就此看上了驻地的姑娘,复员后住下不走了,你可别跟他们学啊!"

子强笑得前仰后合:"你从哪儿听来这些个乱七八糟的话!领导说了,军队有纪律,不准和驻地姑娘谈恋爱!再说部队都是集体行动,你以为是修河啊,晚上允许我们一对对地瞎转悠?允许别的姑娘像你一样,赖在我的窝棚里不走?"

月美脸涨成了大红布:"小声点,别让人听见!总之你不许和别的姑娘拉手说话,我在家里等着你回来!"

"集合了!集合了!"哨声响了无数遍,仍有新兵被亲人拉着手的绊住脚的,公社里的武装干事拿着喇叭转悠着吆喝。

子强甩开了月美的手:"走了!我会给你写信的!"月美的眼泪唰地流了下来,声音哽咽了:"一定记着啊!我在家里等着你回来!"

新兵们列队集合,报完数,公社书记讲了几句鼓励的话,就纷纷跳上卡车。

卡车轰轰隆隆开走了,抛下了一溜青烟。月美站在原地不动,眼泪还在潸潸流淌。

路黑子走过来招呼月美:"回去吧!小丫头这么小就想男人,哪辈子是个头啊!要不放心,我让叔叔把他送回来,拴上个绳子,你整天提溜着如何?"

月美回头呸了一声,一挥袖把眼泪擦干:"哼!怪不得三姐不喜欢你,说话这么没水平,一看就知道上学少,没文化!没头脑!没感情!"

路黑子摆摆手:"得得得,小姨奶奶!上了两天班,这嘴皮子怎么这么不饶人?服装厂的娘儿们就那几招,这么快就学会了?得嘞!我怕了你了!快上车吧!"月美坐上路黑子的车,回梁家湾的路上未发一语,路黑子也不敢再逗她。

第六十八回　子翔为救场一鸣惊人
　　　　月鸾已怀孕初嫁黑子

呦呦昨晚到家后，先把戏票给月鸾送了过来。月鸾一晚上辗转反侧，无法入睡："这身子越来越沉了，再几日怕要遮掩不住了！要不要告诉子翔？连累了他怎么办？不告诉他可怎么收场？"

思来想去，直到窗子泛白，才沉沉睡去。

一觉醒来，日上三竿，喊了几声"月美"，无人应答，才想起月美去公社送子强去了。

苏太太带着孩子们出去了，大概又去湾边摸鱼了。两个小子最近迷上了在湾边耍水摸鱼，平日里母亲不敢放出去，她不习水性，怕淹着不好交代。今日爹爹休班，一定是一起去了后湾。

世间的事说也奇怪，梁银丰自打那野孩子渐渐长大，性情竟然柔和了很多，很少听到打骂声了，他和母亲的关系有些相敬如宾的况味了。或者说是井水不犯河水，平静地在一起搭伙过日子：母亲给他看孩子，他每周回来一次，每月送回生活费。也许是虎老了无毒，人老了念旧，爹爹看母亲的眼神，最近多了些怜悯的意味。

月鸾简单洗刷装扮了一下，草草吃了些东西，就在院门口坐着等路黑子来接她。

昨晚月美已经说过，今天黑子来送子强，顺便把她们带回城里看戏。

月鸾想来想去，这事还得告诉子翔。她已经想好了："今日告诉子翔后，回家就悄悄告诉母亲，然后到树林子里躲起来，住在那个看林人住过的小屋里。母亲会常去看她，也能接生，她在那儿可安全地把孩子生下来！对外就说是去上海串门去了，满月后把孩子悄悄放到家门口，对外声称捡了个孩子，先养着，等以后和子翔结了婚再报上户口。母亲一定会配合的！"

第六十八回　子翔为救场一鸣惊人　月鸾已怀孕初嫁黑子

月鸾正在胡思乱想着，黑子和月美到了，忙迎进屋里端茶倒水。黑子激动得手足无措，看月鸾端着水他慌忙接过来："你别忙了，快歇着吧！咱们坐一会儿，让月美收拾东西，我们陪你进城看戏去！"

呦呦自己先骑车走了，月鸾他们吃过午饭，歇起响来才走。

"潍县京剧团庆七一汇报演出"的横幅挂在华丰礼堂里。

月鸾他们到时，观众座无虚席，只有预留的前三排有空座。华丰礼堂的布局是舞台高出地面一米，台下有三列座椅，两边靠墙各有一排，中间一排左右是人行通道。月鸾的票在第三排中间一列第二位，靠近人行通道的地方。

他们刚坐稳，团长密雪尔陪着市政府、县政府的领导来了。密雪尔看见了路黑子和月鸾，只微笑点头，没有上前搭话。

待领导们都坐下了，密雪尔才回头对黑子说："你怎有如此雅兴？以前请你多次怎不来？早知道你要来给你送票去！"

路黑子指指月鸾和月美："我才不感兴趣呢！是陪她们来的！哎！我说，这是月鸾，也会唱戏，叔叔说堪比专业演员呢！她在峡山水库上演过戏，你们应该认识啊！"

密雪尔啊啊应着，未置可否，月鸾专心看着舞台，心里却嘀咕："这密雪尔明明认识我，当时在峡山还对我很尊重，很好的，今天怎么装作不认识呢？"

月鸾看见密雪尔对身边领导俯耳小声说：可以开始了吗？那位领导点点头！密雪尔对着舞台一招手，全场灯光瞬间黑灭，只有舞台上打起了追光灯。灯光笼罩着报幕员走出来，站稳后一亮相，清脆的声音同时响起来："各位领导，各位观众朋友们，潍县京剧团庆七一汇报演出正式开始，下面请欣赏现代革命京剧《智取威虎山》！"

大幕拉开，男主角杨子荣第一个出场，穿着绿军装，披着白披风，风雪夜前往夹皮沟，在舞台上转了一圈后一亮相，全场掌声雷动：好一个帅气、英俊、挺拔、灵秀的侦察排长！

密雪尔旁边的领导与密雪尔交头接耳："你搞什么鬼？怎么换了主角？这人以前没见过！能行吗？这可是庆七一专场啊，政治任务！出了纰漏你可吃不了兜着走！"

密雪尔低声下气地解释："您先往下看看，有情况再发火不迟！那个主角让你灌醉了，上不了台了！只能让他顶上去！救场如救火啊！您放心，在峡山水库我们合作过,是个不错的演员。"

那位领导仍不放心:"在这之前干过什么工作?政治可靠吗?"

密雪尔连忙说:"他五叔是市水利局办公室主任,家庭贫农,根正苗红,政治上绝对可靠!在生产队干过队长,在峡山干过宣传员。去年来剧团干美工,上月刚刚转正!这戏全员参与,排了一年多了,有备无患嘛!这不,还真派上用场了!"

两人连看边说,月鸾坐在他们后边,想不听都不行,离得太近了。

说话间,"杨子荣"第一段唱腔已结束,全场掌声如雷!许多人站了起来。

前边终于停止了质疑,安静地看戏。

上半场结束,子翔的嗓音、台风、气质、扮相征服了观众。观众席里人声鼎沸,人们都在热情地议论这个新男主演,汇报演出获得了巨大的成功。

密雪尔陪领导去贵宾室休息,黑子和月美不知跑哪去了,月鸾正四处张望着找他们,密雪尔又折返了过来,主动热情地跟月鸾打招呼:"月鸾,是你吧?我看着像你没敢认!"

月鸾点点头:"你好!我是月鸾!"

密雪尔热情地握着月鸾的手:"月鸾,你胖了很多啊,胖了不好,感觉没有以前精神了!要注意节食啊,别胡吃海喝的!以后嫁人可就打折扣了,谁愿意娶一个累赘的胖子啊!

"你看子翔多好,不胖不瘦,身材匀称,嗓音清亮透明,天生就是演戏的料。刚才市长说了,人才难得,人才难得啊!只要这场戏下来不出纰漏,马上就给他嘉奖,提拔他为副团长!他前途无量啊!

"你是他老乡,为他高兴吧?但紧要关头,不能让他分心,不能给他惹麻烦啊!我看他在台上不时往你这儿注目呢!明天我们要到沂蒙山区慰问演出了,两个月才能回来,希望你不要拖后腿哟!"

月鸾低下头,有泪水从眼眶里要掉出来,她努力憋了下去,深深吸了一口气。抬起头对密雪尔说:"你放心,我不会拖他后腿的!"

演出继续在热烈的气氛下进行!观众纷纷回到座位上。演出过程中,不时传出阵阵掌声和笑声。

演出大获成功!

演出结束后,还没卸妆,子翔就跑过来找月鸾:"月鸾,我演得怎样,在台上光顾着看你了,也不知是不是漏词、错步了,与乐队和不上拍子了? ”

月鸾看见子翔神采奕奕、踌躇满志的样子,想起密雪尔的话,心里酸酸的,但依旧满脸灿烂:“祝贺你演出成功! 你们团长说了,今后你会前途无量,祝你成功!”

子翔倒有些羞惭了,小声嘟囔:“你也学他们的样,胡夸乱夸! 哪有成功! 能和你在一起才是最大的成功!”说完用祈求的口吻低声说,“今晚住下吧! 我们好久没见了,我有很多话要告诉你呢!再说黑灯瞎火的,也不好走,还是别走了。”

这时密雪尔过来喊:“文子翔,快回舞台上去,市长要接见你! ”

月鸾推推他:“快回去吧! 舞台需要你! 那才是适合你的地方! 我回去了,再见了! ”

文子翔恋恋不舍地抓住月鸾的手,这时路黑子走过来,对子翔说:“快上啊,你们团长在叫你呢! 你放心,我开车把月鸾送回去,保证毫发无损! ”

看着子翔转身离开,月鸾不由得泪如雨下。路黑子连忙揽着她往外走,月美莫名其妙地看着他们的背影。

上得车来,月鸾一言不发,路黑子也默不作声,只递过干净的手绢过来。

月鸾的眼泪流了一路。

伴随着时有时无的抽泣声,汽车开到了南坝崖,路黑子停下车,从车上先下来,又绕过来伸手接月鸾:“下来吧,下来透透气,洗把脸,这样回家让父母看见不好吧? ”

路黑子把月鸾扶到石坝上坐下,自己从车上拿下两条毛巾,一边往坝下走一边说:“你乖乖坐着别动啊,我下去取些水给你擦把脸。”

路黑子把沾湿的毛巾递给月鸾:“擦擦吧。别哭了,什么大不了的事,有我呢! ”

月鸾闻言,惊异地抬头。路黑子说:“不就是怀孕了吗? 想生就生下来呗! 我就是孩子他爹,你要没意见,就回家准备两天,咱们下周一登记,下周末结婚。正好我自己占了一间房子,室友们都结婚走了! 虽然小了点,先将就一下,明年厂里盖新房再申请,我工龄长,明年一定能分到两间新房。”

月鸾错愕地瞪着黑子,黑子说:“别这么看着我,我不是坏人,不是存心想打听你的隐私! 那天看你脸色太难看,眼皮、手脚都莫名其妙地浮肿,担心大夫误诊。子翔又忙,这家医院我熟,就自己跑去内科,内科对你有印象,说转了妇科。

那个李大夫我认识,我一问你的情况,她先把我臭骂一顿。"

路黑子耸耸肩,做苦笑状:"你也知道李大夫的脾气!从她那儿我知道你这个孩子必须生下来!"

路黑子看看月鸾的表情,继续说道:"我知道你不喜欢我,你爱的是子翔!可如今这情形,你嫁他就等于毁了他!爱情是不分对错的,孩子来了是个缘分,他出来时希望阳光灿烂,你就满足他吧。"

月鸾停止了哭泣,呆呆地看向石坝下的碧水深潭。皎洁的月光挂在天上,清亮的月辉笼罩着他们两个,把影子拉得很长很长。影子的脚在岸上,头落在了泛着银光的潭水上,被夜风吹皱,随波飘荡。远处,不知名的鸟儿唱着小夜曲,近处,草蜢蛐蛐儿弹着略显凌乱的和弦,生命在黑夜里不安地躁动。

夜深了,有白雾从深潭中升起,弥漫了整个树林,逐渐蔓延到坝崖边沿。

路黑子脱下自己的外衣给月鸾披上:"这儿雾气重,咱们回去吧!"

说罢,怕月鸾坐久了身子不便,俯身把月鸾抱起来。

月鸾趴在黑子肩上,呜呜地大声哭起来。

路黑子耐心地拍着月鸾的肩背,让月鸾尽情地哭个够。

一周后,月鸾回禀了母亲和梁银丰,与路黑子登了记。

苏太太没问为什么,只说了句:"问问自己的心吧,日后莫要后悔就好!"

梁银丰暗暗高兴,在村里走路昂首挺胸,乔大嫂对人说:"你看那梁银丰,把闺女嫁给了省长的侄子,抖抖地横着走路,梁家湾都要盛不下了!不过那女婿也确实是丑了些!黑得掉到炭堆里拣不出来!可惜了月鸾的好相貌了!"

胡三姑倒有不同的见地:"自古丑汉配娇妻,日子富得没法比!月鸾跟了黑子,享福呢!"

第六十九回 路黑子仗义娶鸾凤妻
文子翔错过前世姻缘

　　路黑子请了假,粉刷房屋,购买家具,置办结婚用品。梁银丰找人择选了个好日子,噼里啪啦放了几挂鞭炮,左邻右舍分了喜糖,请村长和书记喝了场喜酒。

　　路黑子开着吉普车,高高兴兴来梁家湾,接走了梁月鸾。

　　月鸾与黑子结婚了。

　　月鸾走了,梁家小院似乎空寂了下来。平日里,梁银丰在城里上班,那两个男孩都到了上学年龄,梁银丰把私生子梁钱送进了寄宿学校,王槐也把他和月姝的儿子王思姝接回去了。月美在大华服装厂上班,他们通常一个月才回来一次。

　　一个月后,月鸾生下了一个男孩,取名路大春。

　　两月后的一天,孩子满月,月鸾抱着孩子回娘家"挪窝",路黑子开车把她娘儿俩送回来,六天刚到,立马回来把月鸾接走了。

　　文子翔回来了。

　　文子翔回了文家河,见过父亲,说了说这一段的工作情况,父亲非常高兴,嘱咐道:"你现在是公家人了,以后要好好工作,团结同志,别惦记家里,别惦记我,一切以工作为重。出门在外,待人接物要大方,同事间婚配嫁娶要记得随礼,别太小家子气,城里时兴礼尚往来!还要学着长心眼儿。

　　"木秀于林,风必摧之!与人交往要注意分寸,不远不近最好,十分红心留三分,交出七分做好人!警惕那些当面笑面婆,背后虎狼心的人!常与同好争天下,不与傻瓜共短长。只要你干成了一番事业,什么样的女人都聚上前来,到时你可要挑仔细喽!别像从前一样,闭着眼睛摸瞎眼碰,抓到什么就是什么。"

　　子翔恭恭敬敬听着,心想父亲今日是怎的了,大道理一套一套的,好似有所指呢!

父亲教诲了一番后,对子翔说:"去看看你文大娘,没事就早点回城吧!"

子翔到文大娘屋里坐了一会儿,看看无啥事,就起身到梁家湾去,他想早点见到月鸾。

子翔到了梁家门口,看见大门上贴了"囍"字,心下嘀咕:"梁家哪来的喜事呢?"

两扇门板上各有一个囍字,看样子似贴了一两个月的光景,文子翔站在门口端详,百思不得其解:"莫不是月美那丫头,为了庆祝子强参军贴的?梁老爷子怎么会由着她呢?"

子翔在门口徘徊了一会儿,推推门,没开,里面插着门闩,于是拍响了铜门环,苏太太在西屋应了一声,好一阵子才出来开门。

苏太太昨日看见李呦呦回来休假,估摸着今日子翔定会找上门来,就找出月鸾留下的包袱,准备交还给子翔。

包袱放在炕桌上,苏太太手里抚摸着包袱,想起结婚那天的事:一大早,路黑子的车就来了,梁银丰陪着在堂屋里喝茶,月鸾在西屋跟母亲告别。

月鸾红着眼圈,把这个包袱交给母亲:"妈!我走了!你以后要多保重!我会常回来看你的!这个包袱是子翔给我的,里面有一只玉羽觞,那是他们家的传家宝。我如今和路黑子结了婚,不能给他家保管这个宝物了,你替我还了吧!"

苏太太接过来,也是百感交集:"唉!这宝物讲究缘分,你既然与子翔有缘无分,还是还了的好!"

月鸾临出门时叮嘱母亲:"这只玉羽觞, 就是月姝姐姐和梁爹爹惦记的那只。我也知道月璃姐姐就是因为这个,遭人嫉妒,受辱受气。你仔细收好,还是别让梁爹爹知道为好,免得另生枝节。"

苏太太点点头,放在了炕桌后的衣箱底下,告诉月鸾:"放心吧,我一定替你交还给子翔!你也保重,我不知你为何选了路黑子,既然选择了他,就跟他好好过日子,相夫教子。赶明儿求了他叔叔,在华丰厂找个临时工干吧,找机会转了正,也带孩子们跳出农门。母亲没用,这么多年让你受苦受累了!"

月鸾回身拥住母亲:"母亲,这是我的命,我不抱怨,您也别自责了。"

月鸾给母亲擦干眼泪,就头也不回地走出门去,上了路黑子迎亲的吉普车。车门关上的一刹那,苏太太看见月鸾满脸泪水。

月鸾婚后第三天,王槐来接走了孩子,梁银丰也决定把孩子送到城里上学,苏太太给他收拾好随身衣物被褥,想着毕竟母子一场,真要走了,心里有些舍不得,就出门去了供销社。

出门饺子回门面,这孩子愿意吃肉,她准备给孩子包一顿纯肉馅饺子吃。

梁银丰检查了小包裹,生怕落下什么东西,到学校里使用起来不便。检查过后,发现只带了一条小毛毯。这孩子有尿床的习惯,一紧张就尿床,虽说现在好了些,备不住上学去了陌生地方,老毛病会再犯的。

梁银丰记得他买回来两条,后面都让苏太太缝上了油布,还是都带上用吧,万一尿了床也有个替换。

梁银丰去苏太太屋里,翻箱倒柜地找那条毛毯。最后在炕桌后的箱子里找到了。同时翻出来的,还有月鸾留下的小包袱。

梁银丰翻找毛毯时,无意中碰了一下这个包袱,有些硬。"是什么东西呢?"看着这个包袱有些眼熟,就拿出来摆在炕桌上,打开了它。

原来包袱里包了一个红色锦匣。梁银丰好奇地打开它,里面是几层黄色绸布,他把黄色绸布一层层打开:一只玉羽觞赫然入目!

梁银丰惊骇得眼珠子快要掉出来了,心脏怦怦直跳:"众里寻他千百度,得来全不费功夫啊! 这宝贝原来藏在家里!"

梁银丰忍不住咬牙切齿地咒骂:"这老娘儿们,竟然和我耍心眼! 手里藏着价值连城的宝贝,不哼不哈,整日跟我装穷卖傻,还是打轻了!这老娘们就不值得可怜!"

梁银丰眼睛里冒着绿光,坐在炕沿上,手里把玩着宝物,嘴里嘟囔着:"是我的怎么也飞不了,这不,你东躲西藏,终于还是落在我手里了!"

苏太太买了猪肉回家,梁钱一个人在院子里玩球,苏太太问他:"你爹爹在屋里吗!"

梁钱点点头,手指着西屋的方向:"在那个屋里哪!"

苏太太心里咯噔一下,疾步进屋,正巧看到梁银丰在贪婪地端详那只玉羽觞。

苏太太一把抢过,手脚麻利地包起来装在盒里,三两下爬上炕放到了箱子里,咔嚓一下拧上了锁头。

梁银丰回过神来,啪的一巴掌打了上去:"找死啊!藏着宝物带进棺材啊!"

苏太太捂着脸挪到炕边,坐定了,神情坚毅:"这是子翔家的,你动不得!"

梁银丰一愣，随即狂笑出声："啊哈哈哈！骗三岁小孩子哪，这不是你们老慕容家的宝贝吗！"

苏太太镇静地回答："是否老慕容家的宝贝，只是传说，无法考证！至于怎么去了文子翔家，我不知道！你看清楚了，这是另一只，不是月璃的陪嫁！这只是子翔的，他送给月鸾做定情物。如今月鸾嫁给了路黑子，这信物月鸾要退还，我仅仅是传个话递过去，从我手里转个场，你不能昧着良心扣下它！"

"月鸾日后还要追问的，子翔回来也会来索取的，我劝你还是别动它的心思，这东西不属于梁家！"

多少年了，梁银丰终于再次领教苏太太少有的沉着冷静，一时间竟被她的气势给镇住了。

少顷，梁银丰反应过来，不甘心地嘟囔道："怪不得看这个包袱皮眼熟，那文子翔前两次来提亲都抱着它，我还以为是几件衣服呢！你看看，这死小子也不说清楚，害得我有眼无珠！"

说完一边懊恼地拍着脑门，一边快快地出去了。苏太太听的大门砰的一声，估计是没好气摔了门出去，找胡三姑去了。

两人会闹出什么幺蛾子，苏太太是顾不得了，只盼着子翔早点来，把宝物拿回去，她也好了了心事。

苏太太开了门，把子翔迎进来，领他到了西屋坐下，先递了一杯茶，随即把包袱递给他："子翔，我不知你和月鸾之间发生了什么事，月鸾两个月前已经嫁给了路黑子，如今孩子已经满月，前几日刚回来熬了满月。她让我把这包袱还给你。"

子翔惊骇地站了起来："月鸾为什么不等我回来？为什么这么快就嫁了？！还有了孩子？这算怎么回事嘛！拿我当什么了！"

苏太太平静地说："坐下说话吧！别大喊大叫的，你生怕邻居不知道吗？"

子翔已经带着哭声喊叫："害怕什么？知道什么？月鸾已经嫁给了别人，我连说话的资格都没有吗？"

苏太太拽子翔坐下："月鸾生了个男孩！你敢说你不是孩子他爹？月鸾与黑子来往只有四五个月，五个月能生出儿子吗？孩子是你的！这是铁定的事实！但你能出门承认吗？"

子翔更加惊骇，他瞪大眼睛："我的儿子？！既然是我的，为什么不告诉我？既然是我的,我为什么不敢承认?"

苏太太摇摇他的肩膀:"你醒醒吧,事已至此,你好好想想,月鸾为什么不告诉你? 她是为了保护你,为了你的前程!"

子翔苦笑道:"为了我的前程,她抛弃我,嫁给别人,让别的男人当我孩子的爹?"

苏太太耐心劝导:"你先别激动,听我说! 这事不怪月鸾! 她知道时估摸已经有五六个月了,不能流产,只能生下来,我是替她洗衣服时,无意中看到了病历,猜出了大概情况!你一直没回家,她去城里找你,就是想跟你说,可你太忙了,又是转正的节骨眼上,她不想耽误你,所以独自承受着。最后一次进城看戏,都快要生了,又听密雪尔说你要下乡,准备提干。月鸾担心拖你后腿,没敢说。

"孩子生下来总得有个爹啊,月鸾不想委屈了孩子,路黑子知道了,主动要求当孩子的爹! 黑子义气啊! "

子翔怎么离开的梁家,自己都不记得了。子翔失魂落魄般从梁家出来,正碰上呦呦。呦呦喊了两声,子翔似中了魔怔般疯跑,眼前耳边已无他物异声。呦呦不放心,跟着他跑到了南坝崖。他跟跟跄跄跑到南坝崖边,面对幽深的潭水,放声号哭。

悲怆的哭声穿透了树林,惊起了一群鹭鸟,盘旋到水面上,盘旋在子翔身边。

李呦呦被子翔狼一样的号哭声唬住,站在子翔身后,许久未敢发声。

子翔喊哑了嗓子,嚎尽了力气,伏在南坝崖边低头呜咽,呦呦才走上前去。她扶起子翔坐下,心疼地抱在怀里,眼泪也哗哗直流,她有些怨恨月鸾:"怎么可以让爱她的人如此受伤呢! "

同时心下悲戚万分:"可怜的子翔! 知不知道我爱你爱得有多辛苦!从前的日子,你的眼里只有月鸾,我的眼里只有你! 你们在一起欢笑的时候,可曾听见我躲在暗处的哭泣? 自此以后,不知能否看见呦呦,接受呦呦的深情厚谊? "

胡三姑从文家河回来,走到南坝崖,正巧看到了这一幕,心下窃喜:"呦呦和子翔,可真是郎才女貌,般配得很哪! "

胡三姑回到梁家湾,在家门前的后窗喊了几声,没想到梁银丰从后湾过来了:"喊什么? 像叫猫子似的! 我在后湾钓毛蟹子呢! 本想多钓些,让你叫春叫得心烦意乱的,只钓到了十几只。嗒! 分你一半,回家酱爆了,给呦呦吃! "

两人手忙脚乱地分完毛蟹,梁银丰面向胡三姑,没耐烦地道:"快说吧! 文二爷什么态度？"

胡三姑眉飞色舞："文二爷说了，现在讲究自由恋爱，婚姻自主！孩子的事由孩子自己说了算，他绝不干涉。"

梁银丰皱皱眉头："这叫什么话？说了等于没说！"

胡三姑笑逐颜开地说："你别心急嘛！你猜我刚才回来看到了什么？"

梁银丰阴沉着脸："想说就快说！不想说快回家做饭去！一把年纪了，卖什么关子？！"

胡三姑喜滋滋地说："两个人抱在一起呢！在南坝崖边，子翔抱着呦呦在哭哪！看来有戏！以前啊，有那月鸾在前边挡着，子翔没看见呦呦的好！现在月鸾嫁了，前边没有障碍了！四乡八里的，哪还有比呦呦更好的姑娘？那呦呦和他不就是天下绝配吗？他不娶呦呦还能娶谁？"

梁银丰虽恼怒月鸾对他的隐瞒，特别是那只玉羽觞的事。但呦呦虽是自己血脉，若平心而论，必须一较短长的话，呦呦是比不上月鸾的。

梁银丰恨恨地说："天下小白脸儿没有好东西！何况是文家的种！刚知道月鸾嫁了，就巴巴地抱起了呦呦，可真是一刻也不得闲哪！但你也别高兴得太早，只要一日不结婚，你就得盯紧了，说不定从哪儿冒出只骚狐狸，把到嘴边的肉给叼了去！"

胡三姑紧张起来："那你也不能闲着，得帮我在城里盯紧了，别让骚狐狸近了身！你放心，呦呦不似那月鸾，满肚子主意！呦呦听话，血缘里管着，自然和你亲！那只玉羽觞一到手，我立马给你送过去。你就等好消息吧！"

第七十回　浓情香艳棠梨开白花
人生如戏聚散皆寻常

子翔失魂落魄地回了文家河,大病半个月。呦呦请了假,每天去照顾,子翔非常感动,文二爷感叹:"这孩子投错了胎,落到苏太太肚子里该有多好!"

密雪尔接到通知,去省委党校学习三个月,来不及跟子翔告别,自去省里报到去了。

剧团开始再一轮巡演,密团长学习不在家,子翔作为副团长,被文化局急召归队。

这一次巡演分成两个分队,子翔和呦呦被分开,呦呦也作为女主角上了场,子翔在南下小分队,呦呦在北上小分队。

两个小分队以城市南端的 307 国道为界,自西向东分头行动。

子翔的南下小分队,到达峡山水库所在的地域巡演时,因为天热,蚊子太多,演员们脸上被咬出无数个脓包,女角们接连中暑,自行回了城里,不愿回来了。

没有了女角,节目无法上演,子翔询问过北上小分队的情况,也好不到哪儿去,只得通过长途电话向密雪尔告急。

密雪尔告知子翔:"这次宣传是政治任务,一定要坚守阵地,即使只有一个人也不能后撤。"让他请求当地公社支援,把有文艺特长的人组织起来,用开展联欢会形式,用几个唱段顶着台。她这边学习一结束马上赶过去。

小分队送戏下乡已有三个月,男演员也疲惫不堪,思家心切。子翔只得挨个做工作,央求他们坚持到密雪尔到来。

当地公社积极配合,招募有特长的临时女演员。

没想到群众对此热情洋溢,踊跃参加,报名者挤爆了剧组的临时办公室。

群众中的优秀女演员可真不少。特别是子翔的女戏迷,大老远从城里赶过来,给子翔带来潍州肉火烧、密州蜜三刀、青州老桃酥、小蛋糕,每日里慰问的点心水果送满屋子,南下小分队男演员们一下子活跃起来。

子翔与当地公社书记商量,干脆把送戏下乡变成授戏下乡,白天教习,晚上做学员专场,也招收男学员,说不定能起到事半功倍的宣传作用。

书记采纳了他的意见,戏台设在了集市上。集市后面的供销社驻地,腾出一间做了后台化妆室,另外腾出三间集体宿舍,小分队就近驻扎在这里。

子翔他们白天教唱,晚上负责化妆和题词,群众演员自发的演出异常火爆。到了夜晚,集市上人山人海,欢声笑语不断。

半月演下来,听说只要上台的男女群众演员,都被当地男女青年热追,夜半柳树林里,一对一对的情侣,把峡山的仲夏夜演绎成了爱情梦幻夜。

当地的家长找到了村长,村长们联名上书:要求这次的活动再持续一个月。到时,峡山公社的牛郎们个个找到了织女,村姑们找到了如意郎君,各村都给宣传队敲锣打鼓送锦旗。

因库区移民陆续私自返回,当地物资匮乏,贫困加剧,姑娘外流,小伙子找不到媳妇的难题,想不到因为一场送戏下乡,意外得到了缓解。

峡山公社上书文化局,要求给南下小分队嘉奖。

密雪尔比原定计划延迟了半个月,才来到南下小分队报到。

峡山公社社长设宴款待密雪尔及其他演出人员。子翔正要出去,安丘女戏迷送来了自酿的三坛米酒,子翔尝了一口,甜甜的,略带丝丝酸味,入口绵软爽滑,米香味大于酒精味,不禁笑问:"你这是米酒呢还是解暑汤啊!"

女戏迷灿烂一笑:"可别小看了这酒,酿酒秘方是我们家祖传的,严禁外传,家规可严了,传子不传女!这次我给哥哥保媒说成了青州的媳妇,哥哥才抖搂一点秘方给我。你过来,我告诉你一些配料,你不许告诉别人啊!"

子翔依言走过来,俯身站下,女戏迷俯耳说道:"这里边的配料有:肉苁蓉、地龙、甜茅根、香荷子、覆盆子等等,可不敢喝多了,喝多了会想人的。人想人害死个人。

"哥哥说他就是给嫂子喝了这酒。嫂子说甜甜的可真好喝,哥哥就说,那你多喝几杯!嫂子才认识我哥几天呢,那夜就住下了,还主动上了他的床。现在我哥天天给她喝这酒,她长住不走了,下月就要跟我哥结婚了!"

子翔被女戏迷的头发扎得耳朵有些生痒,女戏迷话匣子一打住,赶紧直起身来揉耳朵。女戏迷红了脸,出门前轻声说:"你真要喝多了也不打紧,我现在住在姨家,我姨家就在供销社后面,第一排房子第一个门,我住东屋,你拍拍后窗我就会出来的!"

子翔一边应着:"好! 好! 好! "一边说,"明天按时过来学习啊! "赶紧送走了女戏迷。

子翔返回时,密雪尔从里间出来,把子翔吓了一跳:"我以为你出去了呢? "

密雪尔笑道:"看不出来啊,文团长,你很会哄女戏迷啊! "

密雪尔学着子翔的语气:"好! 好! 好! 你先回去吧,我一定按时来哪! "

看着子翔的脸红得像块大红布,密雪尔存心逗他,嬉皮笑脸地凑过来问他:"你今晚准备赴女戏迷的约吗? "

子翔涨红了脸:"密团长,您不要再开我玩笑了,咱们带上酒,去赴老社长的约吧! 时间不早了,他们都在那儿等我们了!"

密雪尔今天异常,平日不怎么喝酒的她,现在劝也劝不住,跟每个队员轮番喝,先喝祝贺酒,再喝辛苦酒,再喝散伙酒,祝酒词一套一套的,把子翔也灌晕了。

宣传队员们难得放松,嫌那酒没劲,喝的是安丘景芝镇的景芝白干。看见密团长兴致高,自是愈加兴奋,也都喝得东倒西歪,走路踉跄,扶墙才能站直了。

社长看见他们团长与团员三个多月没见, 见面竟表现出如此深情厚谊,自也感叹佩服,唏嘘不已,舍命陪君一醉,一桌子人喝得是热火朝天。

最后还是公社老书记派人把他们送了回来,队员们一见到床倒头便睡了。

密雪尔睡不着,把子翔拖起来,一定要他陪着去水库边坐坐,说有话要告诉他。

水库边种了两排垂柳,他们顺着柳林大道走了很久,一直走到南面的蓄水坝,这边地处偏远,已经很少有人过来了。

坝基上有宽宽的台面。夏日的夜晚,清风拂面,柳枝轻摇,氤氲的水汽弥漫,清凉又隐秘,确是谈情说爱的好去处。

密雪尔今晚,却无心谈情说爱,她先红了眼圈,告诉子翔一个震撼的消息:"子翔,我这次去党校学习,前两个半月学的是党章、党规、经济形势、国家新政等理论知识,后半个月学的是组织纪律。领导说党员干部要服从大局,一切行动听指挥,不给党组织出难题,惹麻烦,在关键时刻要起带头作用。"

子翔心里迷惑:"密团长真的喝多了,半夜跑出来说这些干啥? 明天说也来得及啊!"

密雪尔眼泪已经溢出眼眶,肆意地在脸上流淌:"我开始也迷惑,这次学习与往常不一样。往常快结束时有考试、总结、联欢、互留联系方式等等,这次学习的气氛为何如此沉重?"

密雪尔不管子翔诧异的眼神,自顾自尽情地流着眼泪:"我到最后一天才发现,这次来党校学习的学员,竟然全部是各地剧团团长!

"也是在最后一刻离校时,省委组织部长才来宣布:'所有地级市以下剧团全部解散,演员分流。各位回去后,一周后立即去当地劳动局联系,拟定分流方向,十天内把分流方案报备文化局,半月内分流完毕。各剧团团员到新单位报到时间,就截止到第十六天上午十二点。谁出了纰漏谁负责到底,不按时报到者,一律下放砖瓦厂做临时工,工龄不计。'"

子翔一时呆住了:"剧团解散,那我们去哪?"

密雪尔还沉浸在她的悲痛中:"我十岁读的艺校,十五岁分配到剧团,今年二十五岁了,比你大三岁!二十年啊,我的青春年华一直在剧团绽放。人生如戏,戏如人生,离开剧团,离开舞台,我将怎样生活啊!"

密雪尔号啕大哭起来,哭得天昏地暗,花枝乱颤。本来静谧晴朗的月夜,被她哭得风吹树摇,豆大的雨点落了下来,和着泪水,搅得子翔的心里也酸溜溜的。

夏日的雨,说来就来,来得急,来得猛,不容你回头。转眼间风急雨骤,大雨倾盆而下,两人瞬间被淋成了落汤鸡。

密雪尔还在不管不顾地尽情哭着。子翔环顾四周,隐约看见前面树林里有间小屋,挟持着密雪尔飞奔过去。

这是间看瓜人的窝棚,窝棚四周种满了西瓜、葫芦,应该是库区返迁的移民来到树林,发现了这片林中空地,自行开垦的。窝棚门边旁有棵棠梨树,子翔看着熟悉,原来是以前修水库时的指挥部餐厅所在地,在这棵棠梨树上,曾经挂着写满进度的大黑板。

子翔就是在这里,与密雪尔初次见面。那时的子翔,还是个懵懂少年,那时的密雪尔,是多么青春明朗,意气风发,神采飞扬啊!

子翔耳边,似乎还响着那时密雪尔咯咯咯的笑声;眼前浮现出那时的一幕:密雪尔仰着明媚的笑脸,惊异地看着爬到树顶的子翔。

子翔仿佛也看到那时的自己。当密雪尔一迭声地追问:"这小果儿能吃吗?

好吃吗？"自己一脸促狭地笑着,点点头说:"好吃! 甜着呢! "

那时的密雪尔不疑其他,塞到嘴里就咯嘣咯嘣咬嚼起来,瞬间酸涩地伸出舌头,连连吐着追打子翔:"涩死了! 舌头都拖不动。你这个小坏蛋,看起来貌似一脸忠厚,没想到一肚子坏水儿! "

小小粉拳砸得子翔连连求饶:"不敢了,再也不敢了!棠梨果儿是好吃,只是你太心急了。要塞到窝棚里的灶膛前草堆里,慢慢煨熟。到时候又甜又面,比哈密瓜还要甜几分呢! "

想到此情此景,子翔不禁哑然失笑,那时的自己可真够闹的。

密雪尔哭累了,蜷缩在窝棚里的草铺上睡了,睡梦中还在抽噎。窝棚外,大雨仍在哗哗地下着,棠梨树外,挂起一个好大的雨帘。幸亏有棠梨树遮挡,如此倾盆大雨,估计破旧些的砖瓦房都会被冲刷得漏雨,何况是细木树枝搭建的窝棚。

密雪尔在睡梦中呢喃:"冷! 好冷! "子翔闻言摸摸她的额头:"糟糕,发烧了!这怎么是好! "

大雨没有要停的意思,从这儿到峡山供销社有三四里地,如果抱着她跑回去,冰冷刺骨的雨水会加重她的病情。何况现在山洪一发,坝基上已看不清道路,万一失足踩空,后果不堪设想。

子翔别无他法。

看样子今晚要在这儿待一夜了。湿衣服裹在身上确实难受,何况密雪尔还发着烧。子翔脸红红的,闭起眼睛,帮密雪尔把衣服脱下,在她身上盖上一些干草,把衣服挂在了窝棚里面的树枝上晾着。

子翔帮密雪尔收拾好,靠在旁边,把自己上衣脱下来,用袖子给密雪尔在额头做着冷敷,一直折腾到快天亮了,密雪尔退了烧,才沉沉睡去。

大雨急急地倾泻着,似乎急于跑到人间来赶场。密雪尔醒来时,天边泛起了鱼肚白。她诧异自己竟睡在窝棚里,摇摇头努力使自己清醒些,才想起昨晚的事情,摸摸眼睛依然红肿,露出胳膊才意识到自己竟然一丝不挂,回头看看子翔蜷缩着靠在窝棚边睡得正香,自己的衣服挂在窝棚里边的树枝上。

她下意识地缩缩身,扯了把干草,把身体盖得再严实些。

天色忽然又暗了下来,黎明前的黑暗到来了。大雨下得比昨夜更欢,轰隆隆的山洪声清晰可辨,棠梨树下变成了一个安全孤岛。

子翔也发起烧来,浑身哆嗦着似要抽风,牙齿咬得咯咯响,嘴里也不知在嘟囔什么。

黑暗中,密雪尔一时找不到退烧的东西,也顾不得太多了,咬咬嘴唇一狠心,爬过去抱着他的头,脸贴在子翔脸上,身体贴着他的身体,用自己的冰凉给他降温。

许久,子翔安静下来,密雪尔的身体也有了温度,感觉有些燥热,正要将子翔放下去穿衣服,胸部不小心碰到了子翔的脸,被子翔朦胧中一口含住。

密雪尔头轰的一声,不由自主抱紧了子翔。

子翔条件反射般,翻身压紧了密雪尔。

两个年轻的身体纠缠在了一起。

大雨可劲地下着,棠梨树四周,似乎笼罩了一个水帘洞的帷幔,阻挡着天地间所有生灵窥测的眼神。窝棚里的香艳浓情,只有地铺上的干草知道。那些得到爱情滋润的干草,若能有朝一日得到阳光的照耀,一定会落地生根、开花、结果。

十天后,分流方案确定,子翔和呦呦去了华丰厂,其他人有的去了大华厂,有的去了电影院。十五天后,密雪尔去了工业局报到,任工业局妇联主任兼宣传科科长。

子翔被分配到华丰厂宣传科任副科长,呦呦分到化验室做了化验员。

各市县京剧团的历史,在这一年终结。

子翔上班第一天,在大门口碰上了月鸾。华丰厂分东西两个院,东院是生产区,西院是生活区。

月鸾在家里给人做衣服,有一个工友结婚急着用,月鸾与他约好,他下了夜班在东院大门口等着,月鸾给送过来。工友走过来,道了声谢,匆匆把衣服取走。

月鸾与子翔再次相遇,隔在两人面前的一层纱帘已经形成,两人相对无言。

子翔首先打破沉默:"月鸾,你还好吗? 过得怎样?"

月鸾手里拿着自制的布兜,眼睛看着地下的树叶,一边用脚划着一边回答:"还可以吧! 黑子上班,我给别人做些衣服,一件收个三毛五毛的,补贴家用,我不能总伸手跟别人要钱养活不是?"

子翔有些沧海桑田的感觉:"我和呦呦都分到这儿来了,我在宣传科,呦呦在化验室,我们报完到正准备去告诉你。以后你要有事就来找我们。"

月鸾停止脚下画画:"好吧! 我要回去做衣服了,你以后可以把布料拿来,我给你做。旧衣破了也拿来补吧,我的缝纫技术还拿得出手,看得上眼,厂子里的人都来找我做。百货公司有新样子,她们借出来让我看看,然后比照着裁下样子,她们再送回去。"

说到这儿,月鸾笑了:"赶明儿你娶媳妇,要不嫌弃,新衣还是我来做吧!我现在先回去了,回头你到家里来吧!"

月鸾说完,扭身急匆匆回去了。

子翔怕第一天迟到了不好看,赶紧上班去了。如果他这时候回头,将会看见月鸾躲在树后哭泣的背影,她双肩抽动,靠在树上哭了很久。

这是棵粗大的芙蓉树,在西院与东院之间,有一个半截小院,那是场部卫生室,上班时间比东厂要晚一个小时。芙蓉树前,是一棵开得正盛的木槿,它在不停地绽放,在高大的芙蓉树下,努力表现着它的精彩一夏。

第七十一回 翟鸟之爱情注定争夺
路黑子兽性已被撩拨

路黑子也有相好的,是供销饭店的服务员车倩紫,大家都叫她车仙子。

车仙子——潍北劳改农场就业子女,生得眉眼儿妖冶,丹凤眼,俗称酸眼。身材丰满,凹凸有致,走路故意扭腰提胯,性感风骚,放荡不羁,大家给她取了个不雅的外号:公共汽车。

车仙子性格爽朗,打得一手好牌,唱得一嗓子好歌,喝上二斤白酒不醉,她自称有酒漏,在腋窝下面。

也确实如此,车仙子每次喝完酒,腋下就哗哗流出汗水,湿透了衣服,汗水里充溢着酒味。

她走路故意扭腰提胯,碰到靓哥帅弟,故意凑上前去用大胸脯碰撞,碰上会意的伸手摸一把,她咯咯笑着,领到饭店把他灌醉,让他出尽洋相。

碰到那老实忠厚的,窘得脸红脖子粗的,她就道个歉,送人双鞋垫儿,一来二去混熟了,就领到宿舍好吃好喝好招待。

她爹娘只她一个独生女,也不管她,估计也管不了她。父母都在农场就业,工资也不低,每月发了工资,担心女儿手头紧,准时送来一份。

每次爹娘来送钱,她都会大哭大闹一番,质问爹娘:“你们为什么会犯罪?犯了罪还结什么婚!结婚了就别要孩子得了!干吗还把我生出来,让人家瞧不起!”

爹娘也觉得对不起她,知道她心里苦,每次送完钱,给她拆洗被褥,打扫卫生,买上一堆好吃的,放下就赶紧走,饭也不多吃一口。

爹娘走了,她就关起门来蒙头大哭一天。她每个月,就休息这一天,关门谢客。

第二天出得门来,自是又一番风风火火、招蜂引蝶的光景。

供销饭店就她一个服务员。下班后,领导、厨师、领班等回家伺候老婆孩子了,偌大的饭店——一溜八间沿街砖瓦房,五十米见方大院,贴后墙还有八间瓦房,只留她一个人。当然,还有一个看传达的聋哑老头儿。

车仙子为人大方豪爽,供销饭店在华丰厂东邻,许多未成家的小伙子,下班后都到她那里蹭饭吃,蹭酒喝。

但真正被她领进宿舍喝酒的,也就是那么几个人,其中小花翎、王槐、路黑子,还有新来的子翔,都到她的宿舍吃过她炒的菜,喝过她斟的酒。

她今年只有二十二岁。她的本意,也是想找一个优秀少年,白头偕老,共度一生。

她炒得一手好菜,做得一手好针线。她绣的鸳鸯戏水、蜻蜓戏荷花的鞋垫儿,华丰厂小青年几乎人脚一双。

假若和她结了婚,她自会相夫教子,伺候得丈夫人前光鲜亮丽,人后寸草不用挪。她身体好,有的是热情和精力,心灵手巧,眼明手快,干净利索,自会包揽了所有家务,而且乐此不疲。

然而,因为她父亲曾经是罪犯,劳改结束后在农场就业,她就被贴上了"就业子女"的标签,大家都懂的身份。就比如农村户口想嫁个城里人,她想找个优秀的城里人嫁掉自己,比农村户口还要难。在车仙子眼里,简直难于上青天!

那些优秀青年只想和她玩玩,占点小便宜,享受性爱的同时享受美酒面包。真到了谈婚论嫁的当口,不是自己跑掉,就是被父母赶跑。从 18 岁分配工作来到城里,本以为从此丢掉屈辱开始新生活的车仙子,没想到陷于更大的怪圈。

当然,一般的窝囊又没有根基的男子,她是不会去招惹,更不会想着把自己嫁过去。她是宁愿嫁不出去,也不会将就自己的。

唯一的手段,就是有谋略地抢夺。

于是,她开始变得放荡,变得玩世不恭,她从翟鸟儿变成了一只小母狼,在伺机抢夺眼中看准的猎物。

猎物一旦被她瞄准,将会无处逃遁。

路黑子就是她瞄准的猎物。

她不知从哪个渠道,听说了子翔和月鸾的故事。

她感受到了子翔眼神中的绵绵情意,不过不是看向她,而是看向月鸾的,她因此中断了对子翔的念想。

她也领会到了月鸾眼中的向往和不甘,因为她感同身受。

她不知月鸾因何嫁给了路黑子。她坚信,绝不是如外界所说,月鸾看上了路黑子的省长叔叔,想着有朝一日借此飞黄腾达。

女人最懂女人!虽然她们是天敌,虽然月鸾的美貌、月鸾的骄傲、月鸾在工友之间树立的美好形象,都让她嫉恨。

她还是看出了月鸾的非同一般。她还看出了月鸾与黑子之间的缝隙。她要让这缝隙裂开,裂大,让她挤进去,她要取而代之。

她自信有必胜的把握。于是,她在撩拨着路黑子的兽性。她也撩拨着月鸾的嫉妒和愤恨,使它们足以冲刷掉那点仅有的感激和不舍。

这一天周末,车仙子留路黑子的哥们儿,在单间喝酒。单间的门朝着大厅,她算准了月鸾再过一个时辰,要来买肉火烧和炸五香肉,她儿子爱吃,有一段时间路黑子经常来买。

因为,她送了两块布料过去,声称有朋友明天结婚,她做伴娘,这两件是新郎家买来要求婚礼那天穿的,必须穿上。她同时买了两件布料送给两个工友,声称朋友结婚缺伴郎,看他们高矮胖瘦正合适,长得也俊朗,就送他们衣料,让他们从速找月鸾做好,别耽误了事。

她算准了月鸾的脾气,接下活儿不吃不喝也要做完。

但小孩子可不管这些,到点就饿,月鸾不想委屈了孩子,职工餐厅的大锅饭没有营养,路黑子被她绊住了腿,月鸾到时一定会到店里来买的。

下班后不到半个时辰,他们就喝掉了六瓶白酒。车仙子自己喝了两瓶,路黑子和铸造车间的工友们喝了四瓶。

看看火候差不多了,工友们开始吆五喝六,车仙子就提议划拳,谁输了谁喝。

有个工友大着舌头说:"你有酒漏,我们喝不过你。你是公共汽车,我们喝多了也上不去。"

众人哄然大笑。车仙子也不恼怒,也斜着凤眼说:"你想怎样?"

众工友起哄:"快说啊,你想定什么好玩的把戏?"

那个工友拖着舌头继续吐槽:"听说你的酒漏在腋窝里,喝什么酒都从那儿漏出来,比原来的还香。哥们儿们输了就喝酒一杯,赢了就从那儿接一壶喝,你敢不敢应?"

路黑子儿说:"哥们儿,玩大了吧?"

那哥们儿酒壮怂人胆,不依不饶地说:"既然请我们来喝酒,就应该一视同仁,凭什么你能从那儿喝得,我们喝不得?"

路黑子已经变脸,正要发火,车仙子拉住他:"这位师傅说得对,今天一视同仁,输了喝杯中酒,赢了喝我身上的酒。有来有往,我赢了,想抱抱谁,谁就得把肩膀递过来,胸脯晾开啊!"

工友们兴奋莫名,更大声地吆五喝六。但只输不赢,众人喝得烂泥一般东倒西歪,轮到路黑子了,有几个酒量大还未倒下的起哄:"黑子,你一定要赢啊!"

月鸾进门时,黑子已经赢了,正钻进车仙子怀里,品尝腋窝里的汗酒呢。

车仙子已经看见月鸾进来了,装作喝醉了,大着舌头若无其事说:"师傅们,你们问问他,酒好喝吗? 什么味?"

路黑子的头仍旧在车仙子怀里耸动,瓮声瓮气地说:"不好喝,一股子臊味,汗馊味!"

那几个还没喝趴下的工友背对着门口,没有看见月鸾进来,还在起哄:"黑子,你顺便尝尝鲜奶好喝吗?"

车仙子说:"尝什么,没喝过你老婆的鲜奶吗?"

路黑子不知死活地果真嘬了一口,伸出头来说:"尝到了,比我老婆的鲜奶好喝多了!"

车仙子也惊得身体震颤了一下,心想:"这小子可真敢作!"

嘴里却说:"你老婆的鲜奶什么味? 我的什么味?"

路黑子闭着眼睛,做摇头晃脑的陶醉样:"老婆的被孩子嘴撮馊了,一股子奶腥味! 你的香喷喷的,一股子狐狸味!"

众人笑得前仰后合,车仙子拍了一下黑子的头:"你这么作,不怕老婆知道?"

路黑子不知自己早被算计,依旧信口开河:"我老婆整天忙着做那些个衣服,哪顾管我,再说,她敢管吗?能管得着吗?我是谁?堂堂路大爷啊,男子汉也!"

月鸾铁青着脸,摔门而去!

车仙子大喊:"哎哟!是月鸾嫂子啊! 你别走! 我们在闹着玩呢!"

路黑子一听,酒醒了大半,连忙跑出去追上月鸾,低头认错:"老婆,你千万别当真啊,我们确实在闹着玩呢! 以后再也不敢了!"

月鸾一言不发,低头往家走,眼泪流到了眼眶,她抿抿嘴咬着牙,把眼泪逼了回去,回流到了肚子里。

第七十二回 葫芦馅饺子有娘亲做
蛐蛐儿欢唱促夫妻和

路黑子以为回家后月鸾会大闹一场,想跟着回到家,讪讪地进了卧室,做好了挨骂跪搓板的准备。

没想到月鸾什么也没说,回家后炒了鸡蛋,放上虾皮,切上黄瓜给儿子做了素水饺,哄睡了孩子,就放在外间小床上,哒哒哒地踩起了缝纫机,一宿到天亮,没进卧室问候一声。

路黑子就觉得受了冷落。

接连几天,月鸾都在拼命干活,累了就在外间的小床上歪一会儿。

结了婚的男生大多变成了奇怪的动物,近了嫌絮烦,远了喊冷血,不远不近说什么审美疲劳。反正再漂亮迷人的女生,结了婚都变成了他老婆——老老实实待在家里的黄脸婆。

外面风景独好,对面的女孩都是伊人。在水一方,雾里看花缥缥缈缈:窈窕淑女君子逑,风骚性感小子喜;环肥燕瘦皆有趣,远观近儿瞅总相宜。

渐渐地,月鸾沉默无语成了常态,心里眼里只有活儿,家里到处堆满了衣料、布头,卧室的柜子里,也放着别人的新衣服。

路黑子不愿回家了,整日泡在车仙子那儿,与一帮小兄弟喝酒打牌耍小钱。

月美风闻了车仙子和黑子的事,回家告诉了苏太太。苏太太前思后想:小夫妻的事还是不掺乎为好! 就告诫月美:"别听人家瞎嚼舌头,小夫妻刚在一起过日子,勺子哪有不碰锅沿的。我相信黑子不是那样的人,回去告诉月鸾,别光知道干活,要多疼疼黑子,没事陪着逛逛街,看看电影。年纪轻轻别老气横秋的!"

月美回城上班时,苏太太捎了一件青呢子大衣给黑子:"告诉月鸾,跟黑子商量商量,把孩子先送回来吧,我给看着。"

月美把青呢子大衣和母亲的话捎到,路黑子高兴地说:"还是丈母娘懂事,知道疼女婿,得了,星期天我开车送她们娘俩回去住上几天。"

周末到了,路黑子从厂部借了吉普车,把月鸾母子送回了梁家湾。

这一周梁银丰和月美都没回来,苏太太招呼黑子:"住下吧,你反正开着车不耽误事,周一一早再回去上班不迟!"

黑子看看月鸾没有反对的意思,就留了下来。

苏太太赶紧张罗包饺子。路黑子喜欢吃葫芦馅的饺子,说每次吃都能想起他娘来。黑子五岁上死了娘,对娘的唯一印象就是,临死那天在家里包葫芦馅的饺子,说是爹爹的生日。没料想还乡团进了村,把路家给灭了门。

苏太太手脚利索,黑子只看见她进进出出几次,去生产队里买了葫芦韭菜,去供销社买了猪肉,刚听见剁馅声呢,热腾腾的饺子就端了上来,还有一碗酸酸辣辣的蒜泥。黑子不喜欢香油的味道,苏太太记得,每次都单独给他调一碗蒜泥。热气氤氲中,黑子的眼眶湿了,他哽咽着对苏太太喊了声"娘",眼泪就流出来了。

月鸾在旁边递过手绢,路黑子含着眼泪憨憨一笑:"月鸾,我错了!你就原谅了我吧!"

苏太太接话说:"两口子过日子,分什么对错。黑子自小没娘可怜,月鸾你要多疼疼他才是!"转过话头对黑子说,"月鸾这孩子嘴硬心软,你是男人,别跟她一般见识! 她也是看你干活辛苦,整日价一身泥一身土的,比那种地的还受累。她多做几件衣服,多挣几个钱,你们家日子就宽裕些,也能帮衬到你。"

月鸾的眼里也有星光在闪烁了,黑子把手绢递还给她:"你放心,我不会再犯混了!"

苏太太笑着说:"看看,光顾说话了,饺子都凉了,快趁热吃吧!"

晚上,苏太太把孩子接了过去:"早晚我得帮你们带孩子,今晚就抱过来搂着吧,你们小两口说说话!"

皎洁的月光透过窗棂,给屋子铺上了一层神秘的光晕,月鸾坐在床上,胳膊肘支在窗台上,若有所思地看着天上的一轮明月,脸上泛着圣洁的光辉。

黑子看着月鸾,竟有些呆住了:"月鸾,你猜你像谁?"

月鸾不明所以,回头看向黑子。黑子略显神秘地说:"我怎看你像月宫里的嫦娥呢?"

月鸾绷着脸儿,朝黑子啐了一口。黑子趁势扳过她的身子,抱在怀里亲热起来。

　　月亮羞得躲进了云层，屋子里瞬间幽暗下来，偶尔有春光乍现，惊了蛐蛐儿的美梦。一只胆大的领叫了一声，屋里屋外院里院外的蛐蛐儿们应声唱和，带动了整个梁家湾的秋虫儿阵营，此起彼伏地欢叫起来，田野交响音乐会开始了，无数新的生命在美妙的音乐中孕育生长。

　　天亮了，月鸾和黑子商量："孩子太小，母亲一个人看不了，我在家住些日子吧，你周末没事就回来看看我们，等孩子习惯了，我就把他留在这里，一个人回去。"

　　黑子宠溺地捏捏月鸾的腮帮："听老婆的没错，我回去等着。你要快些抽身回去，咱们重新来过二人世界。"

第七十三回　子翔急救人掉进酸池
月鸾心内如焚脸变色

　　九月份是安全文明生产月,各种检查纷至沓来。子翔兼着厂部的安全生产管理员,这一阵子一直在车间里转悠。华丰厂的铸造、锻打、热处理等车间,一直是安全生产的老大难单位。这几个单位因客观条件所致,环境脏乱差,收拾整理起来难度大;人员文化水平低,违章操作事件频发,安全存在隐患。明天,省里检查组就要来检查验收了。

　　这天一上班,子翔会同生产科、厂办、宣传科等人员,到这几个车间再次进行模拟检查。铸造车间还比较顺利,路黑子已经升任工段长,他拍拍子翔的肩,大声喊叫:"文科长,你就放心吧!铸造车间的老大难就是模型工段,年年拖后腿。今年看我的,我们一定摘掉脏乱差的黑帽子,换一面红锦旗!"子翔笑笑没说话,点点头向外走。后面传来一片嘈杂笑声,是黑子的哥们儿在起哄:"黑子班长,别伸着脖子吹牛了,大领导都走了!你小领导赶快领着我们干活吧!明天正式检查,别挣不着红旗,倒捡个绿帽子戴上。听说那个小白脸儿科长是你的情敌!"路黑子大声呵斥:"去去去!干活去!就你们耳朵长,哪年的陈芝麻烂谷子了,翻出来搅拉有意思吗?"

　　那帮哥们儿不依不饶,唯恐世界不乱:"这可是我们的小嫂子车仙子亲口说的,那还有假?"

　　路黑子脸奋拉下来了:"我可告诫你们啊,以后嘴巴上留个把门的,别小嫂子长小嫂子短的。让你大嫂听见了,小心我剥了你们的皮!"

　　工友们应声四散开:"好嘞,听头儿的,干活去!"有一个胆大的走过来,神秘兮兮地问:"头儿,你和嫂子和好了?是不是那个了?!"路黑子踢他一脚:"滚!干活去!"工友们哄然大笑。

　　子翔他们转到热处理车间时,工人们正在热火朝天地打扫卫生,擦洗设备。

子翔他们站在盐池边,左边是淬火池,右边是电镀清洗池,打扫出的废硫酸液已装在桶里,准备外运。

子翔正在认真听热处理车间主任汇报工作,忽然头顶上传来"啊"的一声惊叫。众人忙抬头找寻,瞬间吓出一身冷汗:天车上有人掉了下来,下面就是电镀池,半池子硫酸。上面只有薄薄的一层盖板,人从高空落在上面,砸翻盖板,跌落硫酸池里,恐怕骨头都酥了!

很多年前就曾发生过类似的事故。众人吓得屏住了呼吸,那个掉落的人吓得闭上了眼睛,紧闭嘴巴。值班室有人落下了电闸,车间里出现了死一样的沉寂。

就在那个工人即将落下池子的一刹那,子翔一个健步飞奔过去,身体一跃而起,抱住那个人,飞过直径三米多的池子,跌落在地上。众人看得呆了,刚要跑过去,意外事故再次出现,天车上落下的门板斜砸了下来,戳翻了废酸桶,硫酸液溢了出来。子翔一个鹞子翻身,把那人抱起扔了出去,自己脚下一滑,仰面跌落在地。

车间北面,有人应声跑过来飞跳而起,接住被子翔扔出来的人,把他竖起来放下,那个人都被吓傻了,站在那儿一动不动。另一个跳起来的人是文子书,他是华丰厂维修车间的机械维修师,正在热处理车间检修设备。

子书又一个箭步跳过来,伸手拽起子翔,提溜着跳出现场,一边大喊:"找车、找医生、上医院!"

众人这才反应过来,赶紧行动。副厂长王槐闻讯带车赶了过来,子书把子翔抱上汽车,让他趴在后座上,吩咐送去八九医院。子翔的后背被硫酸液烧煳了,在八九医院住了半月,要求回家静养。医生说:"肉芽组织也受了伤,新皮肤和肌肉长好要三个多月,这期间要一直趴着别动,后背要晾着。"

子翔有罪受了。惹祸事的是检修行车操作系统的电工,他修完行车准备下爬梯时,手里拿着工具,违规用脚踢开了木板门。因用力过猛,门板掉落,他也被闪落下来。

虽然他惹了事,却因子翔舍命相救,子书联手接应及时,一根毫毛也没掉落。他跑到医院跪在子翔床前痛哭流涕。俗话说,大难不死必有后福,这话应在了这个电工身上。

多年后他辗转调入银行,竟成大器,做到了省行行长。他与子书的后代月芽儿多有交集，多有照顾，也是种善因结善果吧。这都是后话了。

半月后，子翔出院，路黑子主动开车将他送回了文家河。他去梁家湾接月鸾时，顺口说了文子翔救人受伤的事。

月鸾当即就变了脸色，强忍着眼泪没流出来。她告诉路黑子，孩子还不太适应老家生活，想再住一段时间。路黑子只得自己回城去了。月鸾当即赶去文家河，探望照顾文子翔。

第七十四回 车仙子逼婚月鸾恼怒
谎话诓骗路黑子下乡

路黑子这段时间很忙,他们工段研发的新产品 QT350 壳体,获得了国家级金奖,无论是抗拉强度、韧性、光洁度,都比 HT350 壳体提高了一个档次,质量高,适用范围广,成品率达到了 90%,华丰厂继大马力柴油机后,再创行业新高,一时在机械工业界风光无限,所有参与人员均有奖励,黑子被提拔为车间主任。

江南铸造厂同类产品砂眼多,气泡超标,成品率不足 50%,严重拖了轮船制造业后腿。机械部安排他们组队到华丰厂切磋交流。接待任务直接落在了铸造车间,厂部专门配了一辆大头车给路黑子。

路黑子把江南厂的人员安排在县城招待所吃住,他每天接送作陪,忙得不亦乐乎。连续两个周日,他没有时间回梁家湾看月鸾。

今天又是周末,他托江南厂的师傅买的麦乳精、白糖、炼乳等从上海寄到了,他准备交给梁银丰,托他带回家去送给月鸾。去采购部办公室没找到,同屋的人告诉他:"梁师傅去了供销社,你到那儿找吧!"

路黑子在供销饭店碰上了梁银丰,说明来意,把东西给他,诚恳地说:"梁师傅,你帮我把东西捎回去吧,告诉月鸾别舍不得,孩子需要营养,吃完了我再买。下周江南厂的人走了,我再去接他娘俩!"

梁银丰正在供销饭店买五香肉,他皱着眉头,有些为难:"黑子,不是我不帮你,这个星期天梁钱要看足球,我要陪着去趟少年宫,这不,我在买中午吃的东西呢!你还是自己抽空送回去吧!"

车仙子从窗口探出头来:"黑子,今儿休息啊,来打牌吧?我请你喝酒,你那些哥们儿我都通知了,就缺你了!"

黑子担心月鸾母子,上次回家时走得匆忙,没带多少东西,乡下买东西不方便,不能难为了孩子,就摇摇头说:"不了,我去趟乡下,给孩子买了一些东西,要赶紧送回去！”

车仙子道："献殷勤啊！可惜人家不领你的情！"

路黑子不想理她，自顾自提着东西，往车上送。车仙子从窗子里缩回头，绕道柜台走出来，小跑步到车门前，拽住车门把手说："我说黑子，你耳朵是真聋呢还是假聋？厂子里都吵翻天了，你还无事人一般，我真为你不值！"

路黑子说："你们背地里又在嚼谁的舌头？闲得嘴痒痒，去芙蓉树上蹭蹭!再顺便去医务室涂点氨水！"

说完毫不留情地掰开车仙子的手："起开，我要开车了!"

车仙子嘟着嘴，跷着脚跟大声嚷嚷："狗咬吕洞宾——不识好人心！回家捡绿帽子戴去吧！"

路黑子阴沉着脸跳下车，一把扭住车仙子胳膊："说谁呢！再说一遍！"

车仙子毫不示弱："说你呢！给别人养着媳妇孩子，抖抖个什么劲儿！人家在文家河双宿双飞，你侬我侬过着小日子，黏糊着呢！哪有半点把你放在眼里？你还巴巴地去送东西，欢天喜地戴着绿帽子丢人现眼，我呸！你还是个男人吗?！"

路黑子气得铁青了脸："你少给我胡说八道，小心我撕烂你的嘴！"

车仙子甩开黑子的手，晃了晃胸脯，扭了扭屁股，一脸不屑地道："哼！跟我急什么啊，回去看看不就知道了！"

路黑子心里憋着一口气，开到了一百二十迈，车在乡间小道上颠簸跳跃，扬起一片尘土，蚂蚱蜻蜓等凡是在土路上飞过的昆虫，无一例外碰头破浆流，前窗挡风玻璃上黄灿灿一片。有只低飞的燕子被卡在出风口的栅栏上，扑棱棱做着无谓的挣扎。

半个时辰后车进了文家河。

路黑子进来时，月鸾正拿着湿毛巾给子翔擦拭身体，子翔上身裸露，趴在东屋的床上。

文家的东屋实际是个厦子，三面有墙，西面是敞开的。路黑子看到了文子翔的后背：周边黑色焦煳尚未褪去，中间红滋滋冒着血水。

路黑子一肚子火瞬间熄灭下来，悄悄退了出去。

路黑子一路向北，将车开到了梁家湾，苏太太听见车响忙迎出来："黑子回来了，快进屋坐吧，我给你烧水泡茶去。"

黑子说："娘，不要忙活了，我不在家吃，还有事，急着赶回去呢！"

苏太太说:"你等等吧,我去把月鸾叫回来! 你们厂的文子翔受了伤,他爹伺候不了,叫月鸾过去帮忙了!"

路黑子说:"先别去了,过两天子翔好点,就让月鸾自己回城吧,我没时间回来接了。江南铸造厂的人在厂里学习,我接待,实在抽不出时间。"

苏太太说:"别惦记着,过几天我就让月鸾回去!"

路黑子心情复杂地回了城,车仙子早在路口等着了。看见黑子过来,伸手拦住:"看见了吧,是真是假?"

路黑子拉开车门,车仙子跳上车:"别回去了,我陪你找个地方喝酒去,一醉方休!"

两人开车去了潍北,在总厂饭店喝了个瓶底朝天。

车仙子的家就在饭店后面的一片红柳林里。

黑子喝得酩酊大醉,醒来时,躺在了车仙子家床上,全身赤裸,与车仙子抱在了一起。

车仙子还在一边呼呼大睡。

路黑子接到新的任务,随此次江南铸造队一起回去,切磋特种箱体的铸造技术。

这次是王槐带队,恰好他在上海的老父亲病危,就先行一步去处理后事,路黑子带着其他人随后出发,自去江南厂报到,一待就是三月。

三个月后黑子回来,月鸾仍没有回家,据说是身体不舒服,黑子心里别别扭扭的,也无心去接了。车仙子趁隙而入,整日拉着黑子喝酒、打牌、厮混。

还是梁银丰回去把月鸾接了回来。

子翔伤好了出院回厂,迅速入党,被提拔为副书记。没几天接到一纸命令:"带队去三线援建 05 工厂。"

呦呦、黑子都接到了援建 05 工厂的通知,一家人忙活起来,交接手头的工作,准备二十天后出发。

这一次援建时间很长,路程很远,消息灵通人士说,05 工厂在闽北的大山里,一去将是三年。纪律很严,不准通信,不准带家属!

车仙子怀孕了!

她跑到黑子家大哭大闹,央求负责,必须在走前做出答复,否则就去法院告他强奸。

黑子躲到省城叔叔家避而不见。

车仙子每天来月鸾家闹腾，坐在门前大哭大闹，每次车仙子一来坐下，看热闹的三姑六婆、下了夜班睡足了觉的工人就围拢过来。月鸾家门口成了华丰厂一大风景。

王槐派人来劝说，她不屑一顾；子翔来拉她离开，她闹得更欢，就连远在郊外、已调去华东某高校任职副院长的小花翎都听说了，周日特意回来调解，车仙子一概置之不理。

闹了七八天，眼看援建队伍就要出发，黑子还没露面，车仙子恼恨交加，反正自己被架在了火堆上，豁出去了，对所有劝解的人放话：

"说别的没用，就一个条件，让路黑子娶了我。要么婚礼上见，要么法庭上见！不见不散，我白天黑夜就住在这里等消息了！"

车仙子果然回宿舍搬来了铺盖卷，有人送了她一顶抗震帐篷，这是个全民抗震的年代，家家户户都有。

总而言之，世上好事之徒太多，更有那唯恐天下不乱的人，躲在背后鼓噪。

车仙子一副摇旗呐喊，不杀进路家死不罢休的架势，在月鸾门前安营扎寨，长住下来。

月鸾起初不理不睬，看车仙子闹得实在过分，担心影响黑子出行，进而影响到他的前程，就让她进屋谈谈。

没想到车仙子不买她的账："你养着野汉子，又养着私生子，霸占着路家，我还不稀罕进去呢！要谈到我帐篷里谈！"

为了息事宁人，月鸾只得忍气吞声，到车仙子的帐篷里去谈谈。

月鸾低声下气地说："小车师傅，你骂也骂了，闹也闹了，事情总得了结吧，我们得把日子过下去不是？"

车仙子冷笑道："你们把好日子过下去，怎么过？我一个黄花大姑娘破了身子，怀了孩子，臭了名声，我怎么活？你们想得倒美，怎么只想着你们自己呢！"

月鸾差一点脱口而出："你自找的，你是成年人，你情我愿，就得承担后果，咎由自取！"

她叹口气，把话压了回去，柔声说道："我替黑子道歉了！我知道你喜欢黑子，也不忍心毁了他！我这儿有做衣服攒下的五百块钱，你先拿着，去把孩子做了，买些营养品补养补养身子！你还年轻，以后找个比黑子更好的，说不定有万元户喜欢你呢！组织个家庭好好过日子。到时我再攒个两三千，送你做陪嫁，黑子没姐妹，你就是他亲妹妹，我们风风光光让你出嫁，也不枉他疼你一场！你看这样行不行？"

车仙子狂叫："收起你的假惺惺吧！我要的是黑子，谁要你的臭钱！月鸾你可以啊，霸着锅里的，吃着碗里的，看着外面的，你活得滋润啊！凭什么我就得眼巴巴地等着？等那些没边没沿的香风，把我风干了？任人践踏唾弃，一脚踢到沟里去，你好看热闹不是？"

月鸾也变了脸色："你到底要怎样才可罢休？"

车仙子媚眼斜乜，阴阴一笑说："简单，你写份离婚声明就行！"

月鸾冷笑道："我写了离婚声明，你就能如愿？黑子就能娶你？"

车仙子大声狂笑："哈哈！月鸾，你也自视太高了吧！黑子早就知道了你的丑事，你和文子翔鬼混在一起，他都去文家河亲眼见了。不回来是给你留面子！只要你写了离婚声明，剩下的事就好办了，保证再不用你出面，我和黑子就能顺利结婚。离婚书改天直接给你寄到梁家湾去！"

月鸾羞愤交加，无法言语。车仙子拿出早就备好的纸笔，递给月鸾："写吧！别妄想赖在路家，这女主人的位子是我的！再等几个月，我和黑子干干净净纯种的孩子就要降生，我可不想让他生在外面，让人家瞧不起！每个做母亲的都是这样想吧？噢，对了，你不也是这样做的吗？不是为了给你的野种找个爹，才嫁给黑子的吗？现在目的达到了，还有什么舍不得的？"

月鸾写下声明，车仙子接过吹了几口气，狂笑着离去。

月鸾退出帐篷，在原地站了许久，看着曾经温馨洁净的家门口一片狼藉，脑中乱纷纷，一时无法理清状况。

"下雨了！"不知谁喊了一声。豆大的雨点噼里啪啦落下来，砸得月鸾头有些木木的疼。雨越下越大，天色阴暗下来，月鸾回屋简单收拾了随身行李，用塑料布做了个防雨包裹，挎在肩上，冒雨走去长途车站，坐公共汽车回了梁家湾。

第七十五回　家离析肥皂泡泡破灭
再分手心有千千愁结

车仙子确实神通广大,她去省城拖回了路黑子,把月鸾的离婚声明拿给他,威逼黑子跟他去了民政局。

这女人胆大包天,她伪装成月鸾,进门后表现得自然松弛,落落大方,与路黑子拉开一定距离,理由编得非常充足。路黑子阴沉着脸,一脸愤恨厌弃的样子。民政人员看着这对夫妻貌合神离,确认矛盾不可调和,也不怀疑其他,照例询问几句后,看女方态度坚决,本着保护妇女的原则,给他们开了离婚证。

骗出离婚证后,车仙子当天即送到邮局寄出。

一周后的周三,车仙子仔仔细细画了妆,穿上了大红礼服,拉着路黑子去登记。

她早侦察明白了,一、三、五是一个男同志值班,二、四、六是一个女同志值班。上次离婚是周二,那值班的女同志对她表示同情,还唏嘘了一番,这次可不能再碰上她。于是就选了周三过来登记。

两个人登完记,出去吃了顿饭,就算结婚了。

婚后,路黑子对车仙子不冷不热,车仙子心里有愧,只好忍着。

大战在路黑子走前三天爆发。

这日黑子的哥们儿给黑子送行,黑子喝了酒,回家有些醉了。想起前些日子对车仙子太冷淡,现在要走了,毕竟夫妻一场,就想着亲热亲热,而且按照车仙子的说法,孩子已经快四个月了,已经过了危险期,轻轻地做些房事还是可以的。

现在已是半夜,车仙子已经熟睡了。黑子轻轻扳过她,细细吻着,一路吻到了肚皮。脑中一闪念:车仙子肚皮怎不鼓呢,看起来不像怀孕的样子!

又暗笑自己:才四个月不到,肚子看不出来鼓胀也是正常的。

黑子欲念上来了,手忙脚乱要帮车仙子褪去内衣。车仙子睡得迷迷糊糊,下意识用手挡了一下,嘴里嘟囔着:"别乱动,人家大姨妈来了!"

黑子一个激灵,酒醒了一半,掀开车仙子的内裤看看,果然猩红一片,当时震怒,一把把车仙子提溜起来,怒吼道:"孩子呢? 你怀的孩子呢?"

车仙子睡梦中突然被提起来,迷迷瞪瞪地一愣怔:"什么孩子? 谁的孩子?"

路黑子爆怒了,猛地甩了一巴掌,车仙子胖鼓鼓的脸立刻被印上了五个手指,人也彻底醒了。看到暴怒的黑子,知悉他已明了一切,索性打开天窗说亮话:"我没怀孕,这事自始至终就是个骗局。但话又说回来,人你是玩过了吧,还不止玩了一次吧? 也不算诬陷,保不齐哪天赶巧了就怀上了呢! 我要不做这个局,你能和我结婚吗?"

看到车仙子恬不知耻的样子,路黑子气得一句话说不出来! 两人对峙了片刻,路黑子跳下床,胡乱穿好衣服,拉开橱柜,匆匆拣了几件换洗衣服,塞到一个皮包里,丢下一句:"你就在这儿当你的女主人吧! 好自为之!"摔门而去。

路黑子住进了县城招待所,直到出发,再没回过一次家。车仙子一下子像被霜打了的茄子,从此收敛许多,再不出门招摇,因为活动量减少,妖冶性感的腰臀一天天臃肿起来,从前的风韵荡然无存。

月鸾收到了离婚证,端详了一会儿,叹口气,锁到了箱子里。

倒是苏太太嗟叹了好久:"黑子是个好孩子,走到今天这一步,你也有责任。凡事闷在肚子里,也不说道说道,天长日久,他自然感觉受了冷落,外人才有机可乘。"

月鸾胃胀得难受,起初忍着,这几天实在忍不下去了,就回城去了医院,让李大夫一检查,原来是又怀孕了。李大夫又把她说了一通:"知道自己有毛病,还不经常来检查,你看看,这都四个月了才来。孩子是必须生下来了,快通知路黑子吧!"

月鸾低头往外走,这孩子虽说来得不是时候,但也要把他生下来,月鸾不打算告诉黑子了。她和黑子离婚的事,虽然在城里闹得沸沸扬扬,但梁家湾地处偏远,也没几个人知道。

呦呦自从知道月鸾为子翔生下儿子,像变了一个人似的,对月鸾好了很多。特别是这次车仙子事件,呦呦坚决地站在月鸾一边,痛恨车仙子夺人夫婿,破坏家庭。

她自然不会回家提起。

月美和爹爹更不可能,在他们眼里,被人甩了是丢人的事,连带他们都被丢了脸,自然更羞于跟人提起。

母亲本就话少,又不经常出门,更不会说出去了。

因此,月鸾下定决心,孩子就在梁家湾生吧。

天下无巧不成书,这句话再次验证了,人生的巧合无处不在。

月鸾在门口先是碰上了子翔,他来医院复查伤口,想开些药品带着。听人说闽北有瘴气,他仔细询问了医生有哪些防范措施。

他是领队,自然要问得仔细,比如:北方人到了南方山区,吃喝要注意什么?容易得哪些疾病? 带哪些常备药品比较好,等等。

最后提了一大包药品出来。他让月鸾跟着他,到院子里的石凳上坐坐。

这家医院的院子里有一个圆形草坪,四周种植了一圈加拿大红枫,都有碗口粗了。此时正值深秋,红叶如火如荼,是一年中最美的时候。

但也有几片红叶弱不禁风,秋风吹了几下就落了下来,落在碧绿的草坪上,悠然地晒着秋日暖阳。

子翔握住月鸾的手,眼里炫起泪光:"月鸾,对不起,是我连累了你,让你受苦了!"

月鸾眼睛看向草坪上的红叶,轻叹一声道:"也许我是早熟吧!就如这落叶,别人还在迎风招展呢,它已经躺在那儿,享受最后的时光了! 这是我的命运,我只能承受,不能怨你,也怨不得别人。"

子翔握紧月鸾的手:"别那样说! 命运掌握在自己手里,我们要改变命运!听我说,我正要回家跟你告别呢,没想到在这儿碰上了,这就是天意,老天再次给了我们一次机会。等着我啊,三年很快就会过去。等着我回来,我一定风风光光娶你,我将用一生的时光,把欠你的补偿给你。"

月鸾的眼泪流了下来,她此时心有千千结,却不知从何说起,更不能说肚子里已经有了孩子的事。她把眼泪咽进肚里,哽咽着嘱咐道:"听说闽北的冬天又湿又冷,你多保重!我给你织了一条毛线围巾,还有两套毛衣毛裤,已经打进呦呦的行李箱了,到了那儿她自然会转交给你。天冷了记得穿上,别落下毛病,老了受罪。"

子翔一时心热,顾不得人来人往,激动地紧紧拥抱月鸾:"别总想着我,也照顾好你自己！一定要等我回来!"

月鸾和子翔分别后，月鸾去了长途车站，子翔回华丰厂准备出发。他们没有注意到：在另一边的大树下，有一个人也站了很久，他的目光，一直关注着月鸾。

他是来检查胃病的，无意中听大夫说起："那个女人真是粗心，上次怀孕以为是胃病，这次怀孕还以为是胃病!唉！女人总归是女人，看起来很聪慧，对自己身体却是粗心大意。这类人啊，事到临头往往乱了方寸，没了主张!女人啊，脑子就是奇怪，真不知道她们整天在想些什么！"

援建队伍如期出发了，每人都戴上了大红花，全体职工列队相送，厂部宣传科组织人员敲锣打鼓，书记和每个人握手叮咛，每个人的眼里都含着泪花。

厂部准备的大客车把他们送到了火车站，书记亲自陪同。子翔与书记握手告别："放心吧，我们一定完成援建任务。我们会服从组织安排，听从当地党组织领导，与军工技术人员搞好团结，联合攻关，努力工作，绝不给华丰厂抹黑！您就静等我们再立新功的好消息吧！"

子翔他们坐上火车，先到了徐州，下车后转了一次车，五天后才到了福州火车站。

05 工厂接站人员早候在那儿，热情洋溢地接下他们，帮他们提着行李，换乘解放牌客车，一路说着欢迎的话语，天黑后才进了闽北，走进了隐藏在大山中的 05 工厂。

三年山中岁月，将会发生什么呢？大山连绵无垠，郁郁葱葱，西北连着江西，西南连接广东，东面就是台湾海峡。当年曾孕育了红军队伍，创造了一个人人安居乐业的新社会。

现在，又一群青春朝气的青年人，从全国各地先后到达，他们聚在一起，应该会发生一些离奇的故事吧。

第七十六回 宝葫芦上画罗汉思母
香樟王前书千年传奇

05 工厂在大山里面。山路颠簸,子翔这男子汉也被颠得上吐下泻,呦呦胆汁都吐了出来,半路上睡过去了。记不得究竟翻了几座山,才终于到达目的地。

大门口是普通的山门,用大块石头砌成两面山墙,中间是两扇铸铁大门,涂着军绿色油漆,只有两旁的红色大字显露出与众不同的威严:"提高警惕,保卫祖国!"

进入大门行约一里路,一条宽约十米的大河横亘眼前,河上没有桥,遥遥望见对面有高大的岗楼,还有荷枪实弹的士兵。

时值秋季,河流汹涌而下,气势震慑。子翔暗想:"怪不得大门没有特别的警卫措施,原来这儿有天然屏障哪!"

带车的干部跳下车来,手里举着小红旗,左右摇晃了几下,对面一声哨响,随后咔啦啦几下巨响,河上瞬间出现一座吊桥:六米宽,钢轨做枕梁,钢板做桥面,钢板之上又铺了十公分厚的混凝土。比正规的桥面还宽敞结实,足够两辆军车并列通行。

他们过桥后,吊桥随即收起。首先在左手边出现一座单独的二层小楼,带着小院,带队干部介绍这是卫生大队,以后身体不舒服可以到这儿看病取药。

再往里走,右侧是悬崖峭壁,左侧出现大一些的小楼和花园,干部介绍说:"这是学校,到初中呢!"

拐过三个大弯,道路通顺起来,足有五十米可以直行。左侧路边出现一溜宽大的三层楼,干部介绍是合作社,里边日常生活所需物品一应俱全,大到自行车,小到酱油、擦手油、纽扣,缺什么就过来买,可以赊账,月底从工资里扣,一楼一半门店,一半仓库,仓库里的储备足够全厂用半年。二楼是办公室,三楼是宿舍,光合作社员工就近百人呢!

呦呦吐吐舌头,这个厂要多大啊!

子翔对建筑物发生了兴趣,心里嘀咕:"当年劈山建屋,石头可以就地取材,这些砖瓦水泥从何而来?看这些用量的话,从外面运输起码要一年时间吧?"

再往里走约三公里,左侧开辟出一块很大的场地,山下是一座五层小楼,楼前有篮球场、宣传栏、车库。山上鳞次栉比坐落着一座座将军楼,干部说这些小楼分两段,下边这段是集体宿舍,上面是家属区。

带队干部看他们对这里的地形地貌更感兴趣,吩咐先别下车,干脆带他们进厂区转了一圈。

开车往里走到厂区还要十里山路。干部说平日上下班集体乘车。你们先休整两天,后天给你们分配工作,办公楼前的车上贴着单位名称,到时自然有人来领你们上车。

整个厂区依靠右面的悬崖峭壁做自然屏障,向深山里蜿蜒伸展,后勤车间集中在最外围。再往里走就是山洞了,里面据说是安装车间和试验场地。他们开车转了一个主洞,洞里面非常宽敞,仅通道就超过十米,里面四通八达,干部说从这个主洞可以走向任何一个山洞,每个山洞最短者也超过二百米,洞与洞之间相互贯通,平日里有铁门相隔,遇到特殊情况才可以打开。军工干部到作业面都需要乘车到达,严禁单独行动,步行违禁。

子翔看见,主洞之内的分洞口如蛛网一样密密麻麻,都关闭着厚厚的铁门。

子翔被分到厂部办公室,负责援建人员与其他部门的沟通,兼任宣传队长的工作,日常工作比较繁杂忙乱。

呦呦被分到化验室,给罗汉科长做助手,那个罗科长的普通话带有山东口音,听见呦呦的山东话莫名的亲切,对呦呦非常照顾。工作时手把手教她,不厌其烦地讲解,耐心指导,呦呦感觉到了温暖踏实,工作上手很快。

半年后,他们基本适应了山中生活。在呦呦的介绍下,子翔和路黑子都与罗汉成为无话不谈的朋友,星期天便跑到罗汉的家中去蹭吃蹭喝。

罗汉单独住在一个将军楼上,他这个楼本是集体宿舍,其他房客一个接一个陆续结婚走了,剩下他一个老大难,他相中的人家相不中他,相中他的他却看不上,就这么耽搁了下来。前几年还有人帮他张罗,去年他大哥罗霄去世了,他伤心过度,宣布从此单身,厂里的热心人士也懒得理他了。他是厂里的技术科长、弹药专家,厂部行政科就没再安排其他人住进来,他一人独占一座将军楼,用他的话说："除了没女人，和其他家庭也没什么两样，我也算有家了。"

罗汉是个心灵手巧之人，不仅琴棋书画样样精通，还是个能工巧匠，会做洞箫、竹笛、葫芦丝，还做得一手好菜。他的小院里种满了大大小小各式葫芦。大葫芦摘下来，炖水鸭吃，自称闽北名菜——葫芦鸭，呦呦吃了几次，确实好吃极了。小亚腰葫芦就拿来做了一屋子的葫芦丝，所有的墙上都挂满了。床下放着一堆大葫芦，上面的烫画栩栩如生，还有蓝墨手绘芭蕉扇。

有一次周日呦呦去得早，罗汉拖出床下的一堆宝物，一一陈列给呦呦看，并兴高采烈地解释每幅画的出处及作画的心情。

罗汉的葫芦画自成一格，别具特色，呦呦看得目瞪口呆。过后仔细琢磨下来，却发现罗汉的葫芦画有一个共同的特点，那就是每幅画都表现了浓浓的母子情，大义如"岳母刺字""三娘教子""孟母三迁"；拟人化的如表现牛妈妈舔舐小牛犊的"舔犊情深"，乌鸦喂食的"慈乌反哺"，感恩父母的"寸草春晖""父母恩勤""哀哀父母"等，呦呦曾好奇地问他："你家在哪里啊？你和父母感情很深吧？他们一定都是很优秀的人。"

罗汉眼圈红了，眼眶中有泪花闪现："我是个孤儿，我不知道家住哪里，父母是什么人。我是在南京孤儿院长大的，唯一有个兄长叫罗霄，在孤儿院做厨师，去年有信辗转过来，说是去世了，好像是胃病。我从小羡慕那些有父母的人，无数次想象着在父母面前撒娇，承欢膝下是什么滋味，哪怕让我感受一次也好啊！"

看着罗汉向往期待的眼神，呦呦的心脏好似被什么撞击了一下，隐隐作疼。她也想起了家乡，想起了风风火火的母亲胡三姑，想起了养育他的父亲，眼泪也流了下来。

两个人静静地坐着地上，默默地相向流泪。一直坐到快中午了，饭点到了，子翔和黑子睡懒觉起来，过来找好吃的，看见他们坐在地上，黑子喊叫起来："你们俩在干吗呢，吵架了？"

罗汉和呦呦才如梦方醒，连忙擦干眼泪，炖葫芦鸭去了。自此后，关于家和父母的话题，他们讳莫如深，再也没有提起。

自从山东来了援建团，特别是呦呦进了实验室，罗汉一下子活跃起来，再也不提对女人不感兴趣的话，生活重心一下子倒向了呦呦和她的伙伴们，每到周日不是邀请到他的家里做客，就是去外面疯玩。周日厂里是允许出去的，但不准过夜,也就是说只能在附近山里转悠。很多人干脆选择不出去。厂里应有尽有,出去转悠个什么劲?

但子翔他们生活在北方平原,对山里的一草一木都特别感兴趣。

这天又到周日,这次罗汉带他们去参观千年香樟王。

从厂部大门出来往山后走,绕过一个山头,也有一条大河,罗汉说这条大河的上游就是他们厂区门口的那条,中游从山底下穿过,形成暗河。大河南岸有一片香樟树林。每棵树都需双人合围,形成应该有几百年了。其中最大的一棵需要八人合围,罗汉介绍据山里的老人讲这棵树有一千多年了,宋末客家一族大南迁时,客家祖先们就是看到了这棵大树,才决定在这片山里定居,他们首先祭拜树神,请求保佑庇护。

说也奇怪,从客家的祖先们祭拜了树神后,追杀者不见了踪影,颠沛流离的生活终于结束。香樟的香气驱散了瘴气,他们开山种红薯,种茶,种玉米,挖笋,捡蘑菇。客家人终于安居乐业,有了自己的一片净土。因此,他们特别感激树神。

这棵千年香樟至今香火旺盛,四周砌了圆圆的砖垛,插着许多香烛,摆有很多供果。罗汉先拱手拜了拜,就领他们到林中空地上的小溪旁玩耍。

子翔扎了个风筝,和路黑子在放着玩。呦呦坐在树墩上看着,罗汉过来坐下,吹奏葫芦丝,呦呦伴唱歌儿:"我坐在高高的谷堆上面,听妈妈讲那过去的事情……"

罗汉眼睛里有泪光出现,呦呦唱完这支歌,罗汉的眼泪就流了下来。他也想妈妈,想有一个温暖的家,可他不知道妈妈在哪里,家在哪里。呦呦替他擦去眼泪。

爱情这东西很奇怪,像夏季的风,说来就来,说走就走。呦呦看罗汉,风度翩翩不逊子翔,才识学问不输慕容枫。他因戴了一副眼镜的缘故,比子翔多了份稳重成熟,酷似继父慕容枫。

对,太像了!李呦呦今天才明白,与罗汉一见如故的原因:罗汉太像慕容枫了!身高、样貌、说话的语气神态,与慕容枫简直如出一辙。世上竟有如此相似之人,她正要告诉罗汉她的新发现,罗汉起身到小溪边摘覆盆子去了。每次出来玩,罗汉总能找到覆盆子,红艳艳的小果儿酸甜可口,他先送给呦呦吃着,又去摘了一些招呼子翔他们过来吃。

一条雷公蛇爬到黑子身边,好奇地看着路黑子脚边的红菇。路黑子一走神,风筝线断了,风筝飘飘摇摇飞走了,路黑子急得直跺脚。罗汉把覆盆子递给黑子,跟着子翔追了出去。

风筝飘到千年香樟王身边时,被树枝挂住了线,停下了。子翔要爬上去取,被罗汉一把拽下来:"还是我来吧!"

罗汉爬到香樟树梢上,拽住风筝线,把风筝扯下来扔给树下的子翔:"接着,扔下去了啊!"

风筝太轻,罗汉用力稍偏,不慎踩断树杈跌落下来,头磕在碎砖块上,昏了过去。

子翔赶紧背起他,招呼黑子和呦呦快走。到了卫生大队,军医马上检查治疗。医生告诉子翔他们:"罗汉以前受过伤,他头部有明显的阴影,你们要做好心理准备,醒来后可能暂时不认得人。"

呦呦哭了:"他一定受过很多罪。只要他醒来就好!不认得我也没有关系!"

罗汉一直昏睡了七天,醒来后像变了一个人,变得整日若有所思,沉默寡言。呦呦去看他,他倒没有不认得,只是没头没脑地抓住呦呦的手,亟不可待地告诉呦呦:"我想起了很多事,关于小时候和父母的事,但就是零零碎碎的,拼凑不出完整的细节,想多了就头疼欲裂,真是急死人了。"

呦呦安慰他:"不要着急,慢慢来,时间长了你会想起来的。说不定父母还在原来的家里,一直等着你回去呢!"

他想起缝在衣服里面的玉箫,赶紧找了出来,他想起这支玉箫是父亲送他的,母亲给绣了一个专门装玉箫的袋子,正面绣着罗汉头,那是他的乳名,后面绣着一株海棠,那是他妹妹最喜欢的花儿。

妹妹笑起来很美,笑靥如花,柔弱娇媚。他们姐弟两个经常合奏。罗汉告诉呦呦:"你的笑靥也很美,美丽中带有些许忧伤,有一点妹妹的影子。妹妹胆子小,眼神里时常带出一丝恐惧和忧伤。"

罗汉是他的乳名,当时救了他的小叫花子,曾听见街坊太太喊他罗汉,到福利院后就给他报了一个罗汉的名字。

罗汉吹起了玉箫曲《忆故人》,箫声呜呜咽咽,如泣如诉,箫声中,往事在罗汉眼前一幕幕浮现:

1949 年,上海到坊茨小镇的火车上,到南京站后,下车给月璃妹妹买板鸭吃,因想着母亲,再次下车时,露出了身上的金叶子,被乞丐头盯上了。

当时战乱初定,人心惶惶,火车上南来北往的客人特别多,常听说有人走失孩子的事。苏太太怕万一走散了,孩子们衣食无着。就每人口袋里塞了几颗金叶子。每个孩子衣服袖口上都绣有海棠图案。

爬火车的乞丐起了歹念,打昏了他,把金叶子和板鸭抢走了,把衣服脱了下来,扔给了小叫花子,把他扔在了火车站外的仓房里。

小叫花子隐约觉得,白天的那个小冤大头有些面熟,起了恻隐之心,半夜回来,仔细端详一番:果然是他认识的小罗汉,于是拖着他去了南京孤儿院,孤儿院领导积极组织就治,小罗汉醒来后却忘记了自己是谁,从哪儿来,要到哪儿去。孤儿院看着这一对孩子孤苦无依可怜巴巴,就将他们收留下来。

小叫花子以前常在豫园后的巷子里乞讨,那时罗汉常在那儿玩耍,穿着少爷的鲜亮衣服,但从来不欺负他。相反,街坊太太给他的蟹黄包,他经常分给小叫花子吃,还邀请他参加他们的游戏,陪他玩。如今沦落到这个地步,小叫花子有些唏嘘,怕他一个人在孤儿院受欺凌,也过够了动荡的日子,就留下来照顾他。

等他醒了,就告诉了他重新编排的身世:他们是亲哥俩,父母早亡,他叫罗汉,他叫罗霄,比罗汉大三岁,罗汉被安排去上学。罗霄不愿读书,被罗汉拽着勉强上了一年学,说什么也不去了,被安排到厨房学厨师。

后来罗汉考上南京理工学院,再后来去哈工大读了三年研究生,都是罗霄和孤儿院供养。毕业后被分配至05工厂,一头扎进了大山里。

箫声依旧,可惜如今已是物是人非,也不知母亲和妹妹怎么样了。

罗汉不知如何向呦呦他们说起自己的身世,也不知该怎么向组织交代。只好借箫声来诉说命运的捉弄了!

造化弄人啊!神奇的命运之手,捉弄的何止是他罗汉一个!他抱住呦呦,痛哭起来。眼泪冲刷着三十多年的颠沛流离、沧桑岁月。更可悲的是,他只依稀记起曾经的零星往事,仍然没有记起自己的真实名姓、父母的名字。

乡关在何处?罗汉心底泛起了悲凉,他紧紧地拥抱着呦呦,汲取着女性的温暖,一棵无根浮萍迷离的心,得到了少许慰藉。

呦呦的心,彻底被罗汉的眼泪泡得柔软,她用小手指一点一点抹去罗汉脸上的泪痕,却越抹越多,越抹流得越多。她踮起脚跟,轻轻吻着罗汉的泪水,咸涩的滋味蔓延到肺腑。

呦呦从罗汉禁锢的臂弯中露出头来，深吸呼一口气，心底泛出的却是一丝
丝甜蜜——世上确实有缘分这东西存在，它把天南地北隔山而居、隔水相望的
的两个人，用红线拴在了一起，让他们相亲相爱。

第七十七回　都说别时容易见时难
谁知母子相逢竟不识

　　子翔接到了任务，"八一"建军节快要到了，让他承办一次大型文艺宣传活动，厂长说了："听说你们山东来的援建队伍里有两个台柱子，你又是宣传队长，这次活动就由你全面组织。一定要办出特色来，这次要搞成军民共建，有地方上的领导带领文艺小分队来慰问演出，可别搞砸了哟！"

　　子翔接受了任务，就去找罗汉商量，让他参与伴奏，把呦呦暂时借调到宣传科，他们俩学几首新曲子，作为开场节目。罗汉自然积极配合。

　　演出获得了极大的成功，地方领导上台接见主要演员，子翔才知今晚接见他们的是省里的妇联主席和当地的市长、妇联主席。

　　省妇联主席握住子翔的手："孩子，你演得小二黑太好了！唱腔声情并茂，不愧是新时代的文艺青年！我看了特别感动，也特别喜欢，在闽北有什么事就直接告诉我。我建议你援建结束就别走了，到省里找我去，我有个儿子跟你差不多大，现在也应该工作了！就不知在做什么工作。"

　　省妇联主席说到这儿，似乎触及了什么心事，眼睛里竟有泪花在闪现。05工厂的老厂长这时连忙接上话头："我们去北方选调干部时，看过他的档案，他只有父亲没有母亲。你别说，这孩子眼睛和嗓音的确有些像你，缘分呢！你如果觉着这孩子好，干脆收了去做儿子吧！"

　　台上一片笑声，省妇联主席说："好啊！赶明儿我就领走，你别不舍得！"

　　慰问队伍住了三天，文子翔一直形影不离，紧随左右，省妇联主席非常满意，临走时握住子翔的手："好好工作！有事找我，我们会再见面的！"

　　相处仅仅三天，子翔对这个省妇联主席竟然产生了莫名的信赖，车队启动后，子翔挥手告别，心底有暗潮涌动，一阵热浪袭上心头，眼睛里竟掉出了泪珠子。子翔想："最近不知怎的，受罗汉影响，变得有些多愁善感了！"

省妇联主席从车窗里探出头来,依依不舍,眼眶里泛出了泪花。车辆走远了,子翔如被定住了一般,还站在那儿发呆。老厂长过来拍拍他的肩说:"省妇联慕主席是个老革命,战争年代长期做地下工作,新中国成立初期来到闽北,曾经做过我们工厂所在市的市长、书记,工作杀伐决断,口碑很好,培养了不少年轻干部。后来年纪大了主动要求退居二线,给年轻人让位,组织就安排她到省里做了妇联主席。她眼光很独到,对你似乎特别瞩目。好好干吧,小伙子日后前途无量啊!"

省妇联主席回去后,对子翔念念不忘,眼前经常出现子翔的音容笑貌,有时叠现出她儿子少时的影像,越看越觉着像她留在老家的亲生儿子。"难道他是我找了许多年的儿子? 不会这么巧吧? 世上重名的多了,我莫不是日思夜想,思念成疾了?"

思念就像野草,一旦找到缝隙,马上疯长起来。慕主席被自己心中的思念搅得食不甘味、夜不枕席。于是派秘书去山东调阅文子翔的档案,并给了秘书地址和这次的演出合影,请求秘书务必亲自到东海市文家河村跑一趟,找到文二爷,让他指认一下上面是否有他的儿子。

文二爷正在为子翔的家书稀少寥落而伤神,村长领来一个干部模样,外地口音的人到家里找他,让他看一张照片。那个秘书说:"文二爷,您辨认一下,这个人是不是你儿子?"

文二爷接过照片走进看了看脱口而出:"当然是我儿子了,这还有假? 怎么了,他犯了什么事吗?"

秘书说:"他很好,只是让您确认一下!"文二爷显出警惕的眼神,看了看那个秘书,把手伸出来:"给我! 照片给我! 我再看看!"

秘书扭头看看村长,村长抬抬下巴示意给他,他接过去又仔细端详了一番:"哼! 我说哪来的风呢,让我指认儿子,原来又是她来抢儿子了!"

文二爷指指照片上的慕主席:"是她让你来的吧! 你告诉她,文家河湾里的石头还没烂呢! 想认儿子,有本事来文家河,去把湾里的石头砸烂! 你快走,快走去告诉她吧! 当了干部有什么了不起,还是我的老婆,回来我照样打断她的腿! 她最好在外面老老实实当她的干部,咱们井水不犯河水,敢到文家河来撒野! 也不瞧瞧是谁的地盘!"

秘书听得莫名其妙,村长看文二爷越说越不像话,就对秘书说:"文二爷年纪大了,有些糊涂,有点痴癫。耳朵又背,别听他胡言乱语的,咱们走吧!"

秘书悄悄把一个信封放在了桌子上,连忙跟着村长出去了。信封里面装了一万元钱,文二爷早看见了,把信封拿起来追出去:"想用钱来收买我?想让我闭嘴?我告诉你,没门!钱我收下了,再送还照收不误,就是不让你们找到子翔!不让你们领走我的儿子!"

秘书被村长拉着走远了,还听得文二爷在后面喊叫:"当干部有什么了不起啊,自己的儿子都不认得!还想要儿子认你,做梦去吧!"

村长送秘书上车,苦笑着解释:"你回去跟慕主席解释一下,村里很感激她这几年对家乡的照顾,也会照顾好文二爷。让她放心!其实文二爷也就嘴上说说,在村里吃喝吃喝,他不常出村,出去也不会瞎吃喝的!上一代的悲剧,随着时间流逝会慢慢消化的!这几年我们也不知文子翔去了哪里,看这情形应该是执行特殊任务去了吧!等文子翔回来,我们会劝说他,让他去认亲!毕竟是亲生母亲,他会高高兴兴去认的!"

村长的话说得有些早,文子翔坚决不与慕主席相认。

秘书回去后,把调查的情况一说,慕主席确认子翔就是自己留在家乡的亲生儿子文子翔,激动不已,当晚电话通知了 05 工厂老厂长,告诉他明天想去一趟。

慕主席把情况跟组织做了汇报,就驱车重回 05 工厂,要去看看子翔,重续母子亲情。

子翔接到通知,省妇联慕主席要来看他,非常高兴,也有些激动。说真的,自从那次见到省妇联慕主席,子翔就像得了魔怔,有时午夜梦回哭喊着"娘亲",把自己哭醒,眼前闪过的就是慕主席的音容。这一段时间他一直在想:"如果慕主席是自己的母亲,该有多好!"

但当在会议室里,慕主席让其他人暂避,单独与子翔说出详情后,特别是说这次让秘书去文家河调查的情形,子翔竟然跳了起来,眼含热泪大声喊叫:"不!不!不!你不是我的母亲!我母亲死了,跟着唱戏的跑了!半路上饿死了!我宁愿接受这样的事实,也不愿有你这样高高在上又狠心无比的母亲!"

慕主席心如刀绞,她热泪盈眶,呜咽着说:"儿啊!不是我狠心,当时确实是情况特殊,工作有调动。你父亲又是个落后群众,动辄大打出手,我也是迫不得已啊!"

　　子翔捂起耳朵："迫不得已就可以抛弃襁褓中的儿子?!抛弃父亲一走了之?我没有这样的母亲?既然抛弃了我们,还回来找我们做啥?既然你说舍不得我,放不下我,解放都这么多年了,为什么才回来找我?你早干什么去了?你知道我受了多少苦吗?"

　　慕主席透口气,看着暴跳的儿子,耐心解释："儿啊,我去找过了,找了多次啊,阴差阳错,每次都错过了!为娘的只要有一点办法,哪有不去找儿子的道理?可惜造化捉弄我们娘俩啊!"

　　于是,在慕主席的叙述中,子翔知晓母亲先是归队作战,从地下工作转入野战部队,参加了淮海战役,朝鲜战争时她已经是团政委了。从朝鲜回来后去湘西剿匪,出发前在胶东休整集结,她骑着马连夜回家找儿子,没敢进村,怕引起不必要的误会,在区公所里等着,区里派人去叫,儿子却挑着轱辘子担子走街串巷去了。

　　后来和平了,她做了南下干部,任一个地方的市长,她的老搭档任书记,他们重组了家庭,生了一个弟弟。生活一旦安定下来,她又回过东海市找他。她曾去了公社找过,文五叔调进了市里,子翔去了峡山水库,时间紧不好找。

　　多次错过后,因为其他原因,前几年她的搭档受到冲击,他们行动一度受阻。现在刚解放出来工作不久,老搭档在省里任书记。没想到意外地在这儿碰上!

　　慕主席拉着子翔的手："儿啊,你一定要原谅母亲!我们这代人,确实有不得已的苦衷啊!你是从母亲身上掉下来的肉,我日思夜想,无日不牵挂,有时半夜都把自己哭醒。你叔叔和弟弟都欢迎你回家,从今以后,你就有两个家了!"

　　子翔抽回自己的手,慕主席无奈,掏出手绢擦着哭得红肿的眼睛："子翔,你可怜一下我们这些老人吧!当年我们出生入死,刀架到脖子上不皱皱眉头,在阵地上坚守没粮食吃,就撕下背包里的棉花圀圀吞咽,何曾低过头!现在我们老了,希望得到年轻人的原谅!你叔叔听说了你在华丰厂救人的事迹,昨日还告诉我:'小儿子不争气,大儿子倒像我的亲生儿子,有出息!把他叫回来,改日我们爷俩好好喝一杯!你去问问他,援建结束留在这儿工作好不好?我亲自带带,又是一员大将!'"

　　子翔听慕主席说完,弯腰鞠躬道："谢谢母亲给了我生命!也谢谢叔叔的厚爱!您在这儿有家有弟弟,我还要回家照顾父亲,就不劳您和叔叔费心了!时间不早了,您也早些回去吧!我回去工作了!"说完,头也不回走了出去。

老厂长与慕主席是老战友，对她的事情略知一二。看到子翔抹着眼泪，红涨着脸蛋，怒气冲冲地走出去，知道事情谈得不顺利，就进来安慰道："你别急！事情得慢慢来！他从小在没有娘的环境中长大，自尊心很强。一下子跑出个当大官的亲娘，正不知所措呢。你又告诉他再送一个当大官的爹，我估摸着他得消化几个月，才能反应过来哪！"

老厂长说完自己先笑了，慕主席也苦笑一下，算是赞同他说的话。老厂长表态说："你放心先回去，我做做他的工作，共产党员怎么能不认亲娘呢！不过话又说回来，你儿子性格还真随你，看起来文雅随和，骨子里拗得很，你得让他自己扭过弯来，掰急了，容易出毛病！感情这东西不是工作，不能干巴脆，得慢慢焐热，你说呢？"

慕主席也没有更好的办法，只得辞别了老战友厂长，回省城等消息去了。

第七十八回　呦呦婚事千里传东海
男人心思莫测你别猜

　　呦呦结婚了，罗汉终于找到了他心仪的姑娘，李呦呦也找到了她的白马王子。全厂人都为他们高兴。老厂长亲自主持婚礼，厂部大礼堂做了结婚礼堂，几乎座无虚席，合作社的烟酒糖那天全部售罄。李呦呦和罗汉的婚礼成了全厂的节日，老厂长说这是军民合作共建栽下的爱情之树，应该大庆。希望明年结出丰硕的成果。

　　李呦呦果然不负重望，年底就传出了珠胎已结的喜讯。

　　喜讯也传回了东海市，传回了华丰厂，传回了梁家湾。

　　呦呦来了信，说自己在新单位找到了真爱，已经组织批准，结婚了，现在怀孕待产，请母亲放心。还请母亲准备一些北方的小米、大枣、婴儿棉衣棉被，交给华丰厂办公室，他们会转交过来。伺候月子的事，她会请示组织，看能否批准。请母亲不要记挂，这边医护条件很好，也有托儿所，如果组织不能批准，就耐心在家里等着，她这边任务结束方便了就回家，耽误不了您老人家抱外孙。

　　胡三姑喜出望外，第一次感觉扬眉吐气。她男人原是民兵连长，参军去了朝鲜战场，后来转业回来了，少了一只眼，下身重伤，一只腿三条肋骨，腰上还有四个弹片。外面的炕上的什么事也做不了，白白担了一世虚名，一生遭人嘲笑和白眼，坏小子整天往他家扔黑石头，气得胡三姑干脆把院墙拆了，天天跳着脚骂人。为了那点可怜的自尊，硬生生把一个美丽娴淑的村姑打磨成了泼妇。

　　每想到此处，胡三姑就怨恨那那多嘴的媒婆、贪财的爹娘。

　　对那意志不坚定的梁银丰，胡三姑却恨不起来，一是他给了自己一个聪明美丽的女儿，二是这么多年他一直照应着她们母女的生活，如果没有梁银丰的接济，胡三姑真不知道日子该怎么过下去。后来因为到市长家里看孩子，生活条件好转，也是因了梁银丰的介绍。再后来呦呦进城工作，跳出了农门，到现在喜结良缘，嫁得如意郎君，她胡三姑的好日子才刚刚开始呢！

等着吧！总有一天,我胡三姑要活得比你们任何人都好!前不久,她悄悄找九龙庙的张半仙卜过一卦,卦签上说:她五十五岁那年转运,天天坐在炕头上数钱,她今年四十五岁了,数钱日子一眨眼就来到了!

梁银丰也心中窃喜。他听人说子翔的母亲做了大官,前些时候还派人回来接子翔。这小子日后定会平步青云,前途无量!过去自己有眼无珠,误了月鸾,没想到无意中给自己的亲生女儿呦呦留出了机会。看来,老天对梁家不薄啊!

梁银丰把自己的猜测告诉了胡三姑,胡三姑说:"我早猜到是他们俩了,你想想,他们一起过去的,除了子翔还能有谁?呦呦那孩子随你,眼睛长到眼眶上面去——眼界高得很,一般人还真入不了她的法眼!不过就不知他们去了哪里?执行什么任务?这孩子和我也耍心眼儿,你看那封信写得含含糊糊,说是让我准备着,组织批准了就让我过去伺候月子!她那就是报个信,告诉我她嫁了,还怀上了孩子!哪里是真请我去伺候月子!连个地址都没有,信是华丰厂政工科转过来的,连你都不知道他们去了哪里,我一个乡下老婆子,到哪儿找去?唉!孩子大了不由娘,闺女大了胳膊肘往外拐喽!"

梁银丰不耐烦地说:"行了行了!别得了便宜卖乖了!快按着信上说的东西去准备吧!我下周回来带到办公室,他们会设法寄到的!"

胡三姑转身往回走,梁银丰叫住她,看看左右没人,悄悄说:"等呦呦回来问问她,子翔是否把那个玉羽觞交给她了?若没交,让她仔细问问。若交了,就让她送到我这儿来吧,我保管着比她保管着强!这万一中间出什么三权葫芦头,子翔后悔了,再要回去送给别人,就悔之晚矣,一切都来不及了!男人心,天边云,最是变幻莫测,你们这些蠢女人是猜不透摸不着的。"

胡三姑哼了一声:"说你自己哪!"就扭着胖屁股,一步三晃地回家去了。

这边梁家湾的胡三姑兴高采烈地准备着,那边山里却接到通知,五个月之内实行封山和宵禁,严禁任何人外出和对外通信,地方上任何人员没有特殊批示,不准靠近05厂。

原来05厂接到一个紧急任务,研发一批需要在丛林里使用的枪支弹药。

这次时间紧,任务重,领导再三声明,这次是用于实战,一是必须保质保量完成任务,不容许出丝毫差错。二是严格保密,严禁阶级敌人搞破坏,一旦出现紧急情况,党代表有权做应急处理,不必上报。

厂里成立了攻关小组,任命子翔为党代表,罗汉任组长。他们当日就进驻山洞,吃住都在那里,埋头苦干起来。暂时和外界断绝了一切联系。

第七十九回 小飞认祖归宗行大礼
月鸾对文二爷尽孝道

这一年文二爷身体一直不好,咳嗽得厉害,痰中带血。月鸾隔三差五的去照料,抓药,熬药,洗衣做饭,缝补衣服,还给文二爷添置了新衣。文二爷喜得合不拢嘴,一直说等子翔回来,就给他们好好办场婚礼,让月鸾风光一下。

文二爷常对月鸾说:"子翔这小子有福,有你这么个好姑娘喜欢他,替他尽孝。他倒好,一翅子不知飞到哪儿去了,连个影也见不上,家里是指不上他了,这几年幸亏有你,要不我岂不成了孤寡老人了?"

文二爷特别喜欢月鸾的儿子路小飞,今年快四岁了,每次月鸾自己来,老爷子就假装生气,不理她,直到月鸾答应下次来带上他才眉开眼笑。月鸾看两人玩得没大没小、没老没少的样子,心里感叹:"血缘这东西真是奇怪,从前没有交集,现在两人一见面就黏在了一起,亲热得不行!一看就是爷孙无疑。"祖孙之间的和谐默契、欢乐祥和使月鸾嗟叹不已。

月鸾又回了梁家湾的麻绳组,不过这次麻绳组的规模要比以前大多了,梁家湾的村长很有野心,已计划改名叫麻纺厂了。

是村长去梁家请的月鸾。他说:"你在城里给人做衣服太辛苦,不如还是到麻绳组上工吧。你是个心里有谱的孩子,我主外,你主内。你技术好,又能干,我再去城里请了小花翎做技术指导,咱们不能光纺麻绳,那是低级劳动。我听说国外已经流行穿麻料衣服了,那可是咱梁家湾祖传的手艺,咱们把它再捡起来,加一些新东西,说不定咱爷俩能成了气候!"

梁村长不知,小花翎已经落实政策,做了东海某高校的院长,哪有时间和兴趣来他的村办麻绳组。当他兴冲冲找到华丰厂时,办公室人员告诉他,小花翎已调到大学去了。

梁村长好不容易找到大学,报上小花翎的大号,看门人说:"你找我们陈院长啊,他刚出去,一会儿回来我通知他,你坐在这里等等吧!"

梁村长心里咯噔一声,都当了院长了,我这不是白来一趟吗?!赶巧儿小花翎没过多久就回来了,而且走进了传达室:"师傅,有我的信吗?"

原来慕容枫已经落实政策回了上海,他们时常通信,慕容枫向他透露了自己的身世,央求他帮忙照顾好月鸾和月芽儿,有什么需要他做的随时告知他。最近慕容枫要到美国去开画展,小花翎有几幅画要他带出去看看反响,最近两人通信频繁。

梁村长站起来:"陈工! 不,陈院长!"

小花翎一看梁村长在传达室等他,很意外,但也很高兴,就把他领进办公室,询问有什么事找他。

梁村长嗫嚅着说明来意,小花翎起初皱眉不语,当说到他主外、月鸾主内时,小花翎来了兴致:"好好好! 我一定去!这样吧,我每周去一次,中间有什事随时可以找我!我安排几个纺织系和设计系的学生去你们那儿实习,也好联系沟通!"

梁村长没想到事情竟然如此顺利,就赶紧回梁家湾告诉月鸾去了。

李呦呦和文子翔结婚的消息传到了文家河,而且传得有鼻子有眼,说什么子翔的母亲是个大官,她亲自给证的婚,结婚后不准备让他们回来了,就近在闽省安排工作。现在要生孩子了,准备接胡三姑去伺候月子等等。

文二爷一口气没上来,病情加重了。他让月芽儿去找月鸾,让她赶紧来,给他买几个水蜜桃罐头,顺便把小飞也带来,他有话要说。

月鸾带着小飞火速赶到了文家河文家。文二爷让小飞亲亲他,然后让月芽儿带到她们屋里去。让其他人避开,他让月鸾坐到床边,拉着月鸾的手说:"子翔的事你也听见了,别听他们胡说,他们传的都是假的,子翔不会负了你,一准回来娶你! 我熬不了几天了,就问你一句话,你不能对临死的老人撒谎。"

月鸾直觉知晓文二爷要问什么。果然文二爷问道:"小飞是不是子翔的儿子? 他的样貌、语气、神态和子翔小时候一模一样,你就点点头承认吧?!"

看着文二爷眼巴巴的神态,月鸾忽然感觉到老人的落寞和期待,不由自主地点了点头。

文二爷激动万分,老泪纵横:"老天开眼,我文家有后了! 我文老二死也瞑目了,有孙子给我端浆水盆,我去西天的路顺畅无阻啊!"

月鸾眼里流着泪,笑着说:"你快吃药吧,很快就会好起来的。"说完,站起来端过药来喂他。

文二爷喝完药,拉着月鸾的手不放:"我有孝顺的儿媳妇端茶送水,知足了。明天就不用熬药了,今天是最后一副了,阎王已经来请我了!"

话没说完呢,又一阵剧烈的咳嗽,月鸾连忙给他轻轻捶背,文二爷吐出一口痰,月鸾拿痰盂接了。文二爷摆摆手:"他母亲的事,我说的是气话,我死后,你和子翔要去认她,孝顺她。她这一辈子也不容易。子翔随我,性子拗,你要多劝劝他。生身之恩不能忘啊!我不该打她,那时候年轻啊,不管不顾的,唉!"

文二爷陷入了追悔之中。

这时候胡三姑撞了进来,吆二喝三地嚷嚷:"亲家公啊,你不能死啊,你要等着抱孙子啊!孙子马上要出世了,你得给备些见面礼啊!"

她看见月鸾在场,马上对着月鸾说:"月鸾啊,我替呦呦感谢你照顾她公爹啊!你们姐妹感情好,你替她照顾也是应该的。等呦呦回来,你就能好好歇歇了。"

文二爷厌烦地指责她:"胡三姑,我还没死呢!你胡嚷嚷什么!呦呦结婚生子是好事,子翔写信告诉你他是你女婿了吗?我是子翔他亲爹,我都没接到信,你怎么就笃定呦呦的结婚对象一定是子翔?"

胡三姑分辩道:"呦呦那么喜欢子翔,除了子翔还能有谁?"

文二爷气得浑身哆嗦:"这事是不能猜的,你得问呦呦啊!问清了再说话!我们子翔已经有媳妇了,我也有孙子了。即使组织再一次安排婚事,在我这里也是不作数的,我就认定了月鸾是我们文家的儿媳妇。"

胡三姑讨了个没趣,灰头土脸地走了。

文二爷的病一天比一天重,他不让月鸾告诉子翔:"他是组织上的人,别让他分心。我有儿媳和孙子就足够了!"

月鸾只得请了假,不顾自己身怀有孕,全天在这儿伺候文二爷。也就两个月的光景,文二爷还是去了。按照他的遗愿和乡间规矩,月鸾让小飞身穿孝衣,头顶浆水盆,行了孝子贤孙礼仪,在子书的协助下,风风光光把文二爷送进了文家墓地。

文家河的人都议论说:"这个梁月鸾重情重义,识大体,守规矩,文二爷没有托错人。可惜子翔像他娘一样,进了组织,为了工作,错失了好姻缘。"

第八十回　心灰意冷月鸾怀六甲
流年似水春风度花翎

月鸾上次去医院检查,与子翔不期而遇,因子翔要去闽北执行援建任务,两人没有机会再见面,就在医院门口匆匆道别。其时,月鸾已怀了路黑子的孩子,她没有时间对子翔述说,也不想告诉黑子,只能自己承受着。

这一切,被小花翎无意中明了缘由。他胃中一直隐隐作疼,那天去检查,恰巧听医生议论,又恰巧看到子翔和月鸾分别。他本来不放心月鸾,正想怎么找理由接近她,帮助她,保护她,又恰巧梁家湾的村长找到他,要他帮忙做技术指导,他二话没说就同意了。

现在大学里放了暑假,学生们已经全部离校,他就直接搬了铺盖卷儿,进驻了梁家湾麻绳组,为的是近距离照顾月鸾。

他看到月鸾为了照顾文二爷,不顾自己身怀六甲,不顾流言蜚语,不顾梁银丰和胡三姑的冷眼,心里佩服得五体投地。月鸾不在,他把麻绳组的事情料理得井井有条,也是为了给月鸾解除压力,解决后顾之忧。

月鸾肚子已经显怀,行动有所不便。她自送走了文二爷后,心灰意冷,恹恹地不想吃东西,身体虚弱不堪,但还坚持着每日上班。这几日因为天热,一行动就浑身冒汗,衣服像在水里浸泡过一番。小花翎看着心疼,就让她回去休息:"你身子不便,快回去吧,这儿有我呢!"月鸾不听劝告,终于昏倒在车间里。小花翎抱着她,把她送回家去。

苏太太已不认识小花翎。她在城里虽见过陈家的小少爷,但并不知他就是如今的小花翎,更不知他曾和月璃的过去。只知道麻绳组有个大学里的陈院长在指导工作,月鸾回家常常提起这个人的能干,她对母亲说:"人家一个大学里的教授,还是院长,来梁家湾像个工人一样,挽起袖子就干活,真是难得。吃住就在场院里,也不嫌条件差,又不要工钱,真不知道他图个啥!"

第八十回　心灰意冷月鸾怀六甲　流年似水春风度花翎

苏太太就让月鸾经常捎些自制的点心送他。今天小花翎抱着月鸾一进家门,苏太太就猜出是他,忙扶着月鸾到床上躺下,给她冲了碗槐米水喂下去。看她睡着了,就出来招呼小花翎喝茶。

小花翎是认识苏太太的,月鸾和苏太太不了解他,他觉得很幸运,否则怎么能接近月鸾,完成老友慕容枫的嘱托?而且,他一直对月鸾有好感。几年过去,他依旧单身,与其说是他忘不了月璃,倒不如说是他在等着月鸾长大,发现他的好。从第一次被华丰厂指派来修建麻绳组,看见这个清丽隽秀、酷似月璃的姑娘,他就被深深吸引。后来知悉是月璃的妹妹,只好悄然消失。

如今流年似水,恩怨远去。兜兜转转,月鸾已恢复自由身,郎心依旧只待春风度。小花翎抖擞了精神,只恨两人之间仍有青山阻隔,春风不度玉门关,徒恨奈何。谁料想柳暗花明又一村,春风再起。那月鸾的心上人文子翔已与呦呦完婚,不日也将产子。

乍听到这个消息,小花翎真的是悲喜交集:喜的是上天终于给了自己机会,这次一定好好把握,不再错过。悲的是月鸾再进炼狱,经受身心的折磨。那种噬心蚀骨的痛,他曾经受;刻骨铭心的相思苦,他曾品尝。曾几何时,他也是悔恨交加,彻夜难眠,生不如死。

他盼望月鸾尽快从痛苦中走出来,抛却悲伤,全身心地孕育新的生命,等待全新的美好生活。

苏太太煮好茶,给小花翎沏上,又去西屋端回一碟小花生、一碟南瓜子,请小花翎品尝。小花翎连忙收回思绪,陪苏太太拉起家常。

月鸾醒了,她听见外间小花翎的说话声,摸摸自己凌乱的头发,连忙梳理了两下。月鸾遗传了苏太太干净整洁的习惯,纵使天塌下来,也要先把自己收拾利索,不能邋邋遢遢出去见人。房间里有股子怪味,月鸾仔细闻闻,竟是自己身上的汗酸味。月鸾换下衣服,房间里没有水没法擦身,只得找了一身干净衣服换上。临出门时,想起窗边的樟木箱子里,有一瓶月璃姐姐当年送她的香水,一直没舍得用,应该还在那里。就翻箱倒柜地找了出来,按照月璃姐姐教她的样子,向前边喷出一个小圆圈,然后自己钻进去转了一圈。

香水的味道弥漫全身,月鸾开开窗,让浓烈的味道散去一些,才开门出去。

小花翎看见月鸾走了出来,正要起身,一股子熟悉的味道迎面扑来,他摇摇头,深吸一口气,好似什么味道也没有。他站起来,刚要说话,那股似有若无的味道又袭击过来,小花翎防不胜防,强烈的伤感涌上心头,使他皮肤瞬间被抽紧,嗓子发干,胸腔堵塞,不能呼吸。

小花翎后退一步,似要弯腰让座,被凳子绊了一下,跌坐在地上,犹如定住一般,呆呆地看着月鸾,泪水盈眶,瞠目结舌。

小花翎闻到了月璃的味道!那是月璃喜欢的女款迪奥香水,经过了几年的沉淀发酵,化学分子活跃,与月鸾的汗水发生了奇妙的组合,竟活生生幻化出了月璃的气息。小花翎如中了魔怔,呆愣愣地傻坐在地上,嘴不能发声,口不能言,眼珠子一动不动。

月鸾也定定地看着他,她知道小花翎喜欢自己,却没想到他对自己的感情竟如此深厚,不由自主地向他伸出一只手,似乎要拉起他。

苏太太不明所以,看见月鸾出来,小花翎竟激动如斯,心中也不免嘀咕:"这孩子也是性情中人哪!"

还是梁银丰进来打破了沉默。他今天休息,回家找换洗衣服,正好碰上小花翎坐在地上,就朝着苏太太嚷嚷道:"你这娘儿们怎么待客的,家里没有好凳子吗?怎拣个短腿的,跌坏了院长,你赔得起吗?"边训斥着苏太太边拉起了小花翎。

小花翎犹如大梦方醒,忙站起来打招呼:"梁师傅回来了,刚才是我自己不小心绊倒,不关师母的事。"梁银丰寒暄道:"哪阵风把陈院长吹到寒舍来了?稀客啊稀客!小门小户的没有好坐杌子,让您受屈了!"

梁银丰拉着小花翎重新落座,从自己随身皮包里拿出一包茶,递给苏太太道:"重新沏壶好茶,陈院长难得来家里一趟,好生招待!"

小花翎手足无措:"梁师傅客气了,您如果欢迎,我日后天天来!"梁银丰马上接话:"欢迎!您是贵客!文曲星下凡,岂敢不接?"

梁银丰影影绰绰知道一些小花翎跟月璃的事,时过境迁,小花翎都不在乎,自己平头百姓一个,还在乎什么?何况今非昔比,这小花翎落实政策后青云直上,如今是大学的一校之长,说不定哪天用得上,还得求他,倒不如借此机会好好巴结巴结!

月鸾知道爹爹最是那嫌贫爱富、攀高附贵的主,如今他回来,倒省得自己接待了,于是自己回屋休息不提。

苏太太新沏了茶端过来,梁银丰又吩咐她去供销社买点熟货,再做几个菜,他要陪陈院长喝几盅。

小花翎不胜酒力，三杯两盏下肚就醉得一塌糊涂，梁银丰吩咐苏太太把西屋收拾收拾，新换上被褥，他亲自扶陈院长歇下，又嘎声嘎气地说："你还是搬回北屋住吧，老夫老妻的长年分着，让孩子们笑话。俗话说'老伴老伴，老来做伴'，以后还是得咱俩做伴，别想指望谁，咱们谁也指望不上。"

当天夜里，梁银丰翻来覆去睡不着，干脆坐起来，点起嘎斯灯，有些反常地下床倒了两杯新茶，硬把苏太太叫起来，陪他喝茶说话。

嘎斯灯照的屋子里亮如白昼，但电气石燃烧后的嘎斯气呛人，苏太太打开前窗透透风，她听人说过，这东西好是好，不能久用，在屋子里用容易让人憋气窒息。

梁银丰看着苏太太的白发，感叹道："这日子真不禁混啊，一晃咱们结婚都二十多年了，孩子们也大了。"

苏太太看着渐渐幽蓝的灯光，沉默不语。梁银丰起身在灯桶里加些水，灯光重新明亮起来。他眯着眼，瞅着闪烁的灯影，感慨中透出一丝自责："以前日子过得紧巴，我对你不好。老夫老妻了，别记挂在心里。现在一切都了结了，我那儿子梁钱他娘嫁人了。有个当年去台湾的老兵辗转从美国回来，带回一些钱，她就嫁了，孩子也跟过去了。"

苏太太下了床，从月鸾住的东屋里拿过针线笸箩子，缝着几块布头，看样子像小孩儿的衣服。梁银丰自己下床续了杯水，对着苏太太继续叨叨："我又成了孤家寡人了，没地儿去了，只能回家守着你这老太婆了！"

苏太太闻言抬头望了他一眼，并不接话。梁银丰改了商量的语气："我看月鸾也快要生了，这以后的日子还得咱们给她打算。你看这样行不？"梁银丰往前凑凑，压低声音说，"你也听说了吧，子翔和呦呦成亲了，孩子也快生出来了。你劝劝月鸾，别傻等了，找个差不多的再嫁吧！

"我本来琢磨着王槐合适，想托胡三姑给说合说合。照今天这情形看，陈院长也喜欢咱家月鸾。这个人不错，我认识，又是文化人，性格温和，人也长得儒雅，月鸾嫁过去，也不算辱没了她。还是那句话，我虽不是她生身的爹，但自小是我养大的，好歹也有父女的情分，我不能眼睁睁看着她受苦受罪。"

苏太太静静地听着，未置可否。梁银丰神神秘秘地说："这事咱们要想法撮合，那陈院长是没问题的，月鸾的性子倒不能拗着办。不如这样，你明天就邀请陈院长在咱们家西屋长住，一个大学校长住在场院里，也确实不像话。不过话又说回来，说不定这陈院长是冲着咱们月鸾来的，正巴不得找机会登堂入室呢！你明天就送给他这机会。月鸾这阵子需要人照顾，孩子生下来也需要有个冠冕堂皇的爹。这是两全其美的事，早住过来照顾着，说不定月鸾那颗凉透了的心，会被重新焐热，再也不摇摆不定了，就此安顿了下来。我瞅着月鸾对陈院长并不反感。"

　　苏太太轻言轻语地说："明天试试吧！"

第八十一回　恐子痫夺命月鸾再嫁
携薰衣草香二子进城

梦里不知身是客,一晌贪欢。小花翎酒浓睡意酣,直睡到日上三竿才起来。出的屋门,见苏太太在洗衣服,不好意思地笑笑:"昨晚喝多了!"

苏太太早已备下洗刷用具,抬手递过来:"喏,给你用的。快洗洗脸刷刷牙,我给你盛早饭去。"

早饭是面片儿汤,葱花炸得焦黄,油星儿清亮,盛在紫粉瓷碗里,一撮翠绿的小黄瓜,码在青瓷锦鲤盘里,看起来精致养眼,闻起来香味扑鼻。小花翎倒不客气,先品了一口,连喊:"香!香!真香!"扔下斯文,一碗接一碗地喝,直喝得头上冒出热汗。苏太太在旁看着,心疼地说:"慢点喝,别烫着。以后就在家里住下吧,在场院里不方便,热汤热水的都喝不上,时间久了身体吃不消。"

小花翎正求之不得呢,就应下了:"那给您添麻烦了!"苏太太倒没料到他这么实在,连个托词客套话也不说,顿了顿,仍按自己的思路说下去:"月鸾快要生了,你梁师傅在城里上班靠不上,家里也需要个男人,一旦有事也有个主心骨。"

小花翎就安心地在梁家住了下来。月鸾闲不住,身体稍好又去麻绳组上班。小花翎和月鸾商量:"你也别转悠了,身体吃不消。不如这样,你守着那台新机器,咱们按原先的思路,用粗麻皮纺麻绳,白麻芯纺成麻丝线,送去大华纺织厂。我去联系他们织成麻布做成床单,听说外国很流行呢!咱们也做些出口创汇的高产值活试试。"

两人切磋着实验新产品,第一阶段比较顺利,梁村长听说了,非常赞同,从仓库里找出一台老式织布机,让人搬到月鸾面前。他告诉小花翎和月鸾说:"别看这家伙不起眼,它可是是德国原装织布机,好使着呢!这是当年华丰厂购买的样机,抗战时藏在这里的,曾经给游击队织过军布。你们先用这台织出样品布料,我拿去青岛几个纺织厂家看看。"

小花翎和月鸾喜出望外，连忙把准备好的麻丝搬出来，小花翎开动机器，月鸾续线接线，很快第一匹料织了出来，出乎意料的挺括滑顺，做床单没有任何问题。小花翎高兴地抱起月鸾转圈。

刚巧胡三姑来麻绳组转转，想找些废绳打包用。看到他们这样子，又好气又好笑，指责小花翎说："你还是个院长呢，读书人怎么这么张狂！她有身孕在身，你抱着她转悠什么，摔着了怎么办？苏太太就是性子好，如果换做是我，才不让你进门呢！"

梁村长过来打圆场："年轻人的事就不要管了，他们心里有数！"

胡三姑连村长也不放过："他们心里有数，你活了这么年纪了倒没数了，一心钻到钱眼里去了！月鸾是个有身孕的人，总这么坐着干活对身体不好，容易出毛病！"

梁村长连连点头："这倒也是，月鸾明天起快歇着吧！"月鸾哪里歇得住，第二天又来上工。苏太太无奈地叹息："月鸾，你这世托生为人，就是来出牛马力的，你自己不珍惜自己，没人珍惜你！"

月鸾还有点心事，她想把纺好的麻丝分别用薄荷水和薰衣草水浸泡一周，拿出来晒干后再织成布，看看味道是不是能留住，她琢磨着纺出一款香味布，清凉又防蚊，也送去厂家试试看。

月鸾不顾劝阻，日夜赶工，小花翎拗不过月鸾，只好天天陪着。两周后终于制作出一款香味布，效果比那一批白布还要好。

小花翎要带回城里去大华厂谈谈，他不放心月鸾，就劝说月鸾同去："你很久没去检查了，一起去吧。再说预产期也快到了，还是去城里医院生吧，稳妥些。"

月鸾听从了小花翎的劝告，坐车去了城里。

大华厂的事办得比较顺利，采购科很满意，答应尽快与国外客户联系，一旦有信，马上下订单。下午去医院检查，却出了意外。

月鸾挂完号去门诊检查时，也许是天太热，也许是人太多，正在门外候诊的她忽然破了羊水，小花翎连忙送进去，医生检查骨缝也开了几条，必须马上住院待产。

办理住院手续时却出了麻烦，这次是个陌生的女医生，态度生硬，经询问月鸾是二胎，要求出具结婚证、计划生育证明、准生证，否则给予引产。

月鸾羞愤交加，头嗡的一声大了，眼泪在眼眶里打转转，一筹莫展。小花翎去与女医生纠缠："救死扶伤是医生的天职！你先给住上院，孩子必须保住，必须生下来，我明天回单位开证明！"

女医生铁面无私，任由小花翎说破嘴巴，就是不答应。她往外轰月鸾："不想引产就出去找民间接生婆，没有手续不能在医院生，计生办找上来，我承担不了责任。"

月鸾站起来往外走，刚出门口，突然感觉眩晕，连忙伸手扶墙站立，双腿一软，昏厥仆倒，四肢抽搐，双目直视，牙关紧闭，口吐白沫，面色青紫。

女医生闻讯连忙跑出来，急送产房，她告诉小花翎："这是妊娠性子痫，少时自己会醒，醒后还会复发，症状非常凶险，对孕妇和胎儿都有死亡危险，这是孕期劳累所引发，劳动姿势多为坐和站立劳动者，与我无关。但没办法，治病救人是医生天职，就让她住院救治吧，你明天把证明补过来。"

果然，月鸾一会儿醒了过来。小花翎见她清醒了，就把医生的话告诉她，并安慰说："这是妊娠常见病，好治，你不用担心。关于生育证明的事，你看这样好不好。你点个头，我回学院开个结婚证明，明天上午就把结婚证、准生证、计划生育证一并办了。我是院长，人家还给我一份薄面。"

他见月鸾有一丝犹疑，耐心解释道："这是目前最好的方案，对孩子是最公平的，你不想让他一出生就成为黑户吧？大人的恩怨不能让孩子来承受，你既然决定生下来，就让他体体面面地面对太阳，迎接未来吧！"

月鸾眼泪哗哗流出，不再言语，只是轻轻点了点头。

这一夜月鸾顾不得伤感，也顾不得怨恨路黑子，更顾不得思念文子翔，凶险的妊娠子痫多次复发，她们母子在生死线上游弋了一夜。

天亮了，月鸾终于从死亡线上挣扎回来，女医生用长长的产钳，把男婴从母腹中拖了出来，男婴感受到危险，哇啊哇啊地哭起来。嘹亮的啼哭声冲到产房外面，换班的护士对小花翎嚷道："你儿子哭声真大，听起来中气十足，健康得很哪！"

小花翎进产房把月鸾母子接出来，送进病房。服侍她们躺好，连忙出去买了病号饭，喂月鸾吃了，又吩咐了小护士几句，回来对月鸾说："我回去打个电话，让村长告诉母亲，你们母子平安，让她坐车过来。我再去办理其他手续，你给孩子起个名吧，我让同事帮忙，把孩子的户口也报上。"

月鸾看这孩子皮肤特别黑，一看就知是路黑子的孩子，就随口起了个名字：

"叫小虎吧,这孩子看着骨头硬棒,一准淘气得很。"

小花翎念叨着:"小虎,陈小虎,这名字好,虎虎有生气。"兴冲冲地办手续去了。

月鸾出院后,住进了小花翎家。正逢东海市执行新政策,知识分子可以带家属落户城市,月鸾的两个儿子路小飞和陈小虎顺利转出户口,落在了小花翎名下,成为吃公家粮的城市人。月鸾也算了了心病。

三个月后,梁家湾的老村长来探望他们母子,动员月鸾回去。他诚恳地对月鸾说:"月鸾啊,你试制的麻纺布料很多厂家都计划采购,咱们麻绳组可以改名为麻纺厂了,公社党委已经批准了,让咱村作为第一个吃螃蟹的样板,组建梁家湾村办麻纺厂,说不定积累经验可以向全市推广呢!你得回去出任厂长啊!再说你母亲也不能总住在闺女女婿家吧,梁家湾才是她的家。还是带着你母亲回去吧!"

月鸾说:"回去可以,我只干两三年啊,你抓紧物色人员,我教他技术,我还是想到城里找个固定单位上班。"

村长连忙点头:"好说好说,回去就好!"

月鸾又回了梁家湾,再进村办麻纺厂,主持梁家湾麻纺厂的日常工作,成为村办工厂的第一任女厂长。

第八十二回　政坛王密结合遮十丑
华丰玉汝于成终使然

因为近期有一批老厂长、老书记都到了退休年龄,经济要发展,社会要进步,东海市国民经济百废待兴,工业系统首当其冲。东海市工业局随即决定:对各大企业重新做人事调整,选调一批年轻化、知识化的干部充实各企业,实施企业在计划经济框架下的改革,最终实现经济腾飞。

但华丰厂却是个老大难,用局长的话说:"老功勋企业,能人一大堆,外人插不进去,里边谁也不服谁,互相攀比互相掣肘,想干成事很难!"

局里了解内情的人谁也不愿去华丰厂。

年轻的密雪尔主动请缨,随即被任命为华丰厂代理书记,局里保护她,给她留着位置,留下编制,留下了退路。

俗话说,"新官上任三把火"。密雪尔召开了全厂中层以上干部会议,部署了企业改革的事:"现在上级要求厂长负责制,要彻底改变以前的坏习惯。有的人当一天和尚敲一天钟,有的钟都懒得敲,整天混日子,这样的人必须从干部队伍里清洗掉,换上年轻化、知识化的新一代。换句话说,就是思想正派、世界观端正、有能力的人、想干事的人,上来!没能力、搅和事、尸位素餐的人一律撤职。"

她安排人事科搞了个大名单,把一岗多人、双人的,年龄大的,没文化的,长期不上班的,列了个大名单,准备成立一个家属工厂,把这些人全部裁撤到二线,大刀阔斧搞人事改革,任人唯贤。

真是初生牛犊不怕虎啊。老爹密主席是官场老油条了,他多次发出警告:"有些人动不得,别看他们不干事,那都是老领导的亲属或者部下,他们通天啊。真要搅和起来,不是你这个小小的代理书记能对付的!"

副厂长王槐也多次提醒:"这些人在华丰厂三十多年了,姻亲、徒子徒孙一大把,关系网密密麻麻,牵牵耳朵腮动弹,我进这个厂十几年了都没弄明白,谁和谁沾亲带故。你还是慎重些,裁撤的幅度小一些,慢慢来,别一口吃个胖子,噎着了,就什么也干不成了!"

中层裁撤大名单不知怎么的传了出去。华丰厂一下子暗潮涌动,各路说客冒了出来。密雪尔一概不理:"既然毒瘤长了三十多年,坚决要切掉!即使身败名裂,粉身碎骨,也给后来者铺平道路!"

名单还没公布出去,组织部门接到了密雪尔作风有问题,有一个私生子的举报信。消息很快透漏出去,全市哗然。

王槐想到了结婚!他和密雪尔结婚,以婚姻帮蜜雪尔解决目前的窘境。

王槐回了趟梁家湾,让胡三姑帮忙说合。胡三姑进城找到密雪尔,要求单独谈谈。

密雪尔把她领进办公室,胡三姑开门见山地说:"我是来给你做大媒的。你看王槐这孩子多好,人长得气派,个子高,精神头足,一看就是当大官的料!又有技术,又懂得疼人,一直回家说,你一个女人干事业不容易,他要多多帮衬你。你看他有多善良,处处为你着想。

"他是子翔的朋友,也是呦呦的哥哥。我希望咱们亲上加亲,我给你们做个大媒,你俩成了亲,他儿子有了娘,你闺女有了爹,欢欢喜喜过你们的小日子,大家看着都顺心不是?,

"你也知道,子翔和呦呦结婚了,要生孩子了,咱们希望他过好日子不是?他还年轻,执行任务回来应该有个好前程。现在风言风语的,对他可不好。

"他和月鸾本来就不清不楚的,还有个儿子,都拜了祖宗,给文二爷顶了孝布了,这算哪门子事哪,想想我就来气!可那是过去的事了,呦呦不在乎也就算了。你不一样啊,你是呦呦的领导,日后也必定前途无量,别人怎么看你?这不是让子翔为难吗?子翔回来你还打算告诉他?你和子翔不清不楚的,让呦呦怎么办?我看就算了吧!你和王槐结了婚,一白遮十丑,这事也就这么过去了,谁也不受影响不是?"

胡三姑还跑去文五叔那儿,哭诉了一番,让他想办法劝劝密雪尔的爸爸,同意并促成王槐和密雪尔的婚事。让那些小道消息平息,别真惹出什么乱子,到时他那张老脸往哪儿搁?

很快,密主席电话命令密雪尔务必回家,商谈婚事。

"我不同意结婚,生没生孩子是我个人隐私,又不影响我工作!再说,当初你不是安排好了吗？"

密雪尔回到家，理直气壮地顶撞父亲——原水利局密局长，现已退任政协。

密主席语重心长地说："雪尔，我当年听了你一次话，才埋下如今的隐患。你这次就听我的吧，速速和王槐结婚。这小伙子有技术，人忠厚老实，又主动追随你，你们年龄相当，难得的结婚对象。"

密雪尔执拗地摇头："我不喜欢他。我承认，他是好人，工作上也是好同志，可不是我要的结婚对象！"

密主席气得用手指着密雪尔说："你这孩子，事到临头了，怎么还不懂事！结婚对象只要合适就行！谈什么喜欢不喜欢！你喜欢在天上翱翔的飞鹰，可你抓得住吗？你喜欢子翔，可他喜欢你吗？他和梁月鸾青梅竹马，却又和呦呦成了亲，他心里可有你一点位置？你倒好，主动献身，怀了孩子还不敢让他知道！幸亏你山西的表妹孩子夭折，否则你怎么收场？如今东窗事发，还不设法补救，你想和文子翔玉石俱焚，共同结束政治生命吗？"

真是旁观者清。密主席点出了要害，由不得不服软，密雪尔不相信地问："结了婚就能补救得了？"

密主席耐心地说："举报的人只是捕风捉影，怀疑咱们家的小女孩是你生的，因为和你太相像了，至于和谁生的，他们并不知情。还有无聊者传播谣言，说是你和老路生的！唉！舌头底下压死人啊！这一切都是因为，你是个待字闺中的老大闺女，这么大年纪不思嫁，不是心里有人，就是本人有缺陷，否则还怎么解释？"

密雪尔沉默不语，密主席趁机谆谆诱导："你是个有抱负、敢作敢为的孩子！想干一番事业，又想保护文子翔，我们都不反对！我们只有你这一个女儿，想让你一辈子快乐幸福，顺顺利利！所以当初没有反对你的个人选择，想生就让你生下来了。

"你也想让你的孩子快乐长大。现在唯一的办法，是给她找个爸爸！两害相权取其轻，你和王槐结婚，成全的是子翔和你的女儿，还有你的事业心，为何不选择考虑呢？何况，你也说过，王槐也不是多么令人讨厌的人！"

密雪尔最终选择与王槐结了婚。果然，没过多久，议论逐渐平息，华丰厂人事改革得以进行下去，生产稳步上升，密雪尔被顺利任命为华丰厂书记。

第八十三回　诚访萋萋客家药王殿
仙翁引路朦胧神秘泉

子翔他们在山洞里大干了五个月,终于圆满完成了任务。货物安全转移,攻关小组在打扫作业场地。子翔和罗汉在收拾工具,快下班时,其他人陆续走了,子翔和罗汉再次查看了一下现场,准备暂时封闭这个实验洞口,就在这时,意外发生了,山洞顶部忽然扑棱棱飞出一批又一批黑蝙蝠,洞顶有沙沙的声音,子翔正抬头观看呢,罗汉暗叫一声不好!他拖起子翔就往洞外跑。离洞口只有一步之遥了,山洞顶忽然发出呼噜噜的鸣叫声,似乎十几个巨人在比赛打呼噜。罗汉凭经验知道,危险马上就要降临。说时迟那时快,罗汉大叫一声:"子翔,快出洞口!"随即用尽全力,用膀子把子翔从后面猛劲一扛,子翔跌跌撞撞被撞出洞口,趴在了地上。刚要抬头,只听得身后轰隆隆几声闷响:山洞塌方了,罗汉被埋在了里面。

救援队伍很快得到信息,经过三天三夜的挖掘,罗汉被救了出来,脑部再次受伤,腿部粉碎性骨折。

呦呦衣不解带地守护在罗汉床前。

几个月后,罗汉康复,呦呦生了一个漂亮的女儿。

罗汉的双腿弯曲,只能依靠拐棍行走,看着罗汉吃力地踯躅前行,子翔痛苦不已。

这个周日恰巧是初一,子翔到香樟王那儿,看到香樟树下青烟缭绕,香火旺盛,拜树神的人们摩肩接踵,络绎不绝。子翔皱着眉头,在香樟树下徘徊,心里默念:"香樟王啊,香樟王,人们都说你灵验,你能否帮我排忧解难?让罗汉哥尽快好起来,让他像从前一样健步如飞。"

子翔一直坐到到中午时分。拜祭的人们回家吃饭去了,新的一拨人还在路上。那位卖香烛的老妈妈,看子翔还没有走的意思,就端了一碗水递过来,招呼子翔说："小伙子,有天大的难事也得先吃饭呢!我注意你很久了,每周末都来,你是那里边的人吧?"

子翔闻言抬起头来,接过水喝了,递过碗:"谢过老妈妈!"老妈妈头发花白,在脑后编了一个圆辫髻,插了一只木簪,发髻周围,插满红红的木棉花。子翔看着慈祥的客家老妈妈,感觉由衷的亲切,不由得对老妈妈说起心中的苦闷:"我兄长双腿受伤,弯曲不直,影响走路,医生也没有好办法,说是多锻炼,三五年后也许会见好。三五年!也许!兄长刚刚结婚,孩子还没出生,好日子刚刚开始,将要长时间受罪。我心里着急不安啊!兄长是为了救我才受的伤,我恨不得将我这两条腿割下来给他接上。唉!"

子翔狠命拍打身旁的香樟王:"香樟王啊,香樟王,都说你无所不能,你为什么就不能帮帮我的兄长呢!"

客家老妈妈摁住子翔的手,轻声道:"你着急也没用。我看不如这样,对面山里有位老人知道一些秘方,也许能帮到你。就是山路难走,路途远了些,来回需要三天时间。"

子翔详细问了山里老人所住的大体方位,起身告辞老妈妈。先回了趟厂里,向老厂长请假,说要去找个人,也许能治好罗汉的腿。那人住在深山里,来回需要三天,恳求老厂长批准。老厂长沉思片刻,同意了子翔的请求,让他悄悄进行,速去速回。

子翔按照老妈妈所指的方向,向对面深山里进发。翻过七个孝子岭,过了一条大河,终于看到了老妈妈所指的那片木楼。

这是一片年代久远的木楼,乌木黑瓦,瓦楞间爬满青藤,两棵野木棉树有一米多高,万绿丛中露出一点红来。迎面是个牌楼殿,不太大,一百平米的样子,像山中某一个普通的小庙宇。殿内空空如也,蛛网密布,看样子久无人居。左厢房门关着,右厢房门半开着,子翔走过去喊:"有人吗?"接连几声无人回应,倒是大殿中间木梁上的燕子受惊,扑棱棱飞出去了。

子翔推了推,门开了,眼前的景象让子翔大吃一惊:屋子里是空的,地板上有厚厚的泥浆,似乎是洪水留过的痕迹,已经干枯龟裂,犹如家乡七月流火时,土地因干旱板结而造成的龟裂,横七竖八毫无章法。看样子洪水曾经漫过窗台,窗框下有一道道明显的青苔痕迹。

子翔穿过大殿往里走,是一个四合院,三面是二层木楼,雕梁画栋依稀可辨,楼梯边有木栅栏挡住外人的脚步,看情形似乎是小姐的绣楼,现在应该人去楼空了,栅栏上的铜锁已经绿锈斑斑。院子由青砖铺成一个八卦小路,青苔湿滑。没有铺砖的地方长满了蒲公英和覆盆子,金黄色的小伞罩着玫瑰红的小球,大自然竟以这种奇妙的方式达到共生共存。

子翔再次穿过二道大殿,大殿依旧空空如也。厢房门紧闭,蛛网封门。三道大院里,却是另一番景象:这个院子硕大无比,后有青山高耸入云,两侧山岭遍布毛竹林,密密麻麻森然林立,似乎暗藏着千军万马。竹林下,环列着座座马棚,风从北方吹过,穿越竹林,形成嘶嘶回声,似乎是烈马在嘶鸣。院子里马鞭草萋萋,足有半米高。

子翔站在二层殿门下,不知再往哪儿寻找,只得大声喊叫:"老人家,我知道您就在这儿,您出来吧,我兄长的腿无法直立行走,等着您想办法救治呢! 实在不行,您将我的腿锯断,接在我兄长腿上,把那两条有伤病的腿换给我吧! "

"小子耶! 有良心哪! 那我就换换试试吧! 跟我走吧! "

子翔听见声音自身后传来,回头看时,有位白衣白发的老者正往外门外飘去。子翔连忙跟上去。那老者仙风道骨,步履轻盈,疾步如飞,子翔追得气喘吁吁,一直追了半个时辰,那老者才停下来。

子翔看了看方位,那穿天接日的青山已经绕到了身后,面前是一座座不太高的山,山间云雾缭绕。那老者捋了把长约盈尺的白胡子,笑眯眯地说:"现在腿还在你身上吗,感觉酸胀麻木,还不如扔了痛快吧? 你放心,一会儿不仅腿不保,小命也难保呢!这山顶有种宝物,能治你兄长的腿,让他一年内能一口气跑上来。但黑熊、大蟒、眼镜王蛇随时出没,它们谁都想要了你的小命,你还想往上走吗? "

子翔坚定地点点头:"只要能治好我兄长的腿伤,我愿意用我的生命来换! "

白衣老人露出赞许的神情,随手扔给子翔一个小药瓶:"把这个带上,止血救命的! 再喝上三口酒,两口吞咽入喉,一口喷在身上,防蛇的。给你把弯刀,去砍棵毛竹,把头削尖,做成古人的长矛,防身用。切记,那些畜类只要不伤你,你不要去挑衅!即使无意冒犯,只要不危及你的生命,你就恫吓为主,不要轻易取它性命,它们才是这方宝地的主人。"

子翔一一照做,整装完毕,跟着老人上山。还好,一路顺利,上到山顶,老者领他向着那云雾聚集处走去。

云雾聚集处原来是一个圆形热泉口,热气袭人,十几个山泉口围绕成一个床面大的地方,一个个碗大的泉眼咕嘟咕嘟吐着泡儿,似乎是山神的硕大眼睛,不停地流出灼人的热流,准备救治那些受苦受难的好汉!

白衣老者说:"这就是灵丹妙药。你必须每天过来汲取两桶热泉水,挑下山去给你那兄长泡洗,只要能坚持三百天,再配以其他辅助药物,他就能自己走上山来,兴许比你走得还要快! "

子翔想:"不管到底灵不灵,一定要试试再说,万一真就好了呢! "

白衣老人似乎看都了他的心思:"小子哎,别不信! 当年我们客家将军,就用这东西治好了腿伤! 又当年朱毛红军被追杀,隐蔽在这儿,伤病无数,也是用这仙汤疗伤,才重新走下山区,夺得了天下! "

子翔恭恭敬敬问:"那其他配药是什么? "

白衣老人退后几步,在一棵枯树边,先用竹矛敲打几声树身,再轻轻敲打树下杂草,停顿须臾,才走到树下,找出几样东西,教子翔辨认:"这个似兰非莲的草药叫金线莲,用来泡茶喝,每日不断;这种红色蘑菇叫赤菇,用鸡鸭鸽子炖汤喝,每日一次;这种茅草的草根是保肝药的关键一味药,也是疏通经络的神药,你每天让他吞服三次。切记,这些药物周围蟒蛇、眼镜王蛇经常过来溜达溜达,要小心防范。山里的黑熊勤快,不定期经常巡山,更要小心提防!"

子翔下得山来,报告了老厂长,开始了他的救治计划。路黑子跑到罗汉家,嚷嚷道:"子翔不够哥们儿啊!这么伟大的计划少了我怎么进行? 哼! 就你那细胳膊细腿,小心黑熊把你抱进深山做了上门女婿! "

子翔苦笑不已:"这事有生命危险,你还是别掺乎了吧! "

路黑子不听:"老厂长告诉了你的计划,是他建议我跟你一起行动的,互相照应! "子翔只得把他带上,他们经过仔细再次实地探寻,发现了另外一条上山的小道,比原来缩短了一半的路程。整整半年,他们每天每人挑回一担,尽量缩短路上的时间,这样每天带回的热泉,恰好足够罗汉全身浸泡。

这热泉确实神奇,八个月后,罗汉扔掉了拐棍,已经可以直立行走,虽然不能健步如飞,但基本恢复了正常步态,与常人无异了。

路黑子是耍飞镖的好手,他进山后一直没闲着,宿舍里放着个飞镖盘,有事没事热热身,耍上它百八十回的。在去挑热泉的过程中,他盼望着能与黑熊来个近距离接触,施展一下他的武艺,可惜一直未能如愿。子翔笑他:"你这铁塔一样的身材,黑熊一准误认你是它们的大王,谁敢近身与你抢地盘,估计早就望风而逃了!"

黑熊没踪影,黑子就去招惹大蟒蛇。在山上经常看见大蟒蛇盘在树上,黑子就用长矛去挑逗它们,子翔劝阻他别惹事,他根本不听,反倒笑话子翔:"你们小白脸儿就是胆小鬼,我要设法捉到一条大蟒给罗汉哥补补! 你难道没听说过'天上龙肉,地下驴肉'吗?大补筋骨养身活络。这怪地方没有驴肉,蟒蛇不就是现成的龙肉吗? "

这天又看见一条大蟒蛇盘在榕树上,不顾子翔劝阻,用长矛一遍遍猛刺。这一次大蟒蛇被激怒了,从树上飞落下来死死缠住黑子,黑子全身憋得青紫,差点送命。说来奇怪,蟒蛇似乎通灵,另一条蟒蛇不依不饶纠缠子翔,使他不能前去救援。但黑子确实有蛮力,硬是生生把那条蟒蛇连咬带掐地弄死,拖回来给罗汉炖了红菇汤。当然,他自己吃得也不亦乐乎。

子翔没吃,也没告诉罗汉,潜意识里希望大蟒蛇能助罗汉一臂之力,补养精气,早日彻底恢复如初。

子翔找化验室的人做了化学分析,这热泉里面含有丰富的氡元素、锗元素,是不是它们具有神奇的疗伤作用,不得而知,只好留待以后的医用科学做论证了。

第八十四回　缘何一误再误错错错
千言万语怎言难难难

　　援建工作胜利结束了,欢送会也是表彰会,罗汉、子翔、黑子立了一等功,李呦呦立了二等功,所有人员有一项集体三等功。会后整装待发,援建队伍里其他人员都归家心切,唯有呦呦割舍不下,进退两难。

　　罗汉和呦呦商量:"你留下的可能很小,援建人员要求全部回去,听说慕主席想留下子翔都没被批准。不如你先回去,我正好在这儿巩固治疗,改天好利索了,就跟组织要求调回北方去,估计老厂长会设法帮我完成心愿的。"

　　李呦呦依依不舍,罗汉把他心爱的玉箫、青呢子大衣都让呦呦先带了回来。让她安心等待,等待组织批准调回北方,结束两地分居的生活,一家人早日团聚,李呦呦含着眼泪,上了回程军车。

　　再见,05工厂! 军车驶出工厂大门,一车人热泪盈眶,纷纷挥手告别。

　　援建队伍胜利归来,华丰厂举行了隆重的欢迎仪式。

　　现在华丰厂一下子回来了几员大将,有兵可用了。工业局随即对华丰厂领导班子重新做了调整,路黑子升为副厂长,王槐升任厂长,子翔被任命为华丰厂书记,密雪尔回工业局任书记。

　　各种庆功活动结束,工作和新的任命也尘埃落定,子翔兴冲冲回了文家河。

　　"子翔回来了!"文家河的村长早已等在村口,告诉了子翔文二爷去世的消息,并告诉他月鸾母子对老爷子尽心尽力照顾,文二爷走得很安详,全村无人不感动。特别是说到路小飞原来是文家的后代,代替他身穿孝子衣,头顶浆水罐,为文二爷送葬。

　　月鸾身穿孝服行媳妇礼,礼数周到,葬礼安排得井然有序,亲戚朋友人人称赞:"文二爷有福,文子翔娶了房好儿媳。"

　　文子翔飞奔到文家墓地,跪在父亲坟前痛哭一场,尽了儿子孝心。急匆匆去了梁家湾,他迫不及待要见到月鸾母子。

文子翔进了梁家湾村口,远远看见月鸾抱着一岁的孩子,小花翎提着包袱走在后面,两人有说有笑,从梁家的胡同里走出来,上了车离去。一家三口回娘家,夕阳下上车回转,好一幅温馨的画面。

子翔黯然神伤,机械地走到梁家门口,站在那儿默默流泪,不明白月鸾为什么变了心? 为什么不等他回来?

苏太太走出来,意外地看见子翔,忙拉子翔家里说话,告诉了他所有真相。子翔痛恨命运的捉弄,并说了母亲的事,呦呦丈夫罗汉的事,当说到罗汉有只玉箫,盛玉箫的丝绸袋子很特别,罗汉说是母亲绣的,苏太太若有所思。

路小飞已经到了上学的年龄,月鸾辞去梁家湾的工作,在学院附近开了个服装加工部,方便接送儿子。

这一天,月鸾去接放学的儿子,碰上在校门口彷徨的子翔,两人相对无言。接了小飞往回走,一路无语,小飞问:"叔叔回来了? 你生的小弟弟呢? 叫什么名字? 怎么不带来让我瞧瞧? 他像谁啊? 像你还是像呦呦阿姨? 大家都说我长得像你! 爷爷说我和你是一个模子刻出来的,是不是啊? 你怎么不给我当爸爸呢?"子翔哭笑不得,心酸不已。

呦呦回到华丰厂后,组织对她的工作也进行了调整,升任华丰厂人事科长。月鸾前去看望,并把玉羽觞送给呦呦,祝福她和子翔白头偕老。

呦呦说:"哪儿跟哪儿啊? 真是乱套了,我嫁的人是罗汉,05工厂的技术科长,人长得可帅了,也会吹洞箫。"月鸾讶然不已。

李呦呦告诉了月鸾罗汉的故事,并给月鸾看罗汉的照片,绣有罗汉头、海棠花枝的青呢子大衣、玉箫和绣有海棠花的丝绸袋等东西。

月鸾有种莫名的激动,回家把疑问告诉了母亲:"母亲,我看着这个罗汉很眼熟,他像哥哥一样亲切。他还有一件和我一模一样的大衣。他和走失的大哥慕容桦年纪相仿,走失的车站一致,还有山东口音,会不会是大哥?"苏太太问明情况,判定罗汉就是儿子慕容桦!他原来没死,还活着!苏太太喜出望外,这么多年终于有了慕容桦的音讯,她一刻也等不及了,找人给月鸾捎了信,让她告诉月美,半月后陪她去趟闽北。她还捎信让子翔给联系05工厂,她要亲自去一趟,确认罗汉的身份,找回儿子。

月鸾抱着孩子去车站送母亲,想着去学校接孩子还早,不如带小虎去公园看看。当来到孔雀馆时,恰逢孔雀开屏,虎子高兴地嗷嗷直叫,小手抓着围栏的铁丝,说什么也不愿离开。

路黑子星期天没什么事,百无聊赖开车出去转转,转到公园后,心有所动,想起当年陪月鸾和月芽儿来看孔雀的情形,如今公园依旧人来人往,不知孔雀馆里是否还有孔雀。反正也没好地方去,于是放下车进去转转。

在孔雀馆,偶遇月鸾母子,路黑子有些尴尬,本想打声招呼就去别处转转。

小虎回头看见了,忽然开口喊"叔叔",扭着身子拼命挣脱月鸾怀抱,奶声奶气喊:"叔叔抱抱,我要抓大鸟。"大概是看着黑子身材高大,以为能把他放进去,帮着他抓大鸟。

也或许是神秘的血缘亲情吸引。路黑子伸手接过小虎,孩子高兴得手舞足蹈,双手拍着黑子的大头,兴奋莫名。

路黑子看见酷肖自己的儿子,不用问就明白了一切,痛哭流涕,悔不当初。

子翔经常去看呦呦母子。月鸾听从母亲的吩咐,也经常过去送给孩子做的新衣服,并帮着呦呦洗衣、做饭、照顾孩子。

子翔在呦呦家遇到月鸾,呦呦竭力为他们创造机会,单独说说话,有时留他们一起吃饭。

有一天下雨,小花翎开着车来接月鸾母子,看见子翔他们有说有笑一起吃饭,心里酸溜溜的。

因为援建的情分,路黑子也经常到呦呦家坐坐,车仙子闻讯来大闹,被黑子痛打一顿,再也不敢来了。

第八十五回　苏太故地重游叹流年
南下寻子跪谢大师恩

　　月美陪苏太太南下寻子,买的是联程车票,在上海车站转车,她们上午十点到了上海站,下车后去找联程客运站。两人一路打听着,在售票厅西边,一个不起眼的窗口,找到了联运站。盖完签证章,苏太太问了问,联程票三天期限,下午三点上车。问清楚了下站行程,就领了月美出车站去转转。

　　出车站后,苏太太领月美转了一圈,看看除了卖小吃的和卖港台录音带的,也没什么稀罕东西,苏太太想出来一趟不易,去老地方看看,也顺便探探有没有慕容桦的消息。

　　当年慕容府后面有条小巷,现在豫园后面,有家小店专做蟹黄包。

　　街坊太太已经变成街坊阿婆,头发花白,眼睛还好,耳朵有点背。还是那家门脸儿,白天开店,晚上住吊床,她认出了苏太太。

　　两人诉说了别后情形,其时街坊太太已送走了王槐的爹爹,仍是孤身一人,她看看苏太太除了衣衫变化,容颜稍逊,风采依旧。感慨岁月流逝,不变的是情分,还有苏太太的心境。

　　苏太太没有时间感慨,她直接问街坊太太:"这些年小罗汉回来过吗? 或者有没有人来问过小罗汉的消息? 来的人有没有闽省口音? "

　　街坊太太沉思片刻说:"你还别说,还真有人来问过小罗汉的消息,好像来过一两次。头一次是 1968 年左右吧。好像是组织的外调人员,外地口音,听不出是哪里的。先问了我的家庭情况,然后套我话,问以前在这周边有没有见过一个小男孩,是不是附近大户人家的孩子。"

　　苏太太心情无来由地紧张起来,急急问道:"那你怎么回答呢?"街坊太太说"有啊,我说我看见过啊,是个小山东,逃难过来的,经常到我家里讨饭吃。长得像个小和尚,很可爱,因为头大,我们街坊都叫他小罗汉。至于在老家时是不是大户人家的公子，我就不清楚了，不过看那个爬树上屋的劲头，估计也不是什么大户人家。"

苏太太会意地笑了："当年你纵容他上树爬屋，饿了在你家吃饭，到被说成是小叫花了！不过，你却无意中救了他一命呢！"

苏太太说完，站起来对着街坊太太盈盈一拜："罗汉能入党提干，活得滋润，有你一半的功劳，我先替他谢过了。"

街坊太太慌忙拉住："快别这样，罗汉也是我的儿子啊！不瞒你说，他曾偷偷地拜过我干娘呢！"

月美第一次来上海，要求出去转转，街坊太太不放心，相跟着一块出去了。

苏太太拖出把竹椅，坐在店门口，漫无目标地看着来来往往的人群，思绪却飘回了到三十年前。

黄昏，也是在这个门前，苏太太大着肚子过来寻找尚未归家的儿子小罗汉。竹椅上坐着年轻的街坊太太，旁边摆着一张小茶桌，十岁的小罗汉坐在茶桌前，有滋有味地吃着蟹黄包。一个穿着破烂的小叫花子，在小巷的入口探头探脑，小罗汉向他招招手，那个小花子走过来，小罗汉递给他一碟蟹黄包，他一手托住，也不坐下，就用脏兮兮的小手塞到嘴里大吃大嚼。塞得太多吞咽不及，噎得脖子一伸一伸的，像个小白鹅伸长脖子在觅食。

苏太太走过来，去店里倒了两杯水，一杯放桌上，一杯递给小叫花子，小叫花子就着苏太太的手咕嘟咕嘟一口气喝完，然后抬头向着苏太太感激地笑笑，笑时露出两只好看的虎牙。"这孩子长得好看呢！"苏太太摸摸他的头，对街坊太太说，"与小罗汉有些像呢！就是门牙缺了半截，这孩子一定受了不少苦。兵荒马乱的，也不知他父母去了哪里。"

街坊太太也说："是啊，这小叫花子经常过来，和小罗汉一样，喜欢吃我做的蟹黄包呢！"

苏太太正要再问问他的详细情况，巷口想起了尖利的哨子声，小叫花子面容骤变，放下碟子，匆匆跑走了。

"苏太太，我给月鸾买的裙子，也不知她喜欢不喜欢。你给她捎回去，就说我想她，让她有时间来上海让我看看她变成什么样了。她是我从你肚子里接出来的，一晃三十多年了，一定是个仙女的模样吧？"月美和街坊太太回来了，街坊太太一边说着，一边抖开一条鹅黄色的真丝半袖连衣裙，在苏太太面前晃着。

苏太太从回忆中抽离出来，接过裙子："月鸾一定喜欢，我先替她谢过了，这次走得匆忙，月鸾给你织的毛衣没带着，回去后让月鸾给你寄过来吧！"

街坊太太笑道："前些年那件毛衣还能穿。月鸾这姑娘就是心灵手巧，王槐只是大体说说我的身高，她竟织得可腰可体，比买的还好看。"

晚饭后，苏太太和街坊太太商量，明天打算去趟南京孤儿院。曾听呦呦对月鸾说起，罗汉是在南京孤儿院长大的，那儿一定有他们的相片。街坊太太赞同，想陪她们一起去。苏太太婉言谢绝了。

第二天一早，告辞了街坊太太，苏太太领着月美去了南京孤儿院。

到南京后下了火车，一路打听着，苏太太找到了后宰门清溪村，南京孤儿院就设在这里。

孤儿院坐北朝南，有一个古色古香的大门，进得大门是两排粗大的法桐，约行二百米右侧有一个人工湖，湖里荷花开得正艳。湖北边有一个砖石砌的二层小楼，办公室工作人员问了她们的情况，让她们等一会儿，她去请示院长。

一会儿，那个工作人员把她们领去二楼，说院长要接见她们。上二楼，在第三个门口，工作人员让她们进去，一个胖胖的老年男士坐在桌子后面。看他们进来后微笑着站起来，和蔼地让座，亲自倒茶。苏太太忐忑的心情稍安："这个院长看起来如此善良可亲，我的小罗汉在这里想必是过得不错，没有受苦受罪了啊。"

院长问明她们的来意，爽朗地笑了："罗霄罗汉哥俩是在我们这儿长大的。每个来到孤儿院的孤儿都是我的孩子，我清楚得很呢！何况罗汉还是我们南京孤儿院为国家培养的优秀人才，为我们孤儿院争了光呢！他勤奋好学，我院一直供养到他研究生毕业。"

苏太太问院长："您还记得他们初来时的情况吗？"

院长笑着说："当然记得，印象很深呢！当年罗霄背着罗汉在院门口叫门，一看就是一对小叫花子。罗汉还昏迷不醒，好像是被什么人用木棍敲的。问罗霄，他说不知道，他去火车站里面讨饭了，让弟弟在车站门口等着，出来就被人打成这样子扔在路边，他走投无路，担心弟弟死掉，听说这儿收留孤儿，就打听着过来，要求收留。我二话没说，救人要紧，先把罗汉送去了医院。"

院长说着说着站了起来，走到写字台后的文件橱边，打开最上面的一个木板门，抽出一本影集，打开来，指着一张合影让苏太太辨认："就是这两个孩子，坐在最前排中间的两个，这是他们准备上学时照的合影。这可是新中国成立后孤儿院送出的第一批学生,你看他们笑得多灿烂!"

是我的儿子罗汉啊!那个叫罗霄的,果然是那个经常去吃蟹黄包的小叫花子。苏太太眼泪一个劲儿地流,那是幸福的眼泪啊!三十年了,我日思夜想的儿子,原来你就在这里啊!

院长递过一条干净的手绢,苏太太摆手谢过,从自己衣襟里里抽出一条月白色的绢子,轻轻折叠一下拭泪,上面绣着一只显眼的紫粉色海棠花。

院长若有所思,弯腰从写字台的最下端找出一个木盒,从里面拿出一条绢子,递给苏太太:"这是罗汉送我的礼物,我一直收着,心里想着,也许有一天他的家人找过来,这应该是个信物。果然与你用的那条一模一样啊!"

苏太太接过另一条绣着海棠花的绢子,扑通一下,跪倒在院长面前:"谢谢您了,您是罗汉的再生父母,授业恩师,您对罗汉如同再造啊!"

院长慌忙扶起苏太太:"快别这么说:这是党和组织的功劳,我只不过是做了我应该做的一点工作,可不能受如此大礼!"

苏太太迫切地想知道,罗汉在孤儿院里的所有生活细节,她想了解儿子成长的轨迹。院长笑着说:"别急,我理解你的心情,听我慢慢说。"

院长娓娓道来,苏太太仿佛亲眼看着儿子一天天长大:小学毕业了,中学毕业了,大学毕业了,读研究生去了。院长最后说:"你这两个儿子可是截然不同的性格。那个罗霄能干,不愿读书,让他读书就钻到厨房去帮厨,说是从小饿怕了,只想当个厨子,从今往后再也饿不着。读了三年书就死活不读了,一直在这里的厨房工作,前几年因病去世了。"

苏太太洒下了同情的眼泪,也跟院长说了这两个孩子的实情,并拿出随身携带的罗汉幼时照片,院长仔细看了,不免唏嘘了一番:"怪不得两个孩子迥然不同呢!不过这个罗霄对罗汉可真不错,上学放学他都亲自去接送,担心外面的孩子欺负他弟弟!我们都以为他们是亲哥俩。"

院长给苏太太开了一张证明:"我院已了解询问当年走失状况,经过照片比照和现场信物对照,确定罗汉同志就是慕容桦。希有关单位为母子相认提供便利。"

苏太太接过盖有鲜红印章的证明,心脏怦怦地跳起来,恨不得立马飞到闽北去,抱抱她那失而复得的儿子。

院长再三挽留她们住一宿,明天再赶回上海去。苏太太哪里等得,连夜乘车赶回了上海。

第八十六回　望眼欲穿母子终重逢
魂牵梦萦妈妈暖味道

　　苏太太从上海坐上火车，一路来到福州。子翔母亲闽省妇联慕主席已接到子翔的信件，派人在车站迎接。

　　月美眼尖，早早看到写有她名字的接人站牌，拉着母亲跑过去。来人把她们接上军用吉普车，自我介绍他是小马，并转达慕主席的话："你们是在福州市转转呢，还是直接到闽北去？慕主席有重要会议，就不陪你们了。让我带着车为你们服务，她开完会就赶到闽北去。"

　　苏太太现在恨不得插翅飞到闽北，就催促说："那我们直接到闽北吧，现在能走吗？"

　　小马似乎早料到苏太太的迫切心情，笑了笑吩咐司机开车。

　　半路上，小马拿出随车带的茶鸡蛋、饼干，倒上一茶缸热水，递给后座上的苏太太："你们先垫补一下肚子吧，到那儿要晚上了。山路难走，一天还要紧跑慢赶呢！"

　　苏太太无心吃饭，月美吃了一些。看到苏太太一路眼泪流个不停，也不敢多话，无聊至极，歪在车上睡着了。

　　吉普车到了05工厂已是十点，小马吩咐司机开车长鸣笛三声，再短鸣笛七声，这是临时约定的暗号，小马来之前慕主席已和05工厂这边做了沟通，否则不但苏太太她们进不来，吉普车也是进不去的。

　　05工厂政工处的人员接待了他们，小马先递上省妇联的证明，苏太太又拿出南京福利院开具的证明，还有照片。苏太太从福利院告别时，院长把那张合影也送给了苏太太："每个孩子的档案里都有一张，就盼着有一天他们的父母能来认领，这些孩子也是望眼欲穿啊！你把我这张拿去吧！"

　　政工处的人自我介绍："我姓牛，你们叫我小牛好了！我领你们过去，这个时间罗汉在宿舍里。"

小牛把他们领到罗汉的宿舍里,看着罗汉惊异的眼神,小牛说:"罗汉同志,经南京孤儿院验证,这位苏太太是你的亲生母亲,她今天来看你了!"

罗汉有些茫然。苏太太上前几步,让罗汉低下头,她要看看头顶上的旋儿。她说:"罗汉,你头上是不是有三个疖疤啊,那是你小时候爬树跌的,被石子碰破了头,好了以后就结下了疤,不长头发了。像小和尚的戒疤,所以大家都叫你罗汉。"

罗汉听话地低下头,苏太太走过去,俯身在她的头上找着。罗汉忽然闻到了一股子熟悉的味道:"那是妈妈的味道啊!多少年魂牵梦萦,多少年梦里哭醒,去追寻这个味道。因为头上的伤,他一直想不起妈妈的容颜,可这股熟悉的妈妈味道,仿佛就在昨天,还曾经在梦里出现过。"

罗汉忽然抱住了母亲,把头拱在母亲怀里,大声地痛哭,多少年的辛酸泪啊,一朝决堤,汹涌澎湃,势不可当。

苏太太执拗地认真数着那三个头旋儿,终于再次验证:罗汉就是她丢失的儿子慕容桦!

苏太太大声说,似乎是让老天爷听见:"没错,你就是我的儿子,罗汉就是慕容桦!"母子二人抱头痛哭,一直到天亮。

看到母亲,罗汉知道了自己的真实身份,知道了曾经发生的一切。

苏太太陪着慕容桦,向组织说明了一切,并说:"现在这种情形,我显然已不适合军工需要。我请求调去地方企业,就去华丰机器厂吧。"

05 工厂内部开了几次会,专门讨论慕容桦的现实情况。最后还是老厂长那句话,替他们解了套,老厂长说:"这是个偶然事件,错误不在任何一方,就不要追究了。因此,慕容桦何去何从,还是由他自己做主吧!"

05 工厂将最终讨论结果形成请示材料,上报给上一级机构,十天后有了批复,批复是这样写的:为防泄密,调慕容桦去黔西南大山里的铁矿,工作满五年后才能再行调离。

苏太太洒泪回去,回家里等着,五年很快就会过去。她很看得开。慕容桦安慰母亲:"我们三十年都等了,还差这五年吗?我已经先把孙女和儿媳妇给您送回去了,您想必也见过了吧!您帮我看着点,可别把她们弄丢了!"

苏太太和月美回来了,呦呦很快知道了消息,回家看望苏太太,确认了罗汉是慕容桦的时候，呦呦重新拜见了婆母，敬了媳妇茶。

苏太太喜极而泣，婆媳母女拥作一团哭泣，吓坏了宝宝，大声啼哭起来。众人相视，含泪而笑，慌忙团团齐哄宝宝。月美看见，多少年了，舒心的笑容第一次挂在了母亲脸上。

呦呦婆媳刚刚相认，苏太太祖孙之乐没有享受几天呢，月美嘴快，告诉了呦呦慕容桦被发配，到黔西南山里的铁矿去的事情。呦呦执意要去找他，而且一刻也等不及。众人劝阻：看看工作调动有没有眉目再说。呦呦哪里肯听，抱着孩子，干脆辞职去了黔西南。

苏太太虽说心疼孙女，但看着呦呦这么坚决，义无反顾地去大山里找儿子罗汉，心底稍感安慰："少年动荡的儿子，终于有了一个安定的家，一个真心爱她的女人了！"

第八十七回 花翎绝症为妻谋后路
月鸾护子心切愿离婚

　　小花翎这几年一直胃疼,最近更是疼得厉害,上课时常直不起腰来,只得停止讲课。这天早上忽然发现有便血情形,慌忙去了医院,检查结果出来,却是胃癌。大夫本不想告诉他本人,当时告诉他三天后来取结果,最好带家属一起来。小花翎不想让月鸾知道,三天后只身一人来到医院,告诉医生:"是胃癌吧?我已疼了几年了,有心理准备,就没必要吓唬家属了。"大夫告诉他是晚期,最多还可以存活两年,而且以后会越来越疼,建议他住院治疗。

　　小花翎看到那些胃癌晚期病人,在医院里做完化疗的痛苦模样,不想死得如此不堪,他还有很多未完的事情要做,于是婉拒了医生的好意,开了一些止疼片就走了。

　　拿着检查结果,小花翎感觉拿到了死神的召唤书,他去华丰礼堂坐了一上午,又绕到前慕容府——现在的园林公园去转了转。这一天漫长的仿佛是一个世纪,他想了很多——关于月姝,关于月璃,关于子翔。

　　小花翎一直到傍晚时分回家,他决定跟月鸾摊牌,开诚布公地谈谈,他决定了:恢复月鸾的自由身,让她去追寻自己的幸福。

　　月鸾离开梁家湾麻纺厂后,就在学院附近租房开了个服装加工部,慢慢地,名声在外了。这所高校历史悠久,教职工有一千多人,在校学生上万人,月鸾的手艺好,样式新颖,量身定做,卡腰卡胯,瘦者越发飘逸,胖者突出丰满,高者犹觉挺拔,矮者凸显绅士风度。用艺术系老教授的说法:"穿上月鸾定制的衣服,每人的自信指数都迅即上升几个百分点。"

　　月鸾整日趴在缝纫机上,一日三餐都在裁剪台上吃,亲戚朋友来看她,她也是一边裁衣服,一边说话。苏太太心疼她,经常数落:"月鸾啊,不能那样拼命啊,你早晚得死在缝纫机上。"月鸾笑答:"人家买了布料,心里就盼着等着穿新衣呢! 说不定因为我的原因,女朋友谈不成,或者男朋友吹了,那我罪过可就大了。所以我必须日日赶工,说好了几天来拿就几天,决不能让顾客来跑第二趟,做人要讲信义呢! ”

实在忙不过来,月鸾请了几个帮手。如此一来,送衣服的更多了,人人能以穿上月鸾定制的衣服为荣,甚至外地来送学生的家长,也趁送孩子的当儿,做上一两套新衣带回去。

这一天月鸾又忘了接孩子,路小飞领着陈小虎站在幼儿园门口,陈小虎哭得那个惨啊,鼻涕眼泪一起往外流,一边哭,一边嘟嘟着不太清晰的话语:“哥哥,妈妈是不是不要我们了?爸爸也不要我们了?你有两个爸爸,我没爸爸,没人要我们了!”

路小飞伸着脖子,四下观察着,看看有没有熟悉的人经过,给妈妈捎信儿。远远地,文子翔骑车经过附近,路小飞踮起脚直叫喊:“爸爸,我们在这儿哪! ”

幼儿园在学院的北面,紧邻通往市政府的大道,两边有很多门店,有几家卖儿童车的。文子翔去局里开会去了,这次的会议开了三天,他也没要车,自己骑车过去。开完会,他顺路过来看看,买辆童车送给路小飞。听见有人喊叫爸爸,下意识扭头一看,路小飞领着陈小虎正向自己招手呢!

子翔赶紧拐弯过来,路小飞抱着他的大腿就哭起来,陈小虎抱着另一条腿,一边哭一边往上蹭着鼻涕眼泪。子翔哭笑不得,赶紧把小虎抱起来放到车子横梁上,让路小飞自己爬上车子后座,告别站在一边的老师,喊了一声“坐稳喽,开车喽”,一边嘴里嘀嘀吹着口哨,一边骑车飞奔起来。两个孩子破涕为笑,也嘀嘀嘀地欢叫起来。

子翔到了服装加工部对面,也不把孩子放下,示意孩子们齐声喊叫:“妈妈!妈妈! ”月鸾这才想起忘记接孩子了,围裙也没摘下,匆匆出门打开自行车锁,跨上腿蹬起来车就要跑。孩子们又一起大叫:“妈妈! 妈妈! ”月鸾这才看见子翔带着孩子站在对面,连忙把车子放好,跑到马路对面去,脸红红的,不好意思地给两个孩子和子翔道歉:“看我忙的,又忘了,对不起了!”

子翔劝她:“你以后少接一些活儿吧,孩子生活费有我呢,不要这么拼命! ”月鸾习惯性地揪着衣扣,有些扭怩地说:“不是生活费的问题,我接了活儿是急着给人家赶出来。再说人家送过来了,哪好意思不接。”子翔不依不饶地说:“你就是逞强,孩子都忘了接,赶明儿孩子丢了,我看你上哪儿哭鼻子去! ”

　　两个小家伙看见妈妈挨训,幸灾乐祸,学着子翔的语调:"哭鼻子去!哭鼻子去!"月鸾扬手作势要打他们,他们一前一后搂起子翔的腰,故意大声喊叫:"爸爸救命啊!爸爸救命啊!"外人看见这一家四口笑闹,纷纷会意地笑了。

　　小花翎走回家去,看看孩子们没回家,也来服装部找月鸾,看到这温馨的一幕,心里泛出说不出的滋味:酸溜溜、涩歪歪、甜丝丝。酸的是子翔和月鸾的情分,虽经流年风雨依旧清纯,站在一起是那么和谐自然;涩的是自己的心,中年即到仍无子无女,身后荒丘注定凄凉;甜的是月鸾有靠,一旦恢复了自由身,子翔定会迎娶过门,自己在九泉之下也稍感安慰。

　　小花翎站在一边看着,脸色随着心情变化而变化。陈小虎首先发现了他,喊叫起来:"爸爸!爸爸!我爸爸来了!"

　　小花翎不想打断他们的欢乐,摆摆手,独自转身骑车回家。陈小虎又哭起来:"我要回家!我爸爸不高兴了!"

　　子翔把两个孩子从车子上抱下,催促月鸾:"快回家吧,看小花翎脸色不好,是不是有什么事啊!"

　　月鸾心想:能有什么事,小心眼呗!上次从呦呦家回来已经施展过一次了。

　　月鸾带着孩子回家,小花翎已经躺在床上睡着。月鸾做好饭,让小飞去喊他,小飞出来说:"妈妈!爸爸不吃饭了!爸爸哭了!"

　　月鸾又好气又好笑,进屋推开窗子,笑说:"好大的酸味啊,我今天忙得忘了接孩子,子翔碰上了,给送了回来。为这点小事,就值得恁大个院长就不吃饭了?"

　　小花翎翻个身,嗡声道:"就不吃了,你们吃吧,把孩子哄睡了,咱们谈谈!"

　　月鸾扭头出去了,扔下一句气话:"不吃倒省下了,攒着给我儿子娶媳妇!"

　　饭后,月鸾洗刷完毕,哄两个孩子睡下。来到自己屋里,小花翎早坐在那里抽烟了。月鸾一把夺过烟:"少抽吧,胃不好不是要戒了吗?怎么又抽起来了?"

　　小花翎阴着脸,重新点上一支:"今晚你就不要管我吧,听我说完,明天你就懒得管我了。"

　　小花翎从他和月璃的青梅竹马说起,说到大学时的浪漫时光,到刚工作时的才华横溢,比翼双飞。说到最后说起他和月姝的纠缠,怎么伤了月璃的心,以至于月璃至死也不肯原谅他。

　　月鸾听得目瞪口呆:这些她不知道的过往,竟是如此不忍卒听。她责问小花翎:"为什么要告诉我这些?既然过去了,为什么要让我知道?"

小花翎一字一句地说:"因为我要和你离婚!"

月鸾噎住了:"为什么?你既在乎这些往事,为什么要和我结婚?"

小花翎说:"我以为我能忘了过去,结果我忘不掉!我忘不了月璃,最近她时常来到我的梦里,像你这样责问我:'为什么?为什么要背叛我们的爱情?'我无言以对。我每天看到你,就犹如每天面对月璃的责问,你们长得太像了,我以为能替代,结果不能!你也忘不了子翔不是吗?就如我不能替代子翔一样。现在子翔还是自由身,我也还给你自由身,明天你准备一下,后天我们就去把离婚手续办了,你们一家可以团聚了!"

月鸾懵了!她不知什么事刺激到小花翎,让他如此决绝。但小花翎对月璃阿姐的背叛,也确实让她心里堵得慌。

他们夫妻背对背各自想着心事,一夜无眠,至天亮两人迷糊时,却同时梦见了月璃悲戚的面容和无声的哭泣。

有道是屋漏偏逢连阴雨,月鸾第二天去服装部,开门迎来的第一拨客人,却是税务局的稽查人员。他们对月鸾扬了扬停业整顿处罚书,严肃地说:"有人举报你,偷税漏税,私雇工人,剥削学生血汗钱!限期停业整顿,待事实查清后再做处理。"

月鸾瘫坐在缝纫机前。

帮工的姐妹去办公室找陈院长,院长不在,只得去华丰厂找来了文子翔。子翔打听了一圈,才知道原来是一个打架斗殴的学生,被学院开除,气不忿,就写了举报信。然而事实却是,有一部分山区来的学生家庭困难,月鸾每人给他们做了件衣服,扣子扣眼让他们自己学着缝,女生主动把男生的衣服也拿回宿舍缝了。后来月鸾又给孤儿院的孩子们,赶制了一批过年的新衣,女生们知道是捐献的后,主动领回去帮忙缝扣子锁扣眼。

子翔去税务局作了解释,工作人员说:"这是实名举报,罚款可以不交了,但不能再开门,必须取得举报者的谅解,否则,他还要到上一级机关举报,给我们工作增加麻烦。"子翔说:"那你们应该去做工作啊!"工作人员说:"我们找过他了,把调查结果也告诉他了,让他在具结书上签字,他不配合,要求当事人当面去做解释。"

子翔回去把意思告诉了月鸾,月鸾回家找小花翎,小花翎说:"我不会去找的,停业正好。咱们要离婚了,你在这儿也不方便了,我给孩子们找了家全托的幼儿园，人家园长欢迎你去工作。你若果真不愿意去呢，梁家湾的村长也来过了，随时欢迎你回去，厂长的位子给你留着呢！"小花翎从抽屉里拿出一张表和一串钥匙："这是离婚申请表，这是幼儿园对面家属院一套房子的钥匙，房子已经买下，落在你名下了。里面生活用品一概俱全，你签了字，明天就搬过去吧！"

月鸾看着小花翎如此坚决，只得在离婚协议书上签了字。第二天把孩子们送去新幼儿园，安顿好后，嘱咐一个姐妹每周六去接回，帮忙照看几个月，就独自回了梁家湾。

当时月鸾从学校的家里走出来，气冲冲地头也没回，似乎没有一丝留恋。假如她回头，进屋看看，就会发现小花翎跪在地上，悲痛不已，悲怆向天："苍天啊，我当时年轻啊，定力不够，做下荒唐事，知道是错了，你就不能放过我吗？我要一次改正的机会就这么难吗？"

第八十八回　再次相聚我心痴依旧
蓦然回首伊痛在心头

又是周末，子翔来月鸾家，已是人去屋空，在学院里打听一圈，师生们讳莫如深。最后找到了那个相熟的女教师，才知他们已经离婚了。月鸾回了梁家湾的娘家，陈院长休假去了，不知去向何方，谁人也没告诉。

子翔骑车往梁家湾赶去，他不放心月鸾。

月鸾自从与小花翎离婚后，负气回家，犯了心悸的毛病，一活动就头昏脑浑，在床上整整躺了一个月。

子翔到时，正巧苏太太出去了，月鸾一个人在家。子翔推门进了院子，喊了几声，无人应承，正要出去等，听到东屋砰的一声，似是重物落地的声音，连忙推门进去，看到月鸾躺在地上，昏了过去。

子翔连忙把她抱起来，放到床上，倒了一杯水喂给她，须臾，月鸾才悠悠醒转过来。原来月鸾听到了子翔的声音，想出去迎接，起床急了些，身体太虚弱，竟然晕过去了。

子翔看到，才一个月不见，月鸾憔悴瘦弱的判若二人，心疼不已，握住月鸾的手，双眼含泪。月鸾憋了一个月的眼泪，终于被引流而下，靠在子翔怀里，放声痛哭。子翔紧紧拥住月鸾，心如刀绞："哭吧，哭出来就会好受些！从今以后，我再也不会放开你了！"

黄昏时分，苏太太从外面回来，看到子翔的自行车，知道子翔来了，就悄悄准备晚饭。

子翔看到了北屋的灯光，这才意识到天黑了，忙扶了月鸾出来，劝月鸾吃一些东西。苏太太今日买了一条鱼，做了子翔爱吃的鱼头豆腐煲，月鸾爱吃的红丝鱼肉粥。不知是粥做得好，还是子翔温暖的怀抱疗伤作用显著，月鸾回家一月来第一次有了胃口，喝了两小碗，额头沁出细密的汗珠，苏太太一颗悬着的心方安定下来。

子翔第二天回去时，动员月鸾跟他一起回去，去医院仔细检查检查，先调养好身体，再做下步打算。苏太太也赞同让月鸾跟着回去："去大医院看看吧，你这心悸心慌的毛病不能再拖了，年轻轻地别落下病症。"

子翔用自行车驮着月鸾回城。307国道上的白杨已长成大树，每棵树都有水桶那样粗了，浓浓的绿荫覆盖，整条路似乎是绿荫的长廊，两边的枝条已连起手来。第一次进城找子翔的情形还历历在目，一转眼，月鸾透明的心已变得满目疮痍。

子翔带月鸾进城后先去了市立医院检查，医生告诉他："这是劳累引起的心脏早搏，必须卧床休息一到两个月，恢复后也不能再次劳累，此病容易复发，容易导致心脏早衰、猝死，一定要注意休息。"

子翔坚持让月鸾住院治疗，他每天下班后过来，尽心尽力地伺候。月鸾感动得经常流泪。这天子翔到后先倒水给月鸾擦脸，再将水果洗净削好，一小块一小块地喂食给月鸾。月鸾感动得又眼泪汪汪的。子翔刮刮她的鼻子，笑着说："你曾经是多么坚强的一个姑娘，凤栖梧桐，灼灼其华，吾不敢直望也！现在倒好，变成林黛玉了，整日以泪洗面，吾不知哪里有错也！"

月鸾扑哧一声笑了，眼中尚泪光盈盈，脸上已笑靥如花："哪里来的酸秀才，正经诗记不住，酸文假醋让人笑掉牙，好没意思！"

子翔作势扬手要打："惯坏了的小娘子，竟敢笑话你的夫君，岂不招打？屁股伺候！"

月鸾笑倒在床上。病房里，弥漫着欢声笑语。三个月的治疗休养，加上子翔的贴心照料，月鸾终于恢复如初。

月鸾出院后，先去幼儿园接着孩子，回到新家。照顾孩子的姐妹看到月鸾回来，和孩子们一样欢喜异常。一家人热热闹闹吃完饭，子翔要回去开会，先走了，那个姐妹也回去休息几天，说好了下周一回来。

孩子们见了母亲自然兴奋，很晚才睡。路小飞临睡前像个大人一样安慰母亲："你别难过！我会照顾弟弟的！你和陈爸爸离婚了心情不好，就在姥姥家多住些日子吧！"

月鸾搂着懂事的小飞，泪流满面："是妈妈不好，让你们受委屈了。"

小飞从妈妈怀里挣出身来："我是个男子汉，没有委屈。我长大了要当医生，能治疗癌症，给陈爸爸治好病。"

月鸾一惊，追问小飞，谁告诉你陈爸爸病了："老师啊！院长老师和我们班老师说的。我们班老师还抱着我流眼泪呢！"

月鸾急问："快告诉妈妈，院长老师是怎么说的？"

小飞思路非常清晰，先学说那天的情形："那天午休，班主任老师来查房，院长老师也来了。大家都睡了，我没睡着，闭着眼装睡呢！院长老师和班主任老师说的悄悄话，我都听见了。"他咽了一口唾沫，绘声绘色地学说院长老师的话："好好照看这孩子，他爸爸特意叮嘱多次。我和他爸爸是朋友，他爸爸长了胃癌，为了不影响他的成长，假装和他妈妈离婚，让他妈妈带着他去找亲生父亲。他自己疼得每晚难以安眠，我真怕他一觉睡下去，再也醒不过来了。"

月鸾震惊，不动声色地先让小飞睡下。她自己辗转一夜，天亮才睡去。

熬到周一，月鸾送去孩子后，找到院长老师，说明了情况，要求老师协助找到小花翎。院长犹豫片刻，最终还是说了实情。

原来，小花翎已住进崂山的道观里，每周过来一次，看看孩子们是否来了学校，了解一下孩子们的情况再回去。他已经辞去大学里的职务，在山上修身养性，研习画作，医生说他只有两年的存活期了。

月鸾这才知道小花翎的良苦用心，恨自己竟没有发现他是个病人。

月鸾临走时，院长老师递给她一个信封："你来得正好，这是陈院长一生的积蓄，他让我转交给你，留作孩子们的教育费用。"

月鸾去了崂山，一路打听着，在北九水的一处小道观里找到了小花翎。月鸾哭着央求他回去，好好找医生治疗。小花翎像大哥哥一样宠溺地看着月鸾："月鸾越来越漂亮了，以前是我耽误了你。仙女上山看道士，多么美丽的传说。你看道士们都羡慕我呢！我相信中医，住在山上喝点山泉，吃点草药，日伴云生，夜守月落，栉风沐雨，享受光照。新鲜蘑菇，美味蔬菜，周一炖山鸡，周末煮水鸭，说不定哪天就好了。我可不想去做什么化疗，临死毁了形象。你就遂了哥哥的心愿吧。"

月鸾无法，看小花翎又恢复了以前的油嘴滑舌，知道他已放开了心境，平和了心情。于是略略放心，答应先下山回去，以后打听到中医良方，必送上山来，到时务必配合治疗。

小花翎喜笑颜开："林风山雨就是最好的灵丹妙药，等以后你老了，也到这儿来做神仙，咱们餐风饮露，清清爽爽在云雾中飘游，岂不快哉！"

月鸾告辞下山，一路走一路想："人进了深山，与道士为伍，说话也带了几分仙气了。看来寻常人家之人，还是不进道观为好！"

第八十九回 红鲤红莲小妞扑翠蝶
白山黑水大闪拜神医

月芽儿最近很苦恼，一顶黄军帽扣在头上，奶奶文大娘不让她摘下来，特别是在外人面前。看着别的小伙伴梳起了羊角辫，月芽儿羡慕的眼睛里长出小巴掌来，恨不得采一段麻绳接在头皮上。

月芽儿长了丑陋的癞疮，整个头皮长成了一顶厚厚的硬盖，比乌龟的壳还要难看，又痒又疼，文大娘急得泪珠子直掉："这孩子，遭罪了！也不知前世做了什么孽，报应到这孩子身上！"

文子书在城里工作，也许是工作忙，也许是为了多赚一点加班补贴，也许是正忙着寻找合适的女人另娶，半年回不来一次。文大娘领着看了几个赤脚医生，越看越糟。

起初月芽儿喊头皮痒，后来起了一层黄水泡，再后来连抹药带挠破水泡结痂，竟连成了一片硬痂，厚厚的好似在头皮上摞了两层铜钱，密密麻麻坑坑洼洼，要多难看有多难看，文大娘只得哄着扣上了军帽。

文大娘心里急，白头发连了片，竟把黑发给挤跑了。她去找后邻二奶奶诉苦："你说这是不是那传说中的癞痢头啊，一个姑娘家家的，以后没有头发可怎么办？长大了嫁给谁去？"

二奶奶说："你先别急，听说梁家湾她三姨回来了，让她带着进城看看吧！"

于是，文大娘让月芽儿自己跑去梁家湾找月鸾。

大人们愁肠百结，为月芽儿的未来犯难，月芽儿却还不识愁滋味，顺着沿河大堤一蹦一跳地往北走，一会儿抓蚂蚱，一会儿追蜻蜓，一会儿扑蝴蝶，走着走着拐了弯，到了南坝崖。

月芽儿又想采蘑菇了。以前月鸾曾带她绕到南坝崖东面，那儿有大片的蒲棒，有白白的蘑菇。

月芽儿绕啊绕的,终于绕到南坝崖的后面了,这南坝崖大人们都传说是鬼湾、缠人湾。正面是高高的石坝崖,湾深水碧,大人都很难下得水去,平日里是不准小孩子自己过来的。

南坝崖的东面是个缓坡,一直连接着大片湿地,湿地里的蒲棒长得正欢,绿绿的,高高耸立着,月芽儿拣小个的采了,先放在嘴里尝尝,嫩嫩的就吃了它,不好吃的就举着玩。一对绿色的大蝴蝶飞过来,落在蒲棒上,透明的绿色翅膀上有着金色的斑点,阳光下闪闪发光,月芽儿看呆了,扔下蒲棒,伸手去捉蝴蝶。她屏住气,踮起脚,两只小手同时去捉,哎呀!月芽儿捉到了一只,另一只飞了。却不飞远,就在月芽儿身边晃悠。月芽儿伸着一只手,去追逐另一只蝴蝶。不知不觉,到了湿地尽头,前边就是碧水深潭了。月芽儿停下脚步,不敢往前走了。就在潭边转悠着玩儿,看看有没有小鱼小虾的捉着玩玩。

湿地中间和深潭边缘,有一条一米宽的小路,虽然长着青苔有些湿滑,但多年走下来,却有硬邦邦的路基了。月芽儿有些口渴,就学大人的样子,蹲下来用一只小手舀水喝。喝了几口,水甜甜的,月芽儿用小手拨弄一枝红莲,正考虑要不要扔掉蝴蝶,腾出手来摘下这朵花,却感觉水里有两眼睛在盯着她。

月芽儿有些害怕,转身欲往回走,只听身后哗啦一声,一条红鲤鱼飞跃出水,跳得足有一米高,大概是要跃龙门吧,却跳错了方向,跌落到湿地上来了。鱼困浅水滩,只能一步一滚地往深潭挣扎。

月芽儿高兴坏了,扔掉蝴蝶,抱起大鱼,再退后几步,仔细端详着:大鱼比她个头略小,通体红鳞,金翅金尾,圆眼睛鼓鼓的,可怜兮兮地瞪着月芽儿,眼睛里似有眼泪流下来。月芽儿一惊:刚才莫不是它在水里看我?手一哆嗦,大鱼尾巴一甩,借助她的高度,奋力一挣,竟跳到深潭边沿了。

月芽儿被闪了一下,扑通摔倒地上,待反应过来,连忙爬行几步,再去捉那条大鱼,鱼却蹀躞着挣扎几下,终于落到深潭里边去了。它尾巴伸出水面,轻摇几下,似乎与月芽儿告别,月芽儿定睛看时,哪儿还有大鱼的影子,水面上只有几条轻轻的涟漪,似乎蜻蜓划过水面的痕迹。

月芽儿以为自己做了一个梦,狠狠地咬咬嘴唇:疼!看来不是梦,月芽儿坐起来,气得啪啪拍地。呀!呀呀!又是什么东西?月芽儿惊跳起来,本能地跑了几步:刚才拍地时似乎拍到了肉上,软软的,凉凉的。月芽儿跑一会儿,看看没什么东西追上来,站下定定神:再回去看看去。

第八十九回　红鲤红莲小妞扑翠蝶　白山黑水大闪拜神医

　　小小月牙儿胆子不小,跑回去蹲下身仔细寻找,那东西果然还在那儿呢! 像老牛的肚皮肉,那年生产队里死了一头牛,在场院里分割时月芽儿去看过。还像一只大蘑菇,月芽儿用脚踢踢,这东西不会叫,也不会动,月芽儿跟它玩了一会儿,用手狠狠敲他,它似乎有反应,微微缩一下,没有头,没有嘴,也没有眼睛,这是个什么东西呢? 月芽儿试图抱起它,却抱不动,只得作罢。

　　她去别处拔了一些薄荷,插在它的旁边,它本来长在一丛红柳林里,不仔细看是看不到的,月芽儿无意中碰到了,还碰断了几棵红柳。现在月芽儿挪来薄荷,做了记号,以后再来找它玩。她看看天色不早了,该回家了,于是起身往梁家湾而去。

　　月鸾在家里正做着衣服,月芽儿来了,说明来意。月鸾摘下她的军帽,泪如雨下:"可怜的月芽儿,你受罪了! 明天三姨就带你进城找大夫瞧瞧去。"

　　晚上,月鸾跟苏太太商量明天进城的事,苏太太有些生气地说:"我们才走了几个月呢,月芽儿竟受了这罪! 这个文子书,越来越不像话了,光顾着找媳妇续弦了,也不回家看看孩子! 赶明儿你进城把他叫回来,我好好说说他!"

　　第二天一早,月鸾推出自行车,月芽儿爬上后车座,两人准备骑车进城。胡三姑走过来,神神秘秘地说:"月鸾,你想不想救小花翎一命?"月鸾知她一惊一乍惯了,只得敷衍:"三姑此话怎说?"胡三姑低声说:"后村那个矮子你还记着吗,他爹娘死了没人管他,前些年吊儿郎当不干活,队长说说他,气跑了的那位?"

　　月鸾想了想:"是有这么个人,听说闯关东去了。"胡三姑一拍大腿:"就是他,现在回来了! 听说在深山老林里碰到了神医,看他聪明,让他拜师学艺,现在学成回来了! 现在专治各种癌症,后村有两个快死的人,让他一麻袋药给治好了,现在去找他治病的人海了去了。

　　"他开药都是论麻袋开,那些药据说都是从东北老林子里带回来的,就是贵了些。小花翎那病不就是胃癌吗? 和后村被他治好的那两个人一个病。"

　　月鸾来了兴趣:"三姑,你要没急事呢,咱们现在就去问问。先开上药再进城不迟。也是病急乱投医了,有点法子咱就试试。虽然离了婚,能救他一命也还是好的。"

　　胡三姑赞赏地点头:"我就知道你这孩子善良,是他不要咱了,不是咱甩了他,按说不管他也行。但一日夫妻还百日恩呢,他不仁,咱不能不义啊!"

后村的矮子姓李,外号李大闪。没去东北前就挺能煽乎,现在回来了,竟戴了副眼镜,像模像样地看起病来。自从治好了那两个从医院抬回来等死的胃癌病人,竟一下子出了名,十里八乡来看病的络绎不绝。走时都带着一麻袋的草药,月鸾她们排了半天的队,才被叫到李大闪面前。

月鸾叙述了小花翎的病状,李大闪随口说:"这个病好治,我给你开药吧,一麻袋准好。"他看到月鸾的美貌,忍不住套近乎显摆起来,"这些药都是草药,吃不死人,你长得这么漂亮,丈夫死了可不能让人怀疑,是咱俩把他药死的不是?"他诡秘地一笑,"但这些药确实难吃,还不如死了痛快!又臭又涩又苦,闻着都恶心!我告诉你实话,你千万别去告诉其他人啊,这药引子就是马粪牛粪羊粪蛋儿,逮着谁算谁。"

说完,他瞅瞅月鸾红润的脸蛋儿,垂涎地说:"要我摊上你这么漂亮的媳妇,我也不想死啊!可那得有命啊!当年我师傅说过,有一味神药能彻底根治各种痈毒,就是你们说的癌了。"月鸾急问:"什么神药?"李大闪看月鸾急乎乎的样子,得意地笑了:"是一种仙人肉,也叫太岁,传说长在水边湿地里,上边有林子遮阴,下边有千年朽木做饵。味道像肉也像蘑菇。我师傅曾在长白山老林子里找到过一只,一百斤重。不瞒你说,我师傅给我的秘方里有这种东西,他老人家只给了我一斤粉末,早让我搅拌到那一屋子的草药里了!要不然,我干脆送你得了!"

月鸾问:"哪还能找到你师傅吗?"李大闪收敛了嬉皮笑脸的神态,变得庄重起来,昂头看着天上:"我师傅他老人家去年仙逝了,我一个人受不了老林子的寒冷寂寞,才回到老家来行医了。"

月鸾不甘心地再追问道:"那你听说哪儿还有此药吗?"李大闪郑重地说:"我师傅说,那太岁是远古之物,需要上万年才能成型,自身有灵气,周边往往有水族精灵看守,寻常人看到了,十之八九会被水鬼拖下水去,性命难保。只有有缘人才能碰到。你若想救你的夫君,只有让他吃这些苦药了!"

月鸾拿了药,李大闪殷勤地送出门来,看见月芽儿紧跟着出来,好奇地问:"这是你家孩子啊,眼睛真漂亮!是个女孩吧?怎么戴顶军帽?看来他爹是个俗气之人,赶时髦呢!不爱红妆爱武装,看看挺俊的一个孩子,打扮得土不土洋不洋的。"

胡三姑也说:"是啊是啊,真难看!他爹就是土包子!"

月鸾忙摆摆手:"你们弄错了,这孩子头顶长了癞疮,都连成片了,我正要带她进城去看看呢！"

李大闪一把掀掉月芽儿的帽子："什么癞疮，我看看！"他用手敲敲，月芽儿头顶上似乎有个锅盖，只听到"砰砰"的声音，没有痛楚的感觉。

李大闪说："什么癞疮，这孩子应该是过敏体质，花粉过敏，无鳞鱼过敏，不知碰到了哪样，长了水泡，太痒，挠破了没人管，感染了！"

月鸾急问："你能治吗？"李大闪说："这个好办！你回家找三条捆鱼的稻草绳子，晒干了烧成灰，和上香油，再找四个土霉素片研磨成粉，把她的脚趾甲剪下来烧成灰，是那个大拇趾。四样东西和在一起，给她连涂三天，再去找红鲤鱼窝边红莲花下水洗净，包好。三天后不好，你回来找，甭你动手，我帮你掀了我的医馆！"

月鸾看他说得这么坚决，当下先回家配好药膏给月芽儿涂了。三天后冲洗时，月鸾犯了愁：那鲤鱼窝边红莲花下水去哪儿找？月芽儿说："我知道在哪儿，我领你去吧！"月鸾问："是在南坝崖吧？"月芽儿点点头。月鸾想也只有那儿有红莲，至于有没有红鲤鱼，她就不得而知了。

于是领着月芽儿去了南坝崖。月芽儿在前领着，一路绕到东面的蒲草地去，月鸾跟着，走到那天发现大鱼的地方，月芽儿摆摆手，悄悄过去，果然红莲花下又出现了那条大红鲤鱼。月芽儿示意月鸾过去。大红鲤鱼似乎通灵，看到有大人过来，摆摆尾巴，嗖的一下滑到深水里去了。

月鸾只看到一条红影闪了两下，再定睛看时什么也没有了。于是就让月芽儿蹲下身，就着红莲花下水，仔细给她冲洗头皮。

说也奇怪，月芽儿顶了半年的丑陋癞疮盖，在潭水的滋润下，就这样一点点软化成泥，慢慢退掉了，露出了粉红色的头皮。洁净的乌发贴伏在头皮上，像一个初生的婴儿。月芽儿看着潭水中映出的全新的自己，开心地笑了。月鸾也露出了久违的笑容。

月芽儿拉着月鸾的手，来到她的秘密玩伴身边，拨开薄荷枝叶，让月鸾摸摸："三姨，这是不是李大闪叔叔说的那个太岁啊！"

月鸾仔细端详，是李大闪说的样子，这应该就是太岁了！她心里默念："阿姐，是不是你啊，是你不忍心看着月芽儿受罪，看着小花翎被病痛折磨，化作红鲤来拯救他们？"

第九十回 崂山道观缘太岁奇效
月芽欢喜小花翎虚惊

月鸾让子翔陪着，把那个大蘑菇太岁和一麻袋草药送进崂山。道长出来迎接，看见了这个大蘑菇太岁，叹为奇物。他告诉月鸾和子翔："这个太岁，活了有近万年了，把它养在山里吧。道观里有个自然形成的小池塘，也有万年历史了，水质清洌，把它放在里面，再用山泉水煮药，应该会事半功倍的。"

月鸾和子翔把太岁放进了道观里的池塘。池塘有十尺见方，池畔有两棵银杏树，三米外有两棵柏树，裸露的根部纵横交错自然形成了弧度，围起这一方池水。池底有十几个小泉眼，细小水流淙淙流出，间或还冒着一串串小气泡。池塘四周云雾缭绕，似把世俗之气遮挡在外。月鸾伸手试试水温，热乎乎的，刚刚好喝的温度。道长说："这水好喝，旁边有水瓢，你尝尝吧！"

月鸾这才看清，旁边有两只木桶，木桶里各有一个厚厚的葫芦瓢，月鸾拿起一只，在池塘里舀了半下，喝了口尝尝，递给子翔。子翔尝了尝，眉头微皱："好像有股药味，又似乎没有，舌尖上初尝味苦，再品略甘，回味清凉。"

道长大笑："哈哈！这就是本观泉水的微妙之处了，放心，你朋友在这儿住上两年，本不用服药，什么疑难杂症都能治好。如今有了太岁和这些草药，估计用不了一年就恢复正常了。"

子翔谢过道长，与月鸾同去看小花翎，小花翎正在潜心作画。看他们进来，并未停手："你们在外面说的话我都听见了，如今药既送到，你们就下山去吧！替我多照看一下月芽儿！"

月芽儿现在正在进城的路上。文子书终于忙完了，回家接月芽儿进城玩玩。月芽儿坐在自行车后座上，一路上，看着公路两边穿梭而过的汽车，耸起小鼻子嗅着好闻的汽车味，甜甜的，香香的，比在河沟里用树叶烧蚂蚱的味道还要香。月鸾曾告诫过她："你这是个怪癖，以后要改掉，听说汽车里飘出来的气体是有毒的,不能闻多了。”

子书喋喋不休地教育月芽儿:"进了城看看人家姑娘怎么做,别像个野丫头一样惹人笑话。以后这种毛病要改正,哪有追着汽车去闻什么香气的?别总是一副少见多怪的样子! 衣服袖子、裤腿子不要总是挽上去,看看你三姨月鸾,人家多么端庄洋气! 看看你,整天跟在后面也不知学了些什么,一副土妮子样,你到底随谁啊?! ”

月芽儿在后面撇撇嘴角,鼻子轻轻哼了一声,嘴里没说什么,心里说道:"这土样还不是随你! ”

子书在前面起劲蹬车,看不见月芽儿的表情,继续语重心长地教育着,恨不得把一辈子的课一次上完:"到城里好好表现,说不定那个阿姨家里没女孩子,就留下你了,你也能过上好日子。留不下呢,就老老实实回来,读上几年书,找个村干部的孩子嫁了,最好是村长的儿子,一辈子也不愁吃穿!"

月芽儿气得用两根手指堵起了耳朵, 小手在头上翘着像两只兔子耳朵,惹得后面的路人忍俊不禁。

说来也巧,子书刚把车子拐进大门,正碰上密雪尔往外走。子书让月芽儿赶紧下来打招呼,月芽儿在车子上坐了两个小时,小腿早麻木了,往车下一跳,腿一软,站立不稳,摔倒在密雪尔怀里,密雪尔弯腰扶住,惊喜地发现,这孩子长着一双清澈的大眼睛,特别可爱。

于是问子书:"这是谁的孩子? ”子书说:"是我的女儿啊!"密雪尔笑着说:"看不出啊,你还有这么好的女儿! 平时谁带她啊? ”

子书老老实实回答:"我老娘带着她,一直在老家里住,前一段时间我去了外地,这孩子长了一场怪病,头发都没了,这不,刚长出新的来,软软的像胎毛。想想没娘的孩子是怪可怜的,我带她出来见见世面,再长大些,带出来就不方便了,我一直住在集体宿舍里。”

密雪尔笑了:"你现在带着也不方便啊! 这样吧,把她交给我,住进我家里,正好跟我小女儿做伴。你下了班可以过来看她。过些日子,你回家时,再来带她。以后再来就住在我家里好了! ”

子书略显纠结:"这不太合适吧,我这闺女又土又脏又不听话,再说你家里也有俩孩子呢!"

密雪尔摆摆手:"孩子都这样,到别人家就听话了! 我带走了,给你好好教育教育,你安心上班吧!"

　　子书来密雪尔家里看过孩子,王槐客气异常,子书隐隐觉得他并不欢迎。但月芽儿与密雪尔的女儿燕儿特别投缘,玩得兴高采烈,不亦乐乎,根本就没有想家的意思,子书以后也就没再过来。一个月后来接月芽儿,燕儿哭了,说什么也不让走,密雪尔就说:"干脆让她在这儿住上半年吧,春节后再回家,我明天到附近小学校里找找,开学后让她插班跟读。"燕儿兴奋得手舞足蹈,拉着月芽儿进了她们的小房间,关起门来嘀哩咕噜的,也不知在说些什么。

　　密雪尔对子书说:"燕儿这孩子以前不太爱说话,跟谁也玩不到一起,性格有些孤僻,见了月芽儿,却有说不完的话,两个孩子关起门来,一说一上午,都不让人进去,就那半间屋,也不嫌闷得慌。"

　　子书不好意思地说:"这孩子不懂事,给你添麻烦了。"密雪尔说:"快别这么说,月芽儿那孩子性子好,读了很多书,就是在农村老家见识少些,她们两个正好互相补课呢! "

　　子书放心地告辞走了。他前脚刚走,王槐就开了腔:"你是别有用心吧?留月芽儿照顾是假,等他叔叔子翔来找你才是真的吧? "

　　密雪尔一愣,旋即明白过来,拉下脸:"说什么呢老王,有你这么说话的吗? "

　　王槐阴阳怪气地说:"心里有鬼被我说中了吧? 看着子翔还是自由身,后悔嫁我了吧? 现在月鸾也恢复了自由身,你没有把握,就留下月芽儿做诱饵是吧?"

　　密雪尔气得脸色发青:"王槐你这人心里怎么这么龌龊呢! 我是喜欢子翔,但嫁了就是嫁了,我们现在是清清白白的工作关系。我也用不着拿月芽儿做诱饵。真用到诱饵,我不是还有燕儿吗? "

　　王槐哼哼两声:"你敢吗? 你敢承认燕儿是他子翔的孩子吗? 你还是小声点吧,别让孩子听见了,瞧不起你这个妈!"

　　密雪尔气得浑身哆嗦:"你有气朝我发可以,别让月芽儿看出来,别给她脸子看,那孩子够可怜的!"

　　王槐冷笑道:"这你放心,她是我外甥女,我对她比你还亲呢!我只是看不惯你对子翔的蹀躞样,他说什么事你都好好好,无条件同意。我说点事没有一次痛快的,不是这不行就是那不行! 我这个厂长连路黑子那个大老粗都比不上,厂务会里我只是个摆设,一点用处都没有!"

　　密雪尔没想到一向老实的王槐,竟有这么多的怨气,竟一时被噎住了,半晌才缓过气来,温声说:"咱们工作上的事工作时说,别在家里说,好吗?"

王槐也软了下来:"工作时我有机会说吗? 我说什么你都反对,你知道人家怎么说我吗? 说我只是你的生活秘书,替你养孩子,在你眼里我就是个摆设,可有可无!"

密雪尔听到此话气急,反笑了:"你现在连个生活秘书都不称职了,在家里大呼小叫的。我以后改正,在工作上认真听取你的意见,你在家里也收敛一下脾气好不好,别让孩子们怕你! 到最后秘书没当好,爸爸没当好,连叔叔也当不好,你可真成了摆设了!"

王槐话也说了,气也出了,想想也没多大意思,实际上什么也改变不了,这是结婚前就知道的。唉!日子还是将就着过吧! 管她心里有谁,身子归我就是我老婆!有家就比无家好! 清水寡人的日子他可不想再过了。现在回到家里,儿子跳女儿笑,热热闹闹红红火火,多好!

王槐起身往外走,回办公室看书去了:"管他谁的孩子呢! 在我家里养着就是我的孩子!长大了说不定能沾上光呢!"

转眼春节到了,子书来接月芽儿,要回老家过年了! 燕儿哭得稀里哗啦,密雪尔搂着她说:"月芽儿过了年还回来,别哭了! 再回来啊,就不走了,你们俩做一辈子的好姐妹,谁也不准欺负谁,知道了吗?"

月芽儿再次坐上了子书的自行车, 这次子书的唠叨却变了调子:"孩子啊,你有福啊!密雪尔阿姨正在给你办户口呢!明年再出来,你就是城里人了,好好读书,赶明儿个咱们找个厂长的儿子嫁了,一辈子吃穿就不用愁了!"

月芽儿歪头问:"嫁了厂长的儿子,就吃香的喝辣的了吗?"

子书回头呵斥她:"坐老实了,小心摔下来!还没进城了,就想学坏毛病了!"

路黑子听说了小花翎上山的事,就开着吉普车去山里看他。没想到,小花翎跟着回来,要到原来的医院去复查复查。路黑子陪着他查完,看了看复查结果,笑了:"老兄,那有什么癌症? 还是真治好了? 山里的道观够灵的啊! 哎! 你说说! 是那麻袋药管用呢? 还是那个太岁管用? 照我看哪,说不定是那大夫原本就搞错了! 我有一个哥们儿,上次拉肚子来医院拿药,医生让他化验,拿到化验单一看,直接疯了!"

小花翎问:"怎么回事,不会也是癌症吧?"路黑子笑着说:"是癌症应该哭,不至于疯。化验单显示他尿检阳性,怀孕了!"

小花翎一愣，明白过来，也跟着大笑，眼泪都笑出来了！

路黑子等小花翎上了车，问他怎么打算："你是回山里呢，还是回学校？"

小花翎说："那就回学校看看吧！"

回学校的路上，路黑子一边开着车，一边口无遮拦地说："咱们俩也算难兄难弟啊，都是为了孩子婆了月鸾，月鸾也曾真心实意对待咱们。可惜幸福没享受多久，都没把握好，把月鸾给弄丢了！你说老天是不是嫉妒咱俩，偏袒那文子翔啊？总是给他制造机会，让他有大把时间慢悠悠地等，结果还真等到了。有情人终成眷属啊，羡慕嫉妒恨也没用哪！"

小花翎去了学校转转，碰到老书记，老书记握住他的手，激动得热泪盈眶："没想到，你竟然去鬼门关走了一遭，受苦了！好了就赶紧归队，学校里正愁师资不够，同学们都热切盼望才华横溢的院长回来呢！"

看看时间还早，小花翎去幼儿园接孩子们，孩子们抱着他的腿，欢呼雀跃。在幼儿园门口闹了一会儿，月鸾过来了，看孩子的姐妹也来了，惊喜地打过招呼，含着眼泪把孩子们接走了。

小花翎推着车子陪着月鸾往家走，小花翎问："还能回去吗？回学校一起过？"

月鸾眼里含着泪花，摇摇头："回不去了！过去的情谊就留作纪念，珍藏在心底吧！"

小花翎送月鸾到楼下："你珍重！我不上去了，学院里还有事，先回去了。记着，我永远是孩子们的爸爸，以后星期天，你就别管了，我把小家伙们接到我那儿，我现在只能和孩子们聚聚了！这点权利别剥夺了啊！"

月鸾点点头，小花翎看着她上楼去，黯然神伤，站了很久。

第九十一回　鸾翔有情人终成眷属
夫妻同心共把难关渡

子翔和月鸾终于准备在一起了。

兜兜转转，经历了这么多的人和事，终成眷属。两人先去民政局领了结婚证，子翔把华丰厂他住的那间宿舍略一收拾，简单买了些家具，准备择日举行一个婚礼，把老家的亲戚们都请来聚聚。

今天两人在家，商量拟定朋友名单和请客的时间。

幸福的时刻总是太短暂，子翔刚坐下，厂办的秘书急匆匆跑过来："文厂长，工业局来了电话，让你速去一趟，有重要会议。"

子翔抱歉地向月鸾笑笑："回来再定，我先开会去了！"

子翔急匆匆出门，到工业局会议室一看，密雪尔早到了，市长也在，气氛沉重。

原来是大华纺织厂告急，原任厂长是知青，回了青岛，带走了原技术总监和全部技术人员，留下一堆乱摊子，订单搁浅，供应商催款，外商索赔。

工业局紧急做了人事调整：调任文子翔做大华纺织厂书记，路黑子接任华丰机械厂长。密雪尔升任为工业局书记，暂时兼任华丰厂书记。

子翔上任的第一件事，就是处理外商的索赔问题。大华纺织与美国 MSM 美姝美公司签订了四万套运动服供货协议，对方是来料加工，大华定金已收，服装布料也早已收到半年，现在已到交货期，对方按照合同规定派人来验货，得到的答复是：厂长已走，布料已废，看着办吧。

美方要求赔偿十倍美金。面对巨额赔偿，子翔一筹莫展。月鸾看见子翔连续几日辗转反侧，夜不能寐，睡梦中还在唉声叹气，于是关心地询问缘由，子翔紧皱眉头说："本来工作的事是不能带回家来的，但我对服装制作实在是外行，想不通组织为什么要调我过去。大华厂最近遇到了外商索赔的麻烦事。我问了几个老工人，他们说这批运动衣男女布料一致，颜色是反着的，女服合格。男服紫色上衣，白色长裤，结果男服下料弄反了，裤子料做成了上衣，尺寸也小了，中国男人都很难穿上。"

人家的索赔理由很充分：此批运动服为世界大学生运动会准备，布料都是定制的。现在时间根本来不及了，订单数量是四万套，要求赔偿三百万美金，一点回旋的余地都没有。大华厂现在一年的销售收入不足一千万人民币，要赔近七百万元人民币啊，大华厂要完了！（作者注：1984 年一美元等于 2.2043 人民币）月鸾问："大华厂现在纺织车间还开着吗？"子翔不解："你问这个干吗？"月鸾沉思了一会儿说："也许有人能帮你解开这个难题。"子翔追问："谁啊？"月鸾笑着说："远在天边，近在眼前，你找找看吧。"子翔一拍脑袋，恍然大悟："哎呀！忘记你这个人才了！你是服装也干过，纺织也干过啊，快说说，有什么好主意？"

月鸾说："我有点思路了，但还不是很清晰。你看这样行不行，你明天从厂里拿回一套做坏了的运动服，我琢磨琢磨。"

子翔一上班，就让办公室从车间领回一套样品，火速送回家去。月鸾对着这套服装，琢磨了一天。第二天去了东城的大学找小花翎。

小花翎看见月鸾主动找上门来，非常意外，着急地问："出什么事了？"

月鸾笑着说："你别急，没什么事。我是来求援的，你有没有一些外国运动员的图片、宣传册什么的资料？"

小花翎说："有啊，你等等，我让资料室送过来。"小花翎打通资料室的电话，让资料员赶紧进资料库，查找外国运动员的图片资料，然后立即送过来。

一会儿工夫，资料员送过来大批图片资料，月鸾找了半天，终于找到羽毛球和网球运动员的图片，她不认识网球运动员，拿着图片问小花翎："这是做什么运动的？"

小花翎解释说："这是网球运动员，在欧美原是贵族运动，非常时髦，目前我们国家还没有开展。"

月鸾问："那网球服一定很贵了？"

小花翎笑着说："当然！在欧美网球服和高尔夫球服都是高档休闲服装，不光运动员穿，很多普通人周末都穿着健身，那是种时尚。"

月鸾眼里闪过一道光："太好了！"小花翎丈二和尚摸不着头脑了："什么太好了？"

月鸾卖起了关子："现在先不告诉你，我还有一个问题想问问。"小花翎笑着说："愿闻其详。一定知无不言，言无不尽。"

月鸾问："外国的运动服布料柔软有弹性，吸水性强，还非常挺括。我带来一块，你看看有什么配料和我们的不同吗？"

小花翎仔细端详，沉思片刻说："这里面有棉丝，还有一种黏胶丝，是混纺。"

月鸾促狭地笑着说："陈院长果然博学多闻，这黏胶丝是什么丝？国内有卖的吗？"

小花翎会意地笑了："院长当然要比别人知道得多些，否则岂不被人问倒，让某某人笑掉大牙！"

月鸾急急追问："你知道国内有卖的？比例能看出来吗？"

小花翎说："比例应该是十比二左右。听说上海有家纺织厂在用，从哪儿买的不知道，我给你问问看？"

月鸾说："不麻烦了，你把上海纺织厂的电话和地址给我吧，我想想办法，不行再回来找你。还有一个小问题，那一对外国男女青年，为什么穿着运动服站在一片紫色花海里？"

小花翎笑了："那是普罗旺斯的薰衣草花海，在欧美，紫色薰衣草代表着纯洁的爱情和友谊，他们穿的就是高尔夫运动休闲服。"

从学院告辞时，月鸾要求带着那几张她看好的图片，小花翎说："我就假公济私一回，送给你了！那都是宣传品，价格不高，有一些本来就是某些活动的赠品，我让朋友再从国外寄回来一批。"

月鸾回到家，做好饭等子翔回来。子翔很晚才回家，眼睛里充满血丝，回到家就躺到了床上，饭也不想吃，话也不想说。月鸾先端过一杯早已准备好的冰糖雪梨水，让子翔喝了，摸摸他的额头，温柔地说："累了就先睡一会儿吧，我们晚些时候吃饭。"

月鸾退出卧室，把门轻轻关上，去外间，拿着那套运动服端详着，比量着。一会儿，动起了剪刀，嚓嚓几下，裁剪完毕，又咯哒哒哒蹬起了缝纫机。

子翔睡了很长时间，直到肚子咕咕叫了才起来，却被吓了一跳：月鸾穿了一件白色短袖上衣，紫色喇叭形超短裙，白色圆形大舌帽，倚在门边，一手捏着帽檐，一手叉腰，笑眯眯望着他："怎么样？好看吗？"

子翔看着月鸾的神态：英气中透着潇洒，秀美中有一丝娇憨。不禁呆住了：

"这套衣服真好看。从哪儿买的？我以前怎么没见过？"

月鸾笑了："这是网球服,我自己做的。"

子翔腾的一下从床上跳下来："你有办法了？"

月鸾说："这批男服可以改成女式网球服,一套多配一个帽子、一条裙子。"

子翔问:"为啥要多配?"月鸾笑着说:"一只袖子改一顶帽子,一条腿改一条裙子,自然要多配了！"

子翔也笑了:"还有什么主意,一块说出来听听。"月鸾说:"下一个主意需要你配合了。你想办法搞一批黏胶纤维,上海纺织厂有,先买一两吨就成,有多的以后再买。"

子翔说:"我明天直接向省里求援,现在路省长管工业,一定会帮忙协调的,不行让路黑子打个招呼,亲侄子说话总管用。"

月鸾说:"我以前在梁家湾麻织厂的时候,试制过一种香味布料,卖给大华厂做床品,专门卖给欧美客人,听说销路不错。我准备回梁家湾一趟,让他们再准备一批更细的香味麻丝,等你的黏胶丝一到,加上棉丝混纺,效果一定不错。你破格任命我为大华厂技术总监吧,给我一点小权力,让纺织车间和制衣车间暂时听我指挥,解决这次燃眉之急。"

子翔兴奋地抱起月鸾:"你真是我的福星啊！我爱你！"说完猛劲地亲吻月鸾,月鸾娇羞地闪躲着,不小心跌倒在床上,子翔趁机压了上去。卧室里顿时欢声笑语一片,春光乍现一床,摇碎了一地月影,惊飞了窗外白杨树上的布谷鸟。

子翔的宿舍南面是华丰厂的篮球场,四周长着一圈高大的白杨树,听说是建厂时栽种的,至今已五十多年了,布谷鸟年年来此坐窝叫春。现在刚过子夜,小心眼的布谷鸟以为天亮了,一路欢叫着"布谷！布谷！光棍掇锄",一路向北方田野飞去了。

子翔把情况汇报给工业局,密雪尔听说后,当场拍板:"马上上任,让她直接毛遂自荐当厂长,把理由跟职工说一遍,她有群众基础,曾是大华的供应商,前几年大华因为她提供的新产品,上了一个台阶,效益过了千万,职工大多都知道她。

"剩下的事我来办。我去找组织部解释,要指标,完善手续。现在百废待兴,组织上提倡毛遂自荐,让有能力的人上来,不拘一格选拔人才。你这也算举贤不避亲嘛！"

在省长的亲自协调下，黏胶丝顺利买到，梁家湾也送来了用薰衣草榨制过的麻丝，车间里也备好了最细的棉纱。万事俱备，只欠东风了。

大华纺织厂举行直选厂长民主选举会，毛遂自荐者当场陈述就职报告，由群众投票，得票多者当选。会场设在大华办公楼前的广场上，意外地来了新闻记者和组织部人员。

这种新的选举形式引起了职工的极大关注。职工们提问踊跃，问题尖锐，几个车间主任报名参加了毛遂自荐，被职工问得败下阵来。

月鸾刚出场时引来哗声一片：厂外人士也可以参加毛遂自荐啊！但随着答辩的进行，现场安静下来，月鸾的答辩机智灵活，思路清新，解决目前问题的办法严谨，对未来有计划有目标有展望，现场不时传出热烈的掌声。

工业局的领导、工业系统的书记厂长全数参加，那天下午自荐会在室外举行，大华厂的气氛像开了锅，个个摩拳擦掌，人人热血沸腾。

市长也列席了自荐会，看到如此场景激动不已：大华有救了！

组织部当场发票民主推举厂长，在场的职工认真地填写选票，有人就地写票，有人藏在树后写票，规定时间一到，职工纷纷到投票箱送票。组织部工作人员计票，当场公布结果：梁月鸾全票当选为大华厂厂长。

第九十二回　俗言新官上任三把火
又逢月明千里故人来

月鸾全力以赴进行布料试制和服装改制工作。子翔组织好生产环节，后勤服务尽职尽责，全厂工人加班加点，做好迎接美方谈判组的准备。

组织部办事神速：两周后，月鸾的编制解决了，正式被任命为大华纺织厂厂长。

月鸾的谈判对象是老乔治，当年月姝的朋友，是对华友好人士，改革开放后第一个与东海做生意的美国人。

月鸾与子翔一进谈判室，乔治呆了：这个人太像月姝了，他当年的女朋友不知现在何处？一直打听不到消息，难道她们有什么渊源？

按照谈判常规，子翔介绍我方人员，乔治介绍美方人员。然后迅速进入正题。

乔治六十多岁了，当年的英俊潇洒、青春热血已随着岁月的流逝、商场的磨砺，变得狡猾世故，成为典型的老狐狸。他收回看月鸾的目光，先客套了两句："恭喜文先生来大华任书记！恭喜梁女士被民主直选为厂长，听说你们是夫妻，那你们的配合一定是鸾凤和谐，琴瑟共鸣。"

然后话锋一转，尖锐地直奔主题："你们打算怎么赔偿？美金结算？人民币结算？这事不能再拖了，梁女士像我的一个故人。I love you！看在故人的情面上，我再给你十天时间，否则我要到北京追索，到时就是国际官司，大家都不好下台了！"

月鸾微微一笑："感谢乔治先生的厚爱！初次见面，我有礼物送给您，请给我十分钟时间，我用小节目的方式陈列一下礼物，然后再谈合同的问题。"

乔治奇怪地看了一下月鸾，他搞不懂这个美丽的女士想干什么，但作为绅士应有的礼貌，他只好答应月鸾的请求。

月鸾拍了下手，会议室的另一个门打开了：是一个小小的舞台，柔曼的灯光,舒缓的音乐,有一个人在吹着悠扬的洞箫。

乔治被洞箫声吸引。这时,舞台背景开始放着四季幻灯片,春季,大片紫色薰衣草花海,乔治嗅到了熟悉的薰衣草花香,一对穿着高尔夫休闲运动衣的俊美少年,手拉着手儿徜徉在花海,动感的紫色上衣与静静的紫色花海,是那么和谐美好;白色裤子的飘逸与少年甜美的笑颜,使人感叹:青春是多么美好,我也要穿上一套,拉上我的爱人,去紫色花海闻闻花香,吹吹春风,享受阳光。

阳光少年手挽手缓步走下舞台,又一对青年男女穿着同色系的运动衣跑步上台,头上戴着一顶白色的鸭舌帽。幻灯背景换成了向日葵田野,两人拉着手儿从舞台跳下绕场一周,清新的薄荷草味轻轻飘过,令人耳目为之一振。

乔治瞪大了那双略显暗淡的蓝眼睛,不可思议地转着头,跟着这对妙人儿看向舞台。这时舞台的幻灯片变成了大海、沙滩、浪花,四个美丽的女孩穿着白色短袖网球服,戴着白色网球帽,小蛮腰上系着紫色超短裙,在舞台上上翩翩起舞,紫色短裙旋成了四朵喇叭花,热情洋溢的青春扑面而来。

乔治看呆了,这些服装比那位梁月鸾女式还不可思议。他扭头看向月鸾,好奇地猜测她说的礼物到底是什么。

月鸾摆摆手,舞台上舞蹈停止,四个女孩扛着网球拍做着静止的姿势,那对阳光少年和那对运动男女分别捧着一套衣服来到乔治面前站定。

月鸾微笑着,不卑不亢地说:"乔治先生,我送您的礼物就是台上姑娘们穿的网球服,四万套。那是你们的布料。"

乔治张大了嘴巴。月鸾指着他面前的服装继续说:"这是大华研制的新产品,您是行家,摸摸布料的手感,应该不亚于您送来的布料吧。这香味是布料处理过的效果,一是布料不会缩水变形,二是运动时可免去喷香水的麻烦,照样香气袭人,迷倒伙伴。"

说到这儿,月鸾自己先笑了,笑容明媚中带了丝羞涩,坐在一旁观战的圆滚滚的汉斯——乔治的儿子忍不住跑过去亲吻月鸾脸颊,月鸾的脸腾地红了,她尚不熟悉西方礼仪,娇羞的模样让子翔忍俊不禁,咧开嘴笑了。

乔治哈哈大笑,现场气氛一下子活跃起来。

乔治认真地摸了摸布料:"我现在可以试穿吗?"

月鸾点点头:"当然可以,这本来就是为您准备的,汉斯先生也可以试穿。"

两人上了另外不同的房间试穿衣服,巧合的是,父子两人走出来时,都选择穿着高尔夫休闲运动服。

月鸾笑得一脸灿烂，如盛开的玫瑰花："两位先生太帅了，穿出了正宗高尔夫的惬意、健康、潇洒。感谢您让我的服装熠熠生辉，这套衣服就送给您了！"

圆滚滚的汉斯中文略逊于乔治："我也熠熠生辉了，这服装也送我吗？"

子翔忍不住大笑起来："当然送你了，你穿出了富贵、随意、青春无敌！"

汉斯自豪地扬起胳膊，撸起袖子，握紧拳头，展示肌肉。谈判室里笑声一片，气氛轻松。

乔治再次坐到了谈判桌前，主动说："我们谈谈合同问题。"

月鸾笑着说："好啊，感谢您送给我的十天时间，如果没有意见的话，这批运动服十天后准时发货，每套我再送你一顶白色遮阳运动帽，免费赠送。运动服按原价款付给我们如何？当然，原料款咱们可以另行商定价格，可以参考你原先在美国的采购价。"

乔治连连点头："可以可以！中国有句俗语'抹抹桌子重上菜'，既然月鸾厂长送我这么好的礼物，我给你十五天时间，只要在规定时间内交货，我付您双倍价款。"

月鸾紧追不舍："那新合同价款就定三百万美金好了，彼此不吃亏。"

乔治诙谐地笑了："月鸾厂长咄咄逼人啊！你这种犀利的风格，还有你美丽的容颜，与我的故人非常之像。三十多年前，她也曾做过大华厂的厂长。不知你和她是否有渊源？"

月鸾知道他说的是大姐月姝，于是略显伤感地说："慕容月姝是我大姐。我随了我继父的姓，大姐已去世多年，她的才华成就都比我高。乔治先生，大姐就是您说的故人吧？"

乔治眼睛里银光闪闪，也略带伤感地说："她是我的朋友，当年我曾与她并肩作战，战争结束，中国解放，我回了美国，以后就没有她的音讯，我回来做生意也是为了顺便寻访她，没想到真成了'故人'！唉！昔人已乘黄鹤去，白云千载空悠悠！"

月鸾方知，乔治正是大姐的朋友，她也曾听母亲提起过，童年时住过的坊茨小镇的房子，是一个叫乔治的美国人留下的。

月鸾握住乔治的手，动情地说："您永远是我们的朋友，我和母亲曾经在坊茨小镇，您家的老房子住过一段时间，那儿有我美好的童年记忆。改天带您去拜访那儿,让您故地重游,我母亲也一直思念着你呢! ”

乔治舒心地笑了:“那儿很美,你母亲也很美,你也很美!你做的衣服更美! ”

月鸾也轻松地笑了:“为了纪念你和大姐的友谊,为了连接你和大华的友谊,我设计的高尔夫运动休闲系列如果您喜欢,可以独家供货给你,价格和这一款运动衣同样,您考虑一下? ”

老乔治当场签署了谅解备忘录,月鸾也如约送他了礼物。高尔夫休闲服的事,他在宾馆里考虑了三天,估计他是在打越洋电话询问市场情况。第四天过来,愉快地签署了每年各种运动服各四万套的长期合作协议,并打来保证金一千万美金。

危机解除,接下来就是订单的履约问题。月鸾亲自裁剪,天天站在车间里的工作台前,饭都是殷勤的汉斯先生送的。

汉斯疯狂地爱上了月鸾,天天围着月鸾转悠,每天一枝玫瑰花送上,根本无视子翔的存在。子翔警告他,他装作听不懂。月鸾告诉他:“我有爱人了,我结婚了!有两个儿子了! ”他大声辩解:“爱情面前人人平等,我有追逐爱情的权利,你不能阻拦我,水滴石穿,你总有一天会爱上我!你不爱我,我就孤老终身,当一辈子和尚! ”

月鸾哭笑不得,每天疲于应付汉斯的纠缠。每天的喘息时间,是汉斯的大小解时间。大华厂是旱厕,这是改革开放初期,东海市除了宾馆和少数单元楼,很少有水厕。面对成群的蚊蝇,汉斯呕吐不止,每天要司机接他回宾馆解手,来回要一个半小时。汉斯的入厕问题,一时成为大华厂街谈巷议的笑谈。

运动服如期交货。第二批订单如期交货,第三批订单如期交货,第四批、五批、六批……大华厂开始良性循环,进入了高速发展的快车道。当年完成销售收入五千万元,第二年销售收入过亿元,大华厂步入了鼎盛时期,蜚声海内外。

第九十三回　修行圆满赤神灵归位
缘尽凡尘爱根植东海

　　月鸾和子翔再接再厉，研发出薰衣草纤维，编织在布料中，做成床品和户外活动衣物上，专供国外市场，再次掀起热销的狂潮，为国家创汇近亿元。

　　国内经济好转，人们开始追求舒适时尚，大华厂的产品名声在外，市民强烈要求内销一部分。

　　内销一放开，犹如洪水开闸，全国各地的用户纷至沓来，订货的挤破门槛，大华厂的生产能力告急，亟待提高！

　　月鸾再次晕倒，被紧急送往医院抢救。医生告诫，这是劳累引起的心脏早搏，必须立刻卧床休息，否则，后果很严重。

　　子翔强迫月鸾回家休息，并自作主张给她请了长假，幸亏当初跟月鸾一块毛遂自荐的那几个车间主任，在月鸾的培养下已初步接手工作，否则大华厂一时还真乱了阵脚，这应该是月鸾对大华厂的另一大贡献。

　　月鸾不放心生产情况，天天从医院跑回工厂，又多次晕倒被送回医院，而且，晕倒的次数越来越频繁。无奈，子翔把她送回了梁家湾。

　　月鸾患了重病的消息传开来，路黑子、小花翎，还有圆滚滚的汉斯分别到梁家湾看望、陪伴，最后他们达成一纸协议，每人照顾一周。

　　两个孩子现在都归了路黑子照顾，众人皆说："长得那么粗犷的大老爷们，没想到心细如丝，对两个孩子可是真好！"

　　陈小虎现在再也不哭鼻子了，也不嫉妒路小飞有两个爸爸了。这周轮到路黑子值班照顾月鸾，他把两个孩子都带来了，他对月鸾说："小孩子嘛，一周不读书没什么，我们的儿子聪明，半年不上学也能跟得上班。"陈小虎则高兴地对妈妈说："我和哥哥一样了，也有两个爸爸疼我！"

　　路小飞哼了一声："你永远也比不上我，我有三个爸爸疼我！"

　　月鸾对此哭笑不得。苏太太过来对路黑子说："你回去见着子翔，告诉他多回来陪陪月鸾，月鸾想他，每晚都悄悄抹眼泪呢！"

　　月鸾不安地说："母亲，你不要给子翔添乱，他刚当了市长，正忙着呢！"

　　路黑子愤愤地说："这子翔可是太不像话了，有两个月不见影了吧？听说他要连跳三级，准备到省里去呢！下届选举很可能被推举为副省长！现在干部要年轻化、知识化，缺人才哪！机会一大把。不过这军功章上，可有你的一半啊！"

　　月鸾连忙说："别那样说，是子翔自己好学，有能力，有魄力，会识才用人，他要不破格用我，我哪有机会表现啊！"

　　路黑子说："你这一辈子就为他卖命吧！你早晚死在他身上！不过也是，叔叔说我，从小不愿读书，长大了也不知抽空补补课，你看人家子翔，自学成才，拿下了本科文凭，现在都是高级工程师了！你呢，初中补课还不及格！有机会也抓不住，可惜了！"

　　苏太太说："你已经做了华丰的厂长，可要好好干呢，责任大着呢！可不准有闪失，华丰厂是东海几代人的心血啊。"

　　路黑子庄重地说："您就放宽心吧！我一定好好干，绝不辜负您的期望，再说上边还有书记呢！"

　　子翔周末回来一趟，又匆匆走了，他已接到调令，要去省里报到，他告诉月鸾："你安心在家养病，医生说了，这个病需要静养。等我在省里的工作安顿下来，就接你过去。"

　　半年后，子翔终于通过人大决议，被正式任命为副省长。他回来接月鸾。月鸾要求子翔补给她一个婚礼，从梁家湾迎娶她到文家河老宅子成亲，子翔答应了月鸾。

　　子翔按照老规矩，自己戴了大红花、红绶带，在自行车上挂上大红花，先在文家河放了鞭炮，又让子书去文家墓地上了喜坟，报告祖宗们他要迎娶媳妇，正式成家了。再骑车去了梁家湾，给二老磕了头，子书也跟着，梁家也放了几挂鞭炮，给月鸾戴上大红花，就骑车带月鸾回文家河。

　　走到南坝崖，月鸾要求上南坝崖坐坐。子翔本不想依从，成亲路上是不能歇脚的，但看着月鸾殷切的目光，又脸色发白，只得依从。

　　月鸾走上南坝崖，已气喘吁吁，子书见此，下了坝崖给月鸾弄些水喝。子翔扶月鸾坐下。月鸾依偎在子翔怀里，闭上了眼睛。

文子翔把月鸾放在自行车大梁上,一手扶车把,一手揽住月鸾,回到家后,关在家里七天七夜,谁也不见。七天后,子翔家的门开了,给月鸾出殡了,埋在了文家河墓地。

月鸾去了,子翔悲恸不已。路黑子、小花翎、汉斯、乔治、月美、苏太太、梁银丰都来了,纷纷责问子翔。路黑子更是揪着子翔的衣领,差一点抡了拳头:"你是怎么照顾的月鸾?我们在时好好的,怎么我们才走了一周她就去世了?去世了为什么不让我们见她最后一面?连孩子们也不让见?你居心何在?"

子翔无奈,哽咽着解释说:"逝者已矣,明早圆坟,你们过去看看她埋葬的地方吧!但是我们这儿有个规矩,圆坟时是不能哭泣的,逝者的灵魂尚未走远,人间的聒噪会拖住她西行往生的归途,使她不得安宁!"

路黑子气得大骂:"你疯了吧?胡叨叨什么!是不是月鸾留下了什么宝贝,被你贪污了,或者你做了什么对不起月鸾的事,怕月鸾变成鬼来报复你!随口编些谎话来哄骗我们!"

子书只得出来劝解:"事出突然,子翔悲伤过度,失了礼数,还望各位海涵。各位都是月鸾的至亲好友,也不想搅了月鸾的清梦吧?咱们明早过去,今天先消停消停,住下再说吧!"

众人在文家坐了一宿,至黎明时方就地迷糊了一会儿。

天亮了,众人随着子翔去了文家河墓地,圆坟时却发现新土丘已被挖开,月鸾的骨灰盒不翼而飞。

谁拿走了?路黑子气得跳脚骂娘,跑到村里去报了警。警察到了现场,村里人闻讯早到了现场,现场杂乱无章,没有任何线索,警察无奈撤案归队。苏太太平静地站了一会儿,腰背瞬间佝偻下去,默默回转走了。梁银丰、月美相跟着回去了。

路黑子骂骂咧咧地领着两个儿子回城了。汉斯跟着路黑子走了。小花翎一直坐到天黑才走。小花翎走后,子书拖着子翔也回了文家河。

一个月零十天后,子翔心上的伤口结痂,回了省城。三个月后,小花翎再次辞职,重回崂山北九水的小道观,从此不再下山。从此每年清明,汉斯都会来文家河墓地,送上两束红玫瑰。

月鸾魂归何处?至今仍是个谜,不了了之。文子翔做了一个梦,月鸾红衣飘飘与他告别:"莫不舍,我是赤神之精灵,如今修行已满,奴去也!"

第九十四回　晚凉天净白月朗星稀
血浸玉羽觞再谱华章

二十年后的某个夏天,连续几夜大暴雨,东海市大街小巷成了泽国,月芽儿家别墅的地下室变成了游泳池。

抗洪救灾的人流乱哄哄的,小区的水倒灌回来,别墅后面老张面河的水也顺流而入,地下室的水泵电机日夜不停地轰鸣,吵得月芽儿头疼欲裂。

这一觉好长啊,怎么感觉睡了很久? 月芽儿努力睁开眼睛,看看到底怎么回事。

"醒了! 醒了! "惊喜的声音,杂沓的脚步,乱糟糟的一切!

月芽儿定定神,看清了眼前的父亲:"你怎么突然有了白发,突然衰老了? 你不是无所不能,无所不管吗? 发生了什么事? "

父亲大喜过望,眼泪哗哗直流:"女儿啊,活着就好,活着就好! 没有你,我哪有心思去管别的人、别的事!"

医生说已经昏睡了四个月。

月芽儿做了一场大梦,梦里经历了上个世纪慕容家姨妈们的青春时代。

梦里的一切日日萦绕在心,历历在目,挥之不去。月芽儿就让大庆陪了去文家河。

月芽儿买了鲜花,辗转找到堤坝外的老墓地,月芽儿要祭奠一下曾经美丽的姨妈们。

月芽儿站在墓地边缘,仿佛看见月姝、月璃、月鸾,一个个走出来,对着月芽儿欢笑、流泪。曾经的青春美少女,如今躺在了土馒头之下,寂寥荒丘,野草覆盖。

"离离原上草,一岁一枯荣;野火烧不尽,春风吹又生。"年复一年的荒寂,年复一年的重生。人生一世,犹如草木一秋,留存下来的,是另一个生命,另一段故事。

月芽儿站在那里胡思乱想，大庆在一个一个辨认墓碑，疯长的野蒿遮蔽得密密实实，寻找起来有些困难。

一个穿驼色方格西服，肚腩微凸，大背头梳得溜光水滑，面色红润健康，三十多岁的男子走过来，自我介绍说："我是文家河的新任村长，我已在远处注意你们好久了，你们是不是回来迁坟的，是谁家亲戚？这是片老墓地，许多人家多年不回来了，找也找不上。"

月芽儿告诉他想找月璃姐妹的坟茔，他恍然大悟的样子："是她家亲戚啊！听老辈说她长得那个美啊，现在再找不出那样俊的人儿，简直是天上的仙女下凡！就是命苦，年轻轻的没了，才二十二岁哪！她那几个姊妹，也都是一等一的人才，没想到命都不怎样，一个一个跟着去了！喏，就在东北角，那边有四棵松树，听说是月璃的女儿栽下的，已经多年没回来看看了！"

月芽儿走过去，把四捧鲜花一一摆放在她们墓前，鞠躬行礼，泪如雨下："亲爱的姨妈们，我准备把你们的故事写成小说，拍成电视，让你们的生命再鲜活一次，让更多人知道你们的故事，唏嘘着你们的伤心，迷恋着你们的笑靥，让曾经的荒唐年代不再重来！"

走出墓地，年轻的村长仍站在那儿，似乎在等着他们，月芽儿走过去告别。

村长很有礼貌地笑笑："我不想过问你们的隐私，只是希望你们给月璃的后代带个话，今年潍河大堤要加高加宽，这片老墓地要迁移，每个坟茔补贴两千元。他们有时间回来就自己迁，没时间回来村里统一迁移。"

他用手指指远处的树林："新墓地就在那边树林里，老树已经挖掉了，这几年潍河缺水，沙滩已经东退了三里地，那边不会被水淹的。村里的老少爷们都认为很合适！"

在旁边一直默不作声的小黑，这时突然插话说："我代表长辈们先谢过了，还是让我们自己迁移吧。回去后我就组织联系！"

大庆神通广大，联系到了月芽儿所有的亲戚，并亲自陪他们去文家河迁坟。他们先挖出月璃的棺木，四个工人抬着走到新墓地，在刚开挖的墓坑前准备下落时，其中一个一不留神，脚下被树桩绊了一下，棺木落地，底部的抽屉滑了出来，露出了两个正方形木匣。众人哗然："这棺木原来还暗藏着机关啊！"

大庆机灵，马上指挥工人后退，把月芽儿请过来。

木匣上各有两把铜锁,月芽儿让大庆砸开:里面赫然是一堆宝贝。但具体是什么,大庆不太认识,只看见好像有两只玉制酒杯,还带着两只小耳朵。

月芽儿惊异了:这就是传说中的玉羽觞啊!

但令她百思不得其解的是,怎么会是一对呢?他听父亲说过,这玉羽觞价值连城,是古代慕容家族的传世之宝,拥有者即拥有无上的智慧和美貌,是皇后命格。寻常人士觊觎不得,否则命运不祥。一只在月璃手里,已经做陪葬品随葬了,另一只辗转到了月鸾手里,很可能她骨灰盒的失踪与此事有关。

但是,现在的状况是:子翔给月鸾的那只,怎么也来到了月璃的棺木里?

月芽儿让大庆帮她收起,不要声张,现在的棺木底部机关已毁,无法再装殓这些东西,二层底部却安然无恙,月芽儿不想惊了母亲的安眠。

回城后,月芽儿把宣窑的瓷盘、均窑的水盂托斗、铁画轩的海棠壶,以及玉壶、玉羽觞,全部献给了东海市博物馆。

东海市博物馆,因为馆藏明朝状元卷被另一个城市久借不还,一直追缴不上来。另一个城市打着弘扬古州文化之名迟迟不送,这边也不好抢夺。

没有炫目的正式藏品,又没有引人入胜的故事文物,东海市博物馆在同类博物馆里一直寂寂无名。

现在终于有了自己的镇馆之宝,一举扬名天下知,每日参观者络绎不绝。

东海市博物馆最新展出绝世珍品玉羽觞的消息,经过媒体持续发酵,蜚声海内外。

旅居美国的著名画家慕容枫先生,在儿子陪同下来前来参观博物馆,他儿子小慕容先生是美国著名印象派油画家,对宣窑的看盘、明代的玉壶欣赏不已:"父亲,你看这宣窑的红瓷盘,犹如雨后初霁,简直比红宝石还要明亮!这玉壶上的牛血纹,血色深红暗沉,于庄重威严中流露出杀气腾腾,古代人对色彩语言的了解掌握,简直到了极致的地步啊!"

慕容枫递过放大镜:"你用这个看看那条水盂中的蚯蚓走泥纹,那些个青蛙卵纹!"

小慕容先生趴在展台上,用放大镜仔细观察:蚯蚓走泥纹,用气泡一个个串为一体,成立体的爬行状;青蛙卵纹,小气泡包裹着卵核,一摞摞正欲孵化而出。

小慕容惊奇地张大了嘴巴:这些标为宋代青瓷的宝物,呈现或玫瑰红,或月白,或天青,或海棠红,每一件都活灵活现,美不胜收,灿若云霞!

慕容枫说："我国古代钧窑的技术，不光是高温下窑变裂纹那么简单，你看这些成色、纹理大小和分布，都做到了人为控制，恰到好处，增一分嫌多，少一点不足。高雅大气，一丝不苟。宋代当朝就有'家有万贯，不如钧窑一片'的说法，清乾隆帝喜欢玉壶，从新疆和田弄了很多白玉，找玉匠雕刻成玉壶、扎斗一类的玉器欣赏赏赐，他也有句著名的评论'细纹如拟冰之列，在玉壶中可并肩'。可见钧窑巨好，堪比玉壶！"

小慕容知道慕容枫好为人师。当年陪妈妈从美国回来，回上海找到刚落实政策回沪的慕容枫，以为他们劫后余生，生死相逢，会上演抱头痛哭甚至昏厥的大戏。没想到却只听了段太平轮的故事，还没有电视上讲的精彩。故事讲完就是一大段教育，仿佛要把四十年缺失的父爱以教授的名义补上。

小慕容耐心地往下听着，做好了心理准备：今天的教授课要好长一段时间了！没想到老慕容叹口气结束了："这么优秀的技艺，可惜失传了！"

他们一行人继续往前走，当看到玉羽觞时，慕容枫要过放大镜，仔细看了一下捐献人的名字，不禁老泪从横，小慕容赶紧过来扶住："爸爸怎么了，不舒服吗？"

慕容枫摇摇头，在窗边的卡座上坐下，陷入了沉思，嘴里喃喃自语："都过去了！都过去了！"

博物馆后的市政府大楼里，文子翔副省长正在听取市公安局长的情况汇报："这是一次故意杀人事件，由小口角小摩擦引起。罪犯杀死五名无辜，毁坏了两个家庭，造成了极坏的社会影响。杀人罪犯原为民警，名叫梁钱，是某派出所所长，与其父梁银丰因婚姻问题造成隔阂，平日不太来往走动。梁银丰老年得子，据称还是私生子，对梁钱骄宠无度，因其娶了个理发女做儿媳，又多年不孕，一直不予原谅，这次听说儿媳终于生了个男孩，主动来探望，儿媳不让上门，结果大打出手。梁钱家与前派出所所长家住对面邻居，与前所长因提拔问题一向有摩擦。梁钱回家时，儿媳和老人在对骂撕扯，邻居媳妇在劝架。梁钱劝解不听，一时火起，对天花板开枪。估计本意是威吓，没想到走火打死了邻居媳妇，一看没法收场，就干脆打死了自己媳妇，其父梁银丰夺门想跑，也被该犯一枪撂倒。前派出所所长听到枪声出来观看，该犯杀红了眼，想起前段恩怨，也一枪撂过去。更可气的是，该犯连孩子也没放过，跑到对面杀死对方的孩子，又跑回自家杀死自家的新生儿，然后开枪自杀。大致情况就是这样。"

　　文子翔副省长作了指示："该犯丧心病狂,持枪滥杀,罪不可恕,死有余辜!梁银丰咎由自取,死不足惜!邻居无辜受害,做好安抚工作。这个案件是偶发事件,纯属个人行为,要从速从快处理完毕,尽快消除社会影响。切记处理时不要拖泥带水,不要无限上纲,累及无辜。"

　　同一时间,在华丰厂旧址,李呦呦和慕容桦已经站了很久。慕容桦在贵州铁矿待了几年,后来辞职领着呦呦去了深圳创业,现在已经是著名房地产开发商,被邀请回来参加老华丰厂区的重新改造,那儿,未来将崛起一个新的城区。

　　城市每天都在膨胀,生活在继续,未来发生的故事已经在酝酿。

　　朋友们,让我们拭目以待吧!

代后记:重温旧梦呓语狂
初心难忘执念痴

生活的滋味犹如桑果儿,有时苦涩,有时无味。过一段时间再摘来吃,却是酸酸甜甜好滋味了。

爱读书、爱做梦的女文青,却不慎误入江湖。八岁离开乡土,进入城市。十八岁参加工作,三十岁选择自谋职业。开过工厂,头脑一热收购了原工厂;头脑再热上市未果;头脑三热做了房地产商;头脑四热涉足金融;头脑五热做农庄做乡村旅游。总之,一直折腾在路上!

手机是我生活的伴侣。有一天落在车座上,车借出去了,竟似丢了魂魄,坐卧不安,一夜难眠。因为常用内部小号,而家里座机没入网,谁的号码也记不起来。于是不停地打司机电话,只记得这一个全号了。他却为了开车方便,设置在静音上。

于是胡思乱想:假如我去了山里,假如我去了国外,忘带手机,那是一个什么境况呢? 被拐卖? 被收容难民营?

能否设计遥感手机,就用主人的语言做指令,类似于芝麻开门,主人喊一声,即使手机不在身边,也能打电话发短信。

或者再先进一点,用主人的意念控制,一部手机只认一个主人:新手机到手后,感触到主人的指纹和太阳穴的温度,就认定了主人。

脑洞大开就关不住了,十几年忙忙碌碌从未回头,那晚百感交集,童年的人和事全冒了出来,纷纷扰扰在脑子里转悠。

凌晨三点司机才送回手机。那一刻的感觉,犹如初恋情人兜兜转转许多年,今夜忽然手捧玫瑰花来到你面前跪下,玫瑰花心里托着一枚钻戒。情人原本磁性的声音略显沙哑,哽咽着说:"嫁给我吧,我一直在等你!"

捧着手机一夜未眠,扫微信,搜百度,看图片。偶然发现了汤圆创作,就下载了下来。打开一看，这竟是我一直想要的速成创作教程！一直看到第二天中午，友人来访。

我说："我特别幸运，几乎所有的梦想都在实现，现在都不敢做大头梦了，但还有一个文学梦没做。我好似领悟到写作的窍门了，我要写个故事试试，写成长篇，写完后聘请一流编剧改编，再拍一个影视剧，也许一不小心就涉足文化产业了！"

友人用安慰的眼神看着我："这个梦五年后再做吧，也许那时你能静下心来。就现在这状况，你在江湖浸润已深，整日酒局饭局，觥筹交错；会议学习，迎来送往；杂事俗事，应接不暇；恐很难静下心来，独坐书桌前码字。"

写书码字如我的初恋情人，怎能忘记？如是每晚重坐书桌。这一天是2016年4月14日，我新生活的纪念日。

没有了生活的压力，出名的紧迫，自觉文思如泉涌，四个月下来，获得了女伴"散养神经病"的"美名"，也有了这二十七万字的初稿。

今天是8月18日零点38分，这四个月里每天的这个时间，我都在电脑前打字更新，很多时候不小心就到了凌晨，窗外红霞满天，鸟雀欢叫，我却刚刚入眠。今天终于结束了。

感谢起点中文网的连载，感谢《文学纵横》主编李传和先生，感谢寒亭区作协主席胡海波先生，是你们告诉我这本书像小说，鼓励我坚持了下来。感谢朋友们的点评、纠错、陪伴，我终于写成了一本书，完成了第一个心愿。

丑媳妇终于见了公婆，献出来，让大家评头论足吧！